2013年度安徽省高等学校省级质量工程项目·省级规划教材

生物教学论

SHENGWU JIAOXUELUN

鲁亚平◆主编

安徽师范大学出版社

·芜湖·

内容简介：本教材在努力体现当今国内外课程论和教学论研究成果的基础上，以《义务教育生物学课程标准(2011年版)》和《普通高中生物课程标准(实验)》提出的课程理念为指导，密切联系中学教学实际，重点对生物课程的理念、目标、内容、教科书和生物教学的过程、方法、评价等进行了较为全面、系统的论述。在构建本教材内容体系时，重点考虑了课程论与教学论的有机整合。教材注重科学性、前瞻性和实用性，关注课程研讨与教学的热点问题，力求做到内容丰富、引证翔实、取材新颖、理论联系实际。

本教材既可作为高等师范院校生物科学专业本科生、研究生的生物教学论课程教材，也可作为生物教师专业培训、自我研修教材，还可作为生物教学科研人员参考用书。

责任编辑：童睿　　**装帧设计**：丁奕奕　　**责任印制**：郭行洲

图书在版编目(CIP)数据

生物教学论 / 鲁亚平主编. —芜湖：安徽师范大学出版社，2014.8(2021.8重印)
ISBN 978-7-81141-751-7
Ⅰ.①生… Ⅱ.①鲁… Ⅲ.①中学—生物课—教学研究—师范大学—教材 Ⅳ.①G633.912

中国版本图书馆CIP数据核字(2012)第026670号

生物教学论
鲁亚平　主编

出版发行：安徽师范大学出版社
　　　　芜湖市九华南路189号安徽师范大学花津校区　　邮政编码：241002
网　　址：http://www.ahnupress.com/
发 行 部：0553-3883578　5910327　5910310(传真)　　E-mail：asdcbsfxb@126.com
印　　刷：苏州市古得堡数码印刷有限公司
版　　次：2014年8月第1版
印　　次：2021年8月第2次印刷
规　　格：700×1000　1/16
印　　张：16.75
字　　数：347千
书　　号：ISBN 978-7-81141-751-7
定　　价：33.00元

2013年度安徽省高等学校省级质量工程项目·省级规划教材
安徽师范大学教材建设基金资助项目

新课程学科教学论系列教材
编写委员会

序

基础教育课程改革对高师院校的课程与教学提出了严峻的挑战。学科教学论既是高师院校体现教师专业特点的重要课程,又是直接反映基础教育课程改革要求的重要载体。当前,我国学科教学论教材建设滞后于基础教育课程改革,“学科教学论”教学基本上沿用了传统的教学内容,没有渗透新的教育理念,不能满足高师院校对未来中学教师培养的需要。

从学与教、理论与实践的关系来看,“学科教学论”教学与教材滞后主要表现在以下四个方面。

一、重“教材”研究,轻“课程”研究

在我国,“教材”差不多成了“课程”的代名词。几乎所有的“学科教学论”教材,都有专门章节讨论教材的作用、教材的编写原则、教材的使用等,而“课程”中所包含的课程理念、课程计划、课程资源的开发、教材在课程中的地位、课程实施中学生的地位和教师的作用、生成性课程等,则少有涉及。

二、重“教”,轻“学”

长期以来,受传统教育思想的影响,我们习惯上将“教学”当作一

个词汇来理解，因此“教学法”在实际上便成了“教法”的代名词。事实上，教学是一个以“学”为主的双边甚至多边活动，是“教”和“学”的统一体。在教育过程中，学生的学习既是教学活动的出发点，也是教学活动的归宿。

三、重“考试性评价”，轻“发展性评价”

在我国教育实践中，“评价”与“考试”同义，以考试代替评价。新课程倡导形成性评价、发展性评价的新理念。评价活动是教学活动的重要组成部分，评价的目的在于促进学生学习的进步、教师教学效率的提高和学校工作的改进。

四、重“传统教学技能”培养，轻“现代教学手段”应用

面对迅猛发展和不断更新换代的现代教学设施设备，仅仅注重传统的教师教学技能培养显得不够全面。很多师范院校的学生在毕业之前，对于多媒体辅助教学和网络教学仅限于理论上的感知，缺乏实际操作应用。传统的教学技能和手段固然重要，但不掌握现代教学技能和手段，显然无法适应新课程教学的需要。

面对基础教育新课程的挑战，学科教学论课程与教学内容必须进行改革。

一、必须重新确立学科教学论的学科性质与地位

学科教学论在教师教育和教师专业化中有着不可替代的作用。只有强化学科教学论学科建设，才能真正发挥学科教学论在教师专业化中的作用。我们认为，学科教学论不是一般教学论理论的简单套用，它亦有自身的理论体系。学科教学论是研究学科教学规律及其应用的一门学科。从培养目标来看,学科教学论是结合本专业学科课程十分紧密,又很贴近中学学科教学实际,为师范生从事学科教学工作直接打基础、"实战性"最强、最基本的一门课程。

二、必须重新构建学科教学论课程结构与内容体系

根据基础教育新课程理念的要求,学科教学论课程结构的改革与重建应注意以下两点:一是要反映现代教育理论的发展趋势,将哲学、教育学、心理学、教育技术以及学科教学理论有机结合起来;二是要反映基础教育改革对教师素质的新要求,将先进的教育理论、最新的学科知识、多样化的教学操作技能有机结合起来。学科教学论属于研究学科教学的一般规律和教学操作体系的应用性理论学科,主要包括学科教学的一般理论,其内容涉及课程论、教材论、教学论、学习论等。同时,它具有学科教学的操作体系,如学科教学基本技术、学科教学设计、学科教学评价等。学科教学论理论体系的建构,一方面,要学习和借鉴当代教育学、心理学理论的最新成果,例如主体教育理论、建构主义理论等;另一方面,又要关照学科教学实践,要将鲜活的学科教学实践经验提升到理论高度,从而形成学科教学论特有的新理论体系。

三、必须凸显学科教学论的学科特色

一要有理论性。学科教学论要以现代课程论、教学论、学习论为理论基础,结合学科教学实际,力求从理论高度把握学科教学的一般规律,回答学科教学目标、学科课程、学科教学过程、教学建模、教学评价等基本理论问题。二要有实践性。学科教学论不仅要有理论体系的建构,也要有具体的学科教学操作技能体系,诸如教学基本技能、备课与教学设计技术、现代教育技术在学科教学中的应用、评价技术等。

四、必须重建学科教学论的研究范式

学科教学论的研究范式要从理论与实践两个方面展开。

一方面，关注理论的实践研究。学科教学论的理论研究，要努力跟踪与学科教学有关的相关学科的前沿理论，结合学科教学实际，整合各种理论，并努力将其运用于学科教学实践，尝试建立学科教学的理论模型。目前，尤其要注重研究学科教学中一些重大而基本的理论问题，如学科学习策略的厘定问题，学科教学模式的建构问题等。

另一方面，关注实践的理论研究。要在先进理论的指导下研究学科教学的实践，对于学科教学中的实践经验，特别是代表学科发展方向的先进经验，要进行理论概括与提升。

基于上述认识，我们根据新课程实施的调研情况，组织我校及省内具有丰富教学经验的学科教学论专家、学者和一线教师编写了这套“新课程学科教学论系列教材”。该系列教材是专为有志成为中学教师的师范生编写的，也可作为在职中学教师的专业培训、自我研修读物。相信这套教材能够对师范院校教师教育课程内容的改革提供有益的经验，能够适应基础教育新课程对学科教学论教材的需求，能够对在校师范生新课程从教能力的培养有所帮助。

可喜的是，2007年9月这套教材入选“安徽省高等学校‘十一五’省级规划教材”，2013年12月其中的大部分又被列为“2013年度安徽省高等学校省级质量工程项目”之“省级规划教材”。希望老师们继续努力，写出更好的教材。

王伦

2014年1月18日

目 录

第一章　绪　论

第一节　课程与教学、课程论与教学论的关系

课程与教学的关系问题是困扰现代教育理论与实践的重大问题。现代教育中的二元论思维方式是造成课程与教学分离的认识论根源，这种根源有着广泛的社会背景和理论的支撑，因此，20世纪的教育是以课程与教学的分离为特征的。然而，早在20世纪初，杜威就系统地提出了整合课程与教学的理念。20世纪末，重新整合课程与教学已成为时代的要求。在这种背景下，生物课程与教学也面临着同样的情况，我们可以借鉴课程与教学的关系来理解生物课程与教学的关系，这样能使我们更好地理解生物课程的整个变化过程。

在教育学研究中，对于课程与教学、课程论与教学论的关系问题，国内外尚未取得一致意见，需要进行深入地研究和探讨。

一、国外的四种意见

在西方的教育学研究中主要有四种不同的意见。

（一）课程与教学之间彼此独立

课程与教学之间、课程论与教学论之间是彼此独立、互不依赖的。课程研究与其在学校的教学实际应用分离开了，两者独立变化而互不影响。

（二）课程与教学之间相互交叉

即教学包含课程一部分，课程也包含教学的一部分。

（三）课程与教学相互包含

它有两个形式，一是课程包含了教学，课程论包含了教学论；二是教学包含了课程，教学论包含了课程论。它们之间还有相互归属的关系。第一种情况，教学与教学论是课程与课程论的一个子系统。第二种情况，课程与课程论是教学与教学论的一个子系统。

（四）课程与教学之间既互相独立，又互相作用

课程与教学、课程论与教学论，既是独立的又是循环联系的。课程与课程论不断地作用和影响着教学与教学论，反之亦然。

尽管意见不同，但异中也能见同。大多数课程与教学研究者有以下相同看

法:①课程与教学既有相关性,又是不同的;②课程与教学具有相互交叉关系和相互依存关系;③课程与教学可以单独地进行研究和分析,但不能独立地起作用。

二、国内的四种理论

继承过去的传统,借鉴西方的成果,从课程与教学改革实践中吸收营养,几十年来,我国的课程与教学论研究出现了四种不同的理论。

(一)教学论包含课程论

1949年以后一段时间里,学习苏联的教育学。在苏联教育学里只研究教学内容,不研究课程,只有教学论,没有课程论。改革开放以来,我国的课程论学科开始逐步恢复,引发了课程与教学、课程论与教学论的关系问题。有些人就把课程论纳入教学论之中,这种理论又称作"大教学论"。

(二)课程论包含教学论

改革开放以来,吸收西方的课程论思想,又产生了课程论包含教学论的理论。认为教学的根本问题是课程问题,必须首先解决"为什么教"和"教什么"的问题。教学问题只是课程论的延伸,应该附属于课程论,这种理论又称作"大课程论"。

(三)相互独立论

另外一些学者提出,课程研究是一个独立的领域,课程论是独立于教学论的一门教育学的下位分支学科。这种主张,受美国学者比彻姆的观点影响比较大。比彻姆在对教育学科内容及其体系作了研究之后,提出:"课程理论是教育学的下位理论。"理论一般分为三大内容:人文学科理论、社会科学理论和自然科学理论。它们相互交叉,形成了应用知识领域的理论,教育学就属于此项领域。在教育学这门应用知识领域中,教学理论、课程理论同居其下位的平行理论。

(四)课程与教学整合论

课程与教学、课程论与教学论相互独立的主张,在有力地促进课程与教学研究发展的同时,却在课程与教学研究实践中助长和加剧了课程研究与教学研究相互割裂的倾向。于是人们在冷静分析和探讨中,逐步孕育起课程与教学、课程论与教学论整合的新主张,分别阐明了"课程与教学一体化研究"的理念和"课程与教学整合论"的理念。"大课程观与大课程论"的理念,是以课程论为主导地位,课程论与教学论统一的理论。

三、现代课程论与教学论

现代课程论与教学论之间的关系,正通过整合,达到统一。在教育改革和发展中,我们究竟应该以"教学思维"及其行为方式,抑或是以"课程思维"及其行为方式,看待和处理那些我们面对的必须解决的问题呢?事实上,二者具有天然的内在联系。研究"教什么"的问题必然延伸到"怎么教"的问题,研究"怎么教"的问题必然追溯到“教什么”的问题。1997年国务院学位办把课程论和教学论统一为“课程与教学论”，是把二者统一起来的标志，在课程论与教学论研究的历史上具有划时代的意义。

第二节 生物教学论的研究对象和基本任务

生物教学论以中学生物课程与教学问题为研究对象，包括生物课程与教学发展的历史，生物课程与教学的基本理论问题，生物课程与教学的实践问题等。基本任务是认识生物课程与教学现象，揭示生物课程与教学规律，指导生物新课程与教学实践。

一、认识生物课程与教学现象

生物课程现象，是指生物课程在发展、变化中所表现的外部形态和联系，是生物课程外在的、活动易变的方面。生物课程现象表现为三个方面：一是物质性的，如生物教学计划、生物课程标准、生物教学材料、生物补充资料、视听生物教学材料、电子生物教学材料等。二是活动性的，如生物课程与生物教学规划，生物课程与教学实施，生物课程与生物教学评价，生物课程与生物教学研制活动等。三是关系性的，如生物内容选择与教育目的的关系，内容组织与文化结构以及学生发展的关系，生物课程研制与生物课程产品之间的关系等。

生物教学现象，是指生物教学活动所表现出来的外部形态和联系，是生物教学外在的、活动易变的方面。生物教学现象表现为三个层面：一是环境性的，如教室及其结构，教学设备及其结构，校园各部分及其结构等。二是活动性的，如生物课堂教学及其结构，实践活动及其结构，校内外教学见习和实习及其结构，个别教学及其结构等。三是关系性的，如教师与学生的关系，教师、教材与学生之间的相互关系，教学与文化结构的关系，教学过程与教学结果之间的关系等。

二、揭示生物课程与教学规律

当我们认识了生物课程与教学现象后，要深入到生物课程与教学的内在联系和内在结构中去，揭示生物课程与教学的内在规律，并以此对人们的生物课程与教学行为产生规范作用和指导作用。

生物课程规律，是指生物课程及其构成要素在发展变化过程中的本质联系和必然趋势。包括生物课程形式与内容的相互联系，生物课程形式和内容的演变与社会文化发展的本质联系，生物课程改革和发展的趋势，生物课程研制过程中主体与客体、文化与学生、教师与学生、社会与学校、规划与实施、实施与评价、评价与规划之间的本质联系，以及这些联系在不同历史条件下的渐进性和飞跃式变化趋势等。

生物教学规律，是指生物教学及其构成要素在发展变化过程中的本质联系和必然趋势。包括教学与社会发展、学生发展之间的本质关系，教学活动构成要素之间的本质联系，教师、学生、生物教学内容、环境、方法、组织形式、生物教学目的与结果之间的本质联系，生物教学的科学性与艺术性之间的本质联系等。

三、指导生物课程与教学实践

生物课程与教学理论来源于生物教育实践，但理论一旦形成之后，就要反过来指导生物课程与教学实践。人类社会发展的历史告诉我们，任何实践活动，没有理论的时期都是蒙昧时期；而理论一旦脱离实际，就成了无源之水和无本之木，就失去了生存的依据和价值。

生物课程与教学实践是人们有目的地开展生物课程与教学活动的教育实践，可以区分为管理、研制和应用三种类型。①生物课程与教学管理实践。是指教育行政部门或学校行政对生物新课程和教学过程的计划、实施和监督的组织行为，包括生物新课程研制、教学应用、评估总结等。②生物新课程研制实践。是指教育行政官员、课程与教学专家和生物教师，有组织地编制生物新课程和教学材料，组织生物新课程和教学实施，开展生物新课程和教学评价活动等。集中表现为编制、使用和修订生物新课程和教学材料。③生物教学应用实践。就是教师和学生根据生物新课程和教学计划，使用生物新课程和教学材料开展生物教育教学活动的过程。这三种实践之间是紧密联系的。

以教育教学改革为契机，组织教育管理者、生物新课程教学论专家和生物教师联合开展研究和实践，是实现生物新课程与教学理论和生物教育实践相结合的有效机制。通过这一机制，使教育管理者和生物教师学习掌握生物新课程和教学理论，把理论直接应用于自己的实践中，同时将自己的实践经验升华为教育教学理论，使自己成为生物新课程教学论专家。通过这一机制，也可以使生物新课程和教学论专家与教育管理者和生物教师沟通，及时传播生物新课程与教学理论并把理论运用于实践之中。随着生物新课程和教学改革的发展，师生将逐步成为生物新课程的研制者、应用者和评价者，从而实现管理、研制和应用的一体化。

第三节　生命科学的特点及学习方法

一、生命科学的特点

(一)生命物质基础的特殊性——生物大分子

确实没有什么特殊的“生命物质”或“生命元素”。组成生命体的全部元素都来自自然界,是非生命自然界普遍存在的。

然而,生物化学的进展,特别是从1953年沃森和克里克发现并建立了脱氧核糖核酸(DNA)模型起,不仅把20世纪初建立的细胞遗传学推向了分子遗传学,而且产生和推动了分子生物学及相应的生物工程技术的飞速发展。它的令人目不暇接的成果,使我们认识到遗传信息不仅是细胞内生物大分子之间的转移,而且是从DNA到RNA到蛋白质的信息流动的"中心法则",随后的遗传密码和氨基酸分子对应关系的破译,还表明了从病毒、细菌、植物、动物直至万物之灵的人类,通用一份密码,所有生物在分子进化上是同源的。进一步,对生物大分子——以核酸和蛋白质为主的大量研究,越出了遗传学的范畴,揭示了生物的生长、分化、神经传导、肌肉收缩、免疫等生命现象,无不与生物大分子的结构和功能以及它们之间的相互作用有关。这是人类对生命本质认识的一次大飞跃。生命的重要特征之一是组成生物体的核酸、蛋白质等大分子的运动和相互作用。

这一认识已经越出了科学家的书斋和实验室、科学论文和专著,通过大众传媒进入了千家万户,人人都可接触到,包括青少年。从人类基因组计划到致癌基因,从转基因动植物到克隆基因,从线粒体基因到人类始祖"非洲夏娃",从餐桌上的转基因食品到DNA侦破技术等,渐渐成为有文化公民必备的常识,连被誉为中国硅谷的北京中关村的街心都竖立着DNA分子模型的雕塑。

(二)生命自然界的多层次性

生命自然界的复杂性之一是它的多层次性。细胞是一个基本的结构和功能单位,其下有细胞器、分子和原子;其上有组织、器官、系统、个体、种群、群落、生态系统和生物圈。每一层次都可以成为独立的研究对象和学科。这一层次和其他层次之间的关系又不可忽略。

从自然演化的角度来看,存在病毒界、原核生物界、真核生物界,其中真核生物界中又有真菌界、植物界、动物界等。每一界又有许多层次。它们都可成为独立的研究对象,同时相互之间的关系,从进化到生态都要涉及。随着细胞工程、基因工程的进展,更深入地研究和应用它们之间相互关系的规律又突显出来。

对于生命科学形成的基本结论和基本概念,至少可以从三个维度来理解(如图1-1所示)。一个维度是基本结论或基本概念的形成过程及其研究进展;另一个维度是这个基本结论或基本概念与生产、生活、科研、健康等方面的联系;第三个维度则是上述两个维度的厚度或丰度。

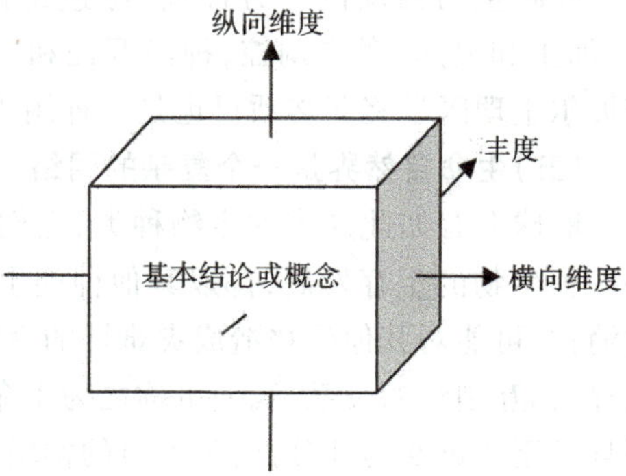

图1-1 生命科学的维度

对于中小学生来说，了解生命科学，既不可忽略这种多层次性，又不可能去穷究多个层次——甚至生物科学家都不可能。于是，基础教育中的生物新课程内容的取舍和组合就成了一种艰难的事情。

（三）生命是一个复杂的开放系统

一般系统论是一门运用逻辑和数学方法研究一般系统运动规律的理论。它的创立者是奥地利生物学家、心理学家贝塔朗菲。20世纪20年代，他在批判生物学中流行的机械论和活力论中创立了机体论，强调“系统”是中心的概念，从而提供了一种新的系统思维方式。他认为生命是一个开放系统，是在同环境进行物质交换的过程中呈现输入和输出，自身物质组分的组建和破坏才能存在和发展的系统。他说：“生命的形式不是存在着，而是发生着，它是通过有机体同时又是组成有机体的物质和能量的永恒流动的表现形式。”这个开放系统的重要特征是稳态（流动的平衡，不是封闭系统中的真平衡）、自主和自组织性，处处表现出有机体的自我调整。

生物大分子不管多么重要，但本身不具备生命属性，只有形成细胞这样的复杂系统（病毒没有细胞结构，必须依赖活细胞而生存），才表现出生命现象。没有活的分子，只有活的系统。生命是系统活动的整体表现，整体不是部分的线性叠加，是非线性的动力系统。

（四）生命活动和信息变换

人类已经步入信息时代。在生命科学发展的历程中，遗传学中心法则的发现，使得我们恍然大悟，原来生物世代延续中复杂的遗传、变异规律，竟是简单之极的三联体（碱基）遗传密码在操作；使我们领悟到生命活动是物质、能量、信息三位一体的运动和变化；使我们对生命活动本质的认识又大大向前推进了一步。信息本质上不是物质和能量，但需要物质作为载体，需要能量供应。于是，在研究生命活动时，在进行有关教学活动时，不仅揭示物质变化和能量变化，还要同时揭示信息的发送、接收、储存、加工、复制、传递等规律。

放眼生命活动的方方面面，除遗传信息的传递外，还可看到许多的信息变换、加工和表达，激素调控，神经调控和整合，细胞识别和免疫等，乃至1998年度诺贝尔生理医学奖获奖项目也是一种用于调节心血管的化学分子氧化氮。

（五）生命自然界是一个复杂的网络

地球上有如此众多的生物种类，它们塞满了几乎一切可以生存的空间，而且每一种生物的生存发展，都以其他种类生物的生存发展为前提，一种或几种生物的消亡，可能对其他生物造成灾难性的后果。这种生物界的多样性和生物间相互依存、相互制约的关系，我们可称之为生命的网络。人类也是这个网络的一部分，而且是至关重要的部分，由于人口的剧增，生产力和科学技术的不断发展，我们对生物界的正、负两方面影响力与日俱增。如果人类的行为破坏了这个生命之网，最终将殃及人类自身的生存和发展。

（六）生命科学中人是研究的主体又是客体

在自然科学的众多门类中，自然界是被人所研究的客体，唯独在生命科学中，人既是研究者——主体，又和其他生物一样是被研究者——客体。因为人的自然属性是生物，属于哺乳纲灵长目的人科。

因此，生物学要研究的形态、结构、代谢、生长、发育、繁殖、遗传、变异等规律也适用于人类，人类的心理行为、社会行为等无不具有生物性的烙印。在生态系统中，在生物圈中，人类的一切活动都受到制约，同时又极深刻地影响整个生物圈。

（七）生命科学研究方法的独特性

我们都说生命科学是实验科学，尤其是从定性到定量的发展中，实验愈益重要，愈益精确。在基础教育的生物学学习中增加实验，提高实验的质量和效益，自然十分重要。但是同样无疑的是其他自然科学也是实验科学，那么其特殊性在哪里？

回答这个问题非常困难，仅提出两点供参考。

一是两位著名的物理学家说过相似的话。一位是玻尔，丹麦物理学家，量子力学的领头人，也是哥本哈根学派的创始人。他1932年在"光与生命"的演说中曾说："生命现象具有区别于物理、化学现象的独特性，它不能用完全正规的物理概念为依据来解释。但物理学家参与对生命现象的研究，将有助于物理学和化学新规律的阐明。"另一位是薛定谔，奥地利物理学家，波动理论力学的创始人。他1944年在《生命是什么》中指出："用经典物理学和化学去描述生命现象是不可能的，但物理学、化学渗透到生命科学中，有助于解开生命之谜，开辟生命科学研究的崭新领域。"他的话启示我们：生命科学的研究方法应可兼容物理学、化学的方法，但仍有它的独特性。因此，把生命现象的研究最终还原为简单的物理或化学过程，归结为物理或化学原理，是不妥的，也背离了贝塔朗菲的机体论。

二是1952年德国物理学家赫尔希和学生蔡斯用放射性同位素标记法研究大肠杆菌噬菌体浸染大肠杆菌的著名实验，确证了遗传物质是DNA而不是蛋白质，因此说了一段话："要揭示生命现象的本质，必须研究具有活力的有机体，那种脱离生命有机体，孤立地、单纯地去研究化学反应，试图去寻找生命现象的本质属性的答案，是不可能的。"这告诉我们，研究活的有机体，是研究生命科学的根本方法。

基础教育中的生物教学，必须创造各种条件，组织学生去研究活的生物（连同它的生存环境）、真实的生命。模拟的方法、现代媒体的使用等，都是对生物学学习和教学的补充，不应替代对活的生物（及组织、细胞）的实验研究。当然，学习和实验研究中要爱护生物、珍惜生物材料、保护生物的生存环境。

从教育科学的角度来探讨生物教学是必要的，从生命科学自身的特征来探讨生物教学也是必要的。两个方面形成一股合力，将更快、更健康地推动生物科学的基础教育改革。

二、生命科学的学习方法

(一)关于科学

“什么叫科学?”一名记者曾问英国的一位科学家。这位科学家想了想说:“科学就是国家出钱,满足科学家的好奇心。”

“科学到底是什么”这个问题,看似简单,实则不然。

在日常生活中,随着比较对象的变化,“科学”的含义差别很大。其中最狭义的,是指知识体系或动态知识生产过程,与技术相对,《不列颠百科全书》和《中国大百科全书》中对“科学”概念的界定,都属于这一类;另一种比较广义的,指包括技术在内的整个科学技术,与生产相对,比如,马克思所说的“科学是一种在历史上起推动作用的、革命的力量”,就是这种情形;还有更为广义的,包括对事物的看法和态度在内,与迷信、盲从相对,比如,“弘扬科学精神,传播科学思想,倡导科学方法,普及科学知识”,涵盖面就非常之大。在实际应用过程中,三种理解难以严格区分,这就使得“科学”二字兼有名词、副词、形容词多种词性,既可以指知识,又可以指技术,还可以指态度,指方法,指精神,等等。究竟指什么,只有根据语言环境具体进行分析了。

《现代汉语词典》对科学的界定为:反映自然、社会、思维等客观规律的分科的知识体系。某种意义上,科学是人类对客观规律的认识和表述。从这个角度,生命科学就是对生命现象及其活动规律的系统表述。

自然科学中,经典的数学、物理学的表述多抽象为符号表示,并使其建立逻辑关系;而生命科学的表述则多为文字、图、表、曲线等形式,这样就使得生命科学形成了一个非常庞大的知识体系。

有人认为生命科学与人文科学类似,其实持这种观点的人只看到了生命科学多为文字表述的形式,并没有理解生命科学的本质。

如对“死亡”的表述,文学上对人死亡的描述或许只是一个故事的结束;哲学上对死亡的表述,可能要与“生”形成一对矛盾来讨论;诗人对死亡的表达,最经典的一句是“有的人死了他却活着,有的人活着他却死了”;而生命科学对死亡的表述,则是关注死亡特征规律性的一面,如呼吸、心跳的停止,神经反射的消失等。

(二)归纳形成生命科学基本的结论和概念

归纳法是从个别事实走向一般概念和结论的思维方法,通过归纳得出结论用以指导实践,并且演绎出个别结论,进一步论证结论的可靠性,这种科学的思维方法常用于科学的各个领域。

生命科学的基本结论和概念多是通过大量的个别观察和研究,最后归纳为一个普遍性的结论或形成一个概念。如细胞的基本结构为:细胞膜、细胞质和细胞核，这种共性的结构是经过长期对各种生物组织细胞的观察归纳得来的。由于生命系统的复杂性和人们认识的局限性，很多结论只是初步的或暂时的。随着研究的深入，共性的东西会不断接近真实，所以生命科学理论不断“推陈出新”。

因此，学习生命科学不能只知道结论，更重要的是要知道这个结论是如何得来的。

（三）注重观察和实验

细心的、有独到之处的观察，是科学研究不可缺少的前提。每个有志于科学研究的人，想在茫茫的科学海洋中扬帆远航，都要培养敏锐的观察力，养成善于观察、勤于观察的良好习惯。而且观察能力的提高，往往也意味着创新能力的提高。

达尔文的伟大巨著《物种起源》，某种意义上就是他长期对自然现象坚持科学观察的结果；如今蛙皮肽应用于皮肤外科药物，也得益于人们对青蛙长期生活在池塘边却不见其皮肤发炎等现象观察的启示。

要做到科学的观察就要做到有目的有计划，要尽量排除盲目性和随意性，要把视线主动集中在需要观察的特定对象和特征上，力求在自然条件与状态下获取观察对象的各种特征与信息，不破坏或不干扰观察对象的存在状态和内外环境，确保观察的真实性与客观性，减少误差度。

生命科学，尤其现代生命科学，几乎所有的结论都要通过实验予以证明得出。因此，学习生命科学知识不但要理解得出结论的实验原理和方法步骤，还应该不断亲自动手去做实验，真正体会实验过程中因素控制的策略和现象分析的智慧等。

（四）具有科学精神

龚育之说：“科学精神是科学之所以成为科学，科学之所以能够不断前进的本质的东西。”1941年，我国著名科学家竺可桢指出，科学精神包括如下内涵：“一、不盲从，不附和，一切以理智为依托。如遇横逆之境遇，则不屈不挠，不畏强御，只闻是非，不计利害。二、虚怀若谷，不武断，不蛮横。三、专心一致，实事求是，不作无病之呻吟，严谨整饬，毫不苟且。”20世纪80年代初，著名学者章道义和陶世龙也指出：“实事求是是科学精神的主要表现。”“科学精神还表现为严肃的态度、严谨的作风和严密的方法。”所有这些都是对科学研究的主体——人的要求。所以，科学精神是科学活动的主体——人追求真理的精神。

借鉴各种说法，我们可以如此概括：科学精神是怀疑精神，科学精神是求真精神，科学精神是献身精神，科学精神是自由精神，科学精神是宽容精神，科学精神是创新精神。这里，怀疑是科学研究的起点，求真是科学研究的过程，献身是科学研究的主观条件，自由和宽容是科学研究的社会环境条件，而创新则是所有这些科学精神的自然结果。

学习生命科学不但要学习生命科学知识、方法，更要学习生命科学本身之外的科学家的科学精神。

思考与练习

1. 课程与教学、课程论与教学论之间有什么关系？
2. 生物教学论的研究对象和基本任务是什么？
3. 请思考，你希望通过生物教学论的学习有哪些收获？
4. 计划一下，你将如何学习这门课程？
5. 你认为中学生物教学应该怎样组织才能充分体现生命科学的特点？
6. 设想一下，当你走上工作岗位后，如何成为一名优秀的生物学教师？

第二章　生物课程的产生与发展

课程是教育的核心要素之一，它影响着教育目标和价值的实现。回顾生物课程从产生到现在100多年的历史，可以看出随着各历史时期不同的政治形势，以及生物科学发展状况的变化，生物课程的教材和科目设置呈现着不同的特点。

第一节　生物课程的历史回顾

一、生物课程的开设

近代科学建立初期，人们把自然界作为一个整体来研究，形成了研究动物、植物、矿物、生理等内容的学科——博物学。1802年，法国博物学家拉马克和德国博物学家特来威拉那斯分别提出了生物学(Biology)一词以后，生物学逐渐成为一门独立的学科。随着科学技术的发展和科学技术对社会经济、文化影响的加强，19世纪末至20世纪初，在传统学校里增设科学课程并进行分科。对生物学而言，当时细胞学说和达尔文进化论已经使生物学形成了一个统一的理论体系，建立了范式，显示了与物理学、化学同等的科学价值。它与物理、化学共同进入了中学课程，但生物课程的内容主要还是科学事实的整理，所以课程或是以“植物”、“动物”、“生理卫生”的形式出现，或是按林奈对自然物的整理，将有关内容与矿物一起编入“博物”课程。

根据现有资料来看，中国生物课程是在英国向中国发动第一次鸦片战争以后开设的。1842年11月，英国传教士马礼逊在澳门创办的马礼逊学堂(小学)由澳门迁到香港时，设立的课程中就包括生理学。1864年，北京最早成立的一所女校贝满女学堂，开设了科学初步、生物、生理学。在1840年到1900年的60年，生物教育主要是在教会学校中进行。教学内容带有浓厚的宗教色彩和神学观点，所用的教科书主要由国外教材翻译而成。据资料显示，1843年，英国传教士在上海成立墨海书馆，这是外国人在华最早使用铅印设备的翻译出版机构。1855年，英国传教士兼医生合信的《博物新编》，介绍了关于动物学的生物科学知识。1880年，江南制造局翻译馆刊译了六部博物学。1888年，京师同文馆翻译的科技书《全体通考》，是介绍生理学知识的书。1887年，上海商务印书馆开始按学期编辑教科书。

1840—1902年的生物课程以及其他科学课程的开设，虽然是由外国传教士进行的教会教学，但已经是突破性的变革，客观上起到传播西方先进科学技术的作用。

二、生物课程的发展

我国生物课程发展到现在已经有100多年历史。1840—1902年的生物课程，可以称作生物教育的萌芽阶段。从1902开始，我国生物课程设置可以细分为六个阶段。

(一)生物课程的起始期

1902年，清政府废除科举制度，兴建学堂，颁布《钦定学堂章程》。该章程规定按班级进行教育成为全国学校教育的组织形式。1903年颁布的《奏定学堂章程》中规定：中学学制五年，共开设12门课程，其中就包括博物。博物是个综合性的内容，包括植物、动物、矿物、生理卫生等。1902—1912年的课程设置大致相同(如表2-1所示)。《奏定学堂章程》是一部经过正式颁布并在全国范围内实际推行的教育法令，是清朝末年极为重要的一部教育方面的纲领性文件。这个章程规定了学制、课程设置、各科教学的目的要求等内容，为当时的教育工作提供了一系列重要的方针政策。

表2-1　1902—1912年生物课程设置

年级	课程	周学时	总学时	博物总学时
一	植物　动物	2	72	288
二	植物　动物	2	72	
三	生理　卫生　矿物	2	72	
四	生理　卫生　矿物	2	72	

1912年12月，南京临时政府教育部公布了《中学校令》，规定中学学制由5年改为4年。12月，教育部公布《中学校令施行规则》，博物学开设三年。1913年教育部公布了《中学校课程标准》，它规定各学科开设的年级以及讲授的内容和课时数。这是我国首次颁布的"课程标准"，其中具体规定的生物学课程设置如表2-2所示。

表2-2　1912—1922年生物学课程设置

年级	课程	周学时	总学时	博物总学时
一	植物 动物	3	93	248
二	植物 动物	3	93	
三	植物 卫生 矿物	3	62	

1902—1922年是中国生物教育的起始阶段，生物课程正式列入国家计划，由中国教师教授课程，用的教材也由中国学者编译。

(二)生物课程初创期

1922年,当时的北洋政府对旧学制进行改造,公布《壬戌学制》,通称"六·三·三制"(规定中学学制为6年)。1923年,公布了新学制课程标准,中学学制为六年制,分为初中部和高中部。实行学分制度,规定上课半年,每周上课一小时,为一学分。初中开设自然科,自然科包括动植物、矿物、理化学、天文、气象、地质等科,自然科共16学分,生理卫生列入体育科内,共4学分。这是我国第一次以现代教育科学为理论依据的较为严整的中小学各科课程标准,它的实行是我国20世纪二三十年代教育质量稳步发展和提高的重要保证之一。本次课程和学制的改革,采用三三分制,高级中学采用综合中学制以及推行选科制,开设相当比重的选修课等,其实都是效仿美国的做法。

表2-3 1923—1935年生物学课程设置

年级	课程名称	周学时数	学分数	生物课总学分
初一	植物	2	4	24
初二	动物	2	4	
初一至初三	生理卫生	1	6	
高一	生物学	5	10	

1936—1949年,开设植物学、动物学、生理卫生、高中生物四门课,课程设置如表2-4所示,当时的教材都是根据国家颁布的《修正课程标准修改》编写的。其中,陈桢所编写的《生物学》影响最大,该书从1933年初版到1951年共发行了181版次。

表2-4 1936—1949年生物学课程设置

年级	学科	每周学时数	生物课总学时
初一	植物学	2	288 ~ 300
初二	动物学	2	
初三	生理卫生	2	
高一	生物学	2	

从清末到民国这一阶段,我国课程理论基本上是学习夸美纽斯和赫尔巴特为代表的传统的课程理论。1919—1922年,杜威来华讲学,系统介绍了他的现代课程理论,对当时的教育界产生了极大的影响。

(三)生物课程的初步发展期

新中国成立初期,中国的生物教育并没有在全国范围内统一,经历了三年的过渡时期。1951年教育部颁发了《中学暂行教学计划(草案)》和《中等学校暂行校历(草案)》,从此全国各地区的中学在教学科目、周学时数等方面趋于一致。1952年3月,教育部正式颁布了《中学暂行规程(草案)》和《中学教学计划(草案)》;同年,我国编订第一部《中学生物学教学大纲(草案)》。大纲参照苏联的中学生物大纲模式,结束了我国中学生物教学缺乏完善教学大纲的历史。大纲规定要逐步深入地讲授米丘林学说的基本原理和达尔文生物进化的基本原理,以及巴甫洛夫生理学的基本知识。它规定中学生物课程课时数总计为369,为我国中学生物教学史上授课较多的年代,这一时段的生物课程设置如表2-5所示。

表2-5 1949—1958年课程设置

课程名称	年级	周学时	总学时	生物课总学时数
植物学	初一,初二上	2,2,3	126	369
动物学	初二下,初三	3,2,2	126	
人体解剖生理学	高一	2,2	72	
达尔文主义基础	高二	2,2	72	

这个阶段的中学生物课程与新中国成立前比,有了比较完善的生物教学大纲和按大纲要求陆续出版的全国统一的质量较高的教材,生物教学质量有了一定的提高。但是,因为受苏联的影响,初中取消了生理卫生,只开设动植物学,高中取消了生物学,代以人体解剖生理学和达尔文主义基础,大大削弱了普通生物学基础知识,特别是删去了细胞遗传学方面的知识,造成50年代毕业的学生,不懂细胞遗传学,甚至许多生物系大学生也不知道“三大遗传规律”。

(四)生物课程的巩固期

为了更好地贯彻教育方针,加强劳动教育,1957—1958年度的《试行教学计划》决定高中达尔文主义基础暂时停授。《关于1958—1959年度中学教学计划的通知》对中学生物课程的开设做了较大的调整。在1957青岛座谈会的影响下,结合我国的实际情况,决定取消人体解剖生理学和达尔文主义基础,改设生理卫生和高中生物学。1958年在当时开展教育革命的特定历史条件下,初三增设了农业基础课,每周2课时,教材由各省份自编安排。当时的生物教育受到“左倾”思潮的冲击,强调教育为生产服务,以农业生产为纲,砍掉了与农业生产无关的内容,从而导致了学生对生物的基本概念掌握肤浅,实验操作比如显微镜的使用、小动物的解剖等掌握较差。1959年教育部明确提出学校以教学为主,生物教育重新走向正确的道路。

1963年5月教育部颁布了我国第二个中学生教学大纲——《全日制中小学生教学大纲(草案)》,提出高中生物学要扩大知识面及增加孟德尔—摩尔根遗传学的内容，并减少了中学生物课程的教学时数，四个学年生物教学时数被减少到240左右（如表2-6所示）。

表2-6 1963—1966年课程设置

课程名称	年级	周学时	生物课总学时
植物学	初一	2	240左右
动物学	初二上	3	
生理卫生	初二下	3	
生物学	高二	2	

这一阶段，虽然曾一度使生物基础知识和基本技能的传授有所削弱，但由于在中学教学中，注意结合我国的实际，所以在理论结合实际和用生物知识为农业生产服务等方面，积累了不少经验，对以后的生物教育改革起到了一定的作用。

（五）生物课程的劫难期

从1966年"文化大革命"开始，至1976年粉碎"四人帮"为止，中学生物课程完全被取消，取而代之的是农业基础课。生物教学主要成了教授"三大作物（稻、麦、油菜），一头猪"，而生理卫生课则主要教授中草药、针灸、战地救护等内容。授课时间很没有保证，原规定时间是每周2节，但实际不少学校每周开设一节或者停开。

（六）生物课程复苏期和深入改革期

1976年粉碎"四人帮"后，生物教学得到恢复和发展。1978年4月，召开全国教育工作会议，拟定《1978—1985年全国教育事业规划（草案）》，规定高二上学期每周开生物学2节。1978年6月，教育部颁布新中国成立后的第三个中学生物教学大纲，即《全日制中学生教学大纲（试行草案）》和《全日制十年中学生理卫生教学大纲（试行草案）》，规定初一开设《生物》，包括植物和动物；初二开设《生理卫生》；高中开设《生物学》（如表2-7所示）。这一时期的生物学知识包括生物的分类、生理、结构、生态、遗传进化等各方面现代生物学知识，其知识结构和比例趋于合理，开始与国际中学生物教学接轨。

表2-7 1978—1981年课程设置

课程名称	年级	周学时	总学时	生物课总学时
生物学	初一	2	64	142
生理卫生	初二、初三上	1或2	48	
生物学	高二上	2	30	

1981年，教育部颁布《全日制六年制重点中学教学计划（试行草案）》和《全日制五年制重点中学教学计划（试行草案）》，形成了稳定的课程设置，即初一《植物

学》,初二《动物学》,初三《生理卫生》,高二或高三《生物学》。该计划规定每周开设2课时课程,总学时数为256学时,基本恢复到60年代的水平(如表2-8所示)。

表2-8 1981生物课程设置

课程名称	年级	周学时	总学时	生物课总学时
植物学	初一	2	64	256
动物学	初二	2	64	
生理卫生	初三	2	64	
生物学	高三	2	64	

1990年,《现行普通高中教学计划的调整意见》改定高二开生物课3节。1991年,国家教委颁布了《九年制义务教育全日制初级中学生物学教学大纲》,这个大纲与原大纲有着明显的不同,它明确规定课程性质与任务是面向全体学生的素质教育,而不是应试教育。课程设置在初中一、二年级,与1978年的开设生物学课程设置比较,相对来说是比较适宜。这个时期的义务教育初中生物学课程设置,可以使学生在初中阶段学到比较全面、系统的生物学基础知识,从而为他们升学或就业打下良好的基础;这个时期的普通高中生物学课程,分别在高中二年级开设必修课和高中三年级开设限定选修课。高中生物学课程的教学内容,能够为文科学生和理科学生的升学及就业打下良好的生物学基础。

1996年,国家教委颁发了与九年义务教育课程计划相衔接的《全日制普通高级中学课程计划(试验)》,明确提出,普通高中课程结构由学科类课程和活动类课程组成。普通高中学科类课程分为必修、限定选修和任意选修三种方式。1996年后,高中生物教学大纲(供试验用)及后来的试验选修课,侧重与人类生存和发展有密切关系的生物科学技术知识。

1995—2000年的生物课程设置如表2-9,表2-10所示。

表2-9 1995—2000年初中生物课程设置

课程名称	年级	周学时数	生物课总学时
生物(初中“五四”制)	初一	2	204
	初二	2	
	初三	2	
生物(初中“六三”制)	初一	2.5	170
	初二	2	

表2-10 1995—2000年高中生物课程设置

课程名称	年级	周总学时	总学时	生物课总学时
生物（必）	高一	3	105	105-183
生物（选）	高二	0-3	0-78	

1999年6月，我国第八次基础教育课程改革启动，中国教育又进入一个新纪元。2001年教育部制定的《全日制义务教育生物课程标准（实验稿）》，以及2011年教育部制定的《义务教育生物学课程（2011年版）》，综合考虑了学生发展的需要，社会的需要和生物科学的发展三方面因素，选取了科学探究等10个主题。2003年，教育部制定了《普通高中生物课程标准（实验）》，教材以“模块”的方式呈现，分为“分子与细胞”等三个必修模块和“生物技术实践”等三个选修模块。

第二节 生物课程改革

一、生物课程改革的背景

21世纪初，新中国成立以来的第八次基础教育课程改革在党中央、国务院的直接领导下，正以令世人瞩目的迅猛之势在全国顺利推进。课改由最初的38个国家级实验区，逐步向全国推广，这次改革步伐之大、速度之快、难度之大都是前七次改革所不能比拟的。它将实现我国中小学课程从学科本位、知识本位向关注每一个学生发展的历史性转变。成千上万的教育工作者正以高度的历史责任感和极大的热情投入到这场改革潮流之中，它必将对我国基础教育乃至整个教育的发展产生深远的影响。

（一）以往课程改革的历史回顾

自从生物学产生以来，经历了漫长的发展变革过程。新中国成立60多年来，我国基础教育先后进行了七次课程改革，正在进行的是第八次课程改革，每次改革都取得了巨大的成就，对促进我国政治、经济、科技、文化等各个方面的发展做出了巨大贡献。因此，我们有必要了解八次课程改革的历程。

第一次：新中国成立后实行了全国统一的教学计划、教学大纲、教科书，第一次制定了统一的课程政策，制定颁发了两套全国通用的教学大纲和教材。

第二次：1953年3月，教育部颁布了中小学教学大纲（草案），主要学习苏联经验，小学算术、中学数学、物理、化学、生物等主要学科的教学大纲，基本上是参照苏联大纲的模式，放弃了自1951年开始的学制和课程体系，小学采用四二学制。

第三次：1958年9月，以党中央、国务院颁布的《关于教育工作的指示》为标记,以缩短学制,强调教育与生产劳动相结合为主要特征展开了中小学课程改革。

第四次:1963年7月,教育部颁布了《全日制中小学教学计划(草案)》,对文化课、品德课、生产知识课,对教学、生产劳动和假期工作都作了统一安排,该计划一直沿用到"文化大革命"开始。

第五次:1978年1月,教育部颁布了《全日制中小学教学计划(试行草案)》和《全日制十年制学校中小学各科教学大纲(试行草案)》,制定了教材编写的指导思想:贯彻执行党的路线、方针、政策,为实现我国四个现代化培养又红又专的人才打好基础;教材编写中要正确处理好政治与业务、理论与实际的关系,精选基础知识,加强"双基",注重智力培养的原则。1978年秋季,小学、初中、高中的起始年级用上了新教材,1980年这套(第五套)教材全部编写完毕。

第六次:1985年5月27日,《中共中央关于教育体制改革的决定》颁布。之后,经过简政放权、分级管理的改革探索,于1988年5月颁发《义务教育全日制小学、初级中学教学计划(试行草案)》(包括六三制和五四制两种)和24个学科的教学大纲,同时对小学的培养目标、学生的基本能力、良好习惯等方面提出了明确的要求,改革了课程结构,调整了各学科比例,增加了课程的灵活性和多样性,成为当时编写义务教育教学大纲的依据。

第七次:1992年8月国家教委为贯彻《中华人民共和国义务教育法》正式颁发《九年义务教育全日制小学、初级中学课程方案(试行)》。从此,教学计划改为课程计划,实现了将小学和初中的课程统一设计,把全部课程分为学科类和活动类,还留有地方课程,改变了仅有必修课程的单一的课程结构。此外,1992年还颁发24个学科教学大纲,于1993年秋起在全国逐步试行。1996年,国家教委颁发了与九年义务教育课程计划相衔接的《全日制普通高级中学课程计划(试验)》,明确提出,普通高中课程结构由学科类课程和活动类课程组成。普通高中学科类课程分为必修、限定选修和任意选修三种方式。

1999年6月,我国第八次基础教育课程改革启动。

(二)生物课程改革的背景

由于政治、经济、文化、科技等各个方面的快速发展,21世纪成为人类历史上发展最为迅猛的一个世纪。许多国家的政府都将发展教育作为基本国策,并开始了新一轮的课程改革计划,形成了继20世纪60年代以后的又一轮世界范围的课程改革浪潮。虽然各国教育发展都有各自的特点,课程改革进程也不尽相同。但是,各国课程改革普遍围绕两个中心:一是强调知识的基础性和系统性,让学生掌握最核心的知识,以满足未来社会的需要;另一个是强调学生的能力培养,使学生在毕业后能在原有知识基础上更新知识,以适应社会发展的需要。围绕这两个中心,课程改革呈现出课程综合化和课程基础性与系统性相统一的两大趋势。

1. 基础教育课程改革是我国政治、经济发展的客观需要

中国是一个具有悠久历史的文明古国，对于人类文明的发展曾做出过举世公认的、不可磨灭的伟大贡献。然而，从 1840 年鸦片战争开始，种种错综复杂的原因使我国的发展落后于西方发达国家。对于我国这样一个发展中国家来说，本次课程改革对于中华民族的伟大复兴具有深远的意义。初见端倪的知识经济，在向我们提出严峻挑战的同时，也向我们提供了难得的机遇，即所谓挑战与机遇并存。如果我们能够很好地抓住人类生产方式转变这一历史性的机遇，就可以尽快地缩小与发达国家的差距，甚至超越它们。

2. 基础教育课程改革是时代发展的需要

人们把 21 世纪称为知识经济时代，知识经济是建立在知识的生产、分配和使用之上的经济，因此，知识对于经济发展的意义重大。当前的国际竞争主要体现在综合国力方面，而且这种竞争越来越表现为经济实力、国防实力和民族凝聚力的竞争。

我们可以清楚地看到，同过去在经济发展、国力增强等方面的社会发展主要依赖于自然资源或物资力量相比较，具有高度科学文化素养和人文素养的人，对于 21 世纪人类发展具有越来越关键的意义。所谓具有高度科学文化素养和人文素养的人，必须具备两个条件：一是要掌握基本的学习方法，即阅读、书写、口头表达、计算和问题解决；二是要具备基本的知识、技能，以及正确的价值观和态度。只有这样，他才能具有生存下去、有尊严地生活和工作、改善自己的生活质量、充分发展自己的能力，才能积极参与社会的发展，并能终身学习。

3. 我国基础教育本身存在的问题要求基础课程改革

我国生物课程改革的直接原因主要有如下几点。

(1)学校课程的知识本位倾向，表现为学校的学科中心、书本中心、教师中心。对于学生而言，他们的任务只是接受和储存一些前人已经发现的知识，这种知识本位的课程体系显然不符合时代发展的要求。

(2)课程缺乏多样性和选择性，不能满足社会发展和学校发展的多样化需求。课程内容陈旧，脱离实际，忽视学生生活经验，不能反映社会发展和学生发展的多样化需求；课程实施中教学观点落后，方法单一，缺少自主创新和实践的机会，应试教育倾向严重。

(3)生物科学发展迅猛，基础教育阶段的生物课程不能与之相适应。正如课程标准在前言中所说，生物科学是自然科学中发展最为迅速的科学之一。生物科学研究在 20 世纪取得了许多重大突破，如 DNA 分子结构和功能的揭示、哺乳动物体细胞克隆的成功、人类基因组计划的实施等，这标志着 21 世纪人类将进入生物科学技术的新时代。生物科学研究成果更加迅速地转化为社会生产力，显现出巨大的社会效益和经济效益。生物科学也向着更加关注人类自身的方向发展。随

着与物理学、化学、数学以及其他各学科之间不断交叉、渗透和融合，生物科学已经日益呈现出主导学科的地位。同时，生物科学在解决人口增长、资源危机、生态环境恶化、生物多样性面临威胁等诸多问题方面发挥的作用越来越大，有力地促进了现代社会文明的发展。而现行的生物教育课程却不能与如此飞快发展的生物科学相适应。

(4)生物课程受重视不够。面临生物技术的新时代，各国人们和政府普遍重视中学生物教育。而我国中学生物教育没有得到应有的重视，没有充分体现生物课程的价值。主要表现在：生物课可有可无，“文革”期间曾被取消，1992年又取消生物高考，直到1999年才恢复。这些都给全国生物教学带来了严重的负面影响，挫伤了生物学教师深入开展中学生物教学改革的积极性，生物教师受到轻视，教师队伍严重流失，导致中学生物教学质量大幅下降。近年来，生物课时安排较少，内容与课时矛盾突出。

(5)生物课程结构欠妥。历次颁布的课时计划中课程安排欠妥，以理科各科为例，高中物理化学生物课占总课时的百分比偏少，尤其生物课更少。近些年虽有调整，但仍需进一步改革。

(6)生物课程安排不尽合理。生物课程设置的年级不是很合理。初中三个年级中只有初一、二两个年级安排了生物课程，初三没有安排；到高中时高一年级没有安排生物课程。这样有两年时间没有生物课程，间隔时间太长，不利于连续学习。这些情况在一定程度上影响生物学教学质量和国民生物学科学素养的提高，生物课程有待于进一步改革。

二、生物课程的理念和追求

《义务教育生物学课程标准(2011年版)》和《普通高中生物课程标准(实验)》研制工作的完成是我国生物学教育发展中具有标志性的成果。两个标准依据比较教育研究和国内生物课程现状调查分析，明确指出生物课程的核心理念是为了每个学生的充分发展。其中《义务教育生物学课程标准(2011年版)》提出“面向全体学生”、“提高生物科学素养”、“倡导探究性学习”三项课程理念。《普通高中生物课程标准(实验)》提出“提高生物科学素养”、“面向全体学生”、“倡导探究性学习”、“注重与现实生活的联系”四项课程理念。我们以《普通高中生物课程标准(实验)》提出的四项理念来进行分析。

(一)“提高生物科学素养”课程理念

早在20世纪70年代初期，一些发达国家如澳大利亚的中学自然课程中就提出了科学素养理念，并把培养学生的科学素养作为课程的基本任务。此后，这一课程理念被科学教育家和大多数理科教师认同，并成为当今理科发展的共同趋势。

对于科学素养的解释，不同的时代有所不同，目前没有一个严格的、统一的定义。国内多数认可的解释是:了解并能够进行个人决策,参与公民事务和文化事务,从事经济生产所需要的科学理念。对学生来说,科学素养的最基本的含义是:学生能够合理地将所学到的科学知识和技能,运用到社会和个人生活中。

公民的科学素养包括两个方面,一方面指公民参加社会生活、经济活动、生产实践和个人决策所需的科学知识、探究能力以及相关的情感态度与价值观,它反映了一个人对科学领域中核心的基础内容的掌握和应用水平;另一方面指一个人在已有基础上不断提高自身科学素养的能力。因此,提高每个高中学生的生物科学素养是课程标准实施中的核心任务。

《普通高中生物课程标准(实验)》提出"提高学生科学素养"的理念,是期望学生通过生物课的学习能够在以下四方面得到发展。

1. 科学态度和科学的世界观

(1)态度是人基于对科学知识的正确理解和对科学发展的认识而形成的科学信念和科学习惯,包括以下几方面。①好奇心。每个学生都是天生的科学家,他们生来就对周围世界,尤其对自然界中那些有生命的东西充满了好奇心。小学生在上自然课时,对自然界中形形色色的生命现象充满了热情,在探索自然的过程中能够产生充实感和兴奋感。生物教师的任务就是引导学生对科学产生好奇并将这种好奇心保持下来,进而将这种好奇心转变成对科学和学习科学的正确态度。②诚实。也就是我们经常说的实事求是,对于学生来说是一种非常重要的思想品质。在科学教育中,培养学生诚实的品质要求学生要真实地报告和记录实验中观察到的东西,而不是学生想象中应该是的东西,也不是学生认为老师想要的东西。③合作。随着科学的不断发展和进步,科学研究的规模和范围变得越来越大,越来越多的研究人员组织起来共同研究和开发一个项目,一个重大科学发明往往需要许多的科研人员共同参与。因此,团体成员之间的合作意识是科学精神的重要组成部分。④创造力。创造力一般分为两种,一种是特殊才能的创造力,主要是指科学家、发明家和艺术家等杰出人物的创造力;另一种是自我实现的创造力,它指的是对人类社会和其他人来讲未必是新的但对自己来说是初次进行的、新的、前所未有的。中学生的创造力主要不是要求每个人都去搞发明创造,而是要求学生进行独立思考的创造性学习。因此,中学生的创造力主要是自我实现的创造力。

(2)科学的世界观体现科学家对科学的一些基本的信念和态度。科学的世界观主要包括包括以下几个方面。①科学认为世界是能够被认知的,只要通过系统的研究都可以被认知。②科学知识是不断变化的,科学是一个产生知识的过程,知识的变化是不可避免的。有些新的发现会对已有的理论构成挑战,因此,要不断地对这些理论进行检验和修改。③科学虽然处于不断地变化中,但这种变化只是处于缓慢的修正之中,绝大部分科学知识是非常稳定的,所以,科学知识的主体具有连续性和稳定性。④科学不能为一切问题提供全部答案。世界上还有很多事物不能用科学的方法来验证,因此,科学还不能解决所有问题。人类面临的很多问题,是由政治、经济、文化和环境共同决定的,科学只是其中的因素之一。

2. 科学探究方法与技能

(1)探究不是仅仅属于科学家的方法和技能。近几十年来,许多科学教育家都认为科学探究也是学生学习科学的有效方式之一。学校的科学探究活动通常是指学生们用以获取知识,领悟科学的思想观念,领悟科学家们研究自然界所用的方法而进行的各种活动。学习科学应该是一种积极主动的过程。探究是学习科学的重要途径之一。每个人都应该学习科学探究的技能,掌握了这种技能可以使人终身受用。

如果学生在学校学习期间亲身经历了科学探究活动,那么,当他离开学校时,对生物学所形成的印象可能会更深刻。新的初中生物课程标准实验教材都有一些给定选题的探究实验,这些实验可以帮助学生很好地了解科学探究的性质。但是,只有这些还是不够的,教师还要给他们引入一些根据当地实际情况提出的生物学研究课题,在解决实际问题的过程中,使他们更为接近真正的科学探究。初中毕业前,学生们应该以个人或小组的形式,至少进行一次真正的科学探究活动。他们应该自己提出课题、设计方法、做出计划并最后写出报告,与他人进行交流。在参与探究时,学生们应该掌握科学探究的一般技能,包括提出问题、做出假设、制定计划、收集证据、得出结论、表达和交流等能力。

科学探究更重要的在于它的过程而不完全是结果。学生进行探究的真正意图,不仅在于掌握生物学知识本身,更重要的是要让学生学会科学探究的一般方法,让他们亲身体会科学家是如何困惑于问题,如何假设问题的"答案",考虑从哪些途径去解决问题,并以此渐渐地养成探究的态度、方法和思维的品质。

(2)思维的方式包括形式逻辑思维、辩证逻辑思维、批判性思维和发散性思维等。科学的思维习惯不神秘,也不是科学家所特有的,是每个人应该掌握的技能。一个人一旦掌握了这些技能,无论他从事何种职业都可以终身享用。其中,批判性思维是对自己或别人的观点进行反思、提出质疑,弄清情况和进行独立分析的过程。在科学教育中培养学生的批判性思维尤其显得重要,有了这种思维品质,他们就能够对生物学问题作科学性的分析及评判,做出理性的决定。同时,在实践中当自己的意见与绝大多数同学不同时,能够勇于发表自己的见解,敢于坚持,而不是人云亦云。

3. 科学、技术与社会(STS)

生物课程对学生进行STS的教育,目的在于突出科学、技术与社会之间的关系,即教育、教学内容的出发点不仅限于科学知识本身,也强调三者之间的关系。

科学是知识的一种存在形式,是人类长期努力探索的产物。但是,科学不仅仅局限于具体的科学知识，它包括科学发展历史中逐渐形成的一套行之有效的方法，包括探究、实验、观察、测量和对数据的分析、结果报告等。这些活动需要特殊的技能和思维习惯。技术是对不同学科内的不同科学概念和技能方面的知识的应用，同时也是为满足和解决一些特殊的需要和问题而对诸如材料、能量工具（包括计算机在内）的应用。技术同科学一样，也是一种求知的方法和一个探究、实验的过程。科学提供知识，技术提供应用这些知识的方法，而价值观念则指导人们如何去对待这些知识和方法。科学、技术与社会是紧密相连的。解决技术问题需要科学知识，而一项新技术的产生又使科学家有可能用新的方法来扩展他们的研究。通常技术对社会的影响比科学对社会的影响更为直接。学生在生物课程的学习过程中，通过参与和解决现实世界中具体问题来获取科学与技术的知识，增强正确的态度、价值观和社会责任感。这样，在日常生活中，他们就知道如何把所学的知识和方法与实践相结合，对科技引起的新问题进行思考和判断。当他们进入社会时，能够依照自己的价值观对某些问题做出合理的价值判断，并采取适当的行动。

4. 生物学知识和技能

生物学知识包括基本的生物学概念、原理和规律。生物课程应该给学生提供机会让他们了解现代生物学的进展，了解现代生物技术对人类社会和人们生活的影响，这种影响既包括正面影响，也包括负面影响。让学生在研究型学习或实践活动中利用所学的生物学知识和方法去解决身边的问题，使学生具有运用知识的能力，也是知识领域中的另一个重要目标。

《普通高中生物课程标准（实验）》提出关于科学素养的理念，就是要把我们在教学中从只注重对学生科学知识的传授转向全面提高学生科学素养的教育，强调学生在生物学知识、科学探究技能、情感态度与价值观、思维品质以及对科学、技术和社会的认识等领域的全面发展。

（二）"面向全体学生"课程理念

"面向全体学生"的含义是指学校、老师应该平等对待所有学生，无论他们的年龄、性别、文化背景、家庭出生如何，不管他出生在农村还是城市，是否有残疾，也不管他们对生命科学是否有兴趣，教师都应赋予他们同等的学习机会，使所有学生在学校都能接受同等水平的教育以提高他们的科学素养。"面向全体学生"的理念可以从以下几个层面来分析。

1. 同等的学习机会

要给每个学生提供同等的学习机会，面向全体学生就意味着教师要尊重每个学生，要给每个学生提供同等的学习机会，使所有学生通过生物课程的学习，在原有水平上得到提高和发展，让每位学生在学习过程中都有机会获得成功。学生的背景不同，起点也不同，这就决定他们在学习生物学内容时理解方式和深度会有所不同。过去，老师们很容易将注意力集中在理科倾向突出的学生上，忽略了全体学生的共同进步。现在《普通高中生物课程标准（实验）》要求教师在充分尊重每个学生发展权利的基础上，承认他们在发展方向、发展速率和最终发展程度上存在差别。在教学过程中，教师还要注意并保护好他们在学习上的积极性和主动性，把学习的机会多提供给他们，让每个学生在学习实践中都有机会获得成功。同时，也要为那些优秀、有能力超出标准要求的能够进一步学习的学生提供广泛的学习空间。

2. 课程内容应该呈现多样性

面向全体学生也意味着课程的内容应该呈现多样性，应该满足不同层次学生的需求；过去在选择课程内容时，过多强调了以学科为中心，以知识为中心，在课程内容的选择上更多关注了那些城市学生和那些有希望进入高中或高等学校的学生的需求。因此，忽视了农村学生和那些经过义务教育直接进入社会的学生。所以这种课程内容是以培养"科学家"为价值取向，具有很强的"精英教育"的色彩。然而现实生活中科学家毕竟是少数，其结果是牺牲了很多学生的利益，忽略了他们的实际需求。

3. 教学因材施教

面向全体学生还意味着教师在教学过程中要因材施教，以适应不同智力水平、性格、兴趣、思维方式学生的需要。教师在教学中要面向每个学生，要面向每个学生的各个方面。因为学生个体间存在相当大的差异，这种差异既表现为智商、性格、身体素质和心理等先天因素，又表现为兴趣爱好、思维方式、学习品质等后天素质。教师在确保全体学生共同发展的基础上，要注意发展每个学生的个性和特长，从而把群体的培养目标同每一个受教育的个体发展的目标统一起来，达到使全体学生全面发展的目的。

4. 学习资源公平

面向所有学生就意味着教师在学习资源上对待每个学生是公平的。在有限的不可能保证每个人都接受高质量教育的情况下，该如何分配和使用这有限的教学资源呢？例如，在一些经济不发达的地区，学校能供给的资源（实验设备、计算机等）不能满足每一个学生的需要，在这种情况下，也必须确保学生在学习资源分配方面人人均等，不能人为拉大地位优越的学生与地位不很优越的学生在获得学习资源方面的差别。

5. 教学评价必须公正

面向全体学生意味着教师对待每一个学生的评价必须公正。评价是教学过程中不可缺少的环节，是教师了解教学过程、调控教学行为的手段。在评价过程中，教师应确保所有学生都有足够的机会来展示他们在生物课程上全部的学习成果。教师进行评价的目的是为了让学生更好地了解他们现阶段在多大程度上达到了课标的要求，从而更好地改善自己的学习方法和状况，而不是通过评价将学生分等级。

（三）“倡导探究性学习”的课程理念

1. 探究性学习的提出

科学发展的历史告诉我们，整个科学发展的历史就是科学探究的历史，人们用最古老的生活经验对世界的种种解释，逐步发展到通过设计实验，通过对自然界的观察来得到的种种结果，并对结果进行推论得到种种理论。

书本知识是科学的一个组成部分，科学精神和科学方法的运用才是推动科学进步的动力，而当前缺乏对学生这两方面的教育。我国的教育现状是学生背了很多理论但缺乏创新意识和创造能力。我国教育工作者很早就意识到这点，并尝试新的教学方法。1978 年，探究性学习引入我国后，一些教师就开始试着用这种教学方法，但没有得到推广。20 世纪 90 年代以后，世界各国制定了面向 21 世纪的科学课程标准，并把科学探究作为科学课程的理念，把科学培养探究能力作为培养学生科学素养的重要方面。《普通高中生物课程标准（实验）》分析了我国理科课程改革的基础，借鉴了世界各国科学课程标准及教学改革的实践经验，提出了探究性学习的理念。

2. 探究性学习的概念

探究性学习是指学生通过类似于科学家科学探究活动的方式获取科学知识，并在这个科学过程中学会科学的方法和技能以及科学的思维方式，形成科学观点。探究性学习是对传统教学方式的一种改革，学生从老师让听什么就听什么的被动学习者变为主动参与者，由过去从概念规律开始学习的方式变为学生通过各种事实来发现规律的学习方式。教学模式也发生改变，生物课程更多的内容将是学生的实验、讨论和交流活动。

生物课堂的探究活动是学生积极主动地获取生物科学知识，领悟研究方法而进行的活动。教师在学生的探究活动中是一个组织者的角色，教师为学生提供学习材料，解释阅读材料中的问题，提出问题，教师不直接告诉学生答案，而是鼓励学生自己找到问题的答案。当学生面临各种让他们困惑的问题时，要对问题进行推理分析找出解决问题的方向，然后通过观察实验来收集事实；也可以通过其他方式获得资料，对获得的资料进行归纳比较分析，形成对问题的解释和结论，并通过讨论和交流，进一步澄清事实，发现新的问题，对问题进行深入的研究。

探究性学习作为一种学习方式，它不同于科学家的探究活动，探究性学习必须满足学生在短时间内学到学科基本知识和了解学科结构的要求，所以这个过程在很多情况下被简化，如提出问题这个环节，在大多数的情况下是由教师或教材提出问题；在设计实验这个阶段，常常由教师和教材来确定试验方法步骤等，这样就省去了学生设计实验的环节。探究性学习也会给学生提供进行完整探究活动的机会，这样的活动需要用更多的时间，但对学生体验科学家的探究过程是必要的。

探究性学习的一个目的就是要求学生掌握科学研究的方法，帮助学生领悟科学的本质。如果不亲自参加探究，学生就无法理解科学探究的艰难，无法体会到科学家在科学探究中可能遇到的各种问题，以及科学家如何一次又一次地尝试解决这些问题。

（四）"注重与现实生活的联系"的课程理念

长期以来，一些教育工作者把生物课程的重点放在生物学理论上，强调生物课程学科的完整性和系统性，教学中也局限于对生物学事实和概念的记忆。根据这样的理念编排的课程相距学生生活很远。学生的整个精神生活定格在既定的教科书上，课堂生活缺乏现实感，缺少生命的活力、成功的体验、个性的张扬，以致对一些学生来说，学习成了他们的"苦役"。针对这些问题，一些教育专家提出生物学教育应该涉及对学生有用的、有实际应用价值的内容。联合国教科文组织曾于20世纪90年代初召开科学与技术研讨会，推广显示生活中的科学这一科学教育理念和教学策略。生物课程标准研制组所作的学生学习心理调查研究结果也表明，高中学生学习生物学的首要动机是"问题解决"。因此，在高中课本中"注重与现实生活联系"会有效地增强学生学习的兴趣。我们可以从两个层面去理解这个理念。

一是《普通高中生物课程标准（实验）》明确提出"生物科学与人们的日常生活、医疗保健、环境保护、经济活动等方面密切相关"。这体现出生命科学知识广延性的特点。这一理念要求在生物学教学中广泛联系相关方面，让学生在现实生活的背景中学习生物学，最终学会运用生物学原理和方法参与公众事务的讨论或做出相关的决策。

二是《普通高中生物课程标准（实验）》提出"注意帮助学生了解相关的职业和学习方向，为他们进一步学习和步入社会做好准备"。这就体现了高中阶段学习的特殊性。普通高中课程是在九年制义务教育基础上进一步提高国民素质，并为学生发展奠定基础的教育。因此，高中课程内容既要进一步提升所有学生的共同基础，同时更应为不同学生发展奠定不同的基础。

这是针对当前高中生物教育存在的教学内容过于学科化和忽视知识功能教学的问题而提出来的。长期以来，高中教育目标指向是单一的认知领域，生物课程目标的设计忽视满足学生现实生活的需要，从而导致生活意义的丧失。《普通高中生物课程标准（实验）》注重使学生在现实生活的背景中学习生物学，倡导学生在解决实际问题的过程中深入理解生物学的核心概念，并能运用生物学的原理和方法参与公众事务的讨论或做出相关的个人决策，同时注意帮助学生了解相关的职业和学习方向，为他们进一步学习和步入社会做准备。提出"注重与现实生活的联系”的课程理念，旨在加强生物学教学与现实生活的联系。

第三节　生物课程标准取代教学大纲的必要性

课程标准是国家课程的基本纲领性文件，是由教育部颁布的有指令性的重要课程文件，是国家对基础教育课程的基本规范和质量要求。本次课程改革将我国沿用已久的教学大纲改为课程标准，反映了课程改革所倡导的基本理念。基础教育各门课程标准的研制是基础教育课程改革的核心工作。经过近300名专家的共同努力，18种课程标准实验稿的正式颁布，标志着我国基础教育课程改革进入新的阶段。

一、“课程标准”仅仅是名称的变化吗？

实际上，“课程标准”并不是一个新词，1912年在南京临时政府教育部第一任教育总长蔡元培的主持下，就颁布了《普通教育临时课程标准》，此后，“课程标准”一词在中国一直沿用了40年。新中国成立初期，我国颁布了小学各科和中学个别科目的课程标准（草案）。1952采用教学大纲，这是我国学习苏联教育模式的一个重要表现。教学大纲明显存在以下弊端：从目标上，只规定了知识方面的要求，内容偏难、偏深、偏窄，对绝大多数学生来说，要求过高；只强调教学过程，忽视课程的其他环节；“刚性”太强，缺乏弹性和选择性。

基于我国教学大纲的种种弊端以及本次课程改革所倡导的基本理念及改革目标，本次课程改革中以课程标准代替目前的教学大纲，这不仅仅是一个简单的词语置换，至少应包括以下几方面的理解和考虑。

（一）课程价值趋向从精英教育转向大众教育

1996年对我国义务教育实施状况的调研表明，我国现行教学大纲要求过高，教学内容存在繁、难、偏、深、旧、窄的情况，90%学生不能达到教学大纲规定的要求。与世界其他国家相比，我国同一学段教学大纲所规定的内容知识面较窄，同一知识深度较深。同时，对各科教学的内容、教学要求作了统一的硬性规定，缺乏弹性和选择性。这种现状导致大多数学生负担过重，学生辍学率增加，不利于学生的全面发展。

课程标准是国家制定的某一学段共同的、统一的基本要求，而不是最高要求，它应是大多数学生都能达到的标准。因此，课程标准是一个“最低标准”。中学教育不是精英教育，应面向每一个学生，着眼于全体学生的发展。

（二）课程目标着眼于学生素质的全面提高

现行的教学大纲关注的是学生在知识和技能方面的要求，而课程标准着眼于未来社会对国民素质的要求。基础教育的目标是培养未来的建设者，随着21世纪科学技术的迅猛发展，经济的全球化，未来社会对人的素质提出了新的要求。作为国家对未来国民素质基本要求的纲领性文件，各学科或领域对学生素质的要求应成为课程标准的核心部分。

本次课程改革以促进学生发展为宗旨，确立了知识与技能、过程与方法、情感态度与价值观三位一体的课程目标。加强课程的目标意识，是各国课程改革的共同趋势。

（三）课程管理从刚性转向弹性

我国教学大纲对各科教学工作都做出了十分具体细致的规定，以便对教师的教学工作起到具体直接的指导作用。教学大纲便于教师学习和直接运用，但是"刚"性太强，不利于教师创造性的发挥，没有给教材特色化和个性化发展留下足够的空间，不利于教材多样化的实现，无法适应全国不同地区的学校发展极不平衡的状况。

与之相比，国家课程标准是国家对学生在某一方面或领域应该具有的素质所提出的基本要求，是一个面向全体学生的标准。国家课程标准对教学目标、教学内容、教学实施、评价及教材编写做出了一些指导和建议，但与教学大纲相比，这种影响是间接的、指导性的、弹性的，给教学与评价的选择余地和灵活空间都很大。同时，本次课程改革把实施三级管理政策作为重要目标，给地方和学校创造性地执行国家课程标准提供了政策保障。

二、生物课程标准与教学大纲比较

以下从八个方面将生物课程标准与教学大纲进行比较。

（一）在课程文件的结构上

《义务教育生物学课程标准（2011年版）》和《普通高中生物课程标准（实验）》都增加了课程性质、课程理念、设计思路、教材编写建议及课程资源开发和利用等部分，同时以模块的形式构建课程框架。此外，附录有关于教学要求层次的说明。

（二）在课程性质上

初中生物课程标准明确提出，义务教育阶段的生物课程是国家统一规定的、以提高学生生物科学素养为主要目的的必修课程，是科学教育的重要领域之一。初中教学大纲则指出"生物学是义务教育初中阶段必修的一门基础课。生物课的学习，使学生获得生物学基础知识，形成基本的生物学的观点，提高学习生命科学的兴趣和能力，初步具有科学态度、创新精神和一定的实践能力，掌握一般的科学方法，为参加社会主义现代化建设，适应社会生活和继续学习，打下必要的基础。"相比之下，生物课程标准学习目的简洁明确，突出了提高生物学素养的重要性。

高中生物课程在义务教育的基础上，进一步提高学生的生物科学素养，尤其是发展学生探究能力，帮助学生理解生物科学、技术和社会的相互关系，增强学生对自然和社会的责任感,促进学生正确的世界观和价值观的形成,并在保证共同基础的前提下,满足不同学生个性和多样化发展的需要。这与教学大纲规定的高中教育及高中生物课程具有双重任务(升学预备和就业预备)的定位有明显的区别。

(三)在课程理念上

《义务教育生物学课程标准(2011年版)》明确提出"提高生物科学素养"、"面向全体学生"、"倡导探究性学习"三项主要课程理念,而高中课程标准又增加了"注重与现实生活的联系"的课程理念。其中,提高生物科学素养是高中生物课程的核心任务,而教学大纲中没有这样明确的课程理念。

(四)在课程目标的设定上

《义务教育生物学课程标准(2011年版)》更加关注知识的更新,关注学生的身心发展。首次提出"科学探究的一般方法",并强调探究在生物教育中不可替代的作用,力图切实发展科学探究的能力,并以此推动学生学习方式的改变。初中生物课程标准更加强调理解"人与自然和谐发展的意义",初步形成"主动参与社会决策的意识"。这是义务教育性质决定的,积极健康的生活态度是培养公民素养的重要组成要素。

《普通高中生物课程标准(实验)》将"认识科学的本质,理解科学、技术、社会的相互关系"和"具有较强的判断性思维能力"作为课程目标,同时,探究能力的目标更加明确,并落实在内容中。这些都是比教学大纲要求更高的要求。

(五)在课程内容上

《义务教育生物学课程标准(2011年版)》没有像教学大纲一样,提出确定教学内容的原则。国际理科教学研究表明,精心挑选"重要的内容和积极的学习方式"是科学教育成功的关键所在。《义务教育生物学课程标准(2011年版)》通过摒弃学科体系和构建"人与生物圈"教学新体系的方式,果断删除了许多过去认为不能不学但对学生未必非常有用的、比较繁琐和难以理解的学科知识。例如,原先从原生动物门、腔肠动物门、扁形动物门、线形动物门、环节动物门、软体动物门、节肢动物门一直讲到脊椎动物的5个纲等多个动物门类,这些门类动物的形态结构和生理知识非常繁琐,其中很多生理学知识,如各门类动物的消化、呼吸、排泄、循环等,不仅在各门类之间反复出现,而且和人体生理学知识也有相似之处。

《义务教育生物学课程标准(2011年版)》在鲜明地提出3项课程理念的基础上,明确地提出"人与生物圈"为主线的课程设计思路。初中生物课程标准综合考虑了学生发展需要、社会需要和生物科学的发展三方面因素,选取了科学探究等十个主题。考虑到具有关心、保护环境的意识和行为是九年制义务教育的重要培养目标,结合生物学科的特点,内容标准推出了"人与生物圈"。考虑到生物科学的技术发展迅猛以及对社会和人类的意义,安排了"生物技术"主题。考虑到使每个学生健康生活是义务教育阶段的培养目标之一,因而单列了"健康的生活”主题。

高中教学大纲在课程内容的必修部分，侧重于生命活动的基本规律，按生命的基本特征为线索展开；《普通高中生物课程标准（实验）》在义务教育生物课程基础上，突出了“分子与细胞”、“遗传与进化”、“稳态与调控”和“生物与环境”这四个主题，分别放在“分子与细胞”、“遗传与进化”、“稳态与环境”三个模块中，以加强生物科学中基础和核心的内容。

选修部分，高中生物教学大纲侧重于生物科学技术与人类生存和发展的密切关系，是对必修课本的延伸和提高。《普通高中生物课程标准（实验）》侧重于关注学生“在共同基础上的有个性的发展”，设计了三个选修模块：“生物技术实践”模块侧重于学生科学技能的发展和对生物科学与技术关系的理解；“生物科学与社会”模块侧重于学生理解生物科学技术与社会的关系和增强社会责任感，以及形成科学的世界观和价值观；“现代生物科技专题”模块侧重于开拓学生视野，增强科技意识，激发学生探索生命奥秘和热爱生命的情感，为进一步学习现代生物学奠定基础。

（六）在体现科学课程的特点方面

初中和高中的课程标准突出加强了实验和实践活动，不仅内容标准中有大量的活动建议，还专门设置了以学生动手实践为主的生物技术实践模块；而教学大纲在实验方面虽有所加强但与其相比显得薄弱。

（七）在教学建议方面

教学大纲从提高生物学教学质量的角度，给予了原则性的指导；初中和高中的课程标准从转变学生学习方式的角度提出了更加具体的教学建议和案例，尤其是对探究性学习，科学、技术、社会的相互关系，生物科学史方面提出了更明确的指导。增加了科学发现史的内容，如酶的发现、光合作用的发现、植物生长素的发现等。

有关科学发现史的内容可以帮助学生更好地理解科学的历史和本质，理解科学不仅是关于自然界的知识体系，而且是一种动态过程，是人类一项不断发展变化着的事业；还可以帮助学生领悟科学研究的方法和科学认识模式，了解科学家在科学研究过程中表现出来的科学态度、科学精神、创新意识等，从而有利于全面提高学生的科学素质。

（八）评价建议方面

教学大纲从评价目的、内容、原则和方式四个方面提了原则性建议。初中和高中的课程标准的评价建议更加具体，更具有操作性，并提供了若干案例。

通过比较可以看出，初中和高中的课程标准所描绘的新的初中生物课程和高中课程都有了很大的进展，它指出了我国新世纪生物课程的发展方向。课程评价是教学过程中不可缺少的重要环节。过去尚未建立系统的课程实施过程监控体系及课程评价体系。这次课程标准提出要建立多元化、多模式的生命科学教育评价体系,评价体系要考虑形成性评价和终结性评价的结合。教师既要重视终结性评价,更要重视教学过程中的形成性评价。教师还应注意指导学生进行自我评价,使学生增强自主学习意识,提高学习能力。

课程标准与教学大纲相比,在课程目的和目标的确立、教学内容的更新、教学中应注意的问题以及教学评价等方面,都有很大的提高和改进,特别是在各部分中都渗透了现代教育教学的先进思想和改革方向,对今后高中生物的教学改革将产生积极的指导作用。这次课程标准的制定与实施,必将把我国中学生物学教学水平提高到一个新高度。

思考与练习

1. 收集其他国家生物课程发展的资料,比较与我国生物课程发展的异同并分析原因。

2. 谈谈世界各国的课程改革趋势对你的启发。

第三章　生物课程目标与标准

教学是一种目的性和计划性极强的行为，教师的每一项教学活动都要依据生物学课程的目标来制定和实施。因此，课程目标的确定是课程改革的关键，它是一门课程总体水平的标志之一。

第一节　课程目标概说

课程目标是指导课程编制、课程实施和课程评价的准则和指南。它是按照国家的教育方针，依据学生的身心发展规律，通过完成规定的教育任务和学科内容，使学生达到培养目标。它是总的人才培养目标的具体体现。

一、课程目标的含义

在理解课程目标的含义之前，首先必须理解课程的内涵，什么是课程呢？我国的课程工作专家叶利群先生认为，课程是按照国家规定的教育方针，根据学生身心发展的状况，在一定时期内使学生达到规定的培养目标，完成规定的教育任务所设计的教育内容。它既可指一个学习阶段的全部教育内容，如小学课程、中学课程，也可指一门学科的教育内容，如生物课程、历史课程。课程目标就是课程本身要实现的具体目标，是各学科、各科目对学生在知识、能力、情感态度和价值观等方面的培养上期望达到的程度。

我们经常在各种报纸报刊中看到教育目标、教育目的、培养目标、教学目标等名词的出现，它们分别表达了教育领域中目标问题的不同层次，但是很容易与课程目标混淆。要对课程目标概念进行深入理解，就必须了解它们之间的关系和区别。

教育目标是一个高度概括的集合概念，它的内涵是一个体系，是一个由总目标（教育目的），以及各级各类目标（培养目标、课程目标、教学目标）构成的有机整体。

教育目的（一级教育目标）：指国家培养人的总目标。教育目的是含有方向性的总体目标和最高目标，它关系到把学生培养成为什么样的社会角色和具有什么样素质的人的根本性问题，是对各级各类学校教育的总的规定和要求，具有高度的概括性和抽象性。教育目的是宏观的教育价值，它具体体现在国家、地方、学校的教育哲学中，体现在宪法、教育的基本法、教育方针之中。

培养目标（二级教育目标）：是各级各类学校及各个学段应具体达到的教育目标，是根据教育目的制定的、符合一定社会需要的具体要求。培养目标是教育目的的下位概念，它所体现的是不同性质的教育和不同阶段教育的价值，如基础教育、高等教育、职业教育、成人教育分别具有不同的培养目标。培养目标与教育目的相比，没有实质性的区别，它们的关系仅是具体与抽象的关系，培养目标是具体化了的教育目的。例如，在目标内容上，培养目标必须服从于教育目的，并根据各级各类学校或各学段的特点，把教育目标细化为具有地方特色、学校类别特色、学段教学特点的具体目标。但是，两者在时间性、区域性、概括性方面却有很大区别：①教育目的是一个国家在很长的历史阶段内的教育总目标，它一旦提出，便具有相对稳定性，培养目标则具有阶段性、层次性、灵活性等特点。②教育目的是一个国家提出的整体教育目标，覆盖面大，包容性强，培养目标则只是某类学校或某个学段的具体教育。③教育目的往往用简短的语言表达丰富的内涵，目标、区域性很强。它所要说明的是教育应满足社会、国家的哪些需求和应培养哪些素质，概括性极强。培养目标要说明的是某类学校或者某个学校应从本身特点出发，满足社会整体或部分的哪些要求，在素质培养方面，可在学生基本素质培养合格的基础上，重点培养学生的哪方面素质，也就是通常所说的培养合格加特长的人才，在文字表达上比较复杂。

课程目标（三级教育目标）：是培养目标的下位概念，课程目标是指导整个课程编制的准则，它体现教育目的的要求。课程目标与培养目标相比在本质内容上也是相通的。在我国，这两类目标都要体现德、智、体、美、劳全面发展的教育要求。但两者在概括性、可操作性、可检测性和使用功能方面却有明显区别：①培养目标在概括性方面高于课程目标，它一旦制定，就要求某类学校的各门课程乃至各项教育活动都要服从这一目标的要求，而课程目标则往往是某一学科的教育要求，它的内涵和外延都要限定在该学校的培养目标之内。②课程目标具有可操作性，它特别要求目标要体现学科特点，要通过学科的个性体现培养目标的共性。课程目标是具体课程编制的指导目标，是课程编制的起点和终点。因此，它必须具有可操作性和可检测性，它对课程内容、课程结构、使用功能、课程实施、课程评价都具有指导意义和实践意义。③在使用功能方面，培养目标适应某类学校所有教育教学人员，它不但在人才培养方面提出要求，而且要对该类学校的办学方向、性质、途径等方面的发展提出要求。课程目标要有利于课程编制，同时还要关注教师的教与学生的学，要充分顾及到学生特点、学科内容及社会需求。

教学目标（四级教育目标）：即教师教和学生学的教育目标。课程目标与教学目标联系最为紧密，它们共同为达成培养目标发挥着各自的作用，是培养目标的具体化。在目标的确立方面，两者都要以教育目的为总目标，以培养目标为具体指导，在各自的范围内提出适应社会、适应学科、适应学生的具体教育教学要求。在人才培养要求上，两者都要体现面向全体、全面发展、生动活泼发展的教育意图。总之，课程目标和教学目标都是教育目的和培养目标的具体体现，两者都以培养目标为具体指导，培养目标又要靠两者来体现。课程目标与教学目标有明显的区别：①课程目标的制定主要由教育行政部门和课程工作者完成，具有较强的方向性和规定性，它不但要考虑学科特点，还要考虑学生特点和社会需求。教学目标主要由教师来制定，相对课程目标而言，具有较强的实用性和灵活性。在目标制定方面除重视学科特点、社会需求以外，更应重视学生特点。教学目标在表达方面可长可短，呈现方式也可多种多样，或书面，或口授，或图示，只要有利于教学就行，有更大的变通性。课程目标就必须具有规范性和稳定性。②从两者的适应范围来看，课程目标的首要作用是为课程编制提供依据和参考，其次是为教师的教和学生的学提供参考，课程目标总是处于教学目标的上位。它事关某一科类或某一学科的全局，对该学科产生影响和制约作用。教学目标是为教师的教和学生的学提供依据，它是对局部的教与学产生导向、激励和制约作用。③教学目标是最具有实践性和实效性的教育目标，教育目的、培养目标、课程目标的主要意图和方针都要通过教学目标来体现，它是教学活动的出发点和归宿，也是教学评价的重要依据。课程目标在教学活动的实践指导方面弱于教学目标，但是，它的衔接作用和指导意义却是其他教育目标不可代替的，课程目标是培养目标和教学目标的桥梁。

教育目标是一个高度概括的集合概念，它的内涵是一个体系，是一个由总目标（教育目的），以及各级各类目标（培养目标、课程目标、教学目标）构成的有机整体，它们的关系（如图3-1所示）。教育目的是总体教育目标，后三个目标实际是它的子目标，课程目标恰恰处在三个子目标的轴心位置上。它上接培养目标，下连教学目标，是起桥梁作用的中介教育目标，具有举足轻重的地位。

教育目标
- 教育目的（一级教育目标） 国家培养人的总目标或称终极教育目标
  ↓
- 培养目标（二级教育目标） 各级、各类学校的教育目标
  ↓
- 课程目标（三级教育目标） 各科类、各学科的教育目标
  ↓
- 教学目标（四级教育目标） 教师教和学生学的教育目标

图3-1 教育目标与其子目标关系图

二、课程目标的分类

课程目标是一个高度概括的集合概念，课程目标因划分标准不同而有多种分类。

按教育性质划分，有普通学校课程目标和专业技术学校课程目标、全日制学校课程目标和成人学校继续教育课程目标；按时间划分，有远期的、中期的、近期的课程目标；按作用范围划分，有语文课程目标、数学课程目标、生物课程目标等；按指向领域来分，就可分为知识、能力、情感态度与价值观、行为与习惯等；按抽象程度划分，有总目标和具体目标，前者包含后者，后者总和构成前者，从而形成目标系列。

这表明，目标具有相对性，大的、高级的目标包含小的、低级的目标，小的、低级的目标构成了大的、高级的目标，从而成为系列化目标。因此，课程目标的分类是多种多样的。

三、课程目标的功能

课程目标是构成课程内涵的第一要素。课程内容的设计和课程实施的进行，基本上是以人们对课程目标的学习、认识以及变通把握为重要前提的；即使是课程评价，它的实行也是以课程目标的实现程度和水平为重要依据和准绳。可以说，课程目标的研制与实现贯穿课程运行的全过程。人们只有充分认识课程目标，科学地研制、纵横错落有致地设计课程目标，才能比较理想地实现课程目标。课程目标既是课程实施的预期结果，也是课程实施的调控者。课程目标功能可以归纳如下。

（一）导向功能

课程目标的导向功能，是指它引导教师的教学活动和学生的学习活动。它要求教师的教学必须指向目标，并按目标的要求进行教学，以取得显著的教学效果。当教学活动偏离了课程目标所指向的方向时，教师应自觉地反思并予以纠正。

（二）调控功能

课程目标的调控功能，是指课程目标对教师选择的教学内容和教学方案，具有指导、协调、支配、控制等作用。课程目标的调控表现在两个方面：一是对教学内容的调控。也就是指导教师在教学时，必须按一定的目标选择教学内容，并指导学生按一定的目标接受和把握其学习内容。二是对教学活动的方式、方法、手段、技术的调控。也就是在理解和掌握课程目标的前提下，教师总会自觉地选用与教学目标相对应的教学方式、方法、手段、技术，即总是选用最合适、最恰当的教学方案去完成教学任务，实现课程目标。

（三）评价功能

由于课程实施是以课程目标为出发点和归宿，因而检验课程实施成功与否的根本标准必然是课程目标。虽然教学活动的具体评价标准可以细化，但所有细化的评价标准的最高价值预设都来源于课程目标。课程目标是整合所有具体教学评价标准的最高准则。课程目标的评价功能主要在于能够评价一门课程的实施是否达到了预期效果，即效果是否与课程目标相一致。

对于新课程改革来说，课程目标的确定是课程改革的关键，它导引课程改革的方向，并在相当程度上决定课程改革的可接受程度和成败。有学者提出，面向21世纪基础教育的课程改革目标必须体现基础性学力、发展性学力和创造性学力的统一；科学素质和人文素质的统一；基本要求和个性发展的统一；国际性与民族性的统一；科学思想、科学方法和科学知识的统一；智力因素和非智力因素的统一；自主意识和责任意识的统一。当代世界课程改革的追求，正在更多地着眼于人类自身，关注人的发展。一方面，既要立足现实，适应社会发展的需要，又要着眼未来，有效地影响社会发展；另一方面，既要考虑人发展的共性，又要考虑人发展的个性。

第二节　生物课程目标

一、生物课程的总目标

课程的总目标是一种宏观的、较为抽象的表述方式，它代表了课程设计者对课程的认识理念要求，指明努力的方向和教师应注意到的不同方面。

（一）确定生物课程目标的主要依据

1. 国家教育方针

《中共中央国务院关于深化教育改革全面推进素质教育的决定》提出以邓小平同志“教育要面向现代化，面向世界，面向未来”和江泽民同志“三个代表”的重要思想为指导，全面贯彻党的教育方针，全面推进素质教育。《国家基础教育课程改革纲要（试行）》提出的培养目标是：“要使学生具有爱国主义、集体主义精神，热爱社会主义，继承和发扬中华民族的优秀传统和革命传统；具有社会主义民主法制意识，遵守国家法律和社会公德；逐步形成正确的世界观、人生观、价值观；具有社会责任感，努力为人民服务；具有初步的创新精神、实践能力、科学和人文素养以及环境意识；具有适应终身学习的基础知识、基本技能和方法；具有健壮的体魄和良好的心理素质，养成健康的审美情趣和生活方式，成为有理想、有道德、有文化、有纪律的一代新人。”基础教育阶段的每一门课程都要为实现国家教育目的、落实国家教育方针服务。生物学课程也不例外，要为实现这些目标作出贡献，并沿着这些目标的方向制定生物学科的课程目标。

2. 生物学科的特点

生物学的本质、研究对象的特点、本学科对于社会的作用及对学生现在和将来产生的影响，都是制定课程目标的依据。课程目标要反映基本的学科特点。生物学是自然科学中的一个重要学科。科学是一个探究过程，科学包括科学知识、思想方法、研究方法等不同维度。

生物学属自然科学，是21世纪率先发展的学科之一，它的研究成果正在迅速转化为生产力，并显示出巨大的社会效益和经济效益，同时也改善着人民的生活。生物学突出地显示了科学-技术-社会(STS)的相互联系和作用。生物学关系着每个人的健康生活、社会的进步和发展及人类的生存和选择。生物学素养是每个现代公民所必须具有的素养，是构成科学素养的重要组成部分。培养学生的生物学素养是中学生物课程的根本目的。

(二)生物课程目标内容

生物课程目标随着社会的发展、科学的进步而不断变化。各国中学生物课程目标虽不尽相同，但大体上都有相同的发展过程和趋势。20世纪50年代，我国全面向苏联学习，提倡加强"双基"，主要重视基础知识和基本技能的教育。另外由于中国和苏联均属于社会主义国家，还明确提出了思想教育方面的要求。60年代，为适应科学技术迅猛的发展对培养能力的需要，曾突出地提出"发展智力、培养能力"的要求。70年代以来，由于工业的迅速发展带来了人口、环境、能源和资源等严重问题，促使人们意识到中学生物学教学还必须体现其社会价值，帮助人们如何利用生物学知识防止环境恶化及改善人们的生活。因此，80年代又提出生物学教学要体现"科学、技术、社会"三者结合的教育。到90年代，人们逐步思考应该如何为人的发展服务，于是提出素质教育问题。进入2000年，面对国际间综合国力的竞争，为培养创新人才，我国在第三次全国教育工作会议上提出，深化教育改革全面推行素质教育，以提高国民素质为根本宗旨，以培养学生的创新精神和实践能力为重点，造就我国21世纪的一代新人。为贯彻这一精神，适应时代发展的需要，提出的生物课程总目标如下。

1. 我国初中阶段生物课程总目标

获得生物学基本事实、概念、原理和规律等方面的基础知识，了解并关注这些知识在生产、生活和社会发展中的应用；

初步具有生物学实验操作的基本技能、一定的科学探究和实践能力，养成科学思维的习惯；

理解人与自然和谐发展的意义，提高环境保护意识；

初步形成生物学基本观点和科学态度，为确立辩证唯物主义世界观奠定必要的基础。

2. 我国高中阶段生物课程总目标

获得生物科学和技术的基础知识，了解并关注这些知识在生活、生产和社会发展中的应用；

提高对科学和探索未知的兴趣，养成科学态度和科学精神，树立创新意识，增强爱国主义情感和社会责任感；

认识科学的本质，理解科学、技术、社会的相互关系，以及人与自然的相互关

系,逐步形成科学的世界观和价值观;

初步学会生物科学探究的一般方法,具有较强的生物学实验的基本操作技能、搜集和处理信息的能力、获取新知识的能力、批判性思维的能力、分析和解决实际问题的能力,以及交流与合作的能力;

初步了解与生物科学相关的应用领域,为继续学习和走向社会做好必要的准备。

在我国,初中和高中学段的课程目标,方向上是一致的,但要求上有递进的变化。在课程目标中十分强调培养学生的创新精神、实践能力、终身学习的能力和适应社会的能力。

二、生物课程的分类目标

(一)生物新课程目标的分类依据

我国颁布的课程标准中的生物课程目标采用布卢姆的分类系统,将目标分为知识、技能和情感态度三个领域。生物新课程总目标是一个确立了知识、能力、情感态度与价值观的三位一体的课程目标。按目标指向的领域来区分,我们可以把生物课程的总目标分为三类:一是知识,二是能力,三是情感、态度与价值观。

(二)生物新课程目标的分类

我国初中和高中阶段总目标包括了知识、能力和情感态度与价值观,以及科学技术与社会等方面的内容,在共同的课程理念指导下,初、高中生物课程目标在表述方式、目标的指向方面具有很强的一致性,并呈现出递进的关系。生物课程的具体目标是对总目标的解释和具体的要求。在新课标中,生物新课标的具体目标包括以下内容。

1. 知识方面的目标

(1)初中阶段:获得有关生物体的结构层次、生命活动、生物与环境、生物进化以及生物技术等生物学基本事实、概念、原理和规律的基础知识;获得有关人体结构、功能以及卫生保健的知识,促进生理和心理的健康发展;知道生物科学技术在生活、生产和社会发展中的应用及其可能产生的影响。

(2)高中阶段:获得生物学基本事实、概念、原理、规律和模型等方面的基础知识,知道生物科学技术的主要发展方向和成就,知道生物科学发展史上的重要事件;了解生物科学知识在生活、生产、科学技术发展和环境保护等方面的应用;积极参与生物科学知识的传播,促进生物科学知识进入个人和社会生活。

初中和高中阶段生物学课程总目标都提出获得"生物学基本事实、概念、原理、规律等方面的基础知识",高中的总目标中进一步加强了对知识的传播和在生活中应用的要求。知识方面的总目标包括了两个层面的要求:一方面是对生物学基础知识的理解,另一方面是这些知识在生活中的应用。传授生物知识方面的教学是我国生物教学中的优势,应该继承并发扬。但是学生学习这些知识时,不能只停留在对书本知识的了解记忆和对理论试卷得到高分的满足。所以,生物学课程对知识提出了更高层次的要求,那就是学生在掌握这些知识后,应该能够在一定程度上对生物世界有正确的理解和认识,能够正确并有效地对待和处理现实生活中的问题并做出决策,能够帮助他们在选择今后的职业和学习方向上有更深入的思考。这一要求也直接影响着课程内容的选择,生物课程课程不可能只是“纯理论”;它也影响着教师教学策略的选择,即生物课堂应该“动起来”。这种教学目标是国际趋势,很多国家的教学文件都在生物课程目标方面强调“基础知识”和“知识的应用”。

2. 情感态度与价值观方面的目标

(1)初中阶段:了解我国的生物资源状况和生物科学技术发展状况,培养爱祖国、爱家乡的情感,增强振兴祖国和改变祖国面貌的使命感与责任感;热爱大自然,珍爱生命,理解人与自然和谐发展的意义,提高环境保护意识;乐于探索生命的奥秘,具有实事求是的科学态度、一定的探索精神和创新意识;关注与生物学有关的社会问题,初步形成主动参与社会决策的意识;逐步养成良好的生活与卫生习惯,确立积极、健康的生活态度。

(2)高中阶段:初步形成生物体的结构与功能、局部与整体、多样性与共同性相统一的观点,生物进化观点和生态学观点,树立辩证唯物主义自然观,逐步形成科学的世界观;关心我国的生物资源状况,对我国生物科学和技术发展状况有一定的认识,更加热爱家乡、热爱祖国,增强振兴中华民族的使命感与责任感;认识生物科学的价值,乐于学习生物科学,养成质疑、求实、创新及勇于实践的科学精神和科学态度;认识生物科学和技术的性质,能正确理解科学、技术、社会之间的关系。能够运用生物科学知识和观念参与社会事务的讨论;热爱自然、珍爱生命,理解人与自然和谐发展的意义,树立可持续发展的观念;确立积极的生活态度和健康的生活方式。

初中和高中生物课程目标在情感态度与价值观上的要求基本点是一致的,主要体现在以下几方面。

第一,生物学观点和科学的世界观。在生物学课程内容中,涉及的生物学观点主要有:结构与功能、局部与整体、多样性与统一性的观点及生物进化和生态学等。教师在教学过程中可以结合不同的教学内容,使学生在接受科学事实的同时,接受生物学观点。在形成这些观点的基础上,树立辩证主义自然观和科学的世界观。生物学的核心观点一旦形成就会保留很长时间,影响一个人的一生。因此,这是很重要的学习目标,也是以前忽略的问题,应加以高度重视。

第二,人与自然的和谐发展和环保意识。培养学生的环保意识,是21世纪我国基础教育培养总目标中的明确要求,生物课程和地理课程在实现这一目标方面发挥着核心的作用,新的生物学课程中更加注重环保意识的形成及人与自然和谐发展的教育。从初中的课程结构上看,以“人与生物圈”为主线的十大主题,也突出了这一教育的地位。在课程标准的多数主题中,都渗透了热爱大自然、热爱生命、人与自然和谐发展及树立可持续发展观的教育和要求。在内容标准中,开设了“校园绿化方案”、“探究酸雨的危害”等围绕这一主题设计的要求和活动建议。在高中生物课程不同模块中,进一步加强了这方面教育。教师应在理解这一目标基础上,利用生物学课程的内容和当地课程资源的优势,努力实现课程目标。新课程减少了可能破坏生物资源的采集活动,删除了解剖脊椎动物的实验等。

第三,爱国主义教育。爱国主义教育是各个国家基础教育不可或缺的组成部分,只是呈现的方式和手段有所不同。爱国主义是中华民族的光荣传统,是推动中国社会前进的巨大力量,是各族人民共同的精神支柱,是社会主义精神文明建设主旋律的重要组成部分,同时也是培养“四有”新人的基本要求。爱国主义教育是提高全民族整体素质的基础性工程,是引导人们特别是广大青少年树立正确理想、信念、人生观、价值观,促进中华民族振兴的一项重要工作。很多国家的生物教材中,都渗透了爱国主义教育。我国生物教学目标在爱国主义教育方面提出了明确的课程目标。结合生物学的课程内容特点,爱国主义教育的内容主要涉及生物自然资源状况的教育和我国生物科学发展的历史及现状两个方面。在自然资源方面,我国虽然在环境多样化、物种多样化、珍稀物种等方面有许多傲人之处,但同时也面临着生物资源正在遭受破坏,资源分配不均及人均资源不足等问题。生物科学和技术发展方面,我国古代的贤人志士和当今的科技精英都有过令世人瞩目的成绩,但我们也面临着前所未有的挑战,在很多领域中我国还未步入世界先进之林,需要加倍努力。加强爱国主义教育,就是让学生具有民族自信心、民族自豪感,具有危机感和紧迫感,具有振兴祖国、改变祖国面貌的使命感和责任感。

第四,科学态度和创新精神。生物学教育的重要目的之一就是使学生对生物科学和学习生物科学有积极和正确的态度,增强学生的好奇心和求知欲,培养他们的探究精神、创新精神和严谨的科学态度,使之成为他们不断学习的动力。

3. 能力方面的目标

(1)初中阶段:正确使用显微镜等生物学实验中常用的工具和仪器,具备一定的实验操作能力;初步具有收集和利用课内外的图文资料及其他信息的能力;初步学会生物科学探究的一般方法,发展学生提出问题、作出假设、制定计划、实施计划、得出结论、表达和交流的科学探究能力;在科学探究中发展合作能力、实践能力和创新能力;初步学会运用所学的生物学知识分析和解决某些生活、生产或社会实际问题。

(2)高中阶段:正确使用一般的实验器具,掌握采集和处理实验材料、进行生物学实验的操作、生物绘图等技能;能够利用多种媒体搜集生物学的信息,学会鉴别、选择、运用和分享信息。同时,发展科学探究能力,初步学会:①客观地观察和描述生物现象;②通过观察或从现实生活中提出与生物学相关的、可以探究的问题;③分析问题,阐明与研究该问题相关的知识;④确认变量;⑤作出假设和预期;⑥设计可行的实验方案;⑦实施实验方案,收集证据;⑧利用数学方法处理、解释数据;⑨根据证据作出合理判断;⑩用准确的术语、图表介绍研究方法和结果,阐明观点;⑪听取他人的意见,利用证据和逻辑对自己的结论进行辩护以及作必要的反思和修改。

我国生物课程提出能力的目标较晚,1981年《全日制六年制、五年制中学生教学大纲中》首次提出要求学生掌握一些生物学实验的基本技能,同时还要求学生具有观察生物现象的初步能力。在以后的生物课程改革中对能力的要求逐步增高。在新课程目标中对能力的要求体现在以下几个层次。

第一,实验操作技能。中学阶段的生物学课程应该使学生掌握生物学基本操作技能和生物学的一些基本实验方法。

生物学基本技能包括使用放大镜、显微镜、实体镜等常规实验仪器,以及正确使用解剖针、解剖刀等常用工具。

生物学的基本实验方法有:徒手切片制作、装片、染色,解剖无脊椎动物,观察动物行为并做出解释,估计种群密度,使用检索表,对糖、脂肪和蛋白质的测定等。高中生还应能够用数学方法对实验进行数据分析。

第二,科学探究技能。科学探究既是科学家工作的基本方法,又是学生学习生物学的有效途径。我国第8次课程改革中,科学探究在理科课程中受到广泛的重视。在初中和高中的课程目标中,都对科学技能提出了明确的要求。在初中的生物课程中,科学探究是十大主题之一;高中的课程目标中也明确表明科学探究技能所包含的内容。

第三,获取信息的能力。生物学课程要使学生在主动学习的过程中初步具有利用各种不同学习资源的能力;通过多种媒介搜索生物学信息的能力,对信息进行评价、鉴别、选择、加工、处理和与他人分享的能力。这些能力的获得,不仅仅是阶段性的记忆知识,还为他们终身学习和今后进入学习化社会打下了基础。

第四,思维能力和思维习惯。我国新的生物学课程注重发展学生更高层次的认知能力,提倡学生在学习生物学知识的同时,了解并初步形成科学家的一些思维方式和思维习惯,在探究实际问题的经历中,可以发展比较、分析、判断、推理、分析和综合等思维能力,并初步形成批判性思维和创造性思维的品质。科学的思维能力可以保持终身、并可以使人在不同的工作岗位上更有效的工作。

课程目标之所以是一个完整的科学体系,还表现在知识目标、能力目标、情感态度与价值观目标三者的相互依存,互为基础的不可分割的关系。在教育领域,是知识目标重要还是能力目标更重要等的争论由来已久，就特定的教育发展状况，或社会在一定时期对人才素质需求的倾向性而言，这类争论均有现实针对性，是有益的。但就人的全面发展来说，就科学素养的整体性来说，全面、均衡、互动地追求三方面教育目标的实现，仍是每一位教师的教学实践所应努力的。

（三）新课标的评价建议

评价的内容依据课程目标和教学目标而设定，高中生物课程在九年制义务教育的基础上提高了对学生的要求。因此，在新课标中对高中课程和初中课程的评价建议还是有区别的，高中评价建议的多样性在初中之上。

评价内容包括知识、能力和情感态度与价值观等方面。评价是教学过程中不可缺少的环节，是教师了解教学过程，调控教学行为的重要手段。教学评价的目的不仅在于评定学生的学业成绩，更重要的在于了解学生的学习状况、发现教学中的缺陷，为改进教学提供依据。

生物教学评价应有利于实施素质教育，有利于学生的主动发展。教师应注意终结性评价和形成性评价相结合，定量评价和定性评价相结合。同时，还应重视学生自评和互评。教师应充分发挥教学评价在教学中的正面导向作用，积极引导学生真正改变学习方式，提高终身学习能力。通过教学评价，教师可以获得有关学生学习生物课程情况的反馈，不断改进教学；学生可以了解自己的学习情况，促进自己更好地发展。教师应特别重视对学生探究能力和情感态度与价值观方面进行评价。

1. 初中新课标中的评价形式

①对学生的探究能力进行评价，案例："探究影响鼠妇分布的环境因素"探究活动；②对学生情感态度与价值观的发展状况进行评价，案例："认识保护生物圈的意义"系列探究活动；③提倡采用"档案夹"的形式记录学生的发展，伴随学生的学习过程，逐步收集学生学习过中的测试卷、探究活动的报告或小论文、小制作或小标本、查阅的文献资料、收集的生物图片和照片、剪报、获奖证书等。

2. 高中新课标中的评价形式

①重视学习过程中的评价，建立学生学习记录卡；②在不同的教学方式中采用不同的评价策略；③善于利用纸笔测验，检测学生知识性目标的达成；④根据学生实际操作情况，评价学生的实验操作技能，对实验操作技能的评价可利用实验操作检核表等工具；⑤从多个侧面评价学生的探究能力；⑥通过多种途径进行情感态度与价值观方面的评价。

初中的课程标准比过去的教学大纲更加关注知识的更新，关注科学技术与社会的关系。

第三节　生物课程目标的特点

一、生物课程标准目标内容的新变化

(一)初中课程标准的新变化

2000年《九年制义务教育全日制初级中学生物教学大纲(使用修订版)》是在1992年大纲的基础上修订的,但是在课程目标上,教学大纲和课程标准存在一定的差距。课程标准的目标内容上有了一些突破性的新变化(如表3-1所示)。

表3-1　初中教学大纲与课程标准目标内容的比较

	教学大纲	课程标准	突破
知识	(1)初步获得生物的生活习惯、形态结构、生理功能、分类、遗传、进化和生态等基础知识,了解这些知识在生产、生活中的应用 (2)初步获得人体形态结构、生理功能和卫生保健的基础知识,养成良好的卫生习惯	(1)获得有关生物的结构层次、生命活动、生物与环境、生物进化以及生物技术等生物学基本事实、概念、原理和规律的基础知识;(2)获得有关人体结构、功能以及卫生保健的知识,促进生理和心理的健康发展; (3)知道生物科学技术在生活、生产和社会发展中的应用及其可能产生的影响。	和教学大纲相比,课程标准首次: (1)不仅要求获得"生物的生活习性、形态结构等知识",还要求"生物技术"等基础知识 (2)不仅要求知道知识的应用,而且要求知道"可能产生的影响"; (3)不仅提出"促进生理健康发展",还提出"促进心理健康发展"; (4)不仅提出"知道生物科学技术在生活、生产中的应用",还提出"在社会发展"中的应用 这些变化表明,课程标准比教学大纲更加关注知识的更新,科学技术与社会的关系,学生身心的健康发展。充分体现义务教育阶段生物学课程价值
态度	(1)能够对生命现象进行观察、记录、整理和报告 (2)能够正确使用生物实验中常用工具和仪器,具备一定的生物实验操作技能 (3)初步学会科学探究的一般方法,能够运用所学知识、技能分析和解决一些身边的生物学问题 (4)初步具有进一步获取课本以外的生物学信息的能力	(1)正确使用显微镜等生物学实验中常用的工具和仪器,具备一定的实验操作能力 (2)初步具有收集和利用课内外的图文资料及其他信息的能力 (3)初步学会生物科学探究的一般方法,发展学生提出问题、做出假设、制定计划、实施计划、得出结论、表达和交流的科学探究能力,在科学探究中发展合作能力、实践能力和创新能力; (4)初步学会运用所学的生物学知识分析和解决某些生活、生产或社会实际问题	和教学大纲相比,课程标准首次: (1)不仅提出"科学探究的一般方法",而且明确而完整地提出"科学探究"的内涵,并进一步提出发展合作能力、实践能力和创新能力; (2)不仅要求"分析和解决一些身边的生物学问题",而且要求"分析和解决某些生活、生产或社会实际问题"。 这些变化表明,课程标准比教学大纲更加强调科学探究在生物学教学中不可替代的作用,力图切实发展科学探究的能力,并以此推动学习方式的改变。同时,课程标准不像教学大纲那样,未能摆脱学科中心的束缚,仅仅关注学生解决"身边生物学问题",课程标准要求"分析和解决某些生活、生产或社会实际问题",强调了学科间的综合、强调了更多地关注生活、关注社会实际问题

续表 3–1

	教学大纲	课程标准	突破
能力	(1)热爱大自然,热爱生命,形成保护生物多样性、保护环境的意识,增强爱国主义情感 (2)乐于探索生命的奥秘,具有一定的探索精神和创新意识 (3)初步形成生物学的基本观点,受到辩证唯物主义教育,能够以科学的态度去认识生命世界	(1)了解我国的生物资源状况和生物科学技术发展状况,培养爱祖国、爱家乡的情感,增强振兴祖国和改变祖国面貌的使命感与责任感 (2)热爱大自然,珍爱生命,理解人与自然和谐发展的意义,提高环境保护意识 (3)乐于探索生命的奥秘,具有实事求是的科学态度,一定的探索精神和创新意识 (4)关注与生物学有关的社会问题,初步形成主动参与社会决策的意识 (5)逐步养成良好的生活与卫生习惯,确立积极、健康的生活态度	和教学大纲相比,课程标准首次: (1)明确提出"理解人与自然和谐发展的意义" (2)明确提出"初步形成主动参与社会决策的意识" (3)明确提出"确立积极、健康的生活态度" 这些变化表明,课程标准比教学大纲更加强调"理解人与自然和谐发展的意义"的重要性;突出"主动参与社会决策的意识"是培养公民素养的重要组成要素,是义务教育性质决定的;"积极、健康的生活态度"是学会健康生存的必要前提,是义务教育的目标之一

(二)高中课程标准的新变化

与2002年的大纲相比,新课标内容在许多方面都有了一定的变化(如表3–2所示)。

表3–2 高中教学大纲与课程标准目标内容的比较

	教学大纲	课程标准	突破
知识	(1)获得生物学的基本事实、基本原理、规律和等方面的基础知识,主要包括生命的物质基础和结构基础、生物的新陈代谢、生命活动的调节、生物的生殖和发育、遗传和变异、生物的进化、生物和环境等方面内容 (2)了解关注生物科学知识在生活、生产、科学技术发展和环境保护等方面的应用 (3)获得适应现实生活所需要的人体生理知识,促进身心健康	获得生物学基本事实、概念、原理、规律和模型等方面的基础知识,知道生物科学和技术的主要发展方向和成就,知道生物科学发展史上的重要事件 积极参与生物科学知识的传播,促进生物科学知识进入个人和社会生活	更加精要地提出知识目标

续表 3-2

	教学大纲	课程标准	突破
态度观念	(1)通过生物学知识的学习,初步形成生物体的结构和功能、局部与整体、多样性与共同性相统一的观点,生物进化观点和生态学观点,树立辩证唯物主义自然观,逐步形成科学的世界观 (2)正确认识我国的生物资源状况生物科学技术发展,增强中华民族自豪感和社会责任感 (3)培养实事求是的科学态度,养成勇于探索不断创新的精神与合作精神 (4)爱护自然界的生物,认识保护生物多样性的重要意义,提高环境保护意识,树立与自然和谐统一和可持续发展的观念	初步形成生物体的结构与功能、局部与整体、多样性与共同性相统一的观点,生物进化观点和生态学观点,树立辩证唯物主义自然观,逐步形成科学的世界观 关心我国的生物资源状况,对我国生物科学和技术发展状况有一定的认识,更加热爱家乡、热爱祖国,增强振兴中华民族的使命感与责任感;认识生物科学的价值,乐于学习生物科学,养成质疑、求实、创新及勇于实践的科学精神和科学态度 认识生物科学和技术的性质,能正确理解科学、技术、社会之间的关系。能够运用生物科学知识和观念参与社会事务的讨论;热爱自然、珍爱生命,理解人与自然和谐发展的意义,树立可持续发展的观念。确立积极的生活态度和健康的生活方式	更加具体地提出态度观方面的要求
能力	(1)能够正确使用显微镜等常用工具和仪器,掌握进行生物学实验的基本操作技能 (2)能够用各种媒体和信息处理生物科学信息 (3)学会科学观察和实验的方法,初步学会提出问题做出假设,设计并进行实验,并处理实验数据,作出合理的结论 (4)发展比较、判断、推理、分析、综合等思维能力,初步形成创造性思维品质,能够运用学到的生物学知识评价和解决某些实际问题	能够正确使用一般的实验器具,掌握采集和处理实验材料、进行生物学实验的操作、生物绘图等技能; 能够利用多种媒体搜集生物学的信息,学会鉴别、选择、运用和分享信息; 发展科学探究能力,初步学会: ①客观地观察和描述生物现象;②通过观察或从现实生活中提出与生物学相关的、可以探究的问题;③分析问题,阐明与研究该问题相关的知识;④确认变量;⑤作出假设和预期;⑥设计可行的实验方案⑦实施实验方案,收集证据;⑧利用数学方法处理、解释数据;⑨根据证据作出合理判断;⑩用准确的术语、图表介绍研究方法和结果,阐明观点;⑪听取他人的意见,利用证据和逻辑对自己的结论进行辩护以及作必要的反思和修改	更加明确地提出能力特别是探究能力的要求

二、生物课程目标的特点

在共同课程理念的指导下,初、高中课程目标在表述方式、目标的指向等方面具有很强的一致性,并呈现出递进的关系。

(一)初中课程目标的特点

1. 知识方面

①不仅要求获得“生物的生活习性、形态结构等知识”,还要求“生物技术”等

基础知识;②不仅要求知道“知识的应用”,而且要求知道“可能产生的影响”;③不仅提出“促进生理健康发展”,还提出“促进心理健康发展”;④不仅提出“知道生物科学技术在生活、生产中的应用”,还提出“在社会发展”中的应用。

这些变化表明,课程标准比教学大纲更加关注知识的更新,科学技术与社会的关系,学生身心的健康发展,充分体现了义务教育阶段生物学课程价值。

2. 能力方面

①不仅提出“科学探究的一般方法”,而且明确完整地提出“科学探究”的内涵,并进一步提出发展合作能力、实践能力和创新能力;②不仅要求“分析和解决一些身边的生物学问题”,而且要求“分析和解决某些生活、生产或社会实际问题”。

这些变化表明,课程标准比教学大纲更加强调科学探究在生物学教学中不可替代的作用,力图切实发展科学探究能力,并以此推动学习方式的改变。同时,课程标准不像教学大纲那样,未能摆脱学科中心的束缚仅仅关注学生解决“身边生物学问题”,课程标准要求“分析和解决某些生活、生产或社会实际问题”,强调了学科间的综合、强调了更多地关注生活、关注社会实际问题。

3. 思想感情方面

①明确提出“理解人与自然和谐发展的意义”;②明确提出“初步形成主动参与社会决策的意识”;③明确提出“确立积极、健康的生活态度”。

这些变化表明,课程标准比教学大纲更加强调“理解人与自然和谐发展的意义”的重要性;突出“主动参与社会决策的意识”是培养公民素养的重要组成要素,是义务教育性质决定的;“积极、健康的生活态度”是学会健康生存的必要前提,是义务教育的目标之一。

(二)高中课程目标的特点

1. 在知识目标上

课程标准提出了“知识”目标,规定知识内容的范围与应达到的要求,摒弃了生物课程为学生提供全部生物知识的传统观念,承认学校教育仅仅是终身学习的起点,基础教育的宗旨是夯实终身学习的基础。还对生物科学知识在生产生活中的应用以及生物科学对社会的影响提出了要求。

与教学大纲相比较,课程标准主要有两方面不同:第一,没有提出“获得生物学的基本事实、基本原理、规律等方面的基础知识,获得适应现实生活所需要的人体生理知识,促进身心健康”的课程目标,原因是新的高中生物课程体系中有关生物个体包括人的知识大大减少了,通过新课程的学习无法获得相关的生理知识去促进身心健康;同时把促进身心健康看作知识目标并不适宜。课程标准将其改为确立“积极的生活态度和健康的生活方式”,并归入情感态度和价值观目标中,这样处理显然与课程标准的教学内容和教学目标更加贴近。第二,课程标准更加强调了知识的功能和用途,特别是知识在个人生活中的应用。课程标准体现在“积极参与生物科学知识的传播,促进生物科学知识进入个人和社会生活。"生物新课程确定了新的课程观,改变了以往的课程目标的知识技能取向。课程标准不再把知识技能视为凝固起来的、供人掌握和储藏的东西,它合理的承认知识的不确定性,即知识技能的本质在于人们通过它而进行的批判性创造性思维,并由此构建出新的意义。新课程的知识观也可以这样被理解:降低教学难度不是淡化难度而是强化公民所需的知识;倡导探究性知识不是忽视知识而是完善知识的结构。

2. 在态度观念方面

课程标准与以往的教学大纲相比较更加明确具体地提出了情感态度和价值观方面的要求。例如,高中课程标准明确具体地提出"认识生物科学和技术的性质","能正确理解科学、技术、社会之间的关系","能够运用生物科学知识和观念参与社会事务的讨论","确立积极的生活态度和健康的生活方式"的要求。

3. 在能力方面

课程标准提出了能力方面要求,特别是探究能力的要求,并作了11条具体的要求:客观地观察和描述生物现象;通过观察或从现实生活中提出与生物学相关的、可以探究的问题;分析问题,阐明与研究该问题相关的知识;确认变量;做出假设和预期等。

(三)新课程目标呈现的整体特点

新课程目标呈现的整体特点就是课程目标与课程内容的一致性。

课程目标体现了国家对教师的教和学生的学的具体要求,课程内容应该为完成课程目标服务。60多年来,虽然我国生物教学大纲的课程目标一直制定得比较全面,不仅包括知识、技能方面的要求,也包括能力、思想道德和态度等方面的要求,但是,大纲中的课程内容则主要体现为知识和技能的要求。

课程标准将知识要求和能力、情感态度与价值观的要求都列入课程标准的"具体内容标准",真正将课程目标和课程内容统一于一体。例如,《义务教育生物学课程标准(2011年版)》在各主题中分别列入"确立保护生物圈的意识"、"参加绿化家园的活动"、"设计一份营养合理的食谱"、"关注食品安全"、"拟定保护当地生态环境的行动计划"、"认同优生优育"、"关注我国特有的珍稀动植物"、"形成生物进化的基本观点"、"关注生物技术的发展对人类未来的影响"、"养成青春期的卫生保健习惯"、"关注癌症的危害"、"拒绝毒品"及"运用一些急救的方法"等融知识、技能、能力、情感态度与价值观于一体的内容,有利于课程目标的真正达成。

思考与练习

1. 小组讨论:如何正确认识和处理教育目标、培养目标、课程目标和教学目标的关系?论述生物课程的总目标与分类目标含义与关系。

2. 讨论:生物课程新课标分类目标内容是怎样体现出第八次课程改革的新理念的?

第四章　生物课程的内容体系

课程内容是指“各门学科中特定的事实，观点原理和问题，以及处理它们的方式”。从一定意义上说，全部课程问题就是内容问题，生物学课程的目的、课程的实施以及课程的评价都可以理解为围绕课程内容的安排及其结果展开的。

第一节　生物课程内容的价值取向

课程的本质是指课程的根本属性，涉及构成课程的基本成分和课程的根本功能。课程是一个动态的逐步发展的概念,为了正确推进新一轮的基础教育课程改革，我们应准确把握当代课程内容的本质。

目前，课程内容的定义多种多样，但大致归纳起来可以分为以下三类。

一、课程内容即知识

这种对于课程内容的理解是特定历史条件下的产物，把课程内容定义为知识，即“课程内容的本质是教学认识的客体——人类，认识的成果——知识”，“教育者之所以要设置课程，实质上就是为学生主体提供认识的客体，以便学生作用于课程这个客体，发生教学认识过程……所以说，课程的本质就是教学认识的客体。”把课程禁锢在“教学”的圈子里，然后从教学圈里看课程，进而把课程的本质定性为“知识”，这是自夸美纽斯以来中外教育领域里存在的一种比较古老的课程本质观。按照这种观点，课程就是“学科”，就是一种“知识体系”，它以向学生提供科学文化知识、发展学生的认识能力为基本任务。

二、课程内容即学习经验

课程内容学习经验的观点是对课程内容定义的突破，是在对前一观点的批评和反思基础上形成的，这是20世纪初期以来一批西方课程学者所持的课程本质观。这种课程定义把课程内容视为学生在教师指导下所获得的经验或体验，以及学生自发获得的经验或体验，从定义中我们可以看到，“课程内容即学习经验”的“经验”有两种不同的见解。一种所说的“经验”包括种族经验和个体经验，即课程是“在学校指导下，学习者所经历的全部经验”；另一种所说的“经验”主要指学生个体的直接经验。

无论人们在用经验定义课程时,具体的出发点和依据存在怎样的差别,都注意到了一个基本事实,知识本身的完备并不能直接转化为学习者理想的发展。用“学习经验”界定课程内容胜过用“知识”界定课程内容,因为“经验”可赋予课程较丰富的内涵,含有联系学生实际以及让学生参与学习活动之意。尽管课程在知识水平上可以达到相当的严密、完整、系统、权威的程度,却经常由于脱离了学习者的主观世界和内心体验而无助于他们的发展,甚至不能够保证这些知识真正为学习者理解和掌握。把学生的直接经验置于课程的中心位置,从而消除了课程中“见物不见人”的倾向,消解了内容与过程、目标与手段的二元对立。

三、课程内容即学习活动

这是比较新、针对性也比较强的观点。无论将课程内容定义为知识还是学习经验都有难以克服的局限,前者容易“见物不见人”,后者又让教师难以把握不知如何操作。因此应当以学习活动的观点取而代之。

课程内容即学习活动指课程是受教育者各种自主性活动的总和。学习者通过与活动对象的相互作用实现自身各方面的发展。它强调学习者是课程的主体,以及作为主体的能动性;强调以学习者的兴趣、需要、能力、经验为中介实施课程;从活动的完整性出发,突出课程的综合性和整体性,反对过于详细的分科;从活动是人心理发生发展的基础观点出发,重视学习活动的水平、结构、方式,特别是学习者与课程之间的关系。从心理基础而言,这种课程内容也强调全面性,即除了认知过程之外,学习者的其他心理成分同样是实施课程必须考虑的。

无论是将课程定义为“活动”还是定义为“经验”,各有自己的依据,但也表现出共性。这就是,同样发端于对将课程归结或理解为“知识”观点的批评,同样认为课程应当大于“知识”,同样重视学习者参与课程的主观能动性,并且同样希望通过对于课程本质的重新定义解决课程理论和实践中的现实问题。

四、课程理论的发展趋势

(一)从强调学科内容到强调学习者的经验和体验

当人们强调学科而且只强调学科的时候,课程的内涵也就与学科内容等同起来,这样,课程就越来越排斥学习者的直接经验。由此导致的结果是学习者的权利和发展在课程中得不到保障。为了改变这种状况,人们开始越来越关注学习者的现实经验和体验。这并不意味着排斥源于文化遗产的学科知识,而是在学习者现实经验的基础上整合学科知识,使学科知识成为学习者的发展资源而非控制工具。

（二）从强调目标、计划到强调过程本身的价值

只把课程作为教学过程之前和教学情境设定的目标、计划或预期结果，必然会导致把教育教学过程本身的非预期性因素排斥于课程之外。当特定教学情境中教师和学生的主体性得到充分发挥的时候，这种教学进程必然是富有创造性的，必然存在许多非预期因素，正是这些创造性的、非预期性的因素拥有无穷的教育价值。因此，人们开始走出预期目标、计划的限制，关注教学进程本身的教育价值，强调“过程课程”。这并不是不要目标、计划，而是把目标、计划整合到教学情境中，使其促进人的创造性的发挥。

（三）从强调教材这一单一因素到强调教师、学生、教材、环境四因素的整合

片面强调把课程作为学科内容和目标、计划，必然导致把教材等同于课程，教材控制课程的现象，而强调把课程作为学生的经验，强调教育教学过程本身价值，必然会把课程视为教师、学生、教材、环境四因素间持续交互作用的情境。课程由此变成一种动态的、生长性的“生态系统”和完整文化，这意味着课程观念的重大变革。

（四）从只强调显性课程到强调显性课程与隐性课程并重

在课程论中，显性课程与隐性课程是两个相对应的范畴。所谓“显性课程”，是指学校教育中有计划、有组织地实施的课程。这类课程是根据国家或地方教育行政部门颁布的教育计划、课程标准编制的，是“正式课程”或“官方课程”。所谓“隐性课程”，是指学生在学校环境（包括物质环境、社会环境和文化体系）中学习到的非预期性或非计划性的知识、价值观念、规范和态度。这类课程当然是非正式的、非官方的，具有潜在性和隐蔽性。强调“隐性课程”其实是强调课程资源的开发与利用。隐性课程是影响人发展的不可忽视的重要课程，为了谋求隐性课程与显性课程的和谐统一，需要创设宽松、自由、真实、富有创造性的教育环境和教学情境，以尽可能减少隐性课程的负面影响，发挥隐性课程的积极作用。学校中的显性课程和隐性课程共同构成学校的“实际课程”。

（五）从强调“实际课程”到强调“实际课程”与“空无课程”并重

被学校和社会在课程变革过程中有意或无意排除于学校课程体系之外的课程，称为“空无课程”。从人的心智过程的角度看，在现有的课程目标中，认知目标受到重视，而情感和动作技能目标被弱化，相应的许多课程成为“空无课程”。即使是认知目标，也往往偏重于文科知识和数理逻辑在认知发展中的重要性。殊不知，侧重于直觉和感知能力方面的课程对认知发展有举足轻重的作用，然而这类课程也成为“空无课程”。从内容领域而言，许多重要的内容被有意无意地排除在该学科之外，变成“空无课程”。因此，在课程变革中，不仅应思考现行的“实际课程”的合理性，还应思考学校教育中的“空无课程”的成因，以增强课程变革的目的性、合理性。

(六)从只强调学校课程到强调学校课程与校外课程的整合

随着信息社会的到来,社会变迁速度空前加快,学校、家庭、社区越来越趋向于融合,趋向于一体化。在这种背景下,课程变革再也不能固守学校课程的疆域,而应谋求学校课程与校外课程的和谐、互补、融合。其实,当把课程理解为教师、学生、教材、环境四因素的整合的时候,这里所谓的环境就远不止学校环境,还包括广阔的富有教育意义的校外社会环境和自然环境,蕴含着学校课程和校外课程的整合。

对于课程内容理解的变化,既意味着课程意识的深层变革,也在某种意义上预示着课程变革实践的发展方向。

第二节　生物课程内容的选择与组织

课程内容的选择和组织,是课程编制过程中的一项基本工作,它涉及方方面面,也是许多课程问题的集结点。在选择和组织课程内容时,除了要考虑到与目标的相关性之外,还要考虑到内容的科学性和有效性,对学生和社会的实际意义,是否为学生所接受,以及是否与学校教育的基本任务相一致等问题。

一、课程内容的选择

当今人类社会累积起来的知识和经验浩如烟海,仅现有的学科门类就有数千门之多。然而中学生在短暂的学习时间内所能掌握的学科门类以及各门学科的内容是极其有限的,所以课程内容必须经过严格的、精心的选择。一般说来,在选择课程内容时固然要考虑到学生和教学方面的因素,但其他因素,尤其是学科知识价值的问题和知识与能力的关系问题也不容忽视。因此,课程内容的选择必须体现课程标准的基本思想和内容要求,是在课程标准基础上的一次再创造。课程应有利于引导学生利用已有的知识与经验,主动探索知识的发生与发展,同时也应有利于教师创造性地进行教学。课程内容的选择应符合学生身心发展特点,反映社会、经济、科技的发展需求,课程内容的呈现应多样、生动,有利于学生的学习。

(一)以学生的发展作为选取内容的出发点

在中学阶段所学习的生物学知识,对学生的终身发展只起到奠基的作用。知识性内容与基本概念、基本原理的相关性越高,实现迁移的可能性就越大,其时效性就越长久,对学生终身学习和发展的价值就越大。因此,知识性内容的选取应当以基本概念和原理为重点。

(二)应当符合学生的知识基础、心理特点和认识规律

中学生已经具备一定的生物学知识,从各种媒体上还接触到一些生物科学及其新进展的信息,日常生活中也积累了不少与生物学有关的经验。但是,他们掌握的生物学知识是比较浅显的，生活经验也是有限的。从思维特点来看，学生的形式逻辑思维比较发达，然而辩证逻辑思维能力不强。因此，课程内容的选择既要充分考虑学生已有的知识和经验，注意与有关课程的衔接，又要难易适度，并且针对学生的思维特点，引导他们学会辩证地看问题。

（三）要反映社会、经济和科技发展的需要，体现“科学、技术、社会”的思想

生物科学和技术的迅猛发展对社会和经济的发展日益显现出巨大的推动作用，也影响到社会和个人生活的方方面面。当代社会发展的许多重大问题的解决，都依赖于生物科学和技术的进一步发展。课程内容的选取应当融生物科学、技术和社会为一体，充分体现三者的互动，反映生物科学和技术的发展及其对社会发展和个人生活的影响，介绍我国生物科学和技术的成就和发展。

（四）应将探究活动作为课程内容的重要组成部分

学生在知识、能力、情感态度与价值观等方面的全面发展，应当通过他们积极参与探究活动来实现。科学探究活动的设计应当丰富多样，可依收集证据方法和途径的不同，提供不同的活动建议。就某一具体教学内容来说，究竟设计成哪一种活动，要视内容特点、学生基础和学校条件而定。科学探究活动的设计和安排应当以科学方法训练为重要线索。

（五）应具有一定的弹性和灵活性

课程内容的选择具有一定的弹性和灵活性，可以适当安排一些选学内容或选做的活动，以拓宽学生的视野，发展学生的爱好和特长，培养学生的创新精神和实践能力。

二、课程内容的组织

为了使学生的各种学习有效地联系在一起，使学习产生累积的效应，还需要对选择出来的课程内容加以有效地组织，使其起到相互强化的作用。

（一）课程内容的组织应当实现学科内在逻辑与学生认识逻辑的统一

学科逻辑与学生的认识逻辑是不尽一致的。例如，结构是功能的基础，这属于学科的内在逻辑。如果按照先结构后功能的顺序组织教学内容，学生固然能够接受，但是，不一定能够引起学生的学习兴趣。从功能出发，提出与结构有关的问题，再引导学生探究结构与功能的关系，学生的兴趣就会增加。

（二）课程内容的组织应当实现知识、能力、情感态度与价值观的统一

生物课程的目标是全面提高学生的生物科学素养，而生物科学素养是生物学知识、能力、情感态度与价值观的统一体，不能将三者割裂或对立。课程内容的组织上，也应当做到将这三方面的因素有机结合起来，不可偏废。

实现知识、能力、情感态度与价值观的统一，应当贯穿整个课程的始终，要尽量避免单纯讲述知识的做法。不同的学习内容有不同特点，上述三个领域的目标也不必在每一具体内容中都平均分布，面面俱到。有的内容可能将知识目标放在首位，有的内容可能将能力或情感目标放在首位。

(三)课程内容的呈现方式应当有利于学生通过活动建构新知识

应当注重从学生的生活经验出发，创设情境，引导学生自主学习、主动探究，培养学生不断探索、勇于创新的科学精神，实事求是的科学态度，以及终身学习的能力。

应当有较大的开放性和可塑性，尽量避免以绝对权威的面孔出现。应当让学生认识到课程的内容不是让他们被动地不加思考地全盘接受，而是提供一些供他们分析和思考的素材，提出一些供他们活动参考的建议。学生对某个观点提出不同看法，不仅是允许的，而且是值得鼓励的。例如，关于探究活动，有些活动的材料和方法步骤，可以不作详细的规定，让学生自己设计方案进行探究。

第三节 生物课程内容体系

当前中学生物课程的内容体系在充分考虑学生发展需要、社会发展需要和生物科学发展需要等方面的基础上，打破了原有的学科体系。初中是突出“人与生物圈”和谐发展为重点的课程体系；高中则以模块为基础，精选和突出若干内容，确立以全面地、有个性地提高学生“生物科学素养”为宗旨的课程体系。

一、初中阶段内容体系

(一)初中生物的10个主题

义务教育阶段生物课程的内容包括10个一级主题。每个一级主题一般由若干二级主题及具体内容标准和活动建议组成。

1. 科学探究

生物课程中的科学探究是学生积极主动地获取生物科学知识、领悟科学研究方法而进行的各种活动。科学探究通常包括提出问题、作出假设、制定计划、实施计划、得出结论和表达、交流。将科学探究引入义务教育阶段生物课程的内容标准，是为了促进学生学习方式的改变，使学生能主动地获取生物科学知识，体验科学过程与科学方法，形成一定的科学探究能力和科学态度与价值观，培养创新精神。

科学探究能力和对科学探究的理解是在学生探究性学习过程中形成的，这就需要组织学生进行探究性学习，因此，初中生物课程将科学探究列入内容标准之中。教师应积极提供机会让学生亲自尝试和实践，并将科学探究的内容标准尽可能渗透到各主题内容的教学活动中。教师在引导学生参与科学探究活动时不仅应让学生参加科学探究的某些方面的活动，也应该注意让学生有机会参与若干完整的探究活动，培养科学探究能力。

2. 生物体的结构层次

生物体有一定的结构层次。细胞是生物体结构和功能的基本单位，细胞的分裂、分化和生长是细胞重要的生理活动。细胞经过分裂和分化形成生物体的各种组织，由功能不同的组织形成器官，完成特定的生理功能。多细胞生物体依靠细胞、组织、器官之间的协调活动，表现出生物体的生命现象。

3. 生物与环境

任何生境中都有多种多样的生物。每种生物都离不开它们的生活环境，同时又能适应、影响和改变环境。生物与环境保持着十分密切的关系，并形成多种多样的生态系统。生物圈是最大的生态系统。

生物与环境关系的知识对培养学生热爱大自然、爱护生物的情感，理解人与自然和谐发展的意义以及提高环境保护意识十分重要。

4. 生物圈中的绿色植物

绿色植物是生物圈中作用最大的一类生物，它对生物圈的存在和发展起着决定性作用。绿色植物通过它的生命活动直接或间接地为其他生物提供食物和能量，并对维持生物圈中的碳氧平衡和水循环发挥着重要作用。绿色植物分布广泛，与人类生活的关系十分密切。

5. 生物圈中的人

人类的活动对生物圈有重要影响。人从生物圈中摄取各种各样的营养物质，以满足自身对物质和能量的需求。人吸收的营养物质需要经循环系统运送到身体的各种组织、器官，人体产生的废物也需通过循环系统、呼吸系统和泌尿系统等的协调活动排出体外。人的各种活动受神经系统和内分泌系统的调节。人体结构和生理的知识对学生理解人体结构和功能相互适应的关系，理解人的各种生命活动，自觉养成卫生习惯具有重要作用。

6. 动物的运动和行为

动物运动和行为的知识对学生认识动物的本质特征非常重要。动物的运动依赖于一定的结构，动物行为是目前生物学研究中一个十分活跃的领域，动物行为的知识与人类的生活和生产关系密切。

7. 生物的生殖、发育与遗传

生物的生殖、发育和遗传是生命的基本特征。植物、动物和人通过生殖和遗传维持种族的延续。人的生殖、发育和遗传的基本知识，对于学生认识自我、健康地生活和认同优生优育等具有重要作用。学习动植物的生殖、发育和遗传的基本知识，以及遗传育种在生产实践中应用的知识，有助于学生认识生物科学技术在生活、生产和社会发展中的作用。

8. 生物的多样性

地球上的生物是多种多样的，依据一定的标准，各种生物可分成不同的类群。保护生物多样性对于人类的生存和发展具有重要意义。生物多样性是生物进化的结果，生命的起源和生物的进化是生物科学研究的重要领域。以自然选择学说为核心的生物进化理论，解释了生物进化和发展的原因。这部分知识对学生形成生物进化的观点，树立辩证唯物主义自然观具有重要意义。

9. 生物技术

生物技术的迅猛发展已经显现出巨大的社会效益和经济效益，并正在越来越多地影响人类的生活和社会发展。认识和理解有关生物技术在现代社会中的作用十分重要。

10. 健康地生活

健康是指一个人有良好的身体和精神以及社会适应状态。学习有关青春期生理和保健、传染病和免疫、医药常识等知识对健康地生活有重要意义。

以上十个内容的主线就是——人与生物圈，它们的关系（如图4-1所示）。

（二）以“人与生物圈”为主线构建课程体系的依据

1. 时代和社会发展的需要

环境问题已经严重影响人类的生存和持续发展。环境问题主要源于人类对

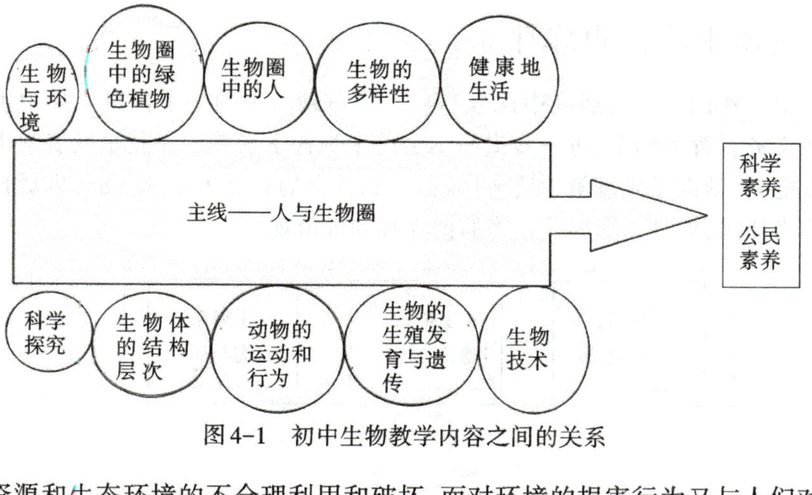

图4-1 初中生物教学内容之间的关系

自然资源和生态环境的不合理利用和破坏，而对环境的损害行为又与人们对环境缺乏正确的认识相联系。因此，构建“人与生物圈”课程体系，加强环境教育，使初中学生提高环保意识，正确认识环境问题的现状，学习解决环境问题的知识和观念，并使学生的行为与环境相和谐，这是时代和社会发展的需要。

2. 有助于学生明确人类在生物圈中的地位和作用

20世纪的科学、技术研究在很大程度上是将人置于自然界之外，努力解释自

然界的各种规律，和自然界作斗争。而21世纪的科学、技术研究则认为人应该从自然界全局的观念考虑事物的本质，人类仅是环境中的一员。构建“人与生物圈”课程体系，能使初中学生明确人类在生物圈中的地位和作用，理解人与生物圈和谐共处所必备的知识和观念。

3. 能使初中学生明确自己的社会责任

20世纪科学技术的发展，已经清晰地表明，科学技术远不止是作为人类认识和利用自然的知识体系和实用工具，在某种意义上已经成为影响社会组织结构、生活方式、意识形态乃至世界政治格局的支配力量。科学技术这把“双刃剑”不仅能造福人类，同时也可能会带来灾难或影响人类的继续进步。“人与自然圈”课程体系，能使初中学生明确自己的社会责任，理解科学技术是“双刃剑”。

4. 符合初中学生的认知水平

构建“人与自然圈”课程体系，以生物科学宏观研究为主线，精选和串联生物科学重要的知识和观念，不仅克服了过去生物课程难、繁、偏、旧的弊端，符合初中学生的认知水平，而且有利于让学生从关注身边的事物开始。强调生物科学知识与日常生活、情感体验、价值观等的密切联系，强调生物科学、技术与社会的关系，有利于调动学生学习的主动性、积极性，有利于体验式、讨论式、探究式等学习方式的真正达成，使学生得到充分发展。

二、高中阶段内容体系

高中生物课程是普通高中课程“科学”学习领域中的一个科目。高中生物课程将在义务教育基础上，进一步提高学生的生物科学素养。尤其是发展学生的科学探究能力，帮助学生理解生物科学、技术和社会的相互关系，增强学生对自然和社会的责任感，促进学生形成正确的世界观和价值观。

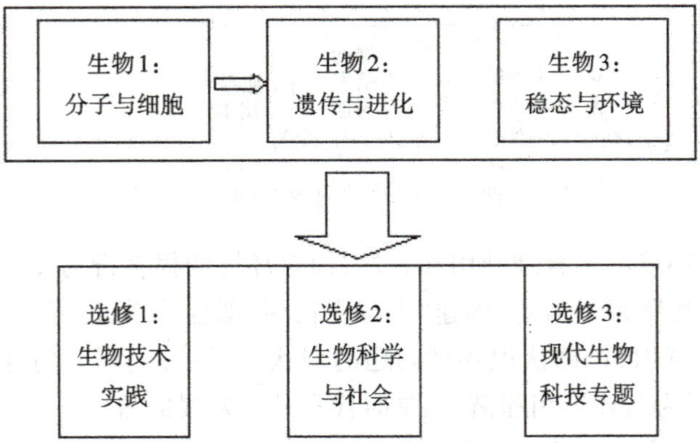

图4-2　高中生物课程六个模块关系

（根据《高中生物课程标准图》改编）

高中生物课程分为必修和选修两个部分(如图4-2所示)。必修部分包括“生物1:分子与细胞”、“生物2:遗传与进化”、“生物3:稳态与环境”3个模块;选修部分有“选修1:生物技术实践”、“选修2:生物科学与社会”和“选修3:现代生物科技专题”3个模块。每个模块36学时、2学分。

其中三个必修模块选择的是生物科学的核心内容。学习这些内容有助于学生深入地理解生命活动的规律,理解科学的本质、过程和方法,了解并关注生物科学技术在社会生活、生产和发展中的应用。三个选修模块旨在更全面地提高学生的生物科学素养,引导他们关注生物科学技术的最新进展及其与社会的关系,促使他们在实践能力和创新精神方面有进一步提高。

“生物1:分子与细胞”模块有助于学生较深入地认识生命的物质基础和结构基础,理解生命活动中物质的变化、能量的转换和信息的传递;领悟观察、实验、比较、分析和综合等科学方法及其在科学研究过程中的应用;科学地理解生命的本质,形成辩证唯物主义自然观。

该模块包括细胞的分子组成、细胞的结构、细胞的代谢、细胞的增殖、细胞的分化、衰老和凋亡。

“生物2:遗传与进化”模块有助于学生认识生命的延续和发展,了解遗传变异规律在生产生活中的应用;领悟假说演绎、建立模型等科学方法及其在科学研究中的应用;理解遗传和变异在物种繁衍过程中的对立统一,生物的遗传变异与环境变化在进化过程中的对立统一,形成生物进化观点。

该模块包括遗传的细胞基础、遗传的分子基础、遗传的基本规律、生物的变异、人类遗传病、生物的进化。

“生物3:稳态与环境”模块有助于学生认识发生在生物体内部和生物与环境之间的相互作用,理解生命系统的稳态,认识生命系统结构和功能的整体性;领悟系统分析、建立数学模型等科学方法及其在科学研究中的应用;形成生态学观点和可持续发展的观念。

该模块包括植物的激素调节、动物生命活动的调节、人体的内环境与稳态、种群和群落、生态系统、生态环境的保护。

“选修1:生物技术实践”模块重在培养学生设计实验、动手操作、收集证据等科学探究的能力,增进学生对生物技术应用的了解。本模块适于继续学习理工类专业或对实验操作感兴趣的学生学习。

该模块包括微生物的利用、酶的应用、生物技术在食品加工中的应用、生物技术在其他方面的应用。

“选修2:生物科学与社会”模块围绕生物科学技术在工业、农业、医疗保健和环境保护等方面的应用,较全面地介绍了生物科技在社会中的应用,可以帮助学生更深入地理解生物科学技术在社会中的应用,适于继续学习人文和社会科学类专业及直接就业的学生学习。

该模块包括生物科学与农业、生物科学与工业、生物科学与健康、生物科学与环境保护。

“选修3:现代生物科技专题”模块以专题形式介绍了现代生物科学技术一些重要领域的研究热点、发展趋势和应用前景,以开拓学生的视野,增强学生的科技意识,为学生进一步学习生物科学类专业奠定基础。

该模块包括基因工程、克隆技术、胚胎工程、生物技术的安全性和伦理问题、生态工程。

思考与练习

1. 当代课程理论的发展趋势是如何影响基础教育课程改革的?

2. 根据所学的课程内容选择与组织的基本原则分析现行五个版本的高中生物新教材。

3. 义务教育阶段生物课程内容的主题,对于培养学生的环境保护意识有什么作用?

第五章　生物教科书

教学是种种要素构成的极其复杂的动力性过程。教学的结构通常被视为由三大要素——教师、学生、教材构成。其中，教材包括教师教授行为中所利用的一切素材和手段，而教科书则是最有代表性的教材。现代教学论所强调"不是教教材（教科书），而是用教材（教科书）教"的论断不仅表达了教材的性质，也说明了教材本身不是最终目的，而是达成某种教育目的的手段或媒体。本章就中学生物教材的历史、现状、发展趋势及其评价进行探讨。

第一节　国内外同类生物教科书比较

一、国外生物教科书的编写特点

（一）美国生物课程与教材

20世纪50年代以来，美国的基础教育经历了几次重大的变革，每一次变革都与当时美国的政治、经济、文化、社会及国际环境的变动密切相关。当代美国更明确地提出了新全球教育战略，要建立世界第一流的教育。纵观美国半个世纪以来的课程改革，经历了三次重大的课程改革思潮。

（1）学科主义的课程思潮。以布鲁纳等人为代表的学科主义课程，根据现代科学技术飞跃发展的客观要求及社会的需要，对中小学的课程改革进行了一系列耐人寻味的探索。他们主要探讨了学科的知识结构、现代科学知识与陈旧内容的更替、学生主动学习科学的方法以及课程编制等方面的问题。在这些问题上，学科主义不是简单地否定实用主义的课程理论，而是在新的科学研究特别是心理学研究的基础上提出了新的见解，在美国课程史上形成了一次极有意义的探索，进而影响到世界各国的课程改革，成为风靡全球的潮流。

（2）人文主义的课程思潮。该思潮是对20世纪60年代学科主义课程的反叛，流行于70年代的美国。20世纪以来，课程建设历来有两种不同指导思想即学科中心论和儿童中心论的冲突。人文主义课程则将课程的中心从学科转向了个人，它关注个人的价值，注重个人的目的和取得个人平等待遇的需要以及个人的特殊感情，对学校教育的理智化和机械化提出了挑战。

(3)新学科主义课程思潮。人文主义的课程理论和实践并没有提高美国学校教育的质量,失望之余,人们重新反思学科主义的价值,20世纪80年代后,学科主义课程又重新复活,成为新学科主义思潮。在这场新的课程改革中,经常提到的三个关键词是:质量——这是课程改革的目的;基础——这是教学的重点;师资——这是提高质量、加强基础的关键。"美国高质量教育委员会"1983年4月写给美国教育部的一份公开报告《国家处于危机之中:教育改革势在必行》充分体现了新学科主义的基本主张。

美国重视生物教材建设。早期教材有《生物学》、《现代生物学》等。20世纪50年代末,美国就组织了一些专家和教师编写了几套中学生物教材,内容各有侧重,图文并茂。其中,《现代生物学》供初一年级使用,注重生物进化系统知识,选编的生物反映出低等到高等的渐变性,书内有彩色插图200多幅,印刷精美,可读性强,使用率达74%。1958年,美国成立了"生物科学课程研究"(Biological science curriculum study,简称BSCS)。BSCS生物教材经过近2000位生物学教授、专家、中学教师、教育家、心理学家和艺术家的共同研究,历时四年,在15万学生中试教,经多次修改,最终于1963年9月正式出版。全部教材分四种不同的版本,分别有所侧重:绿皮本侧重于生态学内容,条理清晰,选用率较高;蓝皮本侧重于分子水平的生物化学内容,选用率为1%;黄皮本侧重于个体水平的发育和遗传;黑皮本为生物学提高内容,与黄皮本一样很少被采用。尽管如此,四个版本的指导思想都不限于传授固定的传统生物学知识,而是让学生领会生物科学发展变化的永恒性。美国三分之二左右的高中普遍使用的三本生物教材是:现代生物学《Modern Biology》、BSCS黄皮版《Biological Science: An Inquiry into Life》和BSCS绿皮版《Biology Science: A Ecological Approach》。

BSCS对生物课程的改革,引发了世界性的生物教育改革的浪潮,许多国家先后采用了BSCS的教材、教法和教学思想。到20世纪70年代中期,BSCS教材已被翻译成21种文字,被63个国家和地区采用。我国的台湾和香港地区在60年代后期也引入了BSCS的黄皮本作为高中生物教材。由于绿皮本BSCS教材最受欢迎,选用率最高,其译本《教材与教参》已于1999年7月出版,并被北京市部分中学采用。BSCS绿皮本生物教材书名为《生物科学——生态系统的探讨》,修改后的第六版共有5篇25章;蓝皮本书名为《生物科学——分子的探讨》,其第四版共7篇26章。绿皮本教材基本结构由12部分组成,它们分别被编排在各章节的合理位置,对教与学创设了良好的指向作用(如表5-1所示)。

从整体上分析,美国BSCS生物教材除了体系鲜明,内容丰富,易激发学生学习生物学的兴趣外,还具有下列三个明显的特色。

表5-1 BSCS绿皮本的基本结构

名称	组成
1导引	每节开头提出与本节中心内容有关的问题,指导学生学习
2课文	介绍各章节的科学知识、概念和发展,并联系社会、生产和生活
3研究	结合课文内容,列出带有探索性的实验(共77个)
4今日生物学	结合本节内容,介绍当今生物科学领域的最新成就、有贡献的生物学家和生物学教师
5自我复习	每节课后列出复习题,供学生自习
6题图	有针对各编、章主题的编题图、章题图
7插图	配合教材内容,设有大量插图(共1千多幅),绝大部分为彩色实物图
8摘要	各章末设本章提要,总结、归纳和理顺本章的主要内容和内在联系
9应用题	各章末设有与生活、生产有关的应用题
10练习题	各章末设有富思考性的练习题
11建议阅读	列出本章主要参考书,建议学生课外阅读
12附录	全书最后3个附录

(1)以学生为中心,重视学生实验与研究能力的培养。该指导思想不是空洞的口号,而是具体落实在教材内容之中。正如美国科学教育标准所强调的:学科学是一个活动过程,学科学对学生而言不是一个被动学习的过程,而是一个自己动手“做”的过程。BSCS的教材内容主要是让学生在实验的基础上进行探索式的学习,因此,这里的实验已不是单纯的makes experiment,而相当于research或study。实验课时超过总课时数的一半,实验内容遍及各章节,具体方法涉及生物技术,理化技术、观察、测量、比较、计算等。实验大多数为探索性实验,教材提供操作程序和图,但不说结论,由学生独立操作进行研究,通过讨论得出结论。有的实验只需1课时,甚至不到1课时,有的则超过1课时,甚至要连续进行几天(每天只需10到20分钟)。教学安排基本上都是先安排学生进行实验,让学生根据自己观察到的现象和事实,在已有知识的基础上进行分析和讨论,最后形成新的概念和观点,建立起自己的知识体系。在这个探索式研究的基础上,再安排完整的知识内容,让学生自学,使学生把所学的知识真正同化到自己已有的知识体系之中去。所以,教材中不安排课堂授课,而是要求学生在课下自学课文,课堂上就是进行实验和讨论,但也可以用少量时间安排学生自学课文。教师的任务是准备和指导学生做实验和野外实习,组织学生进行讨论,引导和鼓励学生积极主动地思考研究,必要时给以帮助。此外,教师还需批改学生的实验报告,解答问题及指导学生的课外活动等。例如,教材在第一节课即让学生通过实验学习“观察”,实验内容是由教师准备10份不同的生物活体和标本,让学生分组轮流观察,作出记录,然

后互相查看记录。由于事先教师完全没有给学生描述标本的方法，学生的描述五花八门，记录也各不相同，彼此之间很难从别人的描述中辨别出所记录的对象。从而使学生明白准确描述一种生物绝非易事，为以后学习生物的观察和描述打下了思想基础。实验后的讨论非常重要，学生在教师的帮助下通过自己的实践和思考，对如何进行观察和思考形成了初步的认识，并受到科学方法的训练。

(2)加强对学生学习的指导。大量的实验和讨论意味着生物学学习过程的活动性，学生要获得生物学知识，既要动手，还要动脑，为此教材巧设了许多指导学生学习的结构。例如，每节开始的“导引”，引导学生带着问题学习本节内容，如“光合作用”一节的导引是在光合作用过程中，太阳能如何转化为化学能?”，“呼吸作用”一节的导引是“植物细胞如何得到细胞活动所需的能量?”“建议阅读”则引导学生课外阅读。

“关于方法的知识是最有价值的”，这些结构的设置，明显有利于学生的“学会学习”，不仅培养了学生良好的学习方法和行为习惯，促进学生主动学习生物学知识，而且培养了学生的思维能力和自学能力。

(3)注重STS教育——内容的开放性。教材选择了与社会性问题相关的知识，如“得到食物是不容易的”一节提到非洲许多贫困国家的人民得不到足够的能量而面临饥饿，并附有营养不良儿童的照片，地球的容纳量与人口关系的介绍和讨论；“人为生态系统”一节，联系大量建筑和繁忙公路对环境的影响，提倡城市居民植树绿化；列举人类遗传病的防治，人类必需的维生素和无机盐的来源和功能，一些药物的来源、用途和效果；安排学生对艾滋病等多种社会问题进行讨论、辩论，分析它们产生的原因以及由此产生的医疗保险、人身权利和职业保障等社会问题。

总体而言，BSCS生物教材考虑了社会的需要，学生发展的需要，科学研究的严密性和无限性等多个主面，体现了当前全球性教育改革课程社会化、生活化、活动化的方向和趋势，具有旺盛的生命力，其成功经验对于我国高中生物学教材改革具有较大的借鉴意义。

《现代生物学》是另一套美国高中生物教材，内容也按照从分子水平到群体水平的体系编排，属小综合体系，并以生物的新陈代谢特征为系统依据。另一个突出的特点是都非常重视学生科学素质的培养，注重对学生进行科学研究的过程及技能教育，科学方法的训练内容也比较全面。正如20世纪90年代提出的2061计划中所指出的：各种科学领域中知识的探索和技术的应用都随着时间的发展和新设备的出现而不断变化，但各种科学探索的过程是相似的，科学研究都需要有证据，可以进行操作的假设，逻辑及理论上的分析，得出并解释理论结果，努力识别和避免偏见。例如，《生命科学的概念与挑战》整套教材每一章后都有与科学研究有关的内容，即：生命科学生涯、科学联系、科学研究人员、科学与社会、(学校)活动、科学回顾、课下活动。第一单元为“科学方法与技能”,将科学方法作为独立的章节,讲了以下几个问题:什么是生命科学、什么是科学技能、什么是科学方法、什么是科学实验、什么是测量系统、你如何用测量系统进行测量、显微镜是什么、显微镜的结构。

(二)英国生物课程与教材

英国中学生物课程自20世纪80年代末开始制定统一的国家课程标准,科学课、英语和数学并列为三大核心课程,其科学课程中主要关注的是科学方法、科学意识、科学与社会的联系教育,对于科学方法训练的要求比较全面,而对于概念学习的要求层次并不高。例如,1998年《生物学》课程标准有关的评价目标为:在进行实验和调查活动中,学生能设计活动程序,用正确而系统的方法进行测量、观察、分析和评价资料,并将其与科学知识相联系;交流科学观察的结果和思想,用一系列科技术语及恰当的科学和数学方法进行讨论;评价有关的科学信息,并从中作出有见解的判断。目前,英国广泛使用的教材有以下几种。

1. 英国SATIS教材

英国的初中生物课程是三年的综合理科,也有不同版本的教材。1986年起作为中学理科教材出版的《社会中的科学和技术(SATIS)》,在历经了考察、研究、编写、实验四个阶段后被正式使用,以富有新意、内容丰富、编写新颖,能满足教师进行STS教育的需要而获得广泛的好评,其中文版也已由青岛出版社出版。该书主要内容选自当今世界最新科技知识、社会知识,包括生物学、医药、化学、物理、天文、地理、数学等学科,涉及工业、农业、环保、食品、建筑、能源等方面,其中有关生物学、医药学科的专题占1/3。例如:真菌、生物技术、肾衰竭、胰岛素、试管婴儿、素食、用单克隆抗体攻击靶子、食品中含什么——查看食品标签、饮用酒精、癌症探索、艾滋病、精神病、失明、体温过低等专题。

SATIS教材具有以下鲜明的特色。

(1)富有改革精神。教材一改传统理科教材过分强调逻辑顺序的体系。每个专题内容分两部分,前面供教师用,内容包括教师在授课时应注意的问题、本专题内容资料来源、教学中应采用的方法;后面部分是供学生使用的具体教材内容,较为详细。活页装订,教师可以根据学生具体情况选择合适的教学内容,并可把书拆开取出不合适内容,再把保留部分重新装订好即可使用。

(2)内容与日常生活实际联系紧密。内容多选自学生在日常生活中碰到或听到过的,易引发学生兴趣,可读性强。例如,与生物学有关的专题如查看食品标签、饮用酒精、艾滋病等,每个专题都紧扣主题,联系实际,用一个个问题将各部分内容引出并讲述,最后从理论上概述。例如,“艾滋病”专题:艾滋病是如何引起的? 有无检验方法?发病过程怎样?人怎样感染上此病?哪些人容易感染此病?怎样才能避免感染?最后小结。

(3)介绍科技发展新成果、新知识。100个专题中最新科技成果占30%以上,例如,核电站、纤维光学、远距离通讯、用单克隆抗体攻击靶子、试管婴儿等,拓宽了学生的知识面,为将来学习打下知识基础。

(4)提供多种教学方法,方便教学。教材根据不同内容采用不同教学方法(讨论、角色扮演、故事、案例研究、辩论等),有利于提高学习主动性和参与意识,有利于培养学生的观察能力、思考能力和解决问题的能力。例如,"酗酒问题"专题要求教师组织学生讨论,而教材提出的问题以及对问题的看法仅供参考;而有的专题则要求教师组织学生外出调查,然后根据调查结果进行讨论;还有的专题教材中未下结论,要求学生先参观调查一些工矿企业,然后以小组为单位写出报告。可以说,它使那些过去很少用于科学课堂的教学方法得以合理化。

2. 英国《生物学引论》

这是一套充满科学研究气息的教材,它将"探究—发现"的教学理论引入了教材。每章教材的开始总是以谈话式的语言把学生带入一定的问题情境,激起学生进行探究的欲望,然后,指出观察、实验的方法和步骤,并提出相应的问题。这样的结构反复出现,使学生在探究活动中,自己获取有关的知识。例如,第四章"生命是如何开始的"连续让学生进行如下活动:观察煮熟的鸡蛋、观察生鸡蛋、观察开始孵化了的鸡蛋、在暖房参加鸡蛋孵化的管理工作。随着这些活动的逐步进行,学生的知识逐渐增加,最后达到对鸡蛋的结构、受精卵的产生、鸡的个体发育等知识的学习。在一些不易安排学生活动的地方,教材采取对可能进行的活动、可能发生的现象等进行描述的方式,然后提出问题。故整套教材没有纯粹的学术知识的介绍,而是提供了引导学生自己获取知识的材料。

(三)各国生物教材的发展趋势

各国的生物教材虽各有特色,但总的发展趋势如下。

(1)分科、小综合及大综合三种教材体系并立。目前几个主要国家的生物教材编写体系主要有三种。

① 以植物、动物、人体等生物种类为主线,以形态、结构、生理、发生发展为顺序进行编写。俄罗斯的生物教材就是这种体系,也就是分科教学,类似于我们现行的九年制义务教育生物教材。这种编写体系系统性强,教师容易讲授,也易为学生接受。但是,学生所学得的知识基本上是分门别类的,不易获得植物、动物、人体之间互相关联的综合性知识。同时有关细胞、新陈代谢、运输、生长、发育等知识,在植物、动物、人体等部分中重复出现,显得较为繁琐。② 以生物的生命活动为基本特征进行编写。日本综合理科教材中的生物学部分以及美国等国家的生物教材就是这种体系。这些教材均以生物的生命特征为系统,并分别从植物、动物、人体几方面加以阐述、分析、比较,使学生比较全面地理解生物的主要生命特征。例如,对于生物的输导系统,这些教材一般是从"食物种类、牙齿、动物捕食、营养物的输导、动植物的排泄"等方面进行阐明,使学生对不同的生物体从食

物的类别到进食、输送、排泄等全过程有一个完整的认识。这样获得的知识是纵横联系的，而不是割裂的，而且能使学生逐步形成生物是从低等到高等，从简单到复杂的进化观点。③ 生物学与物理学、化学、地理学等学科合编的综合理科体系。前面提到的日本的《理科》教材及韩国的《科学》教材就属于这一类。教材中各学科除了有专门的章节阐述外，还分别阐述与本学科有关的其他学科的知识。生物学部分的知识体系也基本上是以生物的生命活动为基本特征进行编写的。

(2)注重教材内容与科学、技术、社会的紧密联系。当代科学技术突飞猛进，并日益渗入到社会的各个方面。为适应现代社会发展的需要，一些发达国家的理科教育出现了新趋势，即改革理科课程，形成所谓的“科学、技术、社会(STS)课程”。各科教学均注重基础知识的传授和能力培养，把学科教学与科学技术在社会生产和生活实际中的应用结合起来，使学生不仅有各学科较深的基本知识，而且有广博的STS方面的知识和能力。

在美国《生命科学研究》教材中，随处有“活动”一项，18处插入“专业和最尖端的研究”标题，介绍与这部分教材密切相关的专业知识。教材中还列有“烟草、酒精和麻醉药”一节，详细讲述常用麻醉药品及服用危害，以适应美国的社会现实。美国中学除开设《生命科学研究》课程外，还开设《能源·资源和环境》、《能量和社会》、《人口和教育》等课程，这些书列入了环境知识、生态科学、海洋生物学、人类生态学等教学内容。教学内容重视体现“社会需要”、“个人需要”、“生计需要”等教学目标。

苏联的新教学大纲中，在七年级列入了农业植物；八年级结合《苏联食品纲要》列入了动物品种以及动物的繁殖、饲养管理等内容，并且结合《土壤改良远景纲要》阐明农业群落知识；十一年级列入微生物工程、遗传工程、细胞工程等教学内容。

日本的教材是不统一的，这些教材除重视生物学基础知识外，还注意生物学知识和社会、生活相结合，尤其重视普及生态学基础知识，让每个学生都知道保持生态平衡的重要性，其内容贯穿在初、高中教材中。初中着重讲生物和环境的关系，高中讲森林生态学、湖泊生态学、高山生态学及城市生态学等。

英国的中学综合理科教材《社会中的科学和技术(STS)》在此方面的表现就更为突出。该书的编者认为：“我们生活在一个被科学和技术所支配的世界中……过去的中学理科课程缺乏实用性，今天把社会和技术方面的内容引入到我们的理科课程，有助于形成科学与诸多方面的联系，这对未来公民具有重大意义。”该书内容主要选自当今世界最新科技知识和社会生活，包括生物、化学、医药、物理、天文、地理、数学等学科，并涉及工业、农业、环境保护、食品、建筑等方面。全书共分100个专题。其中，有关生物、医药学科的专题占1/3。例如，真菌、生物技术、肾衰竭、胰岛素、试管婴儿、素食、用单克隆抗体攻击靶子、食品中含有什么——查看食品标签、饮用酒精、癌症探索、艾滋病、精神病、失明、体温过低等。

(3)重视学生能力培养和科学自然观培养。国外注重加强能力和观念的培养,表现在教材中适当减少了基础知识的内容,相对增加了观察、实验、调查等培养能力和科学自然观的内容,如日本高中专门设置了选修课“理科Ⅱ”,设置的目的是要求学生就自然界中所能看到的事物、现象以及科学史方面的实例拟订课题,并通过对一些课题的独立探索和自由研究,学习科学的实验研究方法,从而培养科学地看待自然的态度和解决问题的能力。“理科Ⅱ”教材中所涉及的生物内容有:调查校园杂草的分布;调查土壤动物的种类和数量;空地路旁蒲公英的分布;从国外引进的植物的分布;调查水池中昆虫的生态;调查池塘或湖泊的断面结构与生物的垂直分布;调查池塘或湖泊中的食物网;调查水质与水生生物的关系;进化论的演变等。

(4)实验数量多,并以探索性实验为主,重视综合技术教育。美国、日本、俄罗斯等国家生物教材中的实验内容大致为50%,并以探索性实验为主。比如,日本在高中一年级的生物(生物Ⅰ)教材中,实验内容为22个。大阪府还根据文部省拟定的指导要领编印了实验书。该书分两大部分,第一部分是训练实验方法,如怎样使用显微镜,如何绘制生物图,阅读关于青霉素发明史的短文和作业,告诉学生科学的研究方法;第二部分是具体的实验内容,如细胞的结构、质壁分离和复原、酶的作用、叶绿素分析、发酵、渗透压测定、毛细血管中的血流、植物的生长、动物的行为、体细胞的分裂、减数分裂、果蝇杂交等。

(5)设计多种形式的学习活动。强调课堂教学活动形式的多样化是现代教学论的重要观点。为配合多样化的教学,许多教材都设计了多种形式的教学活动,如定性观察、定量测量、数据整理、实验、讨论、角色扮演、大脑风暴、游戏和研究性学习等。这些活动的共同特点是有趣、简单、重在体会研究的方法、对硬件设施的依赖程度不高。

(6)强化教材的教学工具功能。教科书与实验教材等多种教材系列配套,这也是当前几个主要发达国家中学生物学教材较为突出的一个特色。许多新编的教材不仅把教科书当成学习的资源,还强调教科书是学生学习和教师教学的工具,多数教材都把教学内容与学习过程结合起来进行编写,使课本成为学习的指南。不少教材都把科学研究方法作为一个独立单元编写。

(7)教科书插图精美、多样,教学内容简练、浅显、趣味性强。插图不再是可有可无的点缀,而是表达教学内容和思想的一部分,是传播教学信息的一种重要媒介。有不少课本,插图占的版面超过了文字,如英国Collins公司最新版高中自然科学单元教材“Collins Advances Modular Science”中的生物(Bailey,2000)教材,平均每页的插图为3.1幅。插图的类型有实物照片、某一过程现象的示意图、描述操作方法的说明图、趣味性的幽默画、帮助记忆的连环画、习题或思考题的附图。其特点是与文字融为一体、注意开拓学生的视野、有地方特色、趣味性强、制作精良。

二、我国港台地区生物教科书的编写特点

(一)香港地区生物教科书的编写特点

香港地区没有统一的中学教材，每年各书商根据香港《生物课程指引》和香港考试局的中学会考大纲组织人员编写中英文版本的生物教材。教师根据自身的教学经验对各教材进行比较，然后选择合意的作为本校的教材。香港各中学目前广泛使用的教材版本为牛津大学出版社出版的英文原版教材《基础生物学》(第2版)，该书由彭敬慈和张丽雯编写，是依据最新颁布的香港课程发展会议生物科课程纲要编写而成的，全书共分3册，1999年12月出版，分别供高中三个年级使用。

1. 基本框架及内容

《基础生物学》共分3册，6个部分。整套教材以维持生物生命的基本活动为主线，比较系统地介绍了组成生命的基本单位——细胞的结构，生命活动需要的物质种类及作用，能量的来源和利用，生命自我维持、发育和延续的结构基础和生理基础，以及生物与生物，生物与环境之间相互关系等基础知识。

2. 编写的理念

(1)强调对基本概念的掌握。具体表现在：①每章开端都用问题(Do you know?)的形式引出课文内容，以引起学生的注意并指出学习的方向和重点，第一部分第二章为分布广泛的各种各样的生物，开头有4个问题：地球上有多少不同类型的生物？为什么我们要将生物分成不同的类群？怎样将生物分类？怎样使用检索表将生物分类？这4个问题层层递进，很容易使学生明确本章的要点；②每章都用粗体字标明重要的概念，每节都有学习要点(Key learning)，学习要点以问题的形式提出，并做出相应的解释，主要也是围绕重要的概念进行，如什么是向性，学习要点中指出向性是植物面向或背离侧刺激而做出方向性的生长运动等；③每章末都有三个小栏目，分别是“你懂得这些概念吗？”(Check your concepts?)、“错误的概念”(Wrong concepts?)”、“错在哪里？”(Why are they wrong?)，这些栏目有助于学生掌握本章的重要概念和分清楚容易弄混的概念；④每章末的练习为学生提供了较多的运用概念和加强学习的机会。

(2)重视培养学生解决问题的能力。教材主要通过以下方面培养学生解决问题的能力：①教材呈现大量的图表以引导学生在课堂上进行讨论，激发学生的学习兴趣，提高学生分析和解决问题的能力；②教材中一些栏目有意识地训练学生解决问题的能力，如“问题”(Question)、“挑战”(Challenge)、“你还记得吗？”(Do you remember?)等旁栏有目的地培养学生分析、评估和综合问题的能力。

3. 与目前内地教材的差异

(1)从指导思想看。香港地区的教材是为了促进教学相长的目的而特意编写

的，主要提倡主动、积极、兴趣盎然的学习方式来学习生物学课程；而目前内地新版高中必修教材是使学生掌握生物学基础知识和基本技能，培养学习生物学的兴趣和能力，为他们进一步学习文化科学知识，参与社会打下必要的基础。

（2）从知识内容看。香港教材注重于生物学知识与现实生活相联系，比较贴近学生的生活实际，容易引起学生的兴趣，内容不深但比较广泛。而目前内地的教材内容相对要深、要窄，比较靠近大学的教材。例如，细胞的结构部分，香港教材只讲了四个问题：细胞的发现；细胞的基本结构；比较植物细胞和动物细胞；在光学显微镜下观察细胞。而细胞器的知识只是在相关章节里简单地介绍了叶绿体和线粒体的结构和功能等，但内地的生物教材则讲了细胞的亚显微结构，不仅如此，还比较了真核生物和原核生物的区别与联系，显然比香港教材深了许多。

（3）从科学方法的培养看。香港教材每节中基本都有两个栏目，实验（Let's go to practical）和活动（Activity），全书中实验共有95个，部分实验相对比较简单，其复杂程度远不如内地教材中的实验，也不如内地生物教材里突出科学方法的训练和培养，其最直接的作用是帮助学生理解基础知识和基本概念，而培养学生的实验技能则居次要地位。相反，内地的生物教材中的实验则赋予了更多的功能，它不仅是帮助学生理解生物学知识，提高学生的实验操作技能，而且还对学生进行了科学方法的训练。除实验外，内地生物教材中还有调查、研究性活动、模拟制作等其他活动，在科学方法上更加注重对学生进行渗透和培养，其思维的力度和广度也比香港教材要更深入一些。

（4）从教材的呈现方式看。香港的教材特点如下：以问题的形式引导学生学习；以问题和回答及粗体字的形式反映和突出重要的概念；以丰富的图表激发学生学习兴趣，引导学生思考和讨论；以实验和活动的形式帮助学生理解重要的知识和概念；语言相对通俗，注重联系现实生活；栏目多，有利于学生活动和思考。

（5）从作业系统看。香港教材的作业系统比内地教材要丰富，所占比重要大，题型有填充题、是非题、简答题、填表等形式。习题一般分为两部分，第一部分为基础题，主要由本章的一些基础知识组成，第二部分为历届香港中学会考试题，这部分题的题量比较大，以图表分析为主。

总的来看，香港教材的呈现方式比较灵活，不太注重章节之间的严密逻辑联系，语言比较通俗，所学知识与现实生活联系比较紧，容易激发学生的学习兴趣等。不足之处是：过分注重概念教学；活动和实验太多且泛，并且有相当一部分实验不能及时或独立完成；文字量过大，知识量过多，没有突出高中学生必须了解和掌握的基础知识，不利于学生在有限的时间内获取最主要的知识；能力的培养比较单一，也没有系统性等。

(二)台湾地区生物教科书的编写特点

台湾地区初级中学生物课的教学内容,采用的是小综合体系,共计12章和2个附录,即:一、生命世界;二、生物体的构造;三、养分和能量;四、运输作用;五、协调作用;六、恒定性;七、生殖;八、遗传;九、演化;十、生物圈的生物;十一、生物与环境;十二、人类与环境;附录一、淡水中常见的小动物;附录二、台湾的保护类动物和植物。

其教材目标包括认知、技能和情意3个方面。认知方面的要求是"经学习活动,使学生认识生物,了解其构造、功能及生命现象的基本原理,并体验和认识生物与人类福祉的关系"。技能方面的要求是"在学习活动中,培养学生观察、推理、实验等科学方法,借以启发独立思考与创造能力,并应用于解决日常生活中的问题"。情意方面的要求是"引导学生以积极主动的态度,探究生物及其与自然环境间的关系,进而培养亲近自然、爱护环境与尊重生命的情操"。

其编写特色表现为"四性一化",即正确性、适切性、本土性、易读性及生活化,目的在于充分引导学生以积极主动的态度探究生物学领域。

高级中学课程标准于1995年公布。由台湾地区国立编译馆主编发行的统编本教科书(甲本)与由民间书商编辑(乙本)、台湾地区教育部门(丙本)审定发行的民间版教科书,各有优缺点,存在许多争议。三部教科书在教材编选及内容呈现上有许多不同,表现在以下几个方面。

1. 封面设计

封面是一本教科书的门面,它直接影响师生对一本教科书的好恶。三部教科书的封面设计均比以往的更为华丽、鲜艳,且主题明显,更好地显示了全书特色及编辑理念。其中甲书封面由群集构图来说明全书特色——简洁而真实;然而,画面中的生物非本土生物,生物群集也不具本土特色。乙书以各类本土生物图片构筑封面,突显生物圈中形形色色的生物,主题鲜明,也很具本土特色,不过,画面中的生物分布不均,且封面中的每一种生物没有附加说明。丙书封面构图简单明了,井然有序,然而,封面上的生物大部分为手绘图,且彼此间没有关联性,因而封面中的生物没有特别意义。

2. 课程目标

课程标准中所列的高中基础生物学课程总目标及重点目标共八项(高级中学课程标准编辑审查小组,1996)若依目标分类将总目标及重点目标内容归类,则高中基础生物学课程目标可分13项(如表5-2所示)。其中,情意领域目标共7项,认知目标及技能目标各3项,即高中基础科学的课程目标以情感目标为重,认知目标及技能目标居次,这种现象与以往重视认知目标,忽略技能目标及情意目标的情形有很大的不同。

表5-2 高中基础生物学课程目标分类

	特征	优点	缺点
甲书	分5章、25节及中英文索引与4个附录，每章之后面为讨论及探讨活动	(1)版面设计活泼，使用部分书内图片及说明，突显本书特色 (2)章节编排依据课程标准 (3)目次分左右两页，在同一视野中，一目了然	探讨活动没有活动名称
乙书	共分7章33节及附录中英文索引，每章之后为探讨活动，讨论列在每章最后一节	(1)每一章都以一个图片来突显本章特色 (2)课程标准第四章扩展为三章的篇幅呈现，突显本书重视生物多样性及生态学的介绍	(1)每章所附的图片无附加说明，也未指明在书中出现的页次； (2)目次分成两页，不在同一视野； (3)附录仅是中英文索引，没有其他参考性资料
丙书	共分5章26节，附录为中英文对照及图片提供者。每章之后为探讨活动，讨论列在每章最后一节	(1)章节编排依据课程标准 (2)目次分左右两页，在同一视野中，一目了然 (3)字体放大，重视学生视力保健	附录仅为中英文对照及图片提供者，没有其他参考性资料

3. 教科书内容及组织的合理性分析

三部教科书的主要结构均包含标题页、前言、正文(主要内容)、讨论、探讨活动、摘要、评价及附录等。三部教科书的共同优点为：①段落井然有序、节次分明；②不同颜色及字体显现或强调主题的不同；③标题页都以活泼生动的图片来突显每一章的特色。共同的缺点有：①评价方式仍采用固定格式，无法发挥多元评价的精神；②附录或摘要无法符合学生的实际需要。

4. 目次内容比较

教科书内的目次内容列出章节内容、附录等，使读者可以透过目次了解全书的主要内容。但是，三部高中基础生物教科书目次内容，除了一般书籍目次页所具有的内容外，设计内容更加丰富且变化多，除了增加插图以活泼版面设计外，部分教科书更通过目次页上所提供的图片及说明来突显全书特色。乙书将课程标准第四章扩展为三章的篇幅，更突显本书重视生物多样性及生态学的介绍，这是本书与其他两种教科书不同的地方。三部教科书目次页内容的特征及优缺点(如表5-3所示)。

5. 编辑大意比较

教科书的编辑大意主要在于说明教材编辑的依据、教学目标、教材编选原则及教科书的编辑理念与精神等。然而，三部教科书在编辑大意中仍可看出有部分缺陷，主要体现在教科书内容上。例如，甲书没有说明主要的教学目标，全文对学生没有特殊意义。乙书及丙书所呈现的教学目标与课程标准雷同，因而未能显示本书的特色。

表5-3 教科书目次内容比较

目标分类	主要目标内容	课程标准分类
认知目标	探索生命科学的基本知识	总目标
	了解生命的奥秘	总目标
	认识生物圈中生命的歧异	重点目标
技能目标	解决日常生活中所遇到的问题	总目标
	培养对资料收集、分析及适当解释的能力	重点目标
	了解或解决生态上的问题	重点目标
情感目标	培养生命科学基本素养,了解人类所扮演的角色	总目标
	培养学生对生命科学的兴趣	总目标
	鉴赏现代生物科学的成就与进展	总目标
	了解现代生物科学与人文科学的关系	总目标
	了解人类在自然界中的地位与责任	重点目标
	欣赏自然和谐之美,爱护生态环境,尊重生命	重点目标
	澄清自然保育之价值观	重点目标

6. 插图和表格的比较

三部教科书中,丙书的照片数量最多,表格数量最少;甲书的绘图数量及表格数量都比其他二书的数量高。单章图片数量中,三部教科书均以第四章(生物圈中形形色色的生物及其生活环境)(乙书第四、五、六章)最多;绘图或表格则以第五章(乙书第七章)最多,表明图片或表格数量与教材内容的性质有关。

总之,甲书教材编选内容丰富,选材多样化,在页缘附加有生物小百科、想一想、讨论及探究活动等内容,着重对开放性问题的思考,因而对于培养学生独立思考及创造性思维具有较佳的效果;乙书的教材编选比较偏向传统性的教科书编辑方式,虽然尝试以网络信息、延伸阅读等来引导学生主动学习及搜寻资料,然而,在问题讨论及探究活动上,比较缺乏创意性的设计;丙书的教材内容较为贫乏,对引导学生开放性讨论或评价方式上,都显得较为保守。

三、大陆地区传统生物教科书的优点与缺失

生物教材是生物教学的重要依据,生物教材质量的高低直接影响到我国社会主义建设的人才培养问题。因此,不断研究教材体系,是生物教育学最经常和最基本的任务之一,也是进行教学、提高教学质量的基本保证。传统的生物教材多以学科的知识体系为框架,按照各项知识的逻辑关系和知识在学科中的地位决定教材内容。目前,我国生物教材改革力求突破以学科为中心的理念的束缚和以学科体系为中心的内容选取标准,从学生发展的需要、社会需求和生物学科发展三个方面出发,真正确立“以学生为中心”的理念。通过对传统教材的比较研究,我们可以更清楚地了解我国生物课程的性质、课程基本理念、课程设计思路、课程目标、内容标准、实施建议等,这些对教学研究具有积极的意义。

从生物教材的发展来看，1902年的博物课教材包括植物、动物、生理卫生三本，其教学内容以形态、构造、分类为主，但仍强调了生理功能和知识的实际应用。在教学方法上重视实物、标本的观察，但理论性不是很强。1932年高中开设的生物学，教材有《公民生物学》、《高中生物学》、《普通生物学》和《生物学》。这些教材理论性较强，但内容比较琐碎，与日常生活联系密切。20世纪50年代末的教材强调了教育要联系生产实践，并增设了《农业基础知识》，虽然削弱了“双基”，但在生物课如何为农业生产服务方面积累了经验。60年代后期到70年代后期，取消了中学生物学课程，替代的是《农业基础知识》和《医疗卫生》两本教材，主要讲“三大作物一头猪”和人的疾病防治，结果使学生不但学不到生物学基础知识，更不了解生物科学新进展，而且也影响了对他们的自然科学观点和思维方法的培养。在国际教育改革大潮的推动下，我国从20世纪80年代开始，进行了多轮基础教育的课程改革。在这种背景下，我国生物教材也由早期的“一纲一本”发展为“一纲多本”甚至“多纲多本”，并逐渐与国际接轨。目前已经逐步形成了分科体系、小综合体系和大综合体系三类教材并立的格局。

(一)分科体系

教材内容分别按照植物、动物、人体等生物种类并从形态、结构、生理、发生、发展等方面进行编写。这种体系主要受苏联影响，在我国沿用了几十年。不过发展到现在，分科体系的教材也发生了一些变化，比如教材名称已由过去的《植物》、《动物》、《生理卫生》合称为现在的《生物(学)》，知识结构也由原来的植物、动物、生理卫生三部分，发展为植物、细菌真菌病毒、动物、人体生理卫生、遗传进化与生态五部分。

知识结构属于直线型知识结构模式。有关植物、动物、人体等知识分科编写，直线展开，各部分彼此独立不交叉。植物按照细胞到器官、由器官到个体、由个体到群体的体系编排；动物部分是以进化顺序，按照动物类群由低等到高等的体系展开；人体生理卫生部分则以各器官和系统的形态、结构和保健来构成知识体系。

编写体例上，每册教材均由课文、彩图、黑白插图、实验指导、演示实验、课堂练习题、阅读材料等项目组成。

分科体系的典型代表是人民教育出版社叶佩珉主编的人教版《生物》，李兰芬主编的北师大版、王彬的四川内地版。

分科教材的突出优点是内容的系统性强、学科体系完整，强调了知识的纵向发展，教师好教，学生易学。缺点是忽视了学科之间的相关性，使学生难以将不同学科之间的知识相互联系起来，形成完整而合理的认知结构，也不能对世界形成整体的认识。也不利于学生建立综合性的生物学概念，容易造成知识前后的重复，而且教材内容显得比较陈旧，黑白印刷，不易调动学生的学习兴趣。

(二)小综合体系

小综合体系是以生物的基本特征为纲,以生命活动为主线,把前述分科的生物学内容融合在一起,形成一个完整的、具有内在联系的、新的知识结构体系。其知识结构大体上可分为四大块:第一块主要讲生物的基本特征,突出结构和功能的统一性;第二块讲生物的主要类群,突出生物的多样性和生物与环境的统一性;第三块讲生物的起源和进化,突出生物的进化和发展规律;第四块讲生物与环境,突出人与自然、生态与环保的关系。

在根据教学大纲编写的教材中,以华南师大潘瑞炽教授主编的沿海版、华东师大胡仁亮教授主编的发达地区版和北京教科院祁乃成主编的北京版最具代表性。根据课标标准编写的教材,目前有北京师大朱正威教授主编的《生物学》和南京师大汪忠教授主编的《生物》两个版本。

小综合体系教材的优点明显,它改变了分科体系分门别类时知识结构上的繁琐和重复,比较节省教学时间,容易让学生形成更有本质联系、更完整的综合性的生物学基础知识,并有利于学生建立生物学观点,也容易渗透当今生物科学的新进展方面的内容。缺点是教师教和学生学的难度要大一些(比如广州市许多中学在使用沿海版多年以后,又纷纷改用人教版,这一现象值得研究)。

1.《生物》(潘瑞炽主编,广东教育出版社)

(1)主要内容:根据教学大纲规定的内容编写。

(2)知识结构:网络交叉型。

(3)主要特点:对教学内容作了大刀阔斧的精简,线条粗而视野广;注重联系沿海地区的实际情况,突出沿海地区的特点;但语言文字表述的严密性不够,部分内容的科学性有所欠缺。

2.《生物学》(朱正威、赵占良主编,人民教育出版社)

(1)主要内容:课程标准列出的10个主题。

(2)知识结构:网络交叉型。

(3)编写体例:共分为生物和生物圈、生物和细胞等多个单元;每个单元包括若干章节和单元小结两部分;每一节主要包括正文、练习、阅读材料三部分。阅读材料包括“科学·技术·社会”、“与生物有关的职业”、“科学家的故事”三种类型。正文部分包括生物学基本知识、科学方法介绍和训练、实验、实践活动四个板块。正文以文字和图片相结合的形式描述,二者的比例接近1:1。

(4)主要特点:一是以人与生物圈为主线,打破知识的系统性,强调人与生物圈的协调发展;二是突出科学方法教育,贯彻学会学习的思想;三是强调探究学习,设置了大量的科学探究活动;四是人本主义教育,突出人的健康生活、生长、发展,注意渗透STS(科学、技术和社会)教育;五是彩色印刷,图片与文字比例增大。

主要局限是教材主要以我国北方地区的生物学背景知识为基础，列举的生物种类、实验材料等对我国南方地区和沿海地区而言有一定的局限性。此外，部分描述语言还有一些成人化的痕迹。

3.《生物》（汪忠主编，江苏教育出版社）

（1）主要内容和知识结构与上面人教社的版本相同。

（2）编写体例：每章包括章标题、知识目标、若干节、章小结四部分。每节按照"节标题—本节目标—正文—学生活动—思考—课外探究—课外阅读"的结构编写；

（3）主要特点：以"活动"为主体，共设计了66项不同的活动。其中完整的探究活动6项，侧重于培养某方面探究能力的活动60项。另外，还有课外探究32项。对图片的使用比较大胆，设计有章标题图、节标题图、正文插图、阅读材料插图等多种形式，图片以照片为主，辅以卡通、线条图等。

（三）大综合体系

打破生物、化学、物理和自然地理等传统学科的划分，将它们有机地结合在一起成为一门新的综合性的学科，这样的教材就是我们惯称的"综合理科"。目前世界上有100多个国家和地区开设了这类课程，我国浙江和上海等地在初中开设了综合理科。浙江教育出版社、华东师大出版社和上海教育出版社也分别编写了一套初中综合理科教材并在2001年秋季开始供全国部分地区试用。高中的综合理科则正在广东和上海进行实验和研究，广东省编写和出版了相应的综合理科教材。

我国较早的综合理科教材有余自强主编的《自然科学》，该教材以"人类认识自然、认识自身；利用自然、改造自然；保护自然，保护自身"作为知识展开的线索，反映了生物、物理、化学、地理等学科之间的关联性和整体性。生物学的内容有神奇的大自然、生命的奥秘、人与自然、环境保护与人类自己的保护等。还有管有章主编的《理科》以"物质、运动、能、生命科学、地球"为线索组织知识体系。采用"综合—分科—综合"的方式组织内容。采用螺旋式上升的方法，分层次逐步介绍生命现象和生物学概念。

综合理科打破了传统学科的分界，其主要优点：一是能很好地培养学生的综合能力和科学素质；二是加强学科之间的联系，避免学科之间知识的脱节，使学生对自然形成统一和整体的认识；三是精简教学内容，避免传统各学科之间的不必要的重复，使学生进行最优化的学习，并进行知识的综合思考，培养了学生的思维能力，扩大了学生的视野。

大综合体系课程的缺点是教材实施教学难度比较大，教师队伍素质跟不上，所以目前我国还只在少数地区试验。

总之，新教材除了在形式上比原来的教材生动、活泼外，共同特点是内容呈现下列发展趋势：①形态与分类→分子生物学与生物化学→综合性生物学（有机体与环境的生态关系);②描述性科学→数量性科学(遗传学、生态学、分子生物学等);③应用技术→基本概念→实际与理论并重;④生物学→生物学与其他自然科学的结合。

第二节 生物教科书

一、生物教科书多种版本各具特色

高中生物课程改革以来,与之配套的《普通高中课程标准实验教科书·生物学》也相继出版。目前已经通过全国中小学教材审定委员会2004年初审的新教材有五个版本:人教版(朱正威、赵占良主编,人民教育出版社);山东版(张时新主编,中国地图出版社);江苏版(汪忠主编,江苏教育出版社);河北版(刘植义主编,河北少儿出版社)以及北师大版(刘相钰、刘恩山主编,浙江科学技术出版社)。下面以《必修2·遗传与进化》对五个版本的新教材作简略的比较。

(一)教材编写体例的比较

五个版本的教材编写体例总体变化不大,但又各具特色。例如,人教版章编排体例是:章题名→引言→题图→第一节→第二节→……→本章小结→自我检测题;其节编排体例为:问题探讨→本节聚焦→正文→练习→课外阅读资料。江苏版章编排体例是:章题名→引言→题图→各节题目→第一节→第二节→……;其节编排体例为:学习目标→导言→正文→继续探究→拓展视野→走进职业(或无)。山东版章编排体例是:章题名→题图→课题研究→第一节→第二节→……→回顾总结→课外阅读;其节编排体例为:导言→正文→巩固提高。河北版章编排体例是:章题名→本章主要内容→科学发展历程→第一节→第二节→……→本章小结;其节编排体例为:导言→材料分析→正文→自我检测→开阔眼界(或无)。北师大版章编排体例是:章题名→引言→题图→本章学习要点→第一节→第二节→……→本章小结;其节编排体例为:导言→本节要点→正文→课外读(或无)→思考与练习。

(二)教材插图的比较

五个版本的教材图表丰富,且大多数为彩图。通过"实物照片"、"示意图"、"模式图"、"图表曲线"等多种形式的插图,为学生提供了丰富多彩而又真切的感性材料,使教材图文并茂、生动有趣,既有利于使抽象复杂的知识直观化、简约化,又有利于开阔学生的视野,激发学生的求知欲,提高学习的兴趣(如图5-1所示)。许多图已不是处于从属地位,而是代替文字说明,上升为主要地位。

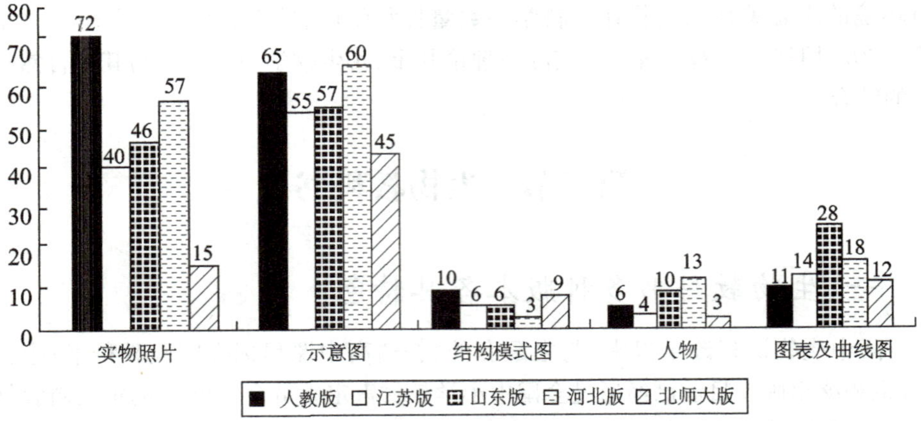

图5-1　五个版本教材插图比较

(三)探究活动的设计

与传统教材相比,五个版本的新教材均设置了大量的探究实验,其内容都是以学生探究活动为主,教师讲解为辅。通过探究活动的设置和开展,使学生亲历思考和探究的过程,充分发挥其创新意识,让学生自己去寻找答案,挖掘知识,使学生在探讨过程中逐步建构自己的知识体系,领悟科学探究的方法,这对学生终身的发展是大有裨益的。

五个版本的探究性实验的内容和活动方式各具特色。例如,人教版探究活动分为"实验"、"建构模型"、"探究"、"调查"等部分,共设置性状分离比的模拟、观察蝗虫精原细胞减数分裂固定装片、建立减数分裂中染色体数目和行为变化的模型等8个探究性活动;江苏版探究活动分为"边做边学"和"课题研究"两部分,每一节后面还设置了"继续探究"栏目。共设置种子植物花药中发生的减数分裂、模拟精子和卵细胞的形成过程、环境中化学物质对染色体结构变异的影响等7个探究性活动。山东版教材在每一章的前面均设置了"课题研究"栏目,每一节也设置了与本节内容相关的"探究活动"。其活动内容较多,如分析红绿色盲的遗传、分析两对相对性状的遗传试验、设计马铃薯优良品种的杂交和选育方案等21个探究性活动,且许多与社会生活联系密切。河北版教材探究活动分为"实验"、"构建模型"、"模拟实验"、"调查"、"探究"等部分,共设置蝗虫精巢的压片及观察、DNA的粗提取与鉴定、调查红绿色盲的家族遗传史等8个活动。北师大版教材具有"活动"和"建议活动"两部分,共有模拟孟德尔杂交实验、探究花生果实大小的变异、分析各类遗传病在人体不同发育阶段的发病风险曲线的意义等活动15个。

(四)课后习题的设计比较

在习题设计方面,五个版本的教材也是各具特色。例如,人教版教材每节课后的习题分为基础题和拓展题两大部分，每章检测题包括"概念检测"、"知识迁移"、"技能应用"和"思维拓展提高"等，"概念检测"又包括"判断题"、"选择题"和"画概念图"。习题形式多样，难易适中，注重学生对基础知识的掌握，重视学生知识、情感和技能三维能力的发展。江苏版有选择题、填空题以及简答题三种类型，题目难度稍大，要求学生能熟练掌握应用所学知识，重视学生分析能力的培养。山东版和河北版以简答题为主，题目开放性较大，有助于学生创新思维的培养。北师大版习题主要分为选择题、简答题以及识图填充题三种，其题量适中，题目难度较大，注重学生对知识的应用与分析，其中部分习题要求学生通过调查研究等方式来进行，注重实践能力的培养。

总的来说，各版本教材的习题都尽量避免学生对知识的机械记忆，而是强调对知识的灵活运用，一些习题的开放性较强，鼓励学生发表自己独特的见解，有利于学生创新思维能力的养成，同时，习题也注重了学生在知识、技能以及情感态度方面等三个维度的和谐发展。

（五）"课外读"资料的比较

各版本的教材都非常重视引导学生对生物学科学史的认识。或是在每一章、节的前言介绍有关的科学发展历程，或是在教材的正文部分以"相关链接"、"小资料"、"材料分析"等形式引导学生分析科学史，或是在课外读中提供材料拓展学生对有关生物史的关注等。使学生沿着科学家探索生物世界的道路，理解科学的本质和研究的方法，学习科学家献身科学的奉献精神，提高学生的科学素养。

如人教版资料分为"科学·技术·社会"、"科学前沿"、"与生物学有关的职业"三部分；江苏版课外读物分为"放眼社会"、"拓展视野"和"走进职业"三种类型的内容；山东版每章都有一则课外阅读资料；河北版在每一章的前言部分，教材均设置了"科学发展历程"，在部分章节内容中还设置了"科技探索"，介绍有关的科学史，供学生阅读，拓宽视野；北师大版课外阅读资料有"小资料"和"课外读"两种类型，其中"小资料"侧重于对教材内容的进一步深化和拓展，"课外读"则侧重于科学史的叙述。各版本教材内容多选自学生在日常生活中碰到或者听到过的，又与教材内容密切联系的资料，可读性强，既可拓展学生的视野，又能有效激发学生学习生物学的兴趣。

总之，人教版教材编写的特色主要体现在：①语言非常简洁、精练，表述上具有很强的文学色彩，大大提高了教材文字的可读性；②教材中一些重要的概念或者结论（规律）均用黑体字突显出来，有利于学生对相关重点内容的掌握；③在每一章的最后，均附有"自我检测"题，以便学生巩固知识，掌握技能。在习题的设计中，"画概念图"是本教材独具的一种学习方式，通过画概念图，帮助学生把相关的概念构成一个系统，以促进对概念的理解。

江苏版教材的色彩柔和，搭配和谐，所选用的插图都非常精美，在视觉上给人以美的享受，对读者具有很强的吸引力；同时，教材一个非常突出的特色是，图文结合得非常恰当，几乎所有的生理反应（或实验）过程都用简单明了的示意图非常直观地表现出来，有助于帮助学生理解复杂的概念和理论。

山东版教材是五个版本教材中探究实验最多的，不仅每一章都设置了一个"课题研究"，而且教材的每一节内容也设置了相关的探究实验供学生开展，帮助学生深化对知识的掌握和应用。可见，教材侧重于对学生探究能力、动手操作能力以及创新意识的培养，注重对学生进行科学研究方法的渗透。此外，教材的课后习题也多以简答题为主，答案并不唯一，开放性强，有利于培养学生的创新思维和创造力。

与其他版本的教材相比较，北师大版教材具有三个特点：探究活动多，课外阅读资料丰富，教材难度较大。编者在引导学生进行基础知识学习的基础上，注重学生探究能力、动手操作能力的养成教育，注意拓展学生的知识面。从教材内容的比较来看，难度比其他版本教材稍大，因此，比较适合重点学校学生的使用。

与北师大版相比，河北版教材则更适合农村地区的学校使用：一是教材具有比较浓厚的乡土气息，教材所采用的一些插图，都是农业生产上常见的一些现象；二是教材设置的实验取材容易，操作简单，便于一些条件相对简陋的学校的学生开展实验，如"制作DNA分子双螺旋结构模型"、"DNA的粗提取与鉴定"等。

二、《生物学》（人教版）初中教科书的设计思路和特点

（一）《生物学》（人教版）初中教科书的设计思路

人教版初中《生物学》教科书的设计遵照《基础教育课程改革纲要（试行）》的基本精神，在全面贯彻国家教育方针的基础上，根据学生身心发展的特点和教育规律，重视对学生进行全面的科学素养教育，体现国家对学生在生物科学知识和技能、能力以及情感态度与价值观等方面的基本要求，着眼于培养学生终身学习的愿望和能力，体现义务教育阶段生物课程的普及性、基础性和发展性。

教科书选取了10个主题：科学探究，生物体的结构层次，生物与环境，生物圈中的绿色植物，生物圈中的人，动物的运动和行为，生物的生殖、发育与遗传，生物的多样性，生物技术，健康地生活。

（二）《生物学》（人教版）初中教科书的特点

教材既是教师开展教学活动的基本素材，又是学生学习的主要材料，因此教材的质量直接影响着整个教学活动的开展。《生物学》（人教版）的特点如下。

1. 充分体现新课标的精神

《生物学》(人教版)新教材是以教育部《基础教育课程改革纲要（试行）》为指导，以《义务教育生物学课程标准（2011年版）》)为依据编写的，充分体现了生物学课程改革的基本精神和指导思想。编写过程中非常注重促进学生学习方式的转

变,突出人与生物圈的关系和强调学生在生物学知识、科学探究技能、情感态度与价值观、思维品质以及对科学、技术和社会的认识等领域的全面发展。这些都充分体现了“以人为本”的思想。

2. 突出科学探究的学习方式

探究是指获取知识、领悟科学的思想观念,领悟科学家研究自然界的科学方法以及进行的实验。它的基本过程包括:提出问题、作出假设、制定计划、实施计划、得出结论、表达和交流等。探究是学生能动地学习科学的过程,是培养学生创新精神和实践能力的重要途径。例如,《生物学》(人教版)新教材七年级上册的科学探究活动多达57个。这些探究活动能极大地丰富课堂教学内容,培养学生的动手能力,改变学生的学习方式。

3. 构建全新的教材体系

新教材的编写严格遵守《义务教育生物学课程标准(2011年版)》精神,打破原有的教材编排体系,重新构建了以“人与生物圈”为主线的新体系。这种学科内综合的编排体系彻底打破了植物学、动物学和人体解剖生理学的分块编排模式。采用这种综合式的知识体系,不仅能把知识、能力和价值观的培养串联起来考虑,还能把生物学知识与现代科学技术和社会联系起来,体现出科学精神与人文精神的结合。

4. 渗透先进的科学教育理念

新教材在减少传统生物学知识的同时,还不忘给生物科学的发展给予更多关注。例如,《生物学》(人教版)教材的七年级上册“科学—技术—社会”(STS)内容包括:生物圈Ⅱ号,人类探索微观世界不可缺少的工具——显微镜,克隆哺乳动物“脱缰之马”——癌细胞,微藻与生物柴油,无土栽培,节水农业,现代温室,森林可以减缓气候变化。上述内容都是现代最新的研究成果或应用了当代最新的科学技术。学生是未来的主人,在教材中渗透这些先进的生物科学技术成果,有助于他们正确看待生物学的发展和生物技术对人类社会的作用与影响,为将来承担起社会发展的责任打下基础。

5. 注意调动学生学习的积极性

《生物学》(人教版)新教材在内容选择和编排上力求做到符合学生的心理特点,力争激发他们的求知欲。主要表现在以下几方面:

(1)引人入胜的序言。教材开篇从“致同学们”入手,通过向学生介绍绿色果蔬、杂交稻、生态面临的问题、试管婴儿、克隆动物、转基因食品、人类基因组计划、DNA侦破技术等当今前沿科学技术来激发学生学习生物学的兴趣。

(2)精致的彩图。教材每册彩图约有200幅。这些彩图不仅新颖、美观,而且图文并茂,对学生极具吸引力,可有效地拓宽他们的知识面,激起他们强烈的求知欲。

(3)优美的语言。新教材的又一巨大变化就是枯燥的说明文字减少了,取而代之的是生动的描述。例如,绪论课中有这样的描述:禾苗青青,麦浪滚滚……春水澄碧,游鱼嬉戏;梁上春燕,春来秋去……蛙鸣声声,流萤点点……类似的句子,课文中还有很多。这些优美的语言不仅是科学与文学的交融,还体现出了科学精神与人文精神的结合,更能激发学生对生物学这门学科的喜爱之情。

6. 更加明确了学习目标

《生物学》(人教版)新教材通过单元或章的提示,让学生知道章节所要研究的重要内容;用不同的字体和颜色来表示各级标题,使学生翻开教材就知道目前所学的课题内容;在各单元或各章后面都有小结,便于学生对学过的知识进行回顾和整理,也有利于开展正常的教学评价。

7. 高度重视实验

实验教学是生物教学的基本形式之一,许多探究性活动都是通过实验来进行的。新教材在重视实验方面具体表现如下:

(1)实验形式多样化。教材的实验种类有探究、进一步探究、演示实验、调查、设计、课外实验、模拟制作等类型。

(2)实验数量上升化。教材的实验数量占总课时数的50%以上,并且有的课一节需要做两个以上实验。还有一个新特点就是探究性实验多于验证性实验。

(3)实验操作更加规范化。教材的实验过程中,在醒目的位置多设有“注意”符号,便于及时提醒学生注意安全和提高他们实验成功的技巧。

8. 加强与日常生活的联系

(1)各章节的开头多采用观察与生物学有关的日常生活现象来引起学生的注意。例如,“想一想自己有哪些特征像父亲,哪些特征像母亲,哪些特征与父母亲都不像?为什么会同父母既像又不像呢?……你已经进入遗传和变异的探究了。”

(2)把学过的知识回归到生活中去。例如,学习血液后,让学生分析血液化验单的数据;学完尿的形成后,让学生解释“人一天饮水量多余排放量”的原因;学完反射弧的结构后,让学生测试“握手——握手”反应要用多少时间等。

(3)学习材料与生活联系紧密。为了使不同地区的学生都能够根据实际情况正常开展实验,教材不但提供多种方法供学生探究,还尽量给学生列出各种身边易得的材料供学生选用。例如,湿土、塑料袋、纸盒、纸板、棉花纤维、小刀、药品盒等,这些简单的实验材料学生都唾手可得,便于开展实验。

三、《生物》(人教版)高中教科书的设计思路和特点

(一)《生物》(人教版)高中教科书的设计思路

高中生物课程是根据《基础教育课程改革纲要(试行)》和《普通高中课程改革方案》的精神和要求设计的,高中生物课程分为必修和选修两个部分。必修部

分包括“分子与细胞”、“遗传与进化”、“稳态与环境”3个模块；选修部分有“生物技术实践”、“生物科学与社会”和“现代生物科技专题”3个模块。每个模块36学时、2学分。

必修模块选择的是生物科学的核心内容，同时也是现代生物科学发展最迅速、成果应用最广泛、与社会和个人生活关系最密切的领域。所选内容能够帮助学生从微观和宏观两个方面认识生命系统的物质和结构基础、发展和变化规律以及生命系统中各组分间的相互作用。因此，必修模块对于提高全体高中学生的生物科学素养具有不可或缺的作用。

选修模块是为了满足学生多样化发展的需要而设计的，有助于拓展学生的生物科技视野，增进学生对生物科技与社会关系的理解，提高学生的实践和探究能力。这3个模块的学习必须以必修模块的学习为基础。

（二）《生物》（人教版）高中教科书的特点

人教版同传统的大纲教材相比主要特点如下。

1. 构建结构合理、知识系统

《生物》（人教版）教材在遵循高中课程标准的基础上，努力构建了一个符合学生认知规律，符合学生主动学习、主动探究，反映现代生物科技进展的全新的知识体系和能力情感培养体系。在这6个模块中，必修模块为选修模块的知识学习和能力培养奠定了基础；在必修模块中，“分子与细胞”模块为学习另外两个模块奠定了知识和能力基础。

（1）各模块主线突出、结构合理。《生物》（人教版）教材三个必修模块在知识体系的构建上有着独到的特色，各个模块虽相互独立，但每个模块都有着鲜明的主线和合理的结构。

①《生物》（人教版）教材“分子与细胞”突出细胞是基本的生命系统这条主线，围绕系统的层次、组成和结构、功能及发展变化来逐步呈现知识，最终形成“细胞是基本的生命系统”这一体系。将细胞作为基本的生命系统来学习，正是给学生传递一个生命现象不同于其他物质现象，有其独特的复杂性、整体性、系统性和生命性的观点。以细胞作为基本的生命系统来介绍，是将生物学的微观世界和人类的宏观认识有机地结合起来，从而改变了以前教材只注重从化学的视角来认识生命现象的偏差。②《生物》（人教版）教材“遗传与变异”基于人类对基因的本质、功能及其现代应用的研究历程这一主线，来构建生命的延续和发展这一知识体系。强调的是人类对于生命现象的本质认识，以及这一认识的研究和形成过程，教材呈现人类的认识过程可以激发学生探究未知的潜能，促进学生学习科学方法，理解科学精神，形成严谨的科学态度。③《生物》（人教版）教材“稳态与环境”以生物个体、种群、群落和生态系统各个层次生命系统的稳态维持为主线，构建生命系统的稳态与环境的关系，强化人体稳态的调控和健康，以及人类活动对生态系统稳

定性的干扰和保护这一知识体系。在这一体系中，既强调了生命系统的稳态有其自身的调节机制，也呈现了生命系统的稳态受到环境的影响，从而让学生认识到作为生命系统来说，其稳态不仅仅有其自身的调节，还与所处的环境有着紧密的联系。特别是人类的行为，是干预生命系统稳态变化发展的重要因素。

(2)注意平衡知识的基础性和现代性。生物科学中的核心概念和基本原理是高中学生生物科学素养的重要组成部分，三个必修模块除了展现这些核心的知识以外，也注意到现代生物科学发展最迅速、成果应用最广泛、与社会和个人生活关系最密切的领域。选择的这部分内容能够帮助学生从微观和宏观两个方面认识生命的本质、变化规律及生命系统中各组分间的相互作用。

① 突出核心的概念、基本的原理和规律。生物科学是由众多生物学事实和理论组成的知识体系，其核心概念和基础知识是人们在不断探究过程中逐步发展形成的，因此，科学的形成过程，就是概念建立的过程；学习科学的形成过程，也就是形成概念的过程。② 体现现代生物科学技术的发展，激发学生的学习兴趣。一本好的教材应该与时俱进，在突出核心的概念、原理、规律的基础上，应体现科学的发展性，展示给学生最新的科技成果和发展全景，激发学生的学习兴趣。③ 注重知识的系统性和网络性。从每个模块的知识结构体系中可以清晰地体现出该模块严密的系统性和网络性。

2. 重视科学探究，突出创新能力的培养

针对高中学生在创新能力和思维能力上有更高的要求这一特点，《生物》(人教版)在必修模块中除了进一步训练基本的科学探究能力之外，还精心设计了一系列有梯度的综合性能力训练。

(1)注重科学探究活动的层次和力度。教材除了进一步强化这些科学方法外，还针对高中学生有较强的分析、综合、动手能力以及一定的逻辑推理能力的特点，有针对性、循序渐进地在三个必修模块中加以强化。“分子与细胞”模块是高中年级生物学学习的起始模块，因此侧重于观察与实证，即学习科学家的一些科学实验，从中获得科学的基本原理和方法；“遗传与进化”模块侧重于假说与演绎，它与遗传定律的发现过程以及遗传物质的证明过程是一脉相承的，这种呈现经典的科学发现过程的方法，有利于学生自主地学习，从中感悟科学探究的方法，从而提升科学探究能力；“稳态与环境”模块以群体的稳态为基础，侧重于数学模型和系统分析的方法，这些科学方法相对较深，需要较高的综合分析能力和建构模型能力，可以更好地训练学生将数学公式和方法引入生物学研究，形成系统的观点，为学生将来的科学研究打下坚实的基础。数学模型和系统分析的方法是前两个模块中科学方法的进一步延伸和发展。

(2)多样的科学探究活动为提高学生的探究能力提供了保证。《生物》(人教版)教材的三个模块除大纲教材中具有的探究活动外，还有种类多样、数量不等的其他探究活动，例如，资料分析（25个，主要培养信息处理能力）、资料搜集和分析（5个，主要培养信息搜集和处理能力）、思考与讨论（48个，主要培养思维能力）、模型建构（4个，主要训练领悟和运用建构模型的方法）、课外制作和课外实习（3个，主要培养实际操作能力和实践能力）。三个模块还有两项大纲教材中所没有的、能更针对性地培养学生探究能力的活动：探究活动（11个）和技能训练活动（14个）。探究活动设计的特点是根据提示制订探究方案，学生自主探究空间比较大，主要侧重于全面提高学生的探究能力；技能训练是就科学探究的某一环节创设情境，提出问题，训练学生的过程技能。技能训练主要训练的是对数据和图形的分析、解读和处理，探究实验的重点环节是实验方案的设计和评估。

（3）注重引入系统、数学和模型的方法。生物学是研究生命现象和生命活动规律的科学。生命现象和生命活动规律都依赖于一定的物质基础和结构基础，这些物质基础和结构基础构成了从细胞到个体、群体、群落，再到生态系统的各个层次的生命系统，系统有着自身的结构、产生、发展和变化的内在规律，让学生学习和理解这些规律，有助于学生形成系统的科学观。数学是自然科学的基础学科，将数学的方法引入生物学研究，正是生物学取得重大进展的历史时期。例如，正是孟德尔应用数学统计的方法提出了遗传定律，从而建立了遗传学；种群数量的变化规律是数学方法的具体体现，根据这一变化规律人们掌握了发酵的具体过程。而模型的方法则在现代生命科学中起着越来越大的作用。例如，细胞膜的“流动镶嵌模型”，DNA的双螺旋结构模型，能量金字塔模型等。这些系统、数学和模型的方法，是现代高中学生必须了解和应用的重要的科学方法，它不仅对学生学习生物科学有帮助，而且还有助于学生将来进行科学研究以及走入社会参加工作时，更好地解决生活和工作中的问题。

（4）开放的探究活动，给予学生更大的学习空间。改变学习方式，倡导探究性学习，不仅仅体现为课程标准的基本理念，更应该体现在教师的实际教学过程之中。除提供可操作性的、种类多样的探究活动外，在三个必修模块中还设置了11个比较完整的探究活动，这些探究活动不仅比初中的深入，而且还具有更大的开放性，给教师开展探究活动、学生开展探究性学习提供了更大的空间。例如，在“影响酶活性的条件”的探究活动中，教材提供了一些影响消化酶的背景资料，由此要求学生根据这些背景资料提出问题和作出假设，教材进一步提供了一些材料用具、设计实验的原则以及注意事项，要求学生自己来设计实验，完成科学探究。这种探究活动的安排，给教师和学生更多的选择。例如，从酶的选择来看，既可以选择过氧化氢酶，也可以选择唾液淀粉酶、α-淀粉酶、胃蛋白酶等；从影响酶的条件来看，既可以选择温度，也可以选择pH值。学生除了选择自己感兴趣的问题进行探究外，还必须考虑不同的条件、不同的酶，因此，所探究的问题和设计的实验自然是各不相同的。如果不同组的学生探究不同的问题，全班学生将会有更多的问题和心得进行交流，远比全班学生探究同一个问题所涉及的知识、碰到的问题和解决的问题要多得多，所涉及的信息量也广泛得多。

3. 重视学生情感、态度和价值观的形成

(1)树立辩证唯物主义的基本观点。与大纲教材相比，基本的辩证唯物主义观点在三个必修模块中表现得更为具体和突出。

(2)渗透STS教育，关注科学、技术与社会的相互联系。学习生物学的目的并不仅限于获取生物科学的知识、方法和能力，还应关注科学、技术与社会的联系，为自己的行为和将来的研究工作承担起相应的责任和义务。必修模块为此在多个方面进行了渗透和教育，在选修模块中更是增加了专门的章节进行学习。除在正文中进行渗透外，教材还设有“与现实生活的联系”栏目，注重科学、技术在现实生活中的应用。在正文外还设有“科学、技术和社会”专题栏目，让学生更加深刻地理解科学技术的社会价值，科学技术对社会的多方面影响，社会对科学技术的需求和推动作用等。让学生比较全面、辩证地理解科学、技术和社会的关系。

(3)更加注重科学史的介绍和科学精神的培养。科学史并不只是简单的科学发展的材料堆积，而蕴含着科学家和人类的高度智慧。例如，大量的科学方法和创新、丰富的科学精神和品质、严密的逻辑和推理等，而这些正是高中学生科学素养最重要的组成部分之一。

(4)追求科学素养和人文素养的结合。一方面，教材在呈现科学知识的同时，注重渗透科学精神和人文精神。例如，在介绍科学知识的形成过程或介绍科学家的发现创造时，都尽量体现人类社会和科学家在探索自然的过程中所表现出来的尊重事实、依据事实、实事求是的求真务实精神，永不停息、勇于创新的科学态度，不断追求新知、不懈探求真理、为真理献身的科学精神等。这些凝聚着人的目的、意志、情感与价值取向，既是科学素养的重要组成部分，也是人文精神的具体体现。另一方面，教材也在努力创造一个人文的科学氛围。例如，关注社会、关注生活，用已有的科学知识服务社会的栏目——“与现实生活中的联系”。每章都配上诗一样的语言或哲理性的名言来描述科学的美好，以激发学生学习的激情。

第三节 生物教科书分析评价

一、生物教科书分析评价的出发点、目标和视域

(一)生物新课程教科书分析评价的出发点

提高学生的生物科学素养，是中学生物教科书的根本出发点，也同样是教材

分析评价的出发点。生物科学素养的概念也许能用一段话来阐述，但其养成却是一个渐进的过程，需要通过内容的学习来达成。对于初中和高中学生来说，其生物科学素养的养成需要以什么内容为支撑？达到什么程度？这样的问题可能会有千百种回答。不过，一切回答都应该以课程标准这一纲领性文件为基准。因此，课程标准的要求，就是教材分析评价的基准。

作为学校教学的重要资源和工具，教材在特定教育宗旨的背景下，为实现特定的教学目标服务。从不同的宗旨和目标出发，对同一教材可能会产生相对不同甚至对立的看法。因此，确定教材分析评价的基本出发点是非常重要的。在我国，教材分析评估的出发点应该是党的教育方针。根据中共中央和国务院于1999年6月13日公布的决定，现阶段我国教育的基本任务是“全面推进素质教育，培养适应21世纪现代化建设需要的社会主义新人”，“以提高国民素质为根本宗旨，以培养学生的创新精神和实践能力为重点，造就‘有理想、有道德、有文化、有纪律’的、德智体美等全面发展的社会主义事业建设者和接班人”。这是我们进行教材分析评价的基本出发点，是我们制定教材分析评价标准、内容、工具和程序的基本依据和出发点。

(二)生物新课程教科书分析评价的目标

不同的人，与教材的关系不同，会从不同的角度来分析评价教材。但是，不管从什么角度出发进行教材分析评价，其目标都是要对教材的质量和价值作出判断，或提供判断的依据供有关方面作决策的参考。为此需要收集能够反映教材本身质量以及教材实际使用过程和效果的资料和数据，科学地分析教材的有效性、可靠性、可行性和使用效果，并通过一定的方式对分析结果加以综合概括，得出对教材的总体评价。

对教材的有效性、可靠性、可行性和使用效果进行分析评价，就必须考虑教材在学校教学过程中的地位和作用。教材的作用大体可以归结为两个方面：一是学生学习的资源，二是学生学习的工具。作为学生学习的重要资源，教材力图将人类在长期实践中所积累的数量巨大的知识予以精练和概括，以学生能够理解接受的方式表达出来，为学生学习有关知识或认识解决所面对的问题提供必要的基础和方法；作为引导学生进行学习和探索的工具，教材不仅力图向学生展示知识的内容，还逐步地向学生展示如何获得知识的过程和学习的方法，让学生逐步体验到如何从实践中发现和提出问题、认识和解决问题，逐步从模仿发展到独立思考，从学习发展到创新。教材不仅能够促进学生的智力成长，教材中所蕴含的思想文化内涵、所表现的道德观和价值观，对学生的思想品德修养也起潜移默化的作用。对教材进行分析评价，就是要分析教材在帮助学生学习、促进学生智力和思想品德成长方面的有效性、可靠性和可行性，评价教材的功能效益水平，这是教材分析评价的目标。

(三)生物新课程教科书分析评价的视域

分析评价一套中学生物教科书,可以有两个视域,一个是生物科学的视域,另一个是中学教育的视域。

从生物科学的视域去分析评价中学生物教科书,可以从以下三个方面来分析:首先,是关注它知识体系的建构方式、逻辑的严密性、概念表述的准确性;其次,要关注它如何反映生物学的新成果和发展趋势、如何反映生物学的特点和生物学思想;再次,教材是否体现以及如何体现科学的基本要求。

从中学教育实践的视域去分析评价中学生物教科书,可以从以下两个方面来分析:首先,要分析评价教科书关于学生的实际和学习心理方面的考虑。其次,要分析评价教科书对教师教学方面的考虑。

二、生物教科书分析评价指标的设计

教材分析评价指标的设计就是确定分析评价的维度,也就是说,应从什么角度出发提出问题、收集资料、进行分析,应以什么为尺度来衡量、评价教材的质量。教材分析评价指标的设计应从教材在教学中的角色和作用出发,找出影响教材作用发挥的要素,以其作为分析评价教材的维度。

(一)知识与科学性维度

作为学生的知识资源和学习工具,教材以什么作为指导思想去概括人类的知识,或者说,选取什么样的知识作为教学的内容。教材能否将学生学习的必要知识以恰当的方式汇集起来,与教材的质量水平有密切的关系,是分析评价教材的一个很重要的维度,简称为知识与科学性维度。在这一维度中,需要考虑的问题有以下十个方面。

(1)教材选择知识内容的原则或指导思想是什么?这些原则或指导思想在教材中如何体现?

(2)从培养和发展学生的基础文化科学素养的角度出发,教材选用的知识内容是否是必需的、关键的和典型的?

(3)教材所选用的知识内容能否适度反映相关的知识体系的内容及其基本结构?能否反映相关知识的最新进展和未来发展?

(4)教材所选用的知识内容是否科学合理、有适度的准确性?是否有利于引导学生获得正确的结论?

(5)教材的知识体系是否合理?教材组织和表达的方式是否符合相关学科的规律,不违反科学的原则?

(6)教材所选用的知识内容是否有利于学生进一步学习和发展?

(7)教材所选用的知识内容是否与学生当前或将来可能面对的生活和环境有密切的联系?是否有助于学生认识并解决生活和工作中的问题?

(8)教材是否介绍相关知识的发生、发展过程和获取知识的方法?

(9)教材所选用的知识内容是否有利于启发学生的思维和发展学生的能力?是否有利于启发和培养学生的创新精神和创造能力?

(10)教材是否考虑到不同学科知识之间的关系?是否达到各学科知识间的协调和平衡?

(二)思想品德与文化内涵维度

教材不仅是学生在知识与智力方面进行学习的资源和工具,也是帮助学生提高思想品德修养、认同自己文化归属的资源和工具。教材必须有丰富的思想文化内涵,必需展现高尚的道德情操,这是衡量教材质量水平的另一个维度,简称为思想品德与文化内涵维度。这方面需要考虑的主要问题有以下六个方面。

(1)教材以什么哲学观点为指导?是辩证唯物主义和历史唯物主义的观点,还是其他的思想观点?

(2)教材内容体现了什么样的价值观、人生观和道德观?

(3)教材内容是否有利于学生形成良好的个人品格和行为?

(4)教材是否体现了创造精神和科学态度?是否鼓励学生进行探索和创新?

(5)教材是否有利于增进学生对中华民族文化的认同和对人类其他文化的尊重?是否有助于学生形成爱国主义精神和关心全人类的胸怀?

(6)教材是否体现了人类共同发展的意识?是否体现了对人类共同享有的自然环境的爱护意识?

(三)认知与心理规律维度

作为学生学习的工具,教材在内容的选取和组织表达的方式上必须遵从人类认识事物和学习认知的规律。在中学阶段,学生还未成年,其心理特点和认知发展水平都与成年人有较大的不同,教材应该适应青少年的认知和心理特点。这是衡量教材质量水平的第三个重要维度,简称为认知与心理规律维度。在这一维度中,需要考虑的问题有以下十一个方面。

(1)教材是否正确地判断学生未学习前已具有的知识和达到的认知水平,恰当地预期学生通过学习之后可能达到的水平?

(2)教材能否启发引导学生进行思维,在学生已知和未知之间搭起认知的桥梁,帮助学生从已知出发去认识未知?

(3)教材是否给学生留有独立思考和自主探究的空间?这一思考和探究的空间是否切合学生的实际?

(4)教材对重点知识的发生和发展过程是否有清楚的交代?或通过引导是否能够让学生认识到这一过程?

(5)教材的抽象程度和认知难度是否适合学生的实际?

(6)教材在编写和组织上是否做到由浅入深、由表及里、由近及远、由此及彼?

(7)教材内容是否能够引起或激发学生的学习兴趣和学习欲望?

(8)教材是否考虑到配合多样化课堂教学活动过程的需要?

(9)教材在编写和组织上体现了哪种教学观念和主张?这种观念是否有利于引导学生学习?是否有利于学生能力的发展?

(10)教材是否考虑到青少年在认知上的特点,如记忆、模仿、注意等方面的特点,以扬长避短,达到较高的学习效率?

(11)教材是否考虑到青少年的心理成长,如自尊心、自信心和自我意识等,是否遵循青少年心理发展规律,帮助青少年健康成长?

(四)编制技巧与工艺水平维度

作为学生学习的工具,教材编写的技巧和制作的工艺水平也是衡量教材的重要因素。一本内容再好的教材如果在编写和制作方面水平低劣,其使用效果也不会很好。这是衡量教材质量的第四个维度,简称为编制技巧与工艺水平维度。不同类型的教材以及用不同媒体制作的教材,如传统的教科书和音像教辅材料,其制作技巧和工艺要求是不同的,需要考虑的问题也不相同。在这一维度中,对于教科书需要考虑以下五个方面的问题。

(1)教材编写水平如何?文字是否通畅、生动?可读性强不强?是否适合学生的阅读水平?

(2)教材各章节的标题是否醒目、中肯?各章节的关系是否清楚、协调?

(3)教材内容是否包括了必要的成分,如正文、插图、注解、练习、活动安排、辅助材料等?各种成分的作用是否明确?相互间的配合是否协调?

(4)教材的外观和版面是否美观有吸引力?是否方便学生的使用?

(5)教材的印刷是否清楚?错漏情况如何?

反映教材质量的因素还有很多,但以上四个方面是基本和主要的。从教育的宗旨出发,根据以上四个方面收集反映教材质量的数据和资料,再依据一定的标准加以衡量,就可以对教材的质量作出大致的分析评价。这样就构成了教材分析评价的基本模型:以党的教育方针(教育的宗旨)为出发点,从知识与科学性、思想品德与文化内涵、认知与心理规律、编制技巧与工艺水平四个维度,对教材的教学目标、内容、教学方法、练习与活动,以及教材的编写制作水平等的有效性、可靠性、可行性以及功能效益作出分析和评价。

三、生物教科书分析评价步骤

从上面的模型出发,参照国际上进行教材分析评价的一些成功经验,如英国的苏萨克斯方案、美国休斯敦大学察贝塔等人提出的理科教材分析程序以及噶兰现代教材研究等方案,教材分析评价的第一步是了解教材的实体并据此对教材作出一般性介绍;第二步是查找教材的各个成分,收集反映教材质量的静态与动态资料；第三步是从不同的维度出发对教材进行描述性分析；第四步在分析的基础上综合评价教材的有效性、可靠性、可行性和编写技巧与工艺水平。

（一）一般性介绍

一般性介绍包括以下四方面。

1. 教材的基本资料

即教材的名称和册（件）数、出版制作单位、时间、地点、作者等。

2. 教材编制的背景

包括编写动机、使用对象、使用范围等。

3. 教材编写的指导思想

包括要达到的目标、教学指导思想、编写原则、使用方法等。

4. 教材内容

包括概述、教材的内容目录等。

（二）静态与动态资料收集

1. 静态资料收集

所谓静态资料收集是指从教材本身收集资料。正如上面所说，教材分析的视域包括教材所体现的教学目标，教材的内容体系，教材对教学方法的设计、练习活动的安排以及教材的编写制作水平等。收集静态资料就是找出反映教材在上述视域中实质资料和数据，以便从教材的知识与科学性、思想品德与文化内涵、认知与心理规律以及编写技巧和工艺水平的维度出发，对这些资料和数据进行分析。静态资料应包括如下的内容。

（1）全套教材以及各章节的教学目标要求；

（2）教材引导学生形成高尚思想情操和文化价值观的方法与例证；

（3）教材引导学生形成热爱人类、热爱自然的观点的方法与例证；

（4）教材引导学生认识科学的思想方法，树立辩证唯物主义和历史唯物主义观点的例证；

（5）教材引导学生形成内在的学习动机和良好学习态度的例证；

（6）教材的知识结构体系；

（7）教材的概念系列；

（8）教材所安排的学习活动的内容、方式、能力要求、难度等；

（9）教材所展示的知识发生与发展过程；

（10）教材所包含的数学公式与数学运算的分量与难度；

（11）教材所包含的生字、生词的数量；

（12）教材所安排的练习的分量、能力水平与难度；

（13）教材所安排的评定学生学习成绩的方法；

（14）教材所包含的实用性知识和生活知识的分量和类型；

(15)每一节课所安排的学习活动的频密度、各种活动之间的默契程度；

(16)教材对学校设施及器材的要求；

(17)教材与其他学科配合上的问题；

(18)教材的表达形式，如文字、插图等是否顺畅、正确、优美、生动、清晰、简洁，是否适合学生的接受水平；

(19)各种表达形式之间是否协调、默契；

(20)印刷或制作的质量，如清晰度及漏错情况等。

2. 动态资料收集

所谓动态资料收集，是指从教材与各种影响制约教材的因素相互作用的过程去收集反映教材质量的资料。由于教材的价值是在课堂教学的过程中实现的，进行教材分析评价时所需要收集的不仅是直接从教材中抽取出来的静态资料，还需要收集反映教材使用过程的动态资料，作为进一步分析评价的基础。而在实际使用的过程中，教材与教师、学生、教学环境、教育目的、社会等因素相互作用，结果使各方都发生一些变化，这些变化可以反映出教材的质量和问题，可以说，动态资料的收集不仅是必要而且是可能的。

动态资料是从外部通过教材与其他因素间的相互作用来收集的，这种相互作用比较明显，容易定量化，值得进一步注意和研究。在当前技术和资源条件下，较为可行的调查与征集资料的项目包括以下六个方面。

(1)学生学业成绩变化及各方面的成长发展情况；

(2)学生对教材的使用方式；

(3)教师对教材的知识与科学性、教材所表现的思想品德与文化内涵、教材是否符合学生的认知与心理规律以及教材的编写制作水平与技艺的看法与改进意见；

(4)实际教学过程和教学方法与教材设计的差异；

(5)学校对教材的看法与改进意见；

(6)社会对教材的评论和反映。

(三)描述性分析

进行描述性分析的方法是将收集到的资料进行归纳和整理，然后从知识与科学性、思想品德与文化内涵、认知与心理规律以及编写技巧与工艺水平这四个维度对教材进行描述，说明教材实际的教学目标，教材内容体系的教育性、科学性和适应性，实际的教学过程与设想的教学过程吻合的程度以及教材的编写制作水平。描述性分析是经过调查与分析之后得到的情况，体现了分析者和参与调查的教师和学生的看法。通过两者间的比较，可对教材形成一个比较全面、客观、科学的认识。

(四)综合评价

在上面分析的基础上加以综合，可以对教材作出综合评价。这种评价可以是描述性的，也可以用一个等级予以界定。

1. 描述性评价

描述性评价的主要内容包括以下七个方面。

(1)教材的主要特点；

(2)教材的目标与效果；

(3)对教材或课程的支持或反对意见；

(4)对教材教与学方式的支持或反对意见；

(5)对教材测验学习效果方式的支持或反对意见；

(6)对教材使用方式的建议与改进意见；

(7)对教材编制的建议与改进意见。

2. 等级评价

如果有需要，也可以配合一定的评定标准和计分方法，进一步给教材评定等级。比如，把教材的知识与科学性、思想品德与文化内涵、认知与心理规律、编写制作技巧与工艺水平等各分五个等级。评为最佳一级的得5分，最差一级得1分。整套教材的等级总分为：

$$M=D\cdot\sum R_iA_i$$

公式中的A_i表示在“四个维度”的某一维度上的得分，R_i表示该维度的权重，D为“否决系数”：当被评价的教材有重大错误而必须被否决时，取值为零，在其他情况下取值为1。

作出认真的等级评定，一般来说应由比较权威的行政部门或学术机构来进行。其标准应有科学性、可操作性和稳定性，并得到社会的认可，这是不容易做到的。

总之，要进行教材分析评价工作至少需要考虑两个重要的方面，即分析评价的标准和工具。教材分析评价标准的建立不仅与教育的宗旨有关，还与评价者的教育思想观念有关。教材分析评价工具既要能够有效地从四个不同的维度收集各种静态和动态的资料，还要有一定的可靠性、可行性，要考虑经济和资源的可能和效率。对于这两个问题，目前的研究和讨论还很不充分，值得进一步探讨。

思考与练习

1. 目前国内外教科书编写有哪些趋势？

2. 新课程生物教材有哪些版本？各有什么特点？

3. 试述初中或高中人教版生物教科书的特点。

4. 根据教科书分析评价某一维度要求，对初中或高中人教版生物教科书进行分析。

5. 生物新课程教科书分析评价步骤是有哪些？

第六章　生物教学理论

教学理论是指教师对教育工作本质理解基础上形成的关于教育的观念和理性信念。现代教育改革的核心是进行教学理念或教学观念的变革。一切先进的教学改革都是从新的教育观念中发展而来的,一切教学变革的困难都是来自旧的教育观念的束缚,一切教学改革的尝试都是新旧教育观念斗争的结果。确立新的教育理念,是教学改革的首要任务。

第一节　生物课程教学理念

新一轮基础教育课程改革倡导新的课程价值观,即改革课程过于注重知识传授的倾向,强调形成积极主动的学习态度,使获得基础知识和基本技能的过程同时成为学会学习和形成正确价值观的过程,关注学生的整体人格和个体差异,使每个学生都能得到充分的发展。教学是贯彻课程改革精神、实现课程改革目标的主要途径,课程价值观的转变迫切要求建立与之相适应的教学理念。

一、从只追求知识目标到倡导学生的全面发展

知识一直是课程的主要内容和课堂教学传递的主要信息。知识教学的核心问题在于"如何有效地呈现这些知识"和"如何有效地掌握这些知识"。这种以书本知识为本位的课堂教学存在以下弊端:①重知识传授,轻实践转化;②重理性认识,轻感性认识;③重学习态度,轻方法指导。

学校教育的目的在于促进学生的发展,在于培养德智体全面发展的人。任何教育教学活动无视或偏离了学生的发展,就是"方向性错误",也就失去了存在的意义与价值。重理论、轻实践,重理性、轻感性,重态度、轻方法,使学科教学弱化了对学生发展的作用,弱化了素质教育的功能。新一轮基础教育课程改革倡导课程价值观的更新,强调由"知识本位"向"以发展为本位"转变。学科教学要立足学生的发展,全面培养学生的素质,为他们的终身发展奠定基础。

在知识与发展的关系上,知识是手段,发展才是目的,掌握知识要为发展服务,拓展其育人的价值。例如,教师通过生物学知识的讲授培养学生可持续发展的思想、环保的意识,建立生物学的观点。这些思想观念对于学生具有独特

的作用。

二、从"教教科书"到"用教科书教"

在传统的教学论概念系统中，教材必须严格地按每门学科的逻辑体系来组织，它是教师所教、学生所学的客观对象，从整体上制约着教师的教和学生的学。这就意味着"教学内容"只是政府和学科专家所要研究解决的问题，教师无权也无需思考这个问题。教师的任务就是"教教科书"，就是以系统的讲解、叙述、演示和释疑为基本方法阐释、传递教学内容。

新课程倡导发展性教学，教师不再仅仅"教教科书"，而是"用教科书教"。这不是文字游戏，而是课程观念的重大转变。

在课程本质的理解上，"教教科书"者认为，课程内容集中体现于教学计划、课程标准和教科书，视教科书为教师教、学生学的主要依据，是教师备课、上课、布置作业、检查学生学业成绩的主要材料，甚至窄化为唯一材料。而新教学观认为，教师是学生学习的促进者，是教育教学的研究者，是课程的建设者和开发者。这一方面是为了让师生的生活和经验融入教学过程，让教学"活起来"；另一方面，也是为了开阔教师的教育视野，转变教师的教育观念，从而更好地激发教师的创造性智慧。因此，"用教科书教"就要开发、利用丰富的校内外课程资源，深化、拓展教学内容，根据自身实际创造性地使用教材，体现个性化的风格和特点，而不是局限于教科书，生搬硬套地教教科书。

在教学目标上，"教教科书"追求的是讲清重点，突破难点，帮助学生深刻理解教材，领会、掌握大纲规定的知识和技能。而"用教科书教"则瞄准学生的发展，虽然也要讲授知识，但并不停留于此，还要研究知识掌握如何促进素质的发展。

在教学地位上，"教教科书"意味着教师只能扮演"执行者"和"传声筒"的角色，很少有发挥自主性的余地和空间，自己喜欢、能融入激情的不能多讲，自己不喜欢的又不得少讲，缺少专业自主所需要的自由度。而"用教科书教"则意味着课程由"专制"走向民主，由封闭走向开放，由课程专家说了算走向教师和学生均有课程开发、实施的自主权。教师不是外在于课程，而是课程的有机构成部分，是课程的开发者、创造者。

在教材内容的处理上，"教教科书"必须源于教材，忠于教材。而"用教科书教"则有较大的自主性和灵活性。在特定的教育情境中，每一位教师对给定的内容都可以而且应该有自己的独特理解，对给定内容的意义有自己独特的解读，从而对给定的内容不断进行变革与创新，努力使之转化为"自己的课程"。

三、从科学理性至上到科学与人文素养兼顾

教育中的"科学理性至上"首先表现为价值取向上的重理轻文，把自然科学视

为无所不能的真学问、硬学问、有用的学问，而把人文社会科学当作无足轻重的虚学问、软学问、无用的学问。其次，在教育目标追求上，不分教育的性质和层次，把培养科技专家当作所有教育的出发点和归宿。再次，教育方式方法上的机械化和非人性化。统一的教育内容，统一的课程编制，统一的教学方法，统一的考评标准，制造出统一的"教育成品"。"科学理性至上"对教育的负面影响是显而易见的。第一，把科学奉为教育的至上和至尊，人为割断了自然科学和人文社会科学相互联系与渗透的脐带，不利于人文社会学科教育的健康发展；第二，它强化了社会对教育的片面化需求，诱使教育偏离促进人全面发展的根本目标；第三，它导致教育教学过程的非人性化，使本应生机勃勃、充满生命活力的教学过程变为僵死的程序和机械的流程。这种非人性化的教育批量生产出来的人不关心生命的价值和意义，充其量只是发育不全的"技术人"、"工具人"。

以完整的教育观审视，科学教育和人文教育在目标指向上是一致的。科学教育旨在教人掌握先进的科学技术，获得认识世界、改造世界、创造物质财富的能力；而人文教育重视个体人格和心性的完善，它有助于开阔眼界，陶冶情操，有助于鼓舞斗志，凝聚力量，激发活力，有助于树立正确的人生观、价值观、世界观，从而在一定意义上体现了教育的本质和根本目的。

因此，体现时代特点的新课程培养目标，专门提到了要使学生"具有科学和人文素养"，并在各门学科课程标准和教学要求中贯彻了这一精神。例如，《普通高中生物课程标准(实验)》要求"发展学生的科学素养与人文精神、创新精神与实践能力、国际视野与民族精神、社会责任感与人生规划能力，对国家的兴盛、社会的进步、个人的终身发展都具有重要意义"。这充分表明，融科学教育和人文教育于一体，兼顾科学素养和人文素养的形成，是新一轮基础教育课程改革所倡导的重要教学理念。

四、从注重结论到经历过程与记取结论并重

传统的学科教学是以掌握知识、记取结论、达成目标为取向的。学科教学所以重结论、轻过程，首先是因为传统教学论认为学校诞生就是以传授间接经验(书本知识)为标志的，学科教学自然应以传授间接经验为主。而这些知识又要按照内在逻辑设计成教材呈现给学生，这就容易给人造成一种错觉，即把知识作为课程的全部，学生必须通过课程接受知识，而且仅仅通过课堂教学接受知识。其次，在课堂教学中，知识线索是明显的，结论是明确的，教师以知识传授为主轴组织教学，得心应手，而学生的"过程体验"是"说不清、道不明"的，情感、意志、性格、价值观的形成重在潜移默化，且非一日之功，这就给教师培养学生的情感、态度、价值观带来了困难。第三，尽管考试改革一直不断，有关考试制度的理论研究成果甚丰，但大大小小各种类型的考试仍要以知识的熟练掌握和灵活运用为主体，至于

过程体验、个性发展的情况则难以考查，甚至无法通过卷面考查。在升学、就业的压力有增无减的形势下，教师重结论、轻过程也就不难理解了。

无论从何种意义上讲，教学总是要让学生理解和掌握必要的具有统一性的结论，因而必须重结论。但目光停留于此，教学满足于此是远远不够的。从间接经验与直接经验的关系来看，间接经验表现为书本知识，是教师所重点传授并着重强调的结论。学生学习和掌握这些"结论"是抽象的，有困难的，必须借助于在"经历过程"中获得的直接经验。陶行知先生曾举例说："要让学生理解哥伦布发现新大陆的故事，就要坐过海帆船，遇到过大风暴雨，看过野人，住过新大陆，不得已也要渡过湖，渡过江，渡过河，万不得已也要看过池塘。倘无一点乘船渡河的经验，我不知道他如何懂得哥伦布之探险。"当然，学生不可能学习任何知识都要如此亲身经历，但必须经过一系列质疑、判断、比较、选择以及相应的分析、综合、概括等多样化的过程，没有多样化的思维过程，没有多种观点的碰撞、论争和比较，"结论"就难以获得，难以真正理解和巩固。而从能力、情感、态度、价值观的形成过程来看，更需要"经历过程"。对于学生的发展来说，知识的价值固然重要，但情感体验、正确态度和价值观的形成也非常重要。所以，教学必须既重结论，又重过程。

第二节　生物新课程的基本教育理论

一、素质教育理论

实施素质教育是我国教育走向现代化、迎接新世纪挑战的必然选择，它将极大地提高国民素质、增强综合国力。课程是学校教育的"心脏"，改变应试教育模式下的学科本位课程体系，建构与时代精神相适应的、旨在培养和提高人的素质的课程体系，是实施素质教育的首要环节。

（一）素质教育及其特点

20世纪80年代，我国开始了对素质教育理论的深入探讨，为基础教育的发展开辟了道路。近30年来，对于素质教育的探讨，从注重理论性的探索发展到了加强操作性的研究。

正确阐释素质是科学地理解素质教育的关键。我们认为，教育学意义的素质是指个体在生存和发展中所必须具备的各种身心潜力之总和。

与此同时我们要清楚地认识素质与知识的区别。首先，知识是人类在实践的基础上对其生活环境及其自身认识的结果，它以接受的方式获得；素质是实践和活动的结果，较之于结果，这个过程本身更重要。其次，从存在方式及表现形式来看，知识可以脱离主体存在于实物性媒体中，可以用文字、语言、图像及其他符号性工具储存；素质不能脱离人而独立存在，它与生命及其活动是联系在一起的。最后，从检测及评价方式来看，知识可以用考试的方式检测和评价，素质只能通过观察人的实际活动表现来评价。

在理解了“素质”的基础上，我们可以把素质教育定义为教育者基于个体发展和社会发展的需要，利用各种有利条件，通过多种有效途径，以适当的方法引导全体受教育者积极主动地最大限度开发自身的潜能，提高自身的整体素质，并实现个性充分而自由发展的教育。

素质教育具有以下的特点。

1. 基础性

无论未来的生活和工作状况如何，学生在身体素质、道德素质、智能素质、审美素质、劳动素质、心理素质等方面的发展，都应达到与一定社会历史时代相适应的“阈值”。由于个体差异及每个个体所接受的教育不同，这个阈值因人而异，不存在绝对的划一性。以往，应试教育将这一阈值绝对化，使个性差异完全被漠视。而素质教育则充分顾及到了个性差异，主张使学生获得无论从事何种社会活动都必需的、具有鲜明主体特征的发展，使每个学生的身心潜力达到它可能达到的阈值水平，并以此作为学生走向社会、走向生活的起跑线。

2. 全面性

素质教育着眼于学生全面潜力的挖掘和培养，主张给予学生全面完整的教育，反对割裂知识的完整统一性，期望学生获得和谐的发展。从素质教育的立场出发，那种在全面发展教育的组成部分间只选择其中一部分而漠视另外部分的做法是片面的。人的各种素质的培养和发展不能“单兵独进”，而应是相辅相成、和谐发展。

3. 主体性

素质教育之所以能获得社会的广泛认同，在于它顺时应世地把弘扬学生的主体性摆在显著位置。与应试教育不同，素质教育不主张学生被动、消极地接受教育，而是致力于塑造其超越意识和批判精神，重视培养其能动性、自主性、创造性和独特性。

4. 发展性

素质教育不是简单的模式化训练，更不是“定型”教育。它着眼于学生全面身心潜力的挖掘与培养，将学生的眼前需要与长远发展、将现实性与可能性相结合。它确信通过教育能够使学生的各种具有向好的方面转化的可能性因素被培养和发展起来，能够达到其应当达到的发展水平。

(二)“传统教育”与素质教育的主要区别

“传统教育”与素质教育的区别主要从教育目的、内容、方法、理论依据、培养目标以及从对学生的态度几方面比较(如表6-1所示)。

表6-1 "传统教育"与素质教育的主要区别

比较项目	传统教育	素质教育
教育目的	升学、应试	提高全体学生的素质
教育内容	知识	五育
教学方法	死扣书本、死记硬背、死追分数	全面发展、全体发展、个性发展
理论依据	教育的基本功能是选拔	教育的基本功能是发展
培养目标	知识型人	创造型的人
对待学生的态度	少数尖子学生	全体学生

(三)素质教育与基础教育课程改革

在我国大力推行素质教育的过程中,构建如何与素质教育相适应的课程体系是极为重要的一环。为此,应处理好以下问题。

1. 基础教育课程的价值应是在现有社会条件下,使人获得最大可能的发展

人文精神是文化的精髓,它是在一定的历史条件下,通过主体的文化实践及其创造活动,逐渐沉淀、升华而形成的反映主体文化价值体系及其主体性的社会意识,表征着主体身心特征的发展水平与所处时代的关系。它能够使主体超越现实自我,追求更高的人生境界。为此,素质教育课程设计在价值取向上应指向人文精神。①在素质教育课程设计中,要以人类已有的宽厚文化遗产为基础,体现出对现时社会形势和历史命运的最大关注,充分展现人文精神的批判本性;②被编纂到课程中的知识应合理有序,能够包含丰富的文化要义和人类在创造知识及文化过程中所注入的思想情感和价值追求;③基础教育课程设计要立足现实、指向未来,有助于人的本质力量的展现和人的全面发展。

2. 基础教育课程的结构应是完整统一的

哲学、科学和艺术是人类从不同的层次和角度出发,运用各自独特的手段和阐释方式,对世界的总体把握。对它们的学习,不仅有助于学生把握世界的完整统一性,也有助于他们的和谐发展。据此,素质教育课程应包括四个内容:①通识知识,它是课程结构的基础部分;②科学知识,立意点是培养学生的科学精神、科学态度和科学方法,使其得以理智地认识世界,参与社会生活;③专业知识,这类知识可以帮助学生更全面地了解工作、生活和学习的意义与价值,进而科学地选择他们人生的发展方向;④人文知识,旨在培养学生完整和谐的精神世界和超越意识,使其人格健康发展。上述四个方面的内容是相互影响和制约的,它们的有机结合能够最大程度地体现基础教育课程的价值,为学生的进一步发展奠定坚实基础。

3. 要改变传统的考试评价制度

一定的考试制度与人们的教育观念和教育行为，与课程编制和决策有重要的关联。在应试教育模式下，虽然考试中含有一定的发展因素，但它是有条件的，即发展因素须与应试标准一致，否则，就必然会牺牲这种因素的功能，这就使学生的发展被囿于极有限的范围。此外，应试教育中的考试所检测的多是带有共性的知识，难以检测出学生的情感及个性发展状况，其结果必然是以牺牲学生的情感、个性发展为代价来换得眼前“好”的检测结果，不可避免地会对学生的长远发展带来负面影响。为了充分发挥评价促进学生发展的功能，应构建与素质教育相适应的、科学的课程评价体系。为此，现代教育要致力于学生的全面发展，现代课程要使每一个学生的每一种才能都有成长和发展的空间，素质教育的课程评价须着眼于学生的发展，限制终结性评价的使用范围与频率，使之仅在课程活动的特定阶段有针对性地使用，由此强化评价的教育功能，弱化其选拔淘汰功能。

二、多元智能理论

（一）多元智能理论的内容

多元智力理论自1983年由哈佛大学发展心理学家霍华德·加德纳教授提出，迄今已有近30年的历史，已经逐渐引起世界的关注，并成为20世纪90年代以来许多西方国家教育改革的指导思想之一。它产生于美国追求优质教育和平等教育的改革氛围及美国多元文化教育运动的发展之中。

1989年，加德纳把智力界定为“在特定的文化背景或社会中，解决问题或制造产品的能力”。也就是说，在加德纳看来，智力是在某种社会或文化环境的价值标准下，个体用以解决自已遇到的真正难题或生产及创造出有效产品所需要的能力。

根据上述新的智力定义，加德纳提出了关于智力结构的新理论——多元智力理论。这一理论认为其基本性质是多元的，不是一种能力而是一组能力，其基本结构也是多元的，各种能力不是以整合的形式存在而是以相对独立的形式存在。因此，加德纳认为支撑多元智力的是个体身上相对独立存在着的、与特定的认知领域或知识范畴相联系的八种智力。

1. 言语—语言智力

这种智力是指听、说、读、写的能力，表现为个人能够顺利而高效的利用语言描述事件、表达思想并与人交流的能力。这种智力在记者、编辑、作家、演说家和政治领袖的身上有比较突出的表现。

2. 音乐—节奏智力

这种智力是指感受、辨别、记忆、改编和表达音乐的能力，表现为个人对音乐包括节奏、音调、音色和旋律的敏感以及通过作曲、演奏和歌唱等表达音乐的能力。这种智力在作曲家、指挥家、歌唱家、演奏家、乐器制造者和乐器调音师身上有比较突出的表现。

3. 逻辑—数理智力

这种智力是指运算和推理的能力，表现为对事物间各种关系如类比、对比、因果和逻辑等关系的敏感以及通过数理运算和逻辑推理等进行思维的能力。这种智力在侦探、律师、工程师、科学家和数学家身上有比较突出的表现。

4. 视觉—空间智力

这种智力是指感受、辨别、记忆和改变物体的空间关系并借此表达思想和情感的能力，表现为对线条、形状、结构、色彩和空间关系的敏感以及通过平面和立体造型将他们表现出来的能力。这种智力在画家、雕刻家、建筑师、航海家、博物学家和军事战略家的身上有比较突出的表现。

5. 身体—动觉智力

这种智力是指运用四肢和躯干的能力，表现为能够较好的控制自己的身体、对事件能够做出恰当的身体反应以及善于利用身体语言来表达自己的思想和情感的能力。这种智力在运动员、舞蹈演员及外科医生、赛车手和发明家身上有比较突出的表现。

6. 自治—自省智力

这种智力是指认识、洞察和反省自身的能力，表现为能够正确地认识和评价自身的动机、欲望、个性、意志，并在正确的自我意识和自我评价的基础上形成自尊、自律和自治的能力。这种智力在哲学家、小说家、律师等人的身上形成比较突出的表现。

7. 交往—交流智力

这种智力是指与人相处和交往的能力，表现为觉察、体验他人情绪、情感和意图并作出适应反映的能力。这种智力在教师、律师、推销员、公关员、谈话节目主持人、管理者和政治家等人身上有比较突出的表现。

8. 认识自然智力

这种智力是指个体辨别环境（不仅是自然环境，还包括人造环境）的特征并加以分类和利用的能力，那些能敏锐的觉察大量类似物体之间的细微差异的人或者能够熟练对岩石和昆虫等分类的儿童也都表现出较为充分的自然智力。

9. 存在智力

这种智力指的是陈述、思考有关生与死、身体与心理世界的最终命运等的倾向性，如人为何要到地球上来，在人类出现以前，地球是怎样的，在另外的星球上生命是怎样的，以及动物之间是否能相互理解等。

因此，在1999年《智力重建：21世纪的多元智力》出版时，书中加德纳提出了可能还有新的智力（存在智力、精神智力等）存在，同时指出应该扩充智力的概念，但这并不等于要求智力概念包罗人的每一种能力或具体的价值体系。由此可见，多元智力是一个开放的体系，可以不断地发展。

（二）多元智能理论的启示

1. 智力是分布的，情景化的

即智力不仅仅存在于人的大脑中，它可以分布在个体环境下的人和物中，只有考虑到一个人所处的环境才能真正理解他的智力。

2. 智力是一种高级的问题解决能力或创造能力

多元智力理论强调智力包括两方面的能力：解决实际问题的能力，生产和创造为社会所需要的有效产品的能力。

3. 智力是多维的

多元智力理论认为每一个个体有着相对独立的多种智力，这是有其生物基础的。加德纳从神经生理学的研究出发，认为学习是神经元突触之间联系的修正，不同类型的学习及其发生的相应转变存在于大脑的特定区域。

4. 智力是可以发展的

加德纳认为智力可以在任何年龄阶段发展，或任何能力层次的人都可以通过学习让自己在各方面都变得聪明。

（三）多元智力理论与日常的教学活动

1. 积极乐观的学生观

每个学生都有自己的优势智力，学校里再也没有“差生”的存在，只有各种智力特点、学习类型和发展方向不同的可造就人才。我们看待学生时应该时刻清醒地认识到，每个学生都是多种不同智力不同程度的组合，问题不再是一个学生有多聪明，而是一个学生在哪些方面聪明和怎样聪明。

2. “对症下药”的教学观

“对症下药”的教学观有两方面的含义。一是针对不同智力特点的对症下药。多元智力理论认为不同的智力领域都有自己独特的发展过程，并使用不同的符号系统，这就要求教师的教学方法和手段应该根据不同的教学内容而有所不同，数学运算的教学和社会交往的教学，其教学方法和手段也应该不同。二是针对不同学生的对症下药。加德纳的多元智力理论认为每个学生都是有着不同智力特点、学习类型和发展方向的可造就之才，这就要求教师的教学方法和手段根据不同的教学对象有所不同。即使是同样的教学内容，我们的教学也应该针对每个学生的智力特点、学习类型和发展方向“对症下药”地进行。

3. 灵活多样的评价观

根据加德纳的多元智力理论，既然我们有积极乐观的学生观，有“对症下药”的教学观，我们就应该摒弃以标准的智力测验和学生学科成绩考核为重点的评价观，树立多元化的评价观。我们的教育评价应该通过多种渠道、采取多种形式，在多种不同的实际生活和学习情景下进行，切实考察学生解决实际问题的能力，以及创造出精神产品和物质产品的能力。我们的教师应该从多方面观察、评价和分析学生的优点和弱点，并把这种通过从多方面观察、评价和分析学生的优点和弱点得来的资料作为服务于学生的基础，以此为依据选择和设计适宜的教学内容和教学方法，使评价名副其实地成为促进每一个学生充分发展的有效手段。

"多元智力"理论的实质并不在于将智力划分为七种、八种或者更多种，而在于通过对智力的发现来扩大学习的内容领域和知识的表征形式，进而促进以往被忽略的智力开发，充分挖掘出一个人身上隐藏着的巨大潜力，从整体上提高人的智力素质。

三、建构主义理论

近30年以来，把学生作为知识灌输对象的行为主义学习理论，已经让位于把学生看作是信息加工主体的认知学习理论。随着心理学家对人类学习过程认知规律研究的不断深入，近年来，认知学习理论的一个重要分支——建构主义学习理论在西方逐渐流行。

(一)建构主义简介

建构主义(constructivism)也译作结构主义，是认知心理学派中的一个分支。

建构主义理论一个重要概念是图式，图式是指个体对世界的知觉理解和思考的方式，也可以把它看作是心理活动的框架或组织结构。图式是认知结构的起点和核心，或者说是人类认识事物的基础。因此，图式的形成和变化是认知发展的实质，认知发展受三个过程的影响，即同化、顺化和平衡。

同化(assimilation)是指学习个体对刺激输入的过滤或改变过程。也就是说个体在感受刺激时，把它们纳入头脑中原有的图式之内，使其成为自身的一部分。

顺应(accommodation)是指学习者调节自己的内部结构以适应特定刺激情境的过程。当学习者遇到不能用原有图式来同化新的刺激时，便要对原有图式加以修改或重建，以适应环境。

平衡(equilibration)是指学习者个体通过自我调节机制使认知发展从一个平衡状态向另一个平衡状态过渡的过程。

建构主义理论的内容很丰富，但其核心只用一句话就可以概括：以学生为中心，强调学生对知识的主动探索、主动发现和对所学知识意义的主动建构(而不是像传统教学那样，只是把知识从教师头脑中传送到学生的笔记本上)。以学生为中心，强调的是"学"；以教师为中心，强调的是"教"。这正是两种教育思想、教学观念最根本的分歧点，由此而发展出两种对立的学习理论、教学理论和教学设计理论。由于建构主义所要求的学习环境得到了当代最新信息技术成果的强有力支持，这就使建构主义理论日益与广大教师的教学实践普遍地结合起来，从而成为国内外学校深化教学改革的指导思想。

(二)建构主义的教学思想

建构主义所蕴涵的教学思想主要反映在知识观、学习观、学生观、师生角色的定位及其作用和教学原则等5个方面。

1. 建构主义的知识观

(1)知识不是对现实的纯粹客观的反映,任何一种传载知识的符号系统也不是绝对真实的表征。它只不过是人们对客观世界的一种解释、假设或假说,它不是问题的最终答案,它必将随着人们认识程度的深入而不断地变革、升华和改写,直至出现新的解释和假设。

(2)知识并不能绝对准确无误地概括世界的法则,提供对任何活动或问题解决都实用的方法。在具体问题的解决中,知识是不可能一用就准,一用就灵的,而是需要针对具体问题的情境对原有知识进行再加工和再创造。

(3)知识不可能以实体的形式存在于个体之外,尽管通过语言赋予了知识一定的外在形式,并且获得了较为普遍的认同,但这并不意味着学习者对这种知识有同样的理解。真正的理解只能是由学习者自身基于自己的经验背景而建构起来的,取决于特定情况下的学习活动过程。否则,就不叫理解,而是叫死记硬背或生吞活剥,是被动的复制式的学习。

2. 建构主义的学习观

(1)学习不是由教师把知识简单地传递给学生,而是由学生自己建构知识的过程。学生不是简单被动地接收信息,而是主动地建构知识的意义,这种建构是无法由他人来代替的。

(2)学习不是被动接收信息刺激,而是主动地建构意义,是根据自己的经验背景,对外部信息进行主动地选择、加工和处理,从而获得自己的意义。外部信息本身没有什么意义,意义是学习者通过新旧知识经验间的反复的、双向的相互作用过程而建构成的。因此,学习不是像行为主义所描述的“刺激—反应”那样。

(3)学习意义的获得,是每个学习者以自己原有的知识经验为基础,对新信息重新认识和编码,建构自己的理解。在这一过程中,学习者原有的知识经验因为新知识经验的进入而发生调整和改变。

3. 建构主义的学生观

(1)建构主义强调,学习者并不是空着脑袋进入学习情境中的。在日常生活和以往各种形式的学习中,他们已经形成了有关的知识经验,他们对任何事情都有自己的看法。即使有些问题他们从来没有接触过,没有现成的经验可以借鉴,但是当问题呈现在他们面前时,他们还是会基于以往的经验,依靠他们的认知能力,形成对问题的解释,提出他们的假设。

(2)教学不能无视学习者已有的知识经验,简单强硬的从外部对学习者实施知识的“填灌”,而是应当把学习者原有的知识经验作为新知识的生长点,引导学习者从原有的知识经验中，生长新的知识经验。教学不是知识的传递，而是知识的处理和转换。教师不单是知识的呈现者，不是知识权威的象征，而应该重视学生自己对各种现象的理解，倾听他们的看法，思考他们这些想法的由来，并以此为据，引导学生丰富或调整自己的解释。

（3）教师与学生，学生与学生之间需要共同针对某些问题进行探索，并在探索的过程中相互交流和质疑，了解彼此的想法。由于经验背景差异的不可避免，学习者对问题的看法和理解经常是千差万别的。其实，在学生的共同体中，这些差异本身就是一种宝贵的现象资源。建构主义虽然非常重视个体的自我发展，但是也不否认外部引导，亦即教师的影响作用。

4. 师生角色的定位及其作用

（1）教师的角色是学生建构知识的忠实支持者。教师的作用从传统的传递知识的权威转变为学生学习的辅导者，成为学生学习的高级伙伴或合作者。教师应该给学生提供复杂的真实问题，他们不仅必须开发或发现这些问题，而且必须认识到复杂问题有多种答案，激励学生对问题解决的多重观点，这显然是与创造性的教学活动宗旨紧密相吻合的。教师必须创设一种良好的学习环境，学生在这种环境中可以通过实验、独立探究、合作学习等方式来展开他们的学习；教师必须保证学习活动和学习内容的平衡；教师必须提供学生元认知工具和心理测量工具，培养学生评判性的认知加工策略，以及自己建构知识和理解的心理模式；教师应认识教学目标包括认知目标和情感目标，教学是逐步减少外部控制、增加学生自我控制学习的过程。

（2）教师要成为学生建构知识的积极帮助者和引导者，应当激发学生的学习兴趣，引发和保持学生的学习动机。教师通过创设符合教学内容要求的情境和提示新旧知识之间联系的线索，帮助学生建构当前所学知识的意义。为使学生的意义建构更为有效，教师应尽可能组织协作学习，展开讨论和交流，并对协作学习过程进行引导，使之朝有利于意义建构的方向发展。

（3）学生的角色是教学活动的积极参与者和知识的积极建构者。建构主义要求学生面对认知复杂的真实世界的情境，并在复杂的真实情境中完成任务。因而，学生需要采取一种新的学习风格、新的认识加工策略，形成自己是知识与理解的建构者的心理模式。建构主义教学比传统教学要求学生承担更多的管理自己学习的机会，教师应当注意使机会永远处于维果斯基提出的“学生最近发展区”，并为学生提供一定的辅导。

学生要用探索法和发现法去建构知识的意义。在建构意义的过程中要求学生主动去搜集和分析有关的信息资料，对所学的问题提出各种假设并努力加以验证。要善于把当前学习内容尽量与自己已有的知识经验联系起来，并对这种联系加以认真思考。联系和思考是意义建构的关键，它最好的效果是与协商过程结合起来。

5. 建构主义的教学原则

(1)把所有学习任务都置于为了能够更有效地适应世界的学习中;

(2)教学目标应该与学生学习环境中的目标相符合,教师确定的问题应该使学生感到就是他们本人的问题;

(3)设计真实的任务,真实的活动是学习环境的重要特征,就是应该在课堂教学中使用真实的任务和日常的活动或实践整合多重的内容或技能;

(4)设计能够反映学生在学习结束后就能从事有效行动的复杂环境;

(5)给予学生解决问题的自主权,教师应该刺激学生的思维,激发他们自己解决问题;

(6)设计支持和激发学生思维的学习环境;

(7)鼓励学生在社会背景中检测自己的观点;

(8)支持学生对所学内容与学习过程的反思,发展学生自我控制的技能,使他们成为独立的学习者。

四、STS教育

(一)何为STS

一般认为,STS是约在20世纪60年代末70年代初诞生于美国的一个新兴学科。我国在20世纪80年代开始STS研究。现阶段,我国专门研究STS的学者这样定义STS:STS是一门研究科学、技术和社会相互关系的新兴学科。他们认为科学技术的发展不是孤立的,它和社会其他子系统(比如政治、经济、文化、教育等)有一定的相互作用。因此,研究科学、技术也应该研究作为社会子系统的科学和技术的性质、结构、功能及它们之间的相互关系,研究科学、技术与社会其他子系统如政治、经济、文化、教育等之间的互动关系,还要研究科学、技术和社会在整体上的性质、特点、结构和相互关系及其协调发展的动力学机制。

在国外,学者们对STS有广义与狭义两种理解。在广义的理解中,STS体现为一个学科群,是科学史、科学哲学等(还包括技术史、技术哲学、科学社会学、技术社会学、科技政策研究等)学科对科学、技术与社会的相互关系研究的总称。在狭义的理解中,STS则是以传统的科学史、科学哲学、技术哲学等学科为基础,在更高的水平上进行理论综合而形成的融合了上述传统学科之基本内容的一门新兴的交叉学科,它追求对科学、技术与社会相互关系的新理解。很自然,像这样的研究及其成果,迟早要反映在教育,包括基础教育之中。

(二)STS在科学教育中的呈现形式

STS教育自20世纪80年代进入中国以来,已经为越来越多的人所认识。特别是课程改革以来,明确了以培养学生的科学素养为科学教育的宗旨。科学素养很重要的一个方面是如何运用所掌握的科学知识和技能对社会中的科技问题做出价值判断,并能够明智地思考和解决与科技相关的社会问题,运用科学技术推动人类社会的发展,为人类创造幸福而不是带来灾难。实现这一目标靠传统的科学知识的传授是无法达到的,正因为如此,把科学、技术与社会相结合的STS教育在国际上备受重视,成为科学教育中的重要部分。STS在科学教育中的呈现有三个不同的层面:作为教育理念、作为课程形态和作为教学模式。

1. STS作为一种教育理念

STS在起源之初是作为一种教育理念提出来的。它的提出是由于科技的发展引发了一系列的社会问题,而这些问题是传统的传授科学知识的教学无法解决的问题。

作为一种科学教育的理念,STS不仅意味着了解科学技术与社会的关系,而且意味着采用什么样的形式进行科学学习,它提倡的是在人类经验情境下进行的教学,也就是我们所提出的贴近学生生活。贴近学生生活实际上有两种不同的呈现形式,一种是给出现实生活中真实的问题和任务,另一种是模拟地给出接近学生生活经验的情境。STS的任务即议题是从真实的生活中由教师和学生共同提出来的。一般课程教材中的大部分内容是专家和教师希望教给学生的。当然,我们是否能从现实生活中找到既适合学生认知水平,又能满足国家标准所要求的内容是一个问题。这也是一些人对STS提出的质疑。当STS在美国开始实施的时候,一些人提出的质疑意见为:①STS理念对提高学生学习科学的动机有益,但不该是科学教育的主体。因为以社会问题为中心的科学知识结构,会使得科学教育的知识结构成为一种大杂烩、无组织之系统。②认为将科学与社会混在一起,会失去科学的真实含义。他们认为科学的教学应该是以各个不同学科的知识为主,科学教育应该让学生了解科学家在做什么,以及科学家们如何由做实验得到科学的知识,科学应被教成进一步追求及解释知识的方法。如果将科学及社会交互在一起,学生可能会被误导,而对科学教育产生误解。

如果把STS作为一种科学教育的理念在小学科学中贯穿,我们也需要对这些问题做出回答。科学与社会的结合这一观点在目前已经得到认同,但是我们仍然要解决的问题是如何处理好来自生活和社会的议题与知识系统性的问题。如果我们以来自生活和社会的议题为主线编写教材,它会围绕解决这一议题所需的知识和方法来组织内容,因此知识是综合的。但是,我们如何保证课标上所要求的内容都能涵盖在所有的议题之中,而且如何解决各议题中可能出现的知识交叉和重复的问题呢?我们会面临同一知识会在几个议题中涉及,我们可以把握不同议题中所涉及的同类知识的侧重和深浅。但是,学生如何能够把这些知识系统化呢?一般的实现方法是在学校的科学教育过程中采用多元化的课程,STS作为一种教育理想,也作为课程形态和教学模式,但是它不是唯一的课程形态,它只是科学课程的一部分，它所占的比例随着年级的升高而提高。

2. STS作为课程形态

在STS的研究者中，有一部分人对STS的认识是认为STS是一种课程形态。Yager（1990）曾将STS定义为"将技术当作科学与社会间之桥梁，以地方、全国或全球性与科学有关的社会问题来设计科学课程，让学生对这些与科学有关的社会问题产生兴趣及好奇心，而以科学的态度、科学的探究过程和科学的概念知识寻找解决问题之道，让学生产生创造力并应用于社会上"。此外还有一些人也将STS定义为一种课程，这种着重课程的STS观点，指的是和传统教学有所不同的科学及技术概念为基础的课本，以及课程架构，在这种课程中主要是以一些与社会相关的议题为组织结构，组织相关的知识和方法，探究过程等。这样的课程与传统以知识结构为主线的科学课程不同。它一方面以社会中的议题组织内容，另一方面在教学方法上也不同于传统的教学（如表6-2所示）。

表6-2 传统科学课程与STS的比较

传统课程	STS课程
寻找标准教科书中主要的概念	寻找当地有趣或具冲击性的问题
采用教科书及附带的实验手册中所建议的实验与活动	运用当地的人力物力资源来解决问题
学生被动地吸收教师及教科书所提供的信息	学生主动地搜寻可用的信息
教学的焦点在于所谓的学习重点上	教学焦点在于对个人的冲击，运用学生对问题固有的好奇心与关心
将科学视为透过教科书与教师的讲述所得到的信息	不仅仅将科学视为那些印发给学生熟习的教材
学生练习基本的过程技能(但并不为了目的而应用它们)	不再强调那些被看作是科学家的神奇工具的过程技能
不太关心学生对未来生涯的规划，只是偶尔会提到一些科学家(而且多半是已过世的)以及他们的发现	注重生涯规划，强调学生未来可能从事的科学与技术方面的职业，特别是在科学研究、医学以及工程之外的领域
学生专注于教师与教材中所提出的问题	学生经由试图解决他们所发觉的议题，而引发其作为公民的责任感
科学只有在学校中上科学课程的教室里产生	学生学到科学（在特定的机构与特定的社区中）所能发挥的角色
科学是一堆期待学生们去获得的信息	科学是一种鼓励学生们去享有的经验
科学课的教学着眼于已知的事物	科学课的教学着眼于未来将会如何

这些对STS课程的认识与1990年NSTA提出的STS的11点特性是一致的。它力图说明STS在教学课程中的重要性并界定"人类经验情境"如何获得。NSTA提

出STS具有的特性列出如下。

(1)学生找出当地有趣及具冲击性的问题;

(2)运用当地的资源(人力与物力)来寻求能够解决问题的信息;

(3)学生积极寻找信息的活动能够用来解决真实生活中的问题;

(4)学习延伸至教室与学校之外(即放学之后);

(5)着眼于科学与技术对个别学生的冲击;

(6)认为科学的内涵不仅是那些要求学生精熟以应付考试的概念;

(7)强调学生能用来解决自身问题的过程技能;

(8)强调生涯规划——特别是与科学和技术有关的职业;

(9)当学生尝试解决他们所发现的问题时,提供学生体验公民角色的机会;

(10)认识科学与技术对未来所造成冲击的可能方式;

(11)允许学习过程中自主性。

分析这些特性,我们会看到其中的一些观点已经被我国的课改所采纳,如对学习的认识,科学技术的影响等。它已经成为对科学教育的一般性认识。不同的地方在于问题为导向的议题从哪里来。一般的课程教材是由专家、教师给出单元内容和议题,他们也会力图使这些内容贴近学生的生活,反映科学技术与社会的影响。但是,STS课程强调的是这些议题是在教师和学生的共同讨论中得出来的,是与地方生活密切相关的,因此STS课程不可能是全国统编的,它应该是校本课程,具有很强的地方特色。这种课程不是预设的,是生成的。教师和学生共同参与课程的生成过程。

在课程实践中,研究者和改革者也在探索和尝试不同的STS课程模式。其中,既有作为典型意义的STS课程,有学生和教师共同提出与当地社会密切相关议题的校本课程,也有具有STS理念的科学课程,或是某一个单元,或是作为课程目标的一部分。无论是哪一种STS课程都反映了STS的理念,具有特殊的课程特征。在科学教育中STS课程应该只是全部科学课程的一部分,从小学、初中到高中,STS课程所占的比例逐步上升。

3. STS作为教学形态

无论是作为一种教育理念还是作为一种课程形态,STS都以一种独特的教学形态出现,这种教学形态不同于传统的科学教学。Yager认为典型的STS教学过程由4个部分组成:①这是一个问题或议题吗?②为何它会成为一个问题?③是否有某些可供选择的解决方案?④采用此种选择时对个人与社会可能会造成怎样的效果?

STS教学与传统教学的区别在于,传统教学中通常使用的策略包括讲述、提问、描述、书写、演示实验、指导学生活动等。新的课程改革要求科学课程以探究活动为主,强调学生的参与、体验、交流,教师在教学中作为一个协助者,引导者。

学生在教学中更加处于主体地位。这些认识与STS教学有很多共同之处，应该说这是建构主义教学的观点。STS教学也是一种以建构主义为基础的教学，它有着自己的特点。1993年Ajeyalemi提出典型的STS教学的特点如下：

(1)为着共同的目标，教师们在工作上像团队中的一分子；

(2)教师们眼光超越教科书或课程指引的界限，他们尽量不限定所采用的概念和活动；

(3)在学校的空余时间教师经常寻求与他人的联系，他们也寻求与其他州和国家的教师联系；

(4)教师明白他们(和他们的学生)必须深入社区来获取信息，专门知识，想法和教材；

(5)教师本身也被视为学习者，同时也是学生学习的促进者和合作伙伴；

(6)当教师们寻求扩展他们的想法时，渴望能够彼此分享人生观，他们寻求能够帮助他们改进教学的信息；

(7)教师们为了不断成长与改进而在职进修。

在STS的教学中更加强调合作学习，强调开放性，重视课内外的结合，重视对社区资源的利用。教学形式更加丰富，它可以是田野体验，实际的实验活动，专题研究，成果发表，角色扮演，辩论，图书馆研究，分组讨论，个别或小组项目，问题解决，班级讨论与成果发布，交流，展示，游园会和科学展览，同学间的讨论、学习，设计与制作模型，访谈，写信，演讲、表演以及作决策等。多样的教学方式打破了课堂的界限，很多教学是需要走出课堂进入社区完成的，参与教学的人员也不仅仅是教师，还会包括其他的社会人力资源。教学过程既是学生解决问题的过程也是学生生活的一部分，真正使课程、教学还原为学生的生活。

STS教学强调以学生为中心的思考，将日常生活、社会问题相关议题融入问题导向的主题教学中，重视学生经验的获得，重视解决问题的过程，强调知识生活化，通过对当地社会问题的讨论以及对社区资源的利用使科学社会化。强调综合，使学生在合作学习中获得解决问题所需要的完整的知识和方法，并提供应用知识的机会，从而提高了学生运用科学、技术解决生活与社会问题的能力。STS议题所提供社会背景和综合任务，使学生能在更广阔的社会背景下考虑科学技术问题，使科学的理性精神中融入了人文关怀，比如对社会问题的关注，社会责任感等。

几乎所有的STS教学都是以问题为导向的教学，但是不同的研究者和实践者还是提出了许多不同的STS教学模式。无论哪种模式，有些观点是共同的，比如提出问题，让学生产生对科学及社会问题的关注，重视让学生去搜集和分析所得到的信息，在此过程中进行探究、质疑、价值澄清，然后用于解释社会问题，培养如何做决策、解决具体问题的能力。整个教学过程以学生为中心，进行讨论、任务分工、资料搜集调查、综合报告及讨论等，教师是辅导者和引导者，适时引导、调整学生的观念及发展方向。STS 教学对于培养学生对社会问题的关心，培养学生解决问题的能力和进行价值判断的能力具有不可替代的作用。

思考与练习

1. 谈谈新课程倡导的教学理念如何应用于生物教学？
2. 多元智能理论对于教学有哪些启示？
3. 建构主义的学习观与教学观在哪些方面适应于基础教育课程改革？
4. 如何在生物教学中体现STS教育？试尝试设计一个案例。

第七章　生物教学过程

生物课堂教学过程，就是教师指导学生掌握中学生物学基础知识和基本技能，发展能力和体力，并进行思想教育的过程。简言之，就是完成中学生物教学目标的过程。

第一节　生物教学过程概述

教学目标任务是通过教学过程来实现的，要真正实现教学目标任务，必须切实理解教学过程。理想的教学过程应以良好的教学方法为手段，良好的教学方法又一定要研究教学过程的本质和特点。因此，生物教师在解决了教学目标和教学内容问题之后，面临如何教学才能实现中学生物教学目标问题，这就首先要理解中学生物学教学过程。

一、生物教学过程的本质

明确教学过程的本质，对于教学实践有重要的指导意义。教学过程是教师和学生共同进行的一种专门的、特殊的认识过程。传统教学过程是教师讲、学生听，教师写、学生抄，教师考、学生背，是一种教师灌、学生装的单向传递。现代教学过程既是学生的认识过程、又是学生的发展过程。学生本身是一个复杂的统一体，认识过程与情感、意向、个性的形成是交织在一起的。认识的发展，必然要影响情感、意向、个性的发展。教学与发展是互为因果、相互促进的。学生的认识过程和发展过程是由教师、知识、学生三个基本要素组成，教师、知识、学生就像是一个鼎，三位一体，缺一不可，不能独立存在，而且是相互依赖，相互制约的。

由此可见，教与学的关系问题是课程教学过程的实质问题，同时也是教学论中的重大理论问题。教学是教师的教与学生的学的统一，这种统一的实质是交往、互动。因此，教学过程是师生交往、积极互动、共同发展的过程。没有交往、没有互动，就不存在或未发生教学，那些只有教学的形式表现而无实质性交往发生的"教学"是假教学。把教学本质定位为交往，是对教学过程的正本清源。它是对"把教学看成是教师有目的、有计划、有组织地向学生传授知识、训练技能、发展智力、培养能力、陶冶品德的过程"这一传统观点的重大突破。

二、生物教学过程的结构

教学过程结构是指教学活动的运动、变化、发展在时间连续性上展开所需要的基本阶段。教学过程结构是一个相对稳定的动态系统，任何教学过程结构都不是一成不变的，也不是万能的。教学过程结构有常式和变式两种。

（一）生物教学过程结构的常式

所谓常式，是指具有较广泛适应性的常规的教学过程结构，即一般教师在日常教学活动中经常采用的基本教学结构。生物教学过程结构是“动机、感知、理解、巩固、运用、反馈”。

1. 动机

教学首先要引起动机，教学过程中要维持动机，这是由人的活动本质决定的。不论是教的方面还是学的方面，首先要明确教学目标和教学任务，教师要把教学目标和教学任务具体化以激发学生的内在心理需要。许多教师在教学的引入中常常通过鲜明的教学情境来呈现教学目标和教学任务，目的就在于激发学习动机，导引学生的有意注意。

2. 感知

感知是学习的客体在学生意识中的反映，即在学生头脑中初步形成有关客体的概念。对学生来说，感知生命事物和现象可能经过不同的途径：在观察、实验和实际操作中直接感知；通过事物和现象的符号形式，以及教师的语言信息间接感知。教师的任务在于使感知的领域尽量广泛，尽量接近学生生活经验，把客体的直观与文字、语言、符号的直观结合起来。指导学生周密地观察，教会他们学会捕捉主要的、基本的、本质的东西，以便获得客体事物的清晰表象。

3. 理解

理解是对表象（事实）的加工过程，是形成概念、发现规律的思维活动。理解必须在比较、分类、综合、抽象、概括、推理等智力心理活动中进行。理解是培养和发展学生心智技能的重要途径，形象思维能力和逻辑思维能力主要是在理解的过程中形成的。

理解是在感知的基础上进行的，感知和观察是理解的前提。例如，对于绿色植物光合作用原理的学习，初中阶段是通过“光合作用需要光和叶绿体”、“光合作用需要二氧化碳和水”、“光合作用的产物是淀粉和氧气”这三个实验来让学生理解其作用过程的原理的。高中阶段则是在初中阶段学习的基础上，通过探究“光反应”和“暗反应”这两个生理过程，揭示光合作用的生理机制及其意义，从而深化对光合作用原理的理解。可见，所提供的感性材料不同，理解的层次（度）就有所不同，只有提供丰富的感性材料，感性认识才能升华到更高的理性的高度。

4. 巩固

巩固是引导学生把所学习的知识、技能、方法等牢牢地保持在认知结构中，理解和巩固是两个既独立又互为依存互为条件的学习环节。理解是巩固的前提，巩固的过程是进一步深化理解的过程。一些抽象的原理规律的学习，如呼吸作用、遗传的三大规律、遗传的物质基础等，如果不理解或不能正确理解其生理机制和内在的运动规律，靠死记硬背是不可能巩固的。所以，教学上的巩固就是对理解不断强化的过程。

5. 运用

知识的运用在教学过程结构中占有重要的地位。师生间的教与学，不仅要保证知识的理解性、深刻性和牢固性，而且要保证知识的实效性，即能够把知识运用于学习和生活实践。以这种或那种方式运用知识，是教学过程中每一个环节都要进行的，并且是直接地由掌握知识的逻辑决定的。它不仅能强化理解和巩固的质量，而且是培养学生的生物学能力和发展学生智力的重要手段。

6. 反馈

反馈就是“对教学内容的掌握情况进行检查和评价”。它要求教师不仅要具备高水平的教育技巧，而且要有高度的教育敏感性。就其本质来说，教学过程的反馈机制愈完善，对教学活动质量的控制就愈有效。

上述教学过程结构常式，客观上在我国的生物教学中发挥了重要作用，所以它的存在是教学客观规律的反映。但是，如果把某种教学过程结构看作一成不变的万能模式，在任何教学氛围中任意套入新的教学内容，那就可能使教学活动得不到正确表现，以致影响、妨碍教学效能的正常发挥。在实际教学中，我们常常要基于基本的教学过程结构并结合教师的实际、学生的实际和教学环境的实际设计行之有效的教学过程结构，即对基本的教学过程结构进行必要的改造，使教学常教常新。因此，基本的教学过程结构与实际教学所设计的教学过程结构之间的关系是常式与变式之间的关系。教学过程的六个基本环节是相对独立，又彼此关联的（如图7-1所示）。

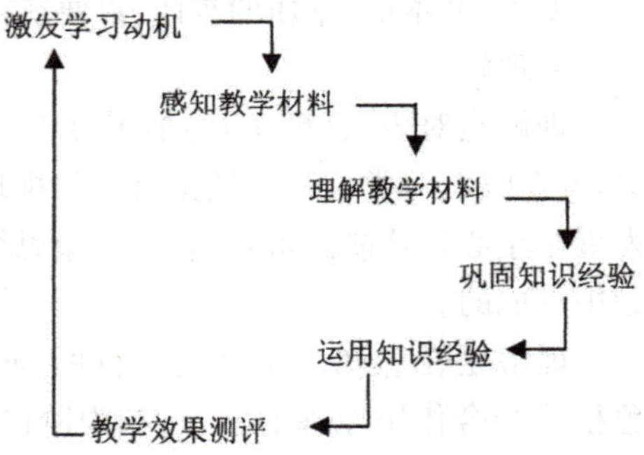

图7-1 现代教学过程的六个基本环节

（二）生物教学过程结构变式的衍生

生物教学过程结构的变式，是在常式的基础上衍生的。衍生的主导性观念大致有以下四种：

第一，以教师为中心进行变换。这种观念把教学过程仅仅看成是教师系统地向学生传授生物学知识的过程，教学中只有教师单方面的活动，学生只是被动地接受教师所传授的知识,忽视学生的亲自实践和主动精神。

第二,以学生为中心进行变换。这种观念是对“教师中心”的否定,它忽视教师在教学过程中的指导作用,片面强调学生的直接经验,忽视书本知识的系统传授。

第三,以教材内容结构为中心进行变换。这种观念以学科的“科学逻辑”作为教学过程设计的依据,强调“教学”是教授和学习“学科的基本结构”。学科结构型教学的教学难度较难控制,因此往往超越学生的学习能力和水平,较适合于智力水平较高的学生学习。

第四,以师生相互作用为中心进行变换。这种观念把教学过程看成是以教师为主导,以学生为主体的辩证统一的过程。在这一过程中,教师只起指导、引导、点拨、评判,起引路人、证明人的作用,学生则表现为自知、自学、自我评价、自我发展、自我完善,成为真正的学习主人。

根据近年来生物教学改革探索积累起来的经验,我们可以从教学活动方式、方法的视角,把教学过程结构变换成五种变式。

1. 讲授型

(1)教学过程结构:传授—理解—巩固—运用—检查。

(2)教法特点:这类课通常是“教师主讲,系统授课”。这是一种较传统的教学过程结构,这类课处理得好,能大容量高效率地系统传授知识,比较突出地体现了教学作为一种简约的认识过程的特性,因此它在教学实践中长期盛行不衰。但由于在这类课中,学习者客观上处于接受教师提供信息的被动地位,不利于学生主动性的发挥。因此,处理得不好,则可能变成“满堂灌”、“填鸭式”。但也必须看到,讲授型教学不一定都是被动的,关键是教师讲授的内容是否是具有启发意义的语言材料,教师能否激发起学生学习的积极性,使他们主动地从自己原有的知识中提取最有联系的旧知识,来同化和顺应新知识。

2. 问答型

(1)教学过程结构:提问—思考—答疑—练习—评价。

(2)教法特点:这类课通常是在“师生问答,启发教学,学思结合”中展开的,其主要的表现形式是设疑引思,师生谈话。

问答型教学历史悠久,孔子所提倡的启发式教学,可以看作是问答型教学的原型。孔子主张“不愤不启,不悱不发”,当教师提出问题要学生思考,学生心求通而未通,则处于“愤”之状态;学生口欲言而不能言,则处于“悱”的状态,因此要先愤后启,先悱后发。

有人认为“一问一答,就是启发”,这是对问答型教学的误解。问答型教学非常讲究“问”的质量和技巧,提问是为了思考,“提问”要具有合理的思维强度才能引发思考,因此问答型教学所追求的是学思的有机结合。

3. 学导型

(1)教学过程结构:情境—自学—辅导(精讲解疑)—练习—评价。

(2)教法特点:这类课能较充分地体现"学生为主体、教师为主导"的教学思想。它是对讲授型的一种改造,主要是把原来由教师系统讲授的部分,改为在教师所设置的情境诱导下由学生自学教材,通过学生的主动学习和教师的积极诱导,使学生掌握知识,提高能力,发展智力。它强调以学生自学为主,把学生自学作为整个教学结构中的重要环节,实行学在前,教在后。在教学过程中交错使用谈、议、讲、练、问、答、评等多种教学方式,充分调动学生作为学习主体的认识作用。

采用学导型结构进行教学,必须要加强课堂调控,随时排除学生在学习过程中出现的积极干扰和消极干扰。所谓积极干扰就是学习情绪过热,偏离教学目标,谈、议、问、答过多而思维效度较低;所谓消极干扰就是学习情绪低落或者心不在焉,只习惯于在教师讲授下被动学习,缺乏主动求知的意愿。因此,教师要加强自身修养,吃透教材,贴近学生,提高驾驭课堂的能力,学会循循善诱的本领。

4. 合作型

(1)教学过程结构:问题—表象—论辩—耦联—小结。

(2)教法特点:这类课通常表现为"交往合作,人际互动,互教互学"。其主要特征是"合作"、"互动"。在策略上,这类课要求创设一个全员参与、主动参与、差异参与的氛围。在这一氛围中,竞争、合作和个体化行为兼容并存,充分体现师生互爱,人格平等,教学民主。通过讨论、争辩,使分散的观点逐步趋于集中,最后达到"耦联",是这类课的主要教学方法。实行集体教学、小组教学和个别教学交替融合,营造人际交往的环境,促进师生合作、生生合作、个体和群体合作,是这类课的组织策略。美国当代著名心理学家维拉图认为:"人的心理机能是由人、行为和环境三种因素之间连续不断交互作用所决定的。"合作型教学过程不仅能加深学生对教学内容的正确理解,而且能提高学生思维的敏捷性、灵活性、批判性、深刻性和独创性。上海育才中学的"读读、议议、讲讲、练练"的"茶馆式"课堂教学结构,就类似于合作型教学。

采用合作型教学过程结构,教师要加强教学调控,坚持教学民主,把求同思维和求异思维结合起来,不要轻易否定学生的观点和结论,以免压抑学生的创造性思维。

5. 探究型

(1)教学过程结构:课题—背景—探索—结论—评价。

(2)教法特点:这类课通常是在"问题中心,自主探索,重在发现"中展开的。探究型教学是比较复杂的教学,因为探究型教学是一种双重的教学过程:既是探索者对所研究课题的学习,同时也是对探究过程的学习。

问题是思维的发端,探究由问题引起。但是,如果离开背景条件,探究将无法进行，因此必须有适于问题展开的背景材料，包括学生已有的知识和已有的经验。探索是一连串的猜想、假设、判断、概括、推理的过程，这一过程的末端是发现知识结构，发现科学规律。

探究型教学中评价的环节通常不能少。评价的目的是让学生回顾假设是如何验证的，知识结构和科学规律是怎样发现的，使学生学会分析自己的思维过程和思考方法，以提高学生分析和解决问题的能力。较之上述的几种课型，探究型教学的学生具有最大的自主性和独立性，他们不仅为追求发现而学，而且为追求自身发展而学，教师在这一过程中只起一种催化剂的作用。因此，探究型教学具有最强大的内在学习动力。

探究型教学的效率往往不如其他各种课型，但其学习的记忆率和能力培养的效果比其他课型都要高。提高效率的着眼点是，学生必须具有一定的先行经验（知识）作铺垫，这样才能从强烈的问题意识中找出解决问题的线索。

显而易见，从讲授型到问答型、学导型、合作型，直至探究型，教师的中心地位由强变弱，而教师的主导作用则由弱变强，教师对课堂的主宰渐渐被教师的主导作用所取代；学生的被动地位由强变弱，而学生的主体作用则由弱变强，学生被动学习的局面逐渐被主动发展所取代（如图 7-2 所示）。

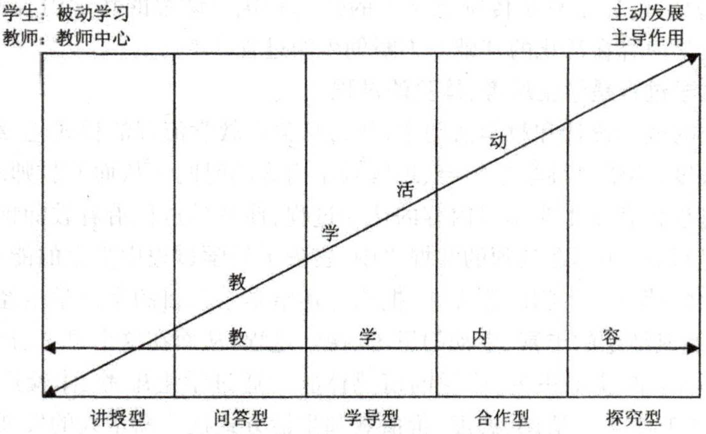

图 7-2　教学过程结构的五种变化

三、生物教学过程的特点

众所周知，教师、学生和教学内容是教学过程中的三个基本要素。基础教育课程改革纲要（试行）中明确提出“教师在教学过程中应与学生积极互动、共同发展，要处理好传授知识与培养能力的关系，注重培养学生的独立性和自主性，引导学生质疑、调查、探究，在实践中学习，促进学生在教师指导下主动地、富有个性地学习。教师应尊重学生的人格，关注个体差异，满足不同学生的学习需要，创设能引导学生主动参与的教育环境，激发学生的学习积极性，培养学生掌握和运用知识的态度和能力，使每个学生都能得到充分的发展。”

生物教学过程的特点可归纳如下。

（一）教学过程是内容活化、创生的过程

在传统的教学论中，“课程”被理解为规范性的教学内容。这就意味着，“课程”只是政府和学科专家关注的事，教师无权也无须思考课程问题，教师的任务只是“上传下达”，从而导致教学的过程就是忠实而有效地传递和执行课程内容的过程。在新的大课程论中，教学论成为课程论中的一个方面，课程不只是“文本课程”（由教学计划、教学大纲、教科书等组成），更是“体验课程”（能被教师与学生实实在在地体验到、感受到、领悟到、思考到的课程）。这就意味着，课程的内容及意义在本质上并不是对所有教师与学生都相同的，在特定的教育情境中，每一位教师与学生对给定的课程内容都有自己的理解，对给定课程内容的意义都有自己的解读。这就需要教师从“以学生发展为本”的教学理念出发，对所教课程的教学内容进行重组或改组，以期在教学过程中使教师教的内容能不断转化为适合特定学生学习，有利于学生发展的活化的学的内容，从而使教与学的内容不断进行变革和创新，焕发出“生命”的活力，以满足学生生命的成长和发展的需要。

因此，教学过程不只是传统意义上的传递和执行课程的教学内容的过程，更是课程的教学内容在活化的基础上不断创生的过程。

（二）教学过程是学生思考、体验的过程

在传统的教学设计和教学活动中，教师只关心教学流程的程式化、细节化，有时为了赶进度，不惜牺牲学生领会、理解教学内容的时间。从而使教师对教材、教案的认知过程代替学生对学习内容的认知过程，使教学过程沿着教师预先设计好的“轨道”进行，一切尽在教师的掌握之中，丧失了教学过程中学生的能动性、创造性和应有的情感性。生物课程强调“把思考还给学生”，目的是让学生经历知识产生、发展和形成结论的丰富、生动的思考、探索过程，从而在这个思考、探索过程中通过感受、领悟而获得积极、愉悦的情感体验。通过学生思考、体验这些心理过程，发展与提升学生的情感、态度、价值观和生活方式这些衡量人的发展最深层的指标。使教学过程从一种简单的传输、传递和接受知识的过程变成为一种伴随着学生对学科知识的思考和获得，使学生人格健全和全面发展的体验过程。

（三）教学过程是师生互动、发展的过程

在传统的教学中，教师负责教，学生负责学，教学成了教师对学生单向的“培养”活动。它表现为：一是以教为中心，学围绕教转，从而使“双边活动”变成了“单向传递”；二是以教为基础，先教后学，从而使学生的学习方式变为简单地“复制”教师讲授的内容。总之，学受制于教，学无条件地服从于教，教学由共同体变成了单一体，学生的主体性、主动性和自主性受到了限制，从而也导致了学生发展有效性的丧失。生物课程强调教学过程是教师与学生在平等基础上的交往、互动,从而使师生双方达到相互交流、相互沟通、相互启发、相互补充,实现共同发展的过程。在这个过程中教师与学生既能分享彼此的成功与喜悦,也能分担双方的挫折与困惑。因此,教学过程不只是教师教学生学的过程,还是教师从学生的学习中获取"营养"和价值的过程,更是师生在平等交往、积极互动的基础上共同发展的过程,从而真正实现教学相长。

四、生物教学过程要正确处理好几对关系

生物教学过程的理念和行为都是新型的,因此广大的教师要正确处理好以下几对关系。

(一)传递执行和创生开发的关系

在传统的教学论概念系统中,"课程"被理解为规范性的教学内容,而这种规范性的教学内容是按学科编制的,故"课程"又被界定为学科或各门学科的总和。这就意味着,"课程"只是政府和学科专家关注的事,教师无权也无须思考课程问题,教师的任务只是教学。课程和教学成为两个彼此分离的领域。教学的过程就是忠实而有效传递课程的过程,而不应当对课程做出任何调整和变革。教师只是既定课程的阐述者和传递者,学生只是既定课程的接受者和吸收者。这是传统课程所倡导的教学观。

当课程由"专制"走向民主,由封闭走向开放,由专家研制走向教师开发,由学科内容走向学生经验的时候,课程就不只是"文本课程",而更是"体验课程"。这意味着课程的内容和意义在本质上并不是对所有人都是相同的,在特定的教育情境中,每一位教师和学生对给定的内容都有其自身的理解,对给定内容的意义都有其自身的解读,从而对给定的内容不断进行变革与创新,以使给定的内容不断转化为"自己的课程"。因此,教师和学生不是外在于课程的,而是课程的有机构成部分,是课程的创造者和主体,他们共同参与课程开发的过程。这样教学就不只是课程传递和执行的过程,而更是课程创生与开发的过程。教学过程因此成为课程内容持续生成与转化、课程意义不断建构与提升的过程。这样,教学与课程相互转化,相互促进,彼此有机融为一体。课程也由此变成一种动态的、生长性的"生态系统"和完整文化,这意味着课程观的重大变革。在这种背景下,教学改革才能真正进入教育的内核,成为课程改革与发展的能动力量,成为教师与学生追寻主体性、获得解放与自由的过程。

(二)教与学的关系

教学过程的本质问题是教与学的关系问题。在传统的教学中,教师负责教,学生负责学,教学就是教师对学生单向的"培养"活动,它表现为:一是以教为中心,学围绕教转。教师是课堂的主宰者,所谓教学就是教师将自己拥有的知识传

授给学生。二是以教为基础，先教后学。学生只能跟着教师学，复制教师讲授的内容。总之，传统教学只是教与学两方面的机械叠加。

教学是教与学的交往、互动，师生双方相互交流、相互沟通、相互启发、相互补充，在这个过程中教师与学生分享彼此的思考、经验和知识，交流彼此的情感、体验与观念，丰富教学内容，求得新的发现，从而达到共识、共享、共进，实现教学相长和共同发展。交往昭示着教学不是教师教、学生学的机械相加，传统的严格意义上的教师教和学生学，将不断让位于师生互教互学，彼此将形成一个真正的“学习共同体”。在这个共同体当中，“学生的教师和教师的学生不复存在，代之而起的是新的术语：教师式学生和学生式教师。教师不再仅仅去教，而且也通过对话被教，学生在被教的同时，也同时在教。他们共同对整个成长负责”。对教学而言，交往意味着人人参与，意味着平等对话，意味着合作性意义建构，它不仅是一种认识活动过程，更是一种人与人之间平等的精神交流。对学生而言，交往意味着主体性的凸显、个性的表现、创造性的解放。对教师而言，交往意味着上课不仅是传授知识，而是一起分享理解，促进学习；上课不是单向的付出，而是生命活动、专业成长和自我实现的过程。交往还意味着教师角色定位的转换：教师由教学中的主角转向“平等中的首席”，由传统的知识传授者转向现代的学生发展的促进者。

（三）结论和过程的关系

结论与过程的关系是教学过程中一对十分重要的关系，与这一关系相关的还有：学习与思考、学会与会学、知识与智力、继承与创新等关系。从学科本身来讲，过程体现该学科的探究过程与探究方法，结论表征该学科的探究结果(概念原理的体系)。二者是相互作用、相互依存、相互转化的关系。什么样的探究过程和方法论必然对应着什么样的探究结论或结果，概念原理体系的获得依赖于特定的探究过程和方法论。如果说，概念原理体系是学科的“肌体”，那么探究过程和探究方法就是学科的“灵魂”。二者有机结合才能体现一门学科的整体内涵和思想。无论对哪一门学科而言，学科的探究过程和方法论都具有重要的教育价值，学科的概念原理体系只有和相应的探究过程及方法论结合起来，才能有助于学生形成一个既有肌体又有灵魂的活的学科认知结构，才能使学生的理性思考过程和精神世界获得实质性的发展与提升。不仅要重结论，更要重过程。

重结论、轻过程的传统教学排斥了学生的思考和个性，把教学过程庸俗化到无需智慧努力，只需听讲和记忆就能掌握知识的那种程度，于是便有了掌握知识却不思考知识、怀疑知识、评判知识、创新知识的“好学生”。这实际上是对学生智慧的扼杀和个性的摧残。现代教育心理学研究指出，学生的学习过程不仅是一个接受知识的过程，而且也是一个发现问题、分析问题、解决问题的过程。这个过程一方面是暴露学生产生各种疑问、困难、障碍和矛盾的过程，另一方面是展示学生发展聪明才智、形成独特个性与创新成果的过程。当然，强调探索过程，意味着学生要面临问题和困惑、挫折和失败，这同时也意味着学生可能花了很多时间和精力结果表面上却一无所获，但是，这却是一个人的学习、生存、成长、发展、创造所必须经历的过程，也是一个人的能力、智慧发展的内在要求，它是一种不可量化的“长效”、一种难以言说的丰厚回报，而眼前耗费的时间和精力应该说是值得付出的代价。

(四)生成与预设的关系

关注和提倡动态生成真实地反映了课堂教学的实际。因为在课堂教学活动的“行进”过程中，教师难以预计和预料课堂上可能发生的事情，对学生的“反应”也难以预测，所以，课堂上必须坚持“动态生成”。这不仅是教师教学机智的体现，更是课堂教学质量和效率的要求。但是，“动态生成”并不否定“预设”的重要性，它们之间也并不是互相排斥和“有我无你”的。相反，“生成”的质量在某种程度上说，却依赖于“预设”的质量。教师在备课时，尽管不可能谋略到课堂上的“一丝一毫”，但可以想得细一点、全一点、精一点。而且，预设得是不是巧妙、是不是有创意，可以直接影响到课堂上生成得是不是“顺利”。我们经常看到一些特级教师、名师的课“亮点”闪烁、异彩纷呈，除了他们驾驭课堂的技术娴熟之外，上课之前作了精心的准备(预设得完美)也是直接的因素。

(五)自主与导引的关系

自主性学习是新课程在学习方式上的重要理念。让学生“自主”地确定学习内容、选择学习方法、寻找学习伙伴和评价学习效果等，是我们在新课程背景下所积极倡导的。这种学习方式的提倡和形成，确实有助于提高学生学习的积极性和主动性，特别是有助于张扬学生的个性和调动学生的学习兴趣。但是我们也看到，有些课堂上的自主学习，似乎有点“放任”，时效性不高。这是缺乏教师应有的导引的表现。学生的自主学习本来就不应该离开教师的导引。我们说，课堂上学生的“自主”活动应该是有目的的、有目标的，而一部分学生又恰恰是懵懂的，所以很容易发生“意外”和出现“差错”，这当然就需要教师作及时正确的导引，以使学生能够达到一定的学习目的和有效地达成学习目标。另外，学生也有自己的价值判断，有对事物的好恶喜厌，难免存有“随意”，甚至是“错误”的地方，这就需要教师作些适当的点拨与提示。所以说，自主与导引必须“合二而一”，必须“高度统一”，只有这样，自主性学习才能真正产生实效。

(六)生活与课堂的关系

生物课程实施中比较容易引入生活中的事物，让学生搜集材料，身临其境，水到渠成完成对基本认识知识生成过程和获取方法的了解，从中感悟情感和价值观。但这种联系生活和社会的方式需要借助于客观具体的情境，使单一、理论、体系化的课本知识转变成多样、鲜活、形象化的生活体验。只有这样，学生才会感受到知识在现实中的灵活应用作用，才会乐于去尝试学习，发现问题，才会在学习中获得快乐，从而形成一个完善和发展自己的良性循环圈。其实，课堂本身就是生活，两者是统一的，让我们努力“还课堂以生活、让生活进课堂”吧。

五、生物教学过程的最优化

教学过程的最优化理论，是苏联著名教育理论家巴班斯基创立的。他指出：“教学过程的最优化，就是指通过选择一种适合教育过程具体情况的教学方法，使教师和学生在花费最少的时间和精力的情况下，获得最好的效果。”他同时强调，最优化并不是什么特别的教学法或教学手段，而是在符合教学规律和教学原则的基础上，教师对教育过程的一种目标明确的安排，是教师有意识、有科学根据的教学方案的选择。

(一)教学内容的优化

教学过程的优化反映到教学内容上，应当是既全面又完整的反映国家所规定的课程标准。因为课程标准是党的教育方针在教学内容上的体现，是国家根据现阶段全球科学技术迅猛发展，国际竞争日趋激烈的现实，为使我国在此种情况下能够立于不败之地，并最终战胜强手而对莘莘学子提出的学习目标。根据课程标准解读教材时，应抓住教材的主要内容，使其最优化。优化的内涵主要指教学内容整体难度的适当和数量的合理以及重点、难点的突出。教师必须在钻研课程标准、明确教学目的、掌握学生认知水平的前提下，使其传授的知识难度略高于学生的认识水平，让他们跳起来能将“苹果”摘到。同时，努力突出教学重点和难点，并由此带动学生对其他知识的掌握。

在介绍生物的减数分裂过程时，我们以动物精子的形成为例，利用已有的知识，学习新知识。事实上，生物的减数分裂过程是一个比较复杂的过程。单减数第一次分裂的前期就要分为细线期、偶线期、粗线期、双线期和终变期五个阶段，各阶段的特征也颇为复杂。受学生的认识水平所限，要全面讲解减数分裂是不可能的。结合教材和学生的具体情况，我们突出了减数第一次分裂中，间期染色体复制、前期同源染色体联会配对形成四分体、中期四分体排列在细胞中央的赤道板、后期同源染色体分离并移向两极、末期形成二个子细胞，次级精母细胞以及染色体减半等主要内容。这样既突出了减数分裂的重点、难点，又与学生的认识水平相吻合，课堂容量也显得适中。在此基础上，教师可引导学生将知识向减数第二次分裂迁移，与第一次分裂进行对比，使学生掌握其内容。在掌握了动物精子的形成过程后，将知识向动物卵细胞的形成过程迁移。在掌握了减数分裂过程后，将其知识向有丝分裂迁移。这样，学生就把细胞的两种分裂内容学活了，将前后内容融为一体。

教学内容的优化还体现在通过优选教学内容，激发学生的学习兴趣上。因为兴趣是最好的老师，学生只有对学习感兴趣，才能要学，并且努力学好。在讲绪论部分时，可以结合书本内容，增加介绍有关自然界丰富多彩的一些内容。在广阔的大自然中，生物种类之多是不言而喻的。以动物为例，从形态结构方面讲：由单细胞原生动物到多细胞两胚层的腔肠动物、三胚层的扁形动物，从无脊椎动物到脊椎动物直至最高等的哺乳动物；从生活环境方面讲：水中生活的有，陆上生活的有，空中生活的也有，“陆、海、空三军齐全”；从生殖方式方面讲：有无性生殖和有性生殖类型等。并介绍了一些我国珍稀动物的种类及分布，动物对人类的影响等。这就把学生的“胃口”吊了起来，使他们产生强烈的求知欲。实践证明，在每一堂课中，结合所学知识，渗透一些有趣的内容，对于优化教学内容，增强学习效果会起到良好的作用。

（二）教学方法的优化

教学方法对完成教学任务，实现教学目的具有重要的意义。当确定了教学目标，并有了相应的教学内容之后，就必须有富有成效的教学方法，否则，完成教学任务、实现教学目的就要落空。由此可见，优化教学方法，从一定意义上来说是关系教学成功的重要条件。现代教育学对教学法的研究颇为深刻，新的教学法层出不穷，这就要求教师在教学过程中根据具体情况，依据教学目的、教材内容和学生情况进行合理地选择和利用。

如为了帮助学生理解细胞中结合水的存在，采用演示教学法。将干种子放入干燥试管中，试管口用棉花塞住，然后放在酒精灯上加热。结果试管壁上出现了许多小水珠，结合水的存在显而易见得到了证明。为了使学生系统掌握遗传学中基因的分离规律和自由组合规律，基于内容有一定的难度，采用启发式讲述法。教师边讲解内容，边启发学生。学生成为真正的学习主体，而教师则充分发挥其主导作用，通过师生的双边活动，使学生透彻地掌握了遗传规律。而为了巩固与运用所学的遗传规律知识，提高解题水平，则采用练习教学法和讨论教学法。有计划、有目的地选择一些习题，由简到繁、由易到难地让学生讨论练习，最后通过教师评讲，让学生知道练习的正确结果。在每一章节结束时，采用复习教学法，让学生对已学的知识进行系统而完整的再现，以期巩固和提高。尝试采用实验教学法，让学生亲自参加实验性实践活动，既培养了学生的动手能力，又使他们对获得的知识产生深刻的印象。当然，对于多种教学方法的运用，必须充分体现由以教为重心逐渐转移到以学为重心的原则，根据实情，择优而用。一节课可以用一种教学方法，也可以多种教学方法交错运用。其最终目的都是为了使教的知识为学生所接受，并促使学生智能与技能的发展。总之，教学方法的优化必须坚持实事求是，坚持在教学理论指导下的试验先行，坚持教法优化与学法优化并重。兼收并蓄，广采众长，广泛学习、借鉴各国在教学方法方面的优点和长处，结合我国教育实践消化、吸收，逐步摸索出具有中国特色的、适应新时代要求又符合教育规律的教学方法体系。

(三)教学手段的优化

在教学过程中,教师传授的知识是一种精神的东西,它必须有可感知的物质形态,才能实际存在并被学生加以运用。教师要传授知识,就要通过一定的媒体,这种媒体即为教学手段。优化的教学手段至少应体现在以下几方面:

(1)有特色的教学语言。即语言要通俗明白、浅显易懂,具有严密的科学性和启发性,并且要生动有趣,有感染力。

(2)有能引导和控制学生思路,帮助学生树立知识结构,反映事物相互联系关系的扼要板书。

(3)合理地运用现代化的多媒体手段。随着教育改革的不断深入,现代化的多媒体手段在生物教学中的运用已越来越被人们所重视。幻灯、投影、电视、录像、计算机等在生物教学中已显示出明显的优越性。实践证明,多媒体手段的科学运用,可以降低教学难度,加强直观性,增强知识的可接受性,如学习细胞有丝分裂时,带领学生观看其录像,将分裂全过程直观而动态地展现给学生,便于学生理解掌握。多媒体手段的运用还可极大的提高教学速度,在保证学生掌握知识的前提下,扩大课堂容量。美国学者曾统计过,利用多媒体手段,学生在一节课上所学的内容为常规手段的三倍。

第二节 生物教学准备

教学准备主要是指教师在课堂教学前对所要处理的问题的解决行为,也就是教师在制定教学方案时所要做的工作。教学是一种复杂而又细致的创造性工作,目标指向性、有组织性和有计划性是生物教学活动的重要特点。每一节好课都凝聚着教师的智慧和心血,都需要教师在课前做大量的准备工作。教师在教学前所做的一切准备工作统称为教师的备课。

初为人师,首先要领会备课对于教学活动的意义,以便端正对备课的认识;其次通过对备课依据的分析,明确备课的凭借条件;最后在对备课内容和程序的探讨中掌握备课技能,如分析教学中的问题和需要,制定教学目标、建立解决教学问题的策略方案,评价试行结果等。而学会书写一份实用的教案则是教师必备的教学技能。

一、生物教学准备的意义

一节课能否上好不是偶然的,它在很大程度上取决于教师的备课。在备课上花一分精力,在教学里就有一分的效果。教学是十分复杂的艺术。教师要摸清学生的生物学水平和学习习惯,吃透教材,还要考虑教学目的、原则和方法,只有备好课,才能安排好教学环节,才能在有限的时间里,自始至终抓住学生的注意力,引导学生有效地进行学习，真正发挥教师的主导作用，保质保量地完成教学任务。

通过备课，教师能发现和弥补自己业务上的缺陷，提高自己的生物学专业水平和教学能力。教师要想教好生物学，自己必须先掌握好生物学专业知识。这些都应在备课时通过查阅资料或向人请教加以解决。常言道“教学相长”，教学的过程也是教师提高业务水平和教学艺术的过程。

备课时，教师要编教案，考虑教学目的、原则和方法，考虑教学里可能发生的问题和各种解决办法。经过认真思考和妥善安排，就可以在教学里处于主动地位，有板有眼地进行工作。出现问题时，因早有准备，随时都有妥善的处理方法。这对在教学里争取主动，保证教学质量，积累教学经验，提高教学理论，都具有决定性的意义。

二、生物教学准备的内容

（一）备生物课程标准

生物课程标准对教师全面了解中学生物教学的基本要求，明确每堂课的教学目标等有十分重要的指导作用。教师备课的真正目标就是如何达到生物课程标准中所规定的基本素质要求。

1. 把握课程标准的要求

准确地把握课程标准的要求，就能把握教学的尺度和关注的重点、难点，做到详略得当，提高教学效率，更好地落实新课程标准的要求。例如，标准中“解释ATP在能量代谢中的作用”，把握此标准应注意以下几点：第一，ATP是生命活动的直接能源物质，而不是主要能源物质（储能物质或最终能源物质）；第二，ATP分子的结构简式，特别是其高能磷酸键；第三，ATP的产生，对动植物来说具体产生的部位；第四，“ATP与ADP+Pi+能量”的相互转化，为什么不是化学上所讲的可逆反应；第五，ATP的具体作用（如兴奋的传导、细胞分裂、根对矿质元素的吸收等）；第六，能用所学知识解答一些具体问题，如有关ATP作用的实验设计等。

2. 注重学习活动的设计

课程标准对知识技能内容一般有相应的活动设计，我们要认真分析“知识技能”与“学习活动”之间的联系，从实际出发，实施建议中的活动，或重新设计活动、补充活动。

3. 要从“能力立意”进行知识与能力的组合

课程标准中生物实验的学习内容是以能力要求来构架的，这就要求教师在备课中要认真思考并选择相应的知识内容来配合该能力的培养。

（二）备生物教材

1. 通读生物教材，把握课程框架结构

高中生物必修课程由三个模块组成，三个模块既相互独立，又相互联系，构成一个整体。在备课时要研究本模块由哪几个单元组成,每单元内容在教材体系中的地位、作用及各单元之间相互关系;研究本单元教材的结构体系及其构成部分中每一课在全单元中的地位、作用以及相互之间的关系;研究每课教材的结构层次,包括课文中的生物概念、生物原理的含义,生物图表的内容、作用,怎样由生物现象、生物事实提出问题、展开分析、引出结构。

2. 细读生物教材,确定"五点"

(1)知识点,即教材中生物学知识的要点;

(2)重点,即教材中最核心、最关键,最有现实意义的部分;

(3)难点,即学生难以理解把握、容易出错、混淆或思想难以接受的内容。

(4)能力点,即课文在提出问题、分析问题、解决问题时所体现的认识能力及实践能力,这也是新教材高度重视的部分;

(5)思想点,指课文中理论和实践相结合,理论知识和思想教育相结合,并能提高思想认识、升华价值观的内容。

3. 精读生物教材,协调好"七个关系"

(1)科学性与思想性的关系。即知识目标、能力培养与培养学生情感、态度与价值观的目标结合起来。

(2)传递知识,培养能力与陶冶情操的关系。即要以传递知识为基础,以发展能力为重心,以提高觉悟为归宿,真正做到教书育人。

(3)课文、图像、作业的关系。教学中,要注重学生读图能力的培养,能运用图表分析问题、解决问题,同时要能把教材文字材料与图表紧密联系,互相补充,做到图文转换和文图转换。

(4)教材主体和"自学材料"的关系。教材主体是必须研习的部分,是达成课程目标的重要阵地;自学材料主要是为了扩大学生视野、掌握生物技能和学习方法、激发学习兴趣。

(5)重点与非重点的关系。既要突出重点,也要兼顾非重点,全面而又有重点地进行教学。

(6)适度与非适度的关系。即教学必须有适当的难度、广度、深度和一定的高度,做到让学生"跳一跳,就能摘到桃子",调动学生学习的主动性和积极性。

(7)教法与学法的关系。教师教学活动的根本目的是为了让学生"会学"、"想学",会思考,会做人。

教师在备生物教材时,既要钻研教材,更要超越教材,灵活运用,要及时关注时代发展的新动向,吸收生动鲜活的素材,并及时整理,融合到自己的教学中。只有把自己变成教材的主人,教师才能充分发挥教材的功能,使学生得到充分的发展。

(三)备学生

备学生,就是以学生为本,了解学生的情况,从学生的需要、经验、兴趣爱好出发，贴近学生的生活实际，创设问题情境，引导学生探究学习、体验学习。在备课时不妨认真思考以下问题：

(1)学生是否已经具备了支撑新知识学习的生物基础知识和生活经验？还有哪些知识和经验需要弥补？

(2)学生有什么生物学习的“需要”？这些“需要”与知识之间有何联系？如何在教学中强化它们？

(3)学生是否具备了新知识学习所必须掌握的技能？

(4)学生有哪些生物兴趣、爱好亟待激发，以形成良好的生物学习动机？

(5)学生对哪些知识能够学会？哪些知识已掌握？哪些需要教师的点拨和引导？

(6)学生具有怎样的情感、态度、价值观？

(7)问题的设计是否能激活学生的思维？教学方式是否有利于学生主动探究？

总之，在新课改备课过程中，要在备课的每一环节考虑学生的发展，洞悉学生心理和时代精神，构建适合学生智力发展的问题情境，为学生的健康成长服务。

(四)备生物课程资源

生物课程资源是指有利于生物课程目标实现的所有因素与条件的总和。包括生物教材，教师、学生、家长以及学校、家庭和社区中所有有利于实现生物课程目标，促进教师专业成长和学生有个性的全面发展的各种资源。在备课过程中，要认真准备、广泛利用以下生物课程资源。

1. 媒体信息

此类信息主要来源于电视、互联网、报刊、图书馆等。媒体信息具有直观、快捷、丰富、生动等特点，易于收集和整理，是生物教学中比较活跃的因素。广泛收集利用生物教学媒体资源，可以更好地提高生物教学的效果。教师在备课之初可以提供符合条件的节目名单或网站信息名称，让学生收看、搜索。在利用媒体资源时，应特别注意信息源的可靠性和信息内容的真实性，提高学生信息评价的意识和能力。

2. 社区生活信息

社区生活中存在着大量鲜活的生物信息，教师可以利用学校所在地不同的生物特征、自然景观和环境状况，结合教学目标，开展野外考察、调查实践活动，并利用社区的图文材料等来充实备课素材。

3. 有关生物课程资源的教学用具

随着社会的进步，生物教学用具也越来越丰富，如教学多媒体光盘、课件、生物挂图、模型、标本、实物等。在使用教具上，要体现现代化，也要体现经济实用、合理的原则。例如，关于生物体的结构，实物或模型具有真实感和立体感，可作为首选的课程资源。而细胞分裂等关于动态过程的内容，用动画、录像片或多媒体课件进行教学较好，用静态图解则有较大的局限性。

4. 人力资源

首先，教师是人力资源开发的核心要素。教师在注意提升自身素质的同时，还要充分挖掘同事、备课组、教研组的人力资源潜力，智慧共享，提高生物课程资源的开发水平，做学生利用资源的引导者与合作者。其次，学生在人力资源中扮演十分重要的角色，应该成为生物课程资源的主体和生物学习的主人。在信息社会的今天，学生往往和教师拥有同样的信息源，教师应把过去教师单向封闭的备课和学生孤立的预习变成教师和学生的"共同备课"，充分发挥学生的主观能动性，鼓励引导和组织学生借助网络等现代媒体参与备课，引导学生学会创造性地利用一切可用资源，为自身的学习与探索性活动服务。

（五）备方法

备方法是备课的重要环节，主要是运用有效的教学方法和学习方法，并使之整合为有效的教学。

1. 备方法要从教学实际出发

教师应根据不同的教学目标、内容，结合学生的认知心理规律和教学条件、教师能力水平等，灵活恰当地选用教学方法，并善于将各种方法有机地结合起来，从而激活学生的生物思维，以利于生物知识的理解和建构。

2. 备方法要注重学习方法

对生物问题的探究，应倡导自主学习、合作学习、探究学习。教师要以教学方式的转变促进学习方式的转变，引导学生自主学习、合作交流，探究分析，提高其解决问题的能力。在备课时我们应努力做到：

（1）学生自己能学会的，相信学生——引导学生学；

（2）新旧知识有直接联系的，迁移类比——诱导学生学；

（3）学生难于理解或不易接受的，探究分析——指导学生学；

（4）学生独立学习困难的，小组合作——互相帮助学。

备课时，生物教师还要重视生物学习方法自身的特点与内容，体现生物学的相关知识，突出生物思维方式。认识自主学习、合作学习，探究学习的内涵、价值取向和基本模式，根据其特性和具体的生物学习任务，吸收其合理成分，正确选择，合理搭配，整合多种学习方式，为学生提供最有效的学习活动过程。

3. 备方法要灵活开放

课堂有许多不确定性和可变性，生物教师应根据教学需要，贴近每一个学生的实际，恰当地采用讲授、观察、讨论、演示，参考等方法，做到兼容并蓄，取长补短，同时在教学方案中为学生的主动参与留下时间和空间，为教学的动态生成创造条件，使师生积极互动，发挥出创造性。

三、生物教学方案的编制

教案是教师进行课堂教学的行动方案，是整个教学工作计划中最重要的组成部分。教案对于教师进行课堂教学具有重要意义：第一，教案可以使教师明确课堂教学的目的与任务，明确教学内容、方法与步骤，因此，它是顺利完成教学任务的先决条件。第二，教案又是教师经验的总结，多年积累的教案，就是教师长期教学实践的记录，是教学研究的重要资料。第三，实施教案后，可对教案中不妥之处进行修订，有利于教学工作的不断改进。编写教案是教师最经常的劳动，也是一项重要的教学技能和基本功。

（一）教案的分类

教案包括学期教学教案、单元教学教案和课时教学教案，三种教案的编制是一个由整体到局部，由笼统到具体，由粗到细，逐步细化和深化的过程。

1. 学期教学教案

学期教案，又称学期教学计划，是指对所任课程做出一个学期的全面计划和通盘安排，是完成一个学期教学目标所确定的工作范围和教学进度的实施方案。制定学期教学计划要在学习教学大纲、通览教材的基础上，明确不同专业的教学要求，并对学生进行初步了解，对全学期的教学进度做出具体安排。

学期教学计划的结构一般包括说明和进度两部分。

（1）说明部分。包括以下内容：①教材分析；②本学期教学总目标和要求；③学生基本情况分析；④提高教学质量的主要措施；⑤对讲授、讨论、复习、考试和节假日做出时间分配等。

（2）进度部分。多采用表格形式，按学校教务处所定一学期周时数分配教学内容，列出章节题目、教学时数，还对复习、考试等做出安排。

2. 单元教学教案

单元教案，又称单元教学计划，是对一个单元教学工作进行的全面安排。现行生物学教材的编排体系，是将每门学科教材中分类相近的知识编成一个单元，每个单元编排了学习要点，也体现着整体性的特点，教师备课必须通盘考虑一个单元的教学安排，以一单元作编制计划。

单元教学计划的结构主要包括：课题名称、教学目的、课的类型和教学方法、教学时间分配等。

3. 课时教学教案

课时教案，又称课时教学计划，是教师备课工作的最后一个环节，也是教师备课工作中最为全面系统、深入具体的一步，是保证教师有计划、有步骤地上好课的必要手段，对提高教学质量有着重要意义。

(二)教案的格式

把教案的常规项目与弹性项目结合起来,并按其内在联系进行组合,即可形成教案的完整格式。一般以"课时教案"的格式为代表,根据内容的详略,分为详细教案和简要教案两种。

1. 详细教案

即习惯所称的"讲稿",其结构一般由十个部分组成:教案题目(或课题)、教学目的、重点难点、课时安排、教学方法、主要教具、教学过程(须根据教学内容详细书写)、推荐参考书、课后作业、教学后记(示例见附件)。若因需要亦可适当增加其他相关的内容。对于新任教师、低年资教师或属新开课程,一般要求写出教案的详案。

2. 简要教案

其格式与详案大体相同,只是对"教学过程"一项的具体内容不予展开编写。对于多年资深教师或多次开课的课程,可选用教案的简案。简案的形式有"表格式教案"、"卡片式教案"等,随教师个人习惯而定。

总之,在做好"五备"的前提下,要认真写好教案。教案是课时教学计划和内容,是教学准备工作的最后步骤,也是加强教学的计划性,保证教学质量的关键。其中,"教学过程"是整个教案的核心部分,包括一堂课的详细安排、教学方法的运用和时间的分配等。无论新教师或者有经验的老教师,都必须认真书写教案。对新教师来说,在写好教案(详案)的同时,还要反复熟悉,以保证在课堂上能顺利地进行教学。在讲课时,教师不能照本宣科,读教案、念教案,而应该以准确的语言把教案的内容生动地讲授给学生。

(三)编写教案

编写教案是一个复杂的教学设计过程,教学设计是运用系统思想和方法,以学习理论、教学理论和传播学理论为基础来计划和安排教学全过程的诸环节和要素,以实现教学效果最优化为目的的科学。它是由众多环节组成的,包括分析教材、分析学生、设计教法等一系列细致复杂的工作(如图7-3所示)。

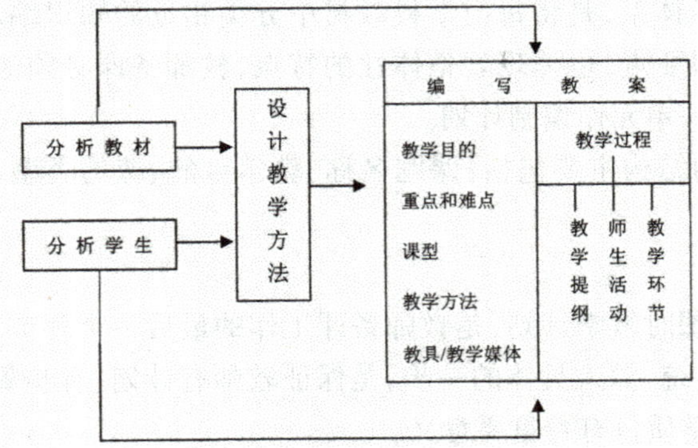

图7-3 编写教案的过程

1. 教学目标的设计

教学目标的确定和编写是编写教案的首要任务。教师越清楚地了解一节课应该完成什么,则达到目标的成功机会就越多。课时的教学目标是根据课程标准规定和本课教材分析的结果而制定的。一般教学目标应从三维教学目标出发,即知识、能力和情感态度与价值观。在陈述教学目标时,既要简明,又要具体,并要将几个项目有机地结合在一起。

教学目标的表述是对结果达到的程度的表述。因此,教学目标的表述措词要准确,所采用的行为动词不能有多义性,也就是要将学生的学习结果以一种特定的行为方式来陈述,使教学目标变得清晰、明确,具有可操作性。

2. 教学重点和难点的分析

一节课的教学内容,一般是由多种生物知识、技能组成,而各种知识、技能对学生学习、发展的影响和作用不同,其中在学生学习生物知识、提高生物科学素养中起着关键作用的内容称为重点。难点是学生不易掌握的知识或技能。为了引起对这些内容的注意,以采用有效的方法进行教学,就应在教案中将它们划分出来。

3. 教学方法的选择

写出这节课所采用的主要教学方法。讲授法的采用是考虑对一个新的课程的认识;采用问答法有利于调动学生的积极性,启发学生思考;采用练习法使学生有条件自己独立运用已学知识解决问题,有利于培养学生的能力。

4. 教具的准备

写出本节课使用的主要教学用具的名称,必要时还应说明对教具的要求和使用方法。例如,注明幻灯片的内容,设计出在挂图上标出地点的符号及其黏着的方法等。

5. 教学过程

教学过程是教案的主体部分,它包括本课教学全部活动方案和主要内容。一般以教学环节为单位进行表述,常见的教学环节可分为复习提问、引入新课、讲授新教材、复习巩固、承转过渡等。在各环节中又包括教学提纲和内容、教学方法、师生活动方式,三者要有机地结合在一起。

6. 课后作业

布置作业要有的放矢、形式多样、分量适当、要求具体。

7. 教学反思

教学准备在时间上其实是有始无终。对整个教学活动的预设是教学准备的开始,而在目标达成的实际操作中对预设的调整、修正,对课堂新情况的随机应变是教学准备的继续和提升,课后的教学反思则是对整个教学准备的缝合和沉淀,是教学准备的后续和攀升,并且这还将在新的准备活动中延续、再上升。

案例一："物质跨膜运输方式"的教学设计

教学理念和策略：

本节教学采用教师主导，学生自主、合作和交流讨论相结合的方法，最后通过概念图进行课堂小结。基本思路可以确定为：展示现象→提出问题→合作讨论→教师解释→总结概念→举例说明。

（1）采用自主学习的方式，让学生自学课本P70–71内容，回答课件上展示的三个问题；

（2）通过学生分工合作，交流讨论，对比分析各种运输方式的异同点，学生寻找问题，教师进行解释，总结跨膜运输的类型、特点，举例说明主动运输的意义；

（3）由生物膜和人工膜功能的比较，培养学生结构和功能相适应的辨证观点；

（4）让学生通过概念图的形式对本节内容进行课堂小结以及练习，达到加深印象，巩固知识点的目的。

一、教学目标

1. 知识与技能

（1）举例说出物质跨膜运输的特例；

（2）说明物质进出细胞的类型、概念；

（3）说出被动运输与主动运输的异同点；

（4）简述主动运输对细胞生活的意义；

（5）进行图表数据的解读。

2. 方法与过程

（1）运用类比和对比的方法进行学习，抓住关键，掌握本质；

（2）运用表格进行对比与小结；

（3）运用画概念图进行总结。

3. 情感态度与价值观

本节情感态度与价值观的教学价值方面不太明显，主要强调积极参与讨论，主动思考，大胆回答问题，也可进行集体观念的教育等。

二、教学重点和难点

1. 教学重点

（1）小分子和离子跨膜运输的方式：自由扩散、协助扩散和主动运输的特点、过程、实例；

（2）大分子跨膜运输的方式：胞吞和胞吐的概念、过程。

2. 教学难点

主动运输的特点、过程和意义。

三、教具准备

相关多媒体动画课件，如自由扩散、协助扩散、主动运输的Flash课件。

四、教学实施的程序（如表7–1所示）

表 7-1 教学实施程序

程序	教师组织引导	学生活动	设计意图
创设情境导入新课	展示课件第一张：细胞"吸K+排Na+"的动画 我们知道细胞是一个开放的系统，它每时每刻都在与外界环境进行物质交换。物质的进进出出都要经过细胞的边界——细胞膜 那么是否所有的物质都能自由通过细胞膜呢？哪些可以出入？这些物质又是以何种方式出入的呢	学生观察动画	创设问题情境，激发兴趣，导入新课
展示图片交流讨论	课件展示人工合成的无蛋白质的磷脂双分子层，学生交流讨论以下三个问题：这张图所反映的膜是生物膜吗？为什么？什么样的物质能够通过脂双层？什么样的物质不能通过 图中葡萄糖是不能通过脂双层的，但细胞却需要不断补充葡萄糖以提供能量，这该如何解释呢？请同学们试着提出一些假设来解释	学生交流讨论，回答问题，提出自己的假设	培养学生合作交流的习惯和能力，以及面对现象提出合理假设的能力
阅读课本自主学习	课件展示以下问题：物质跨膜运输的主要方式有哪些 (1) O_2和CO_2是如何进出肺泡细胞的？何谓扩散作用？(展示扩散作用的实验过程) (2)它们进出细胞的方式有何相似之处	学生自主学习课本P70−71，回答问题 学生观察扩散作用的动画和自由扩散的动画	锻炼学生自主学习的能力和辨别概念的能力
一、自由扩散	引导学生仔细观察O_2和CO_2自由扩散的动画(教师播放)，同时提出：它们跨膜运输的过程有什么特征 从学生的回答中引出自由扩散的概念：除了O_2和CO_2的跨膜运输的方式是自由扩散，你还能举出其他的例子吗	学生观察动画，思考并回答问题	通过观察自由扩散的动画过程，培养学生的观察能力和语言表达能力。动画使学生更容易理解自由扩散过程
二、协助扩散	O_2、CO_2、甘油等通过自由扩散进出细胞，葡萄糖、氨基酸跨膜运输的方式和它们一样吗 引出葡萄糖进入红细胞的动画，引导学生仔细观察动画(教师播放)，同时提出：葡萄糖跨红细胞膜运输的过程有什么特征？通过特征总结出概念 除了葡萄糖进入红细胞是通过协助扩散跨膜运输，你还能举出其他例子吗	学生观察动画，思考并回答问题	通过观察协助扩散的动画过程，逐步培养学生观察和语言表达的能力。并且从动画上使学生更容易理解协助扩散过程

续表 7-1

<table>
<tr><th colspan="2">程序</th><th>教师组织引导</th><th>学生活动</th><th>设计意图</th></tr>
<tr><td colspan="2">思考讨论：比较两种扩散方式</td><td>上面我们学习了自由扩散和协助扩散两种跨膜运输的方式，它们有何异同呢
展示课件："思考与讨论"以下几个问题：(教学策略：把教室的学生分为两大组，一组代表自由扩散、一组代表协助扩散，一组中的同学回答请另一组的同学点评)自由扩散和协助扩散有何异同？为什么自由扩散和协助扩散都称为被动运输？自由扩散和协助扩散需要消耗能量吗？为什么</td><td>学生分工合作，交流讨论，观察动画并回答问题</td><td>通过交流讨论，培养学生合作学习的精神，在愉快学习中突出学生学习的主体地位。通过形象的动画，进行比喻和类比，学生更容易理解所学知识</td></tr>
<tr><td></td><td>资料分析</td><td>自由扩散和协助扩散都是顺浓度梯度的，不需要消耗能量；那么细胞能否主动的跨膜运输一些物质供生命活动的需要呢？下面我们通过资料来分析这个问题，课件展示几个资料：
1.植物细胞液中的矿质元素，如Mg^{2+}、Fe^{3+}都要比土壤溶液高，但细胞还是不断从土壤溶液中吸收这些无机盐
2.人红细胞中K^+的浓度比血浆高30倍，Na^+的浓度却只有血浆的1/6，细胞却仍在"吸K^+排Na^+"
3. 课本表4-1
引导学生合作交流：
①从上述资料中你能发现什么现象？②这些离子的跨膜运输的现象说明了什么？</td><td>学生分析资料，交流讨论回答问题</td><td>通过交流讨论，培养学生合作学习的精神以及分析问题的能力</td></tr>
<tr><td rowspan="3">三、主动运输</td><td>动画展示</td><td>通过资料2引导学生观察细胞"吸K^+排Na^+"的动画，并提出问题：K^+、Na^+跨膜运输有什么特征
从学生的回答中总结出主动运输的概念，除了K^+、Na^+跨膜运输是主动运输，你还能举出其他的例子吗？
生物体可以逆着浓度梯度主动的选择吸收或排出一些物质，说明它对生命活动有着非常重要的意义，引导学生结合课本回答主动运输的意义</td><td></td><td>通过观察动画过程，培养学生的观察能力和语言表达的能力。动画使学生更容易理解主动运输的过程，突出学生是学习的主体。(本节课的重点和难点)</td></tr>
<tr><td>技能训练</td><td>大家已经学了主动运输的知识，这里我有个坐标图，请大家帮我解决几个问题：
哪种离子通过主动运输进入细胞
哪种离子通过主动运输排出细胞
你是如何作出以上判断的</td><td>学生交流讨论，回答问题</td><td>锻炼学生进行图表数据解读的能力</td></tr>
<tr><td>比较</td><td>引导学生完成三种跨膜运输方式的比较表
葡萄糖、氨基酸不能通过没有蛋白质的人工膜，而能通过有蛋白质的生物膜，这能说明什么呢？(引导学生回答出生物学的重要观点之一：结构和功能相适应的观点。)</td><td>学生集体回答，并举出实例
学生思考，解决导入时提出的问题</td><td>通过比较学习，加深对所学知识的理解。用"和功能相适应的观点"点题，前后呼应</td></tr>
</table>

续表 7-1

程序	教师组织引导	学生活动	设计意图
四、生物大分子跨膜运输的方式	展示胞吞和胞吐的图片,简单讲解过程	学生举例	拓展视野的内容,不做详细介绍
五、概括反馈	引导学生以概念图的形式小结物质跨膜运输的方式	完成练习	了解学习情况,及时调整教学

五、课后作业

1.完成课后习题

2.讲义上的习题

六、教学反思

教学中还应注意以下几点:

(1)注意培养学生分析问题的能力,课件展示动画、资料,然后学生分析,应该充分重视;

(2)应始终抓住"结构和功能相适应的辨证观点"组织教学;

(3)可以采用比喻或类比的方法,帮助学生理解几种跨膜运输方式的异同点。通过自由扩散和协助扩散的比较,培养学生分工合作的精神;

(4)通过"技能训练"培养学生解读分析图表数据的能力;

(5)注重理论与学生实际生活的联系,让学生理解研究物质跨膜运输的方式,并通过实例强调主动运输的意义。

四、生物教学准备形式——说课

说课是一种常见的教学准备形式,也是进行教学设计的一种教研活动形式。它以教育控制论为理论依据。该理论认为,教学是由六个相互影响和制约的因素构成的——教学目的、教学内容、教学方式、教学媒介、心理环境和社会环境。教师只要对这六个因素施以影响和控制,使整个教学活动和教学过程目的更明确,内容更丰富,方法更灵活,教学手段和教学环境与学生的实际更相符合,就能更有效地提高课堂教学效果。

(一)什么是说课

1. 说课的含义

说课就是针对某一观点、问题或具体课题,教师口头表述其教学理想及其理论依据,也就是授课教师在备课的基础上,面对同行等教研人员,讲述自己的设计,然后由听者评说,达到互相交流,共同提高目的的一种教学研究和师资培训的活动。

简单讲,说课其实就是说说你是怎么教的,你为什么要这样教。实际上,和讲课一样,说课是教师把教学技能转化为教学能力、更好地优化课堂教学、提高教学质量的一种形式。

2. 说课的特点

说课主要是体现备课的思维过程,这个过程发生在备课与上课这两个环节之间,重点不仅要解决“教什么”和“如何教”,更重要的是解决“为什么这样教”的问题,有什么理论和实践依据,要达到什么样的教学目的,完成对学生哪些能力的培养和突破。说课是为了上好课,是为了提高课堂效率,也是对上课的总结、归纳、提炼和升华,具有教学研究和教育科研的价值。

说课具有如下的主要特征:特定场合;教学研究的性质;口头表述;时效性。

(二)说课的内容

1. 说课的基本内容

说课说什么可能是年轻教师最要搞清楚的地方。其实,说课的重点是说“为什么这样教”。要把教学设想、教学效果及其理论依据说清楚。说出教案的主要内容是什么,怎么教,更重要的是还要说出为什么要这样教,理论依据是什么。

说课的基本内容有四项:说教材,说教法,说学法,说教学程序,又被称为“四说”。但这四个说课内容并非固定不变,应灵活掌握。

(1)说教材。教材是实施课堂教学的基本依据,也是说课的基本依据。具体说的内容有:所授课内容在全册教材或某章节中所处的地位及依据;依据教学课标确定教学目标,包括基础知识目标、思想教育目标和能力培养目标;以课标和学生知识程度确定该课教学的重点、难点;教材的处理和资源分析,围绕教学目标处理教材教学顺序,合理整合课程资源。

(2)说教法。包括教学方法、教学手段、教学媒体的运用。具体内容有:选择恰当、多样、有启发性的教学方法;准备合适、多样的教具,教学媒体的运用;结合教学目标、教材特点和学生年龄特征贴切具体地说出所选教法的理论依据。要注意的是说教法要明确各种教学方法的特点和作用,做到教法合理优选,有机结合。说教法时,教法的选择和运用要以启发式教学为指导思想,选择教法的理论依据要准确、具体、针对性强。常用的教学理论有:直观教学、演示教学、启发式、发现法、掌握式、探究式、建构式、刺激教学(激励教学)、讨论式、任务教学、实验教学、复习教学等。

(3)说学法。教给学生什么学习方法,培养哪些能力和学习习惯,以及为什么这样做。对学生学法的指导是教学的根本,所谓“授之以鱼”不如“授之以渔”就是这个道理。具体内容可以有:教给学生合适的学习方法和恰当运用学习方法的能力;结合教学目的、教材特点和学生年龄,说出相应的理论依据。学法的理论有自主学习、小组协作学习、创新学习、探究式学习、体验学习等。

(4)说教学程序。说出自己教学思路及理论依据,课堂结构、教学媒体的合理运用、实验设计及板书设计等。这是说课重要的一个环节，要求说课教师在规定的时间内说明组织实施这一课的方案，如应如何导入新课、传授新知识，如何进行能力培养和思想教育等。说课的过程，最能体现教师的教学基本功和素质。所以，说课教师要紧紧把握教材的重点、难点，围绕教学目标，切实处理好各教学环节的关系，并进行精练、简捷的概述。一般来说，一节课的教学环节包括新课的引入，课题的提出，新课教学的展开，巩固练习，课堂小结，作业布置等。此外还要说出课堂教学的板书设计，现代教学媒体的应用等内容。

(5)其他拓展。说课标、说目标、说学情、说教学手段(媒体)、说板书、说评价、说练习、说反思等。

2. 说课的几种形式

(1)按时间分类：课前说课，课后说课。

课前说课：内容包括说教材(说学情、说目标、说重难点、说构思)；说教法(说媒体)；说学法；说过程(说板书、说练习)。

课后说课：内容除课前说课的内容外，还要包括对自己上课的效果和感受的评价，并提出进一步改进的设想，也就是"课后反思"。

(2)按功能分类：研究性说课，示范性说课，评比性说课程。

研究性说课：先由一个教师事先准备并写好讲稿，说后大家评议修改，变个人智慧为集体智慧。这是大面积提高教师业务素质和研究能力的有效途径。学科教研活动多选择这类说课进行。

示范性说课：先由一个教师示范性上课后说课，并组织教师或教研人员对该教师的说课及课堂教学做出客观公正的评析。听课教师从听说课、看上课、听评析中增长见识，开阔眼界。示范性说课是培养教学能手的重要途径，如公开课后的说课。

评比性说课：教师按指定的教材，在规定时间内自己写出说课讲稿，然后登台参加演讲，最后由听课评委评出比赛名次。这是培养学科带头人和教学行家的有效途径，目前创新大赛和职称评定就属于这类。

3. 说课的意义

(1)有利于提高教研活动的实效。以往的教研活动一般都停留在上几节课，再请几个人评评课。上课的教师处在一种完全被动的地位。听课的教师也不一定能理解授课教师的意图，导致了教研实效低下。通过说课，让授课教师说说自己教学的意图，说说自己处理教材的方法和目标，让听课教师更加明白应该怎样去教，为什么要这样教。从而使教研的主题更明确，重点更突出，提高了教研活动的实效。另外，还可以通过对某一专题的说课，统一思想认识，探讨教学方法，提高教学效率。

(2)有利于提高教师备课的质量。通过说课活动，可以引导教师去思考为什么要这样教学，这能从根本上提高教师备课的质量。

(3)有利于提高课堂教学的效率。教师通过说课,可以进一步明确教学的重点、难点,理清教学的思路。这样就可以克服教学中重点不突出,训练不到位等问题,从而提高课堂教学的效率。

(4)有利于提高教师的自身素质。一方面,说课要求教师具备一定的理论素养,这就促使教师不断地去学习教育教学的理论,提高自己的理论水平;另一方面,说课要求教师用语言把自己的教学思路及设想表达出来,这就在无形中提高了教师的组织能力和表达能力,进一步提高了教师的素质。

(5)没有时间和场地等的限制。上课听课等教研活动都要受时间和场地等的限制。说课则不同,它可以完全不受这些方面的限制,人多可以,人少也可以,时间可长可短,非常灵活。

(三)如何说好课

1. 注意几个要领

(1)要明确说课的目的,即说课的形式;

(2)了解说课程序,明确说课的流程;(建议要有本学科的说课纲要)

(3)要精心构思,不可信口开河;

(4)要说透如何贯彻帮助学生“获取知识,提高素质,发展智力,培养能力”这一教育教学原则;

(5)要抓重点,抓关键,讲究“省略”、过渡、照应。

2. 处理好几个关系

(1)处理好课程标准与教材的关系。课程标准是教育部颁发的指导性文件,是教学的依据,具有法定的指导作用。它的制定是经过教育部领导、专家学者和有丰富经验的教师共同努力的结果,是字斟句酌、反复推敲出来的。说课教师在说课前应认真学习课标中的指导思想、教学原则和要求等,把它作为确定教学目标、重点难点、教学结构以及教法、学法的理论依据。

教师说课应“以本为本”,但不能“照本宣科”,要能驾驭教材,发挥教师的创造性。因此,说课教师应在熟练地掌握教材内容的前提下,牢牢把握课程标准和教材的关系,要把课程标准和教材结合起来认真钻研,反复揣摩编者的意图,只有这样才能正确地有分寸地发挥创造性。

(2)处理好说课稿和教案的关系。教案是教师在吃透教材、掌握课标的基础上精心写出的。它有明确的教学目标,具体的教学内容,有连贯而清晰的教学步骤,有启发学生积极思维的教学方法,有板书设计和目标测试题等。说课是教师对各个环节具体操作的想法和步骤,以及这些想法和采用这些步骤的理论依据。简单地说,说课主要是回答了自己为什么这样备课的问题。因此,说课教师不能只按照自己写好的教案叙述。

(3)处理好说课与上课的关系。上课是教师在特定的环境中,依据自己所编制的教案，实现教学目的、完成教学任务的过程。上课有具体的教学主体对象，有具体的师生配合过程，有一定的教学程序和具体的操作方法，是具体的教学实践活动。说课则不同，这是由说课教师给特殊听众(教师)唱“独角戏”，是教师唱给教师听的，它侧重于理论阐述。因为它带有相互学习、共同探讨教学方法、提高教学质量的性质。

因此，说课与上课的性质是根本不同的，在某种程度上说，说课回答了自己怎样上好这堂课的问题。

案例二："光合作用"说课稿

一、说教材

(一)地位和作用

1. 本节在教材中的地位

本节内容建立在第一章有关细胞器知识的基础上，并与第七章生物进化、第八章生态系统的结构和功能等知识有关。因此，这一节的地位十分重要。

2. 本节在本章中的地位

光合作用产生的有机物和储存的能量为“植物对水分的吸收和利用”、“植物的矿质代谢”和“生物的呼吸作用”等生命活动提供了保障，同样后者也为光合作用提供了物质基础，从而说明了生物是一个统一的整体。因此，学好这部分内容很有必要。

(二)教学目标

1. 知识目标

(1)光合作用的概念、反应式； (B:理解)

(2)光合作用的发现过程； (A:知道)

(3)光合作用的过程； (D:应用)

(4)光合作用的意义。 (D:应用)

2. 能力目标

(1)通过光合作用发现过程的学习，使学生学习科学家们研究科学的精神和方法；

(2)通过观察课本图形，培养学生从图形当中获取信息的能力，培养学生的自学能力；

(3)通过对光反应和暗反应的学习，培养学生运用对比进行学习的方法。

3. 情感目标

(1)通过学习光合作用的发现过程，使学生认识到科学发展的艰辛、科学研究方法的重要，进而说明学习方法的重要；

(2)学习光合作用的过程中，渗透物质与能量，光反应与暗反应之间的辩证关系，使学生树立科学的辩证观点；

(3)通过光合作用的意义来理解当今世界面临的一些重大问题,如粮食、人口、资源、环境等,从而引起学生对世界未来的关注。

(三)教学重难点

根据教参要求以及高考考纲,确定教学重点;结合所教学生的知识基础和探究能力较差的特点,确定教学难点。

1. 教学重点

(1)光合作用发现实验的研究思路和方法;

(2)光合作用的过程和意义。

2. 教学难点

(1)光合作用发现实验的设计;

(2)光合作用过程中物质和能量转化。

二、说教法学法

(一)教法的选择

“教是为了不教”。在这个提倡自主能力的时代,教给学生必要的学习方法是关键。面对光合作用的学习,采用了以下的教学方法:

(1)通过讲授法、推导式、讨论法等多种教学方法,建立诱导探究课堂模式,使发现过程中的几个著名的实验变为探索式实验,引导学生体验科学家发现真理,探索真理的全过程,进而很好的掌握其中的科学方法;

(2)通过讲解法、自学法、提问法和习题巩固法讲述光合作用的基本过程及意义等,让学生懂得探索生物科学的基本方法,并且培养学生实事求是的科学态度,不断探索新知识的精神和合作精神;

(3)采用现代化的教学手段,从本节课的实际出发,将许多地方用多媒体课件来表达,从而增强直观效果。

(二)学法的指导

由于学生知识基础较为薄弱,而本节内容从光合作用的过程、实质到物质变化、能量变化都较为复杂。因此,本节安排的内容量相对少一些,同时加强练习,帮助学生理清解题思路,加深印象。在教学过程中充分发挥学生主动性,争取多用问题引导学生观察,培养其观察问题、分析问题的能力。让学生多动口,培养其表达能力。

(1)指导学生如何从本节的学习中掌握设计实验的方法;

(2)指导学生在实验中如何观察现象、分析现象、分析问题、总结规律;

(3)指导学生如何从图形中获取信息,培养分析图形的能力。

(三)设计理念

在高中生物新课程的基本理念——倡导探究性学习的指导下,本节重在培养学生的科学探究和实践能力。本节教学设计为:生活故事导入→启发式教学法→讨论法→引导探究、实验法→自主学习法→小结式法→讨论法。整个教学设计力求体现新理念。

三、说教学过程

(一)课前准备

先让学生在课前预习,课前准备好在教学中用到的多媒体课件。

(二)引入新课(2分钟)

教学方法:生活小故事引入,以带小外甥去公园玩,他累了要喝水吃东西,看到身边的小草,就用面包屑喂小草,导入,引出问题:小草"吃"的东西是否与我们相同,它到底"吃"什么?来引入新课。

设计意图:生活故事通俗易懂,学生容易接受,并可以激起学生学习兴趣。

(三)讲授新课

1. 讲授光合作用的概念(演示多媒体课件)(5分钟)

光合作用是绿色植物通过叶绿体利用光能,把二氧化碳和水转化成储存能量的有机物,并且释放氧的过程。

教学方法:启发式教学法、讨论法。让学生通过观察讨论,找出概念中都包括了光合作用过程中的几个问题,如回答不全,老师做适当补充。

设计意图:概念枯燥不易理解记忆,针对理科生不喜欢记忆的特点,让他们通过观察,讨论,给予必要的提示,让学生在理解的基础上记忆,可达到理想的效果。

2. 讲授光合作用的反应式(演示多媒体课件)(2分钟)

根据概念,导出光合作用的反应式。

教学方法:比较法。引导学生分析光合作用的反应式,并把它和初中学习过的光合作用的反应式进行比较,从中找出区别与联系,分析其中的原因,从而引入到光合作用的发现。

设计意图:通过比较,以旧带新可降低难度,且比较法印象深刻。

3. 讲授光合作用的发现过程(演示多媒体课件,化解难点)(14分钟)

教学方法:多媒体课件教学、提问式教学。向学生介绍英科学家普里斯特利(1733—1804)在1771年所做的实验,并引导学生分析原因,即:实验中的必需条件是什么?该实验是否具备可重复性?并让学生总结其不足,从而引入以下几个著名的实验。

(1)1864年,德国科学家萨克斯(1832—1897)做的实验。

(2)1880年德国科学家恩吉尔曼用水绵进行了光合作用的实验。并提问问题:

A. 实验(1)对实验材料作了什么处理?为何做这样的处理?如何设置对照组?为何要进行脱色处理?为何要进行水浴加热?结论是什么?结论只有一个吗?

B. 该实验所选材料的特点?放在黑暗而没有空气的条件下的原因?实验的对照组?实验现象?实验结论是什么?总结实验的经典之处?

设计意图:通过边演示多媒体课件边分析实验现象出现的原因,引导学生注意科学家设计实验的思路和方法,并引导学生得出科学的结论。提高学生分析问题,解决问题的能力,并引导学生学习科学家的设计思路。

教学方法:诱导探究法。联系前面讲过的放射性同位素标记法让学生自己来设计光合作用中释放的氧气来自于水的实验设计方法，进而学习20世纪30年代，美国科学家鲁宾和卡门的实验。

设计意图：引导学生根据刚才总结的科学家设计实验的思路和方法，来解决新问题。帮助学生建立科学的设计思路。

4. 讲授光合作用的发现过程（演示多媒体课件，突破重点）（14分钟）

教学方法：多媒体展示光合作用过程。

设计意图：边演示边讲解，增强直观性。

教学方法：自主学习。让学生打开课本看光合作用过程的图解，提取信息，弄清楚光反应、暗反应各自发生了什么变化，并用下面的问题来提示。光反应（渐进式问题链）：光反应阶段在哪里发生反应→哪些物质参加了反应→这些反应产物去了哪里→光反应阶段的条件是什么→发生了什么能量变化；暗反应（略）。

设计意图：让学生变"学会"为"会学"，通过自主学习，掌握并熟悉新学习的知识点，提高其识别图形、分析图形的能力。

教学方法：学生自己动手操作动画演示过程，并边操作边讲解。

设计意图：熟练知识，并锻炼学生的语言表达能力。

教学方法：课堂小结（多媒体展示）。

设计意图：让学生对知识及时巩固，抓好课堂落实，提高课堂实效。

5. 光合作用的意义（演示多媒体课件）（3分钟）

教学方法：展示多媒体课件，结合课件给出的图片，让学生分小组讨论，得出光合作用的意义，并让学生结合实际生活，提出光合作用对我们生活的影响。并发散思维，引导学生关注当今世界面临的一些重大问题，如：粮食、人口、资源、环境等，从而引起学生对世界未来的关注。

设计意图：体现学生的主体地位，引导学生会学、爱学，通过图片和实例，激发学生的学习兴趣以及解答现实生活问题的兴趣，增强学生的知识灵活运用能力。创造良好的课堂氛围。

（四）课堂小结（5分钟）

简单回顾一下本节课所学习的内容，做到当堂内容当堂掌握。

（五）布置作业

思考题：这些科学家为什么会成功？我们在今后的学习中应该学习他们的哪些方面？

四、说板书设计

第三节　光合作用

一、光合作用的概念

二、光合作用的反应式

三、光合作用的发现 1 实验设计的基本原则：单一变量和设对照组

四、光合作用的过程

五、意义

第三节 生物课外活动

无论是以前的传统教学还是在国家《科学课程标准》中都注重课堂教学与课外活动的紧密结合。"科学教学应当是开放的,培养学生的科学素养仅仅依靠课堂教学是不够的。课外活动是课堂教学的延伸"。

一、生物课外活动的意义

通过课外活动,学生不仅可以丰富经验、开阔视野、活化知识,而且可以根据自己的兴趣开展各种活动,充分发挥各自的特长,培养创新意识和提高实践能力。教师应根据教学、学生和校内外的实际情况开展生物课外活动,将课堂教学与课外活动紧密结合起来。

根据目前新课程标准提出的要求,生物课外活动小组的作用有以下几点。

(一)生物课外活动小组是课堂教学改革的"试验田"

随着新标准、新教材的实施,生物课堂教学改革势在必行,如何改?课怎么上?是每个生物教师所思考的问题。每个人都会有自己的想法,但是想法并不能代表结果,我们不能打无准备之仗,如果直接在课堂上进行,效果如何,是无法掌握和预料的。因此,想法是否可行,必须进行验证。生物课外活动小组的建立,为此提供了很大的方便。教师可以将自己的一些新想法在小组活动中进行试行,与学生一起去探讨。例如,在探究"种子萌发需要的外部条件"活动中,教师可以将事先设计好的教学设计在活动中先进行试行,通过与学生们一起活动,对自己的教学设计不断进行改进,如怎样更好地引导学生去设计最佳的探究方案,如何设计更为明显的对照实验。反过来,学生们在活动中的发现也会提醒教师在教学中被忽略的问题。有的学生就提出:同样条件下,用灯光与用太阳光会有什么不同,温度影响的界限是什么等。经过这样的互动,教师在课堂上更容易驾驭、上好探究实验课,而活动小组成员也会成为各实验小组的中坚力量,利用他们已有的经验引导其他学生来共同完成探究活动。

(二)"以偏促全",以部分带动全部,全面提高课堂教学效率

课外活动小组面向有兴趣爱好有特长的同学,让他们在活动中提高、巩固兴趣、发挥特长,以他们为主,可用榜样作用带动其他学生。可以把有关教学探究的内容在小组活动中提前进行,例如:在探究实验"植物的光合作用"中,可以先在课外活动小组中进行相关的实验,利用他们的实验结果来进行展示,并引导其他同学积极参与讨论,充分发挥生物小组在学生中的带动作用。

对于小组活动的成果要及时地进行展示,对小组成员的优秀表现要及时地予以表扬,通过他们的优异表现,来提高全班同学学习生物知识的兴趣,从而全面提高课堂教学效率。

小组成员的选择不能戴有色眼镜，不能将那些学习有困难，思想品质有缺陷的却喜爱生物的学生拒之门外。事实证明，绝大多数初中学生对丰富多彩的生物界表现出了极大的兴趣。一般来说，男同学爱动物，女同学爱花草。为了充分调动和发展他们的兴趣，可以开展丰富多彩的兴趣小组活动。可以喂养金鱼、蚯蚓等小动物，也可以进行种菊赏菊、给校园植物挂牌、无土栽培等活动。在这些活动中，可以培养出他们的责任心和劳动观念，更重要的是培养了兴趣和意志，形成了好的学习品质，并迁移到课堂学习中去，同时密切了师生的感情和同学之间的感情。也可以引导他们将这些良好的学习品质，引导到其他学科，彻底改变他们的学习状况，这也可以说是另一方面的“以偏促全”。

(三)生物兴趣小组在课堂教学中可以充当教学助手

生物兴趣小组可以为某些实验教学准备充分的教学材料。随着新教材的使用，教师教的方式与学生学的形式都发生了很大的改变，教师要做的更多的是引导学生进行探究式学习。新教材中安排设计了很多的探究实验，而很多实验都要求学生必须提前一个星期或更长的时间去准备实验材料。如果只依靠老师来指导学生完成实验，教师的工作量大大增加却很难达到预期的效果。例如，“探究种子萌发的外界条件”、“绿叶在光下制造淀粉”等实验，在教学过程中，通过对兴趣小组成员的培训，在兴趣小组的带动下，全体同学动手，把“种子在各种外界条件下的萌发过程”、“遮光叶片”等部分实验操作或材料处理在实验课前完成。这样，既减少了教师的工作量，又培养了学生组织能力、动手能力和基本实验技能。然后，在实验课堂教学中把他们分别安排到各实验小组中，充分发挥他们的作用，这不仅有利于实验课堂教学的组织，而且能更好地提高课堂的教学效果。

总之，认真开展生物课外活动小组活动，不仅能提高学生学习生物的兴趣，还可让他们充当教师教学中得力助手，有效地提高了生物教学效果，对促进学生的全面发展也有很大的帮助。

二、生物课外活动的组织原则

(一)与课堂教学相结合

课外活动内容应以课堂教学内容为出发点，适当扩大、加深。例如，讲叶的结构，就配合做叶脉书签；讲环节动物之前，可开展采集和养殖蚯蚓的活动。课外活动与课堂教学内容既要相互配合，又不能脱节，也不要重复。有的教师用课外活动时间来补课或复习，这显然是不对的。应根据不同年级的生物学课程，结合学生的兴趣来安排活动内容。

(二)应以实践活动为主

与课堂教学不同，课外活动应以实践为主。但课外活动必须以理论为指导，在实践活动中要讲授理论，如养蚕小组主要进行养蚕活动，在活动中运用和学习有关知识。有的生物教师不注意以植物学知识去指导学生采集制作植物蜡叶标本，致使学生对做的很多标本都不认识。有的教师指导学生开展果蝇的杂交实验，多次组织学习有关原理和步骤，不放心学生动手做实验。这些都直接影响课外活动的效果。

（三）因地、因时、因人制宜

生物课外活动应从实际出发，根据学校及周围的条件、需要以及学生的情况来安排活动内容。例如，当地植物资源丰富，就可进行生物资源考察和采集制作标本活动；学校周围是农村，就可安排农作物的栽培、农业害虫的调查及防治等内容；学校要绿化校园，或承担有栽培食用菌、培育农作物新品种等生产、科研任务，就可结合需要进行安排。有的学校生物学课外活动小组，开展当地动植物资源的考察，还就地取材制作了大量动植物标本，不仅有利于当地生物资源的开发利用，所制的标本还支援了许多学校和科研单位，并为本校开展生物科技活动创造了充裕的物质条件。

生物生长发育有季节性的特点，活动内容应抓住有利时机安排，如春天适合植树种花草，观察青蛙的发育；夏天适宜各种野外考察活动；秋天利于采集昆虫标本，培育菊花新品种等。活动内容还要考虑学生的爱好、知识基础及年龄特征，内容的深广度及分量都要适当，与内容相适应的活动形式也要多样化。避免成人化，并防止学生负担过重，导致影响课内学习及身体健康。

三、生物课外活动的形式

（一）常规形式

1. 采集制作生物标本

适合初中一二年级的活动小组。采集对象可根据当地资源及教学需要而定。植物可采集不同的根、茎、叶、花和种子，各种植物类群，本地特有的或经济价值较高的药用、油料等植物；动物可采集各种无脊椎动物和鱼、蛙、龟、蛇等小型的并允许采集的脊椎动物。采回的生物根据需要和可能制成各种标本。植物可制成蜡叶标本、浸制标本和立体标本等；动物可制成剥制标本、浸制标本、骨骼标本、透明标本、血管色素注塑标本，昆虫标本及生活史标本等。

2. 植物观察、培养、栽培、解剖、生理实验以及杂交实验

生物学教学中常需要植物活体（包括微生物）做实验或演示观察，最好组织有关年级的活动小组长期管理，并探讨一些与教学有关的解剖观察和生理实验。这不仅有利于提高学生的实验技能和观察能力，学生还可作教师实验教学的小助手。高中学生可做植物组织培养和杂交实验。

3. 动物的饲养、解剖、生活习性的观察

动物学教学和实验，需要各种动物活体，课外活动小组开展饲养小动物的活

动,并作解剖及习性观察的研究,不仅可解决实验材料,而且还可培养学生实际动手能力和观察能力。

4. 自然界生物及其生态观察

即组织学生到校园、郊外或动、植物园,直接观察各种生物的分布、生态环境,生物各类群之间,生物与环境之间的关系。识别常见植物、动物,进行生物个体生态观察和各种植物群落的考察。

5. 参加环境保护的公益活动

这是生物学课外活动的重要内容,包括以下几方面的内容。

(1) 植树造林,绿化祖国。在校内外积极参加绿化工作,可要求每人每年种一定数量树木,并落实种好管好的责任制。有条件的还可建立自己的花木苗圃。

(2) 保护有益动物,消灭害虫。开展爱鸟周、爱鸟月活动,招引益鸟,进行濒危鸟类的人工孵化、饲养及放出等活动;保护稻田青蛙,创造适宜蛙卵和蝌蚪生长发育的良好条件;参加拯救熊猫等珍稀动物的活动;配合协助消灭当地危害较大的农业虫害。

(3)除害灭病,增进健康。参加消灭老鼠,捕灭蚊、蝇等活动,协助学校搞好学生视力调查和健康普查,参与防治常见病、多发病的卫生工作。

6. 参加生物园、生物角工作

生物园或生物实验园地,是配合生物学教学栽培植物、饲养动物的场所,是露天的生物实验室和教室,也是生物学课外活动的重要基地。它可用来上生物学课,或进行观察、实验、参观及实习,并提供教学演示的实物、标本及实验材料。在生物园开展生物学课外活动,可利用活的生物进行科学实验。生物园还是绿化、美化学校的重要支柱。此外,结合当地农业生产需要,利用它进行生产实践和科学研究,可向农村示范、推广先进生产技术。因而中学应创造条件建立生物园。土地较多的,如农村中学,可选整块地建园;土地较少的,如大、中城市的中学,则可因地制宜,利用楼顶、阳台、花坛及边角空地开辟园地。园址最好设在学校或附近。园地规划视其面积而定,面积较小,应先满足生物学教学要求;面积大则可划分为植物分类区、动物饲养区、生态区、苗圃、温室、工具室等。各年级生物学课外活动小组,均可在园地进行种植、饲养、育种及生理实验等,并可参加生物园的建立和管理工作。

生物角是学生课余观察活的生物、标本等教具及实验的场所,也是生物学课外活动的一个基地。由于上生物课演示的时间短,教具、材料少或小,生物角把演示的教具陈列出来,让学生课前课后充分观察,有利于提高和巩固课堂教学效果,培养观察能力。结合生物角的建立、计划、陈列及管理,开展生物学课外活动,有助于学生扩大、加深所学生物学知识,培养生物学能力。生物角设置在实验室教室或教学楼一角,也可设在学校走廊及宣传栏等处。生物角内可陈列生物活体、标本、模型、图表及实验,课外读物、优秀作业及课外活动成果等,并附上说明及思考题。陈列物应配合生物教学进度随时更换。各年级课外活动小组,可协助教师搜集陈列品、编制说明和思考题,并参加生物角的建设和管理。

7. 宣传生物学知识

可通过出墙报、办展览、专题报告、电影晚会、伟大生物学家纪念会等,宣传生物科学新成就。并向当地群众宣传优生、防止环境污染、爱护有益动物、保护生物资源以及除害灭病、计划生育等知识。

8. 组织生物学智力竞赛和游艺会

如生物讲演比赛、生物猜谜等。

(二)利用网络开展生物课外活动

网络的信息传播容量大、速度快、范围广,双向交互作用强,它在时间、地域、学习的内容、师生的交流方式、学习的方法和途径上都是开放性的。利用网络来开展生物课外活动,更有利于拓展学生的思维,发展学生的能力,提高学生的综合素质。

1. 网络下生物课外活动的内容

(1)宣传生物科普知识。以往我们用来进行生物科普知识宣传的黑板报和宣传栏所承载的信息量非常有限,同时,它们只能利用简单的图片、文字来达到宣传目的,其效果也不够显著。但利用校园电视网和校园局域网来进行宣传,将使内容更充实、形式更多样。这样,更有利于拓宽学生的知识面,培养学生热爱大自然、热爱生活的美好情操。

(2)开展电子问卷调查。利用校园局域网开展电子问卷调查,在调查的广泛性和统计的及时性上,取得的效果大大优于传统的问卷调查。

(3)组织专题知识讨论。网络在时间、地域和交流方式上具有开放性。在网上进行专题知识的讨论,能更好地扩大参与面和调动学生的积极性、培养学生的批判精神和鉴别能力。

(4)展示学生科技成果。组织生物科技活动,可以加强学生的智力开发和能力培养,促进课堂教学,提高生物教学质量。而科技成果的展示,将使学生获得一种荣誉感,从而得到极大的鼓励,也会吸引更多的同学参与到生物科技活动中来。在网上展示学生的科技成果,不但能很好地解决展示场地、作品保管等问题,而且有利于更多的同学来参观和研讨。

(5)设立青春心理信箱。身高、体重的迅速增长,第二性征的出现,给正处在青春期的中学生带来了烦恼和困惑;对他们心理问题的解答,也是生物教师工作的一部分。为了让更多的学生能得到老师的帮助,我们可以在校园网上设立"青春心理信箱"。凡是需要帮助的同学都可以把自己的要求写到信箱,专门的心理辅导老师用密码打开信箱，了解学生需要后，根据不同要求，采取合适方式进行心理指导，或面谈，或回信……让所有的学生都能健康成长。

2. 运用网络开展生物课外活动的注意事项

(1)要充分发挥学生的主动性。在让大部分学生浏览学校生物网页的同时，也要让对生物、对计算机感兴趣的同学参与到网页制作中来，让他们去查找资料、制作软件、维护网站，让学生感到这是自己的网站。在制作过程中，培养了学生的探索品质、协作精神和独立工作能力，培养了一批生物和计算机的复合型人才，顺应了社会发展的需要。

(2)不能替代实践活动。生物是一门重视实践和创造的学科，生物课外活动更应重视实践。在实际活动中，无论是采集标本或栽培、养殖生物，都需要仔细观察、分析各种生物现象，并参阅大量资料，去说明和解决一些问题，这些促进了学生的观察能力、自学能力、思维能力及独立工作能力的发展。这是网络不能替代的，所以不能因为网络的使用而削弱甚至替代了实践活动。

四、生物课外活动的指导

生物课外活动是由生物教研组责成生物教师组织和领导的。其成败的关键在于教师的指导。人们常说，学生的兴趣之火是老师用自己的兴趣去点燃的。指导好课外活动，首先是教师对生物学有浓厚的爱好和兴趣，同时还必须有良好的指导方法。

(一)建立健全的活动组织

根据学生自愿参加和教师挑选相结合的办法，按不同年级或不同班级组成课外活动小组，成绩优秀和中等的学生均可参加，但必须本人自愿，才能充分发挥其主动积极性，同时还要与教师全面考虑和合理挑选相结合。小组要有教师负责指导，并选出责任心和组织能力强的学生来做正、副组长。参加小组应有连续性，可从初一到初三以至高中毕业。

(二)确定内容，制定计划

根据各年级生物课程内容、教学及生产科研的需要，学生的兴趣和基础，以及开展活动的条件等，由全组共同确定活动内容。讨论、制订活动计划，计划应明确活动内容及其目的要求，具体拟出活动计划表，包括活动时间、内容、地点、准备工作及负责人等项目。计划应向每个小组成员公布。

(三)要充分发挥学生的主动性

课外活动以学生独立活动为主，应充分调动学生的主动性、积极性，使他们感到自己是课外活动的主人。教师不要包办代替，但也不要放任自流，教师在活动中仅起指导作用。即协助学生制定活动计划，讲授有关理论知识，解决学生在活动中遇到的困难和问题，检查活动情况和效果，表扬和鼓励学生，最后帮助学生作好总结。

案例三：一个有意义的生物课外活动——无土栽培

高中生物新教材介绍了“无土栽培”的定义、原理和优势，并增加了一个课外生物科技活动——利用无土栽培技术培养植物。笔者曾参观过位于上海浦东的“孙桥高新农业开发区”，亲身体会到了“无土栽培”的巨大优势，觉得有必要利用这个机会让学生有所感知，为此，笔者按照课本的要求，设计了一个简单、容易操作的“无土栽培”活动，深受学生的欢迎。现将该活动介绍如下，以期得到专家同行们的指正。

一、目的要求

通过无土栽培活动，使学生了解无土栽培的原理，初步学会植物无土栽培的简易方法，认识无土栽培的优越性，激发学生学习生物学的兴趣，增强学生的动手能力。

二、材料用品

常见花卉苗(吊兰、玉树、四季秋海棠、微型月季、小菊花、虎耳草等小型盆栽花卉)、1.25升的可乐塑料瓶、珍珠岩、海绵条、营养液、剪刀。

三、准备工作

1. 无土栽培装置的制作

将1.25升塑料瓶拦腰剪断成两部分，瓶口塞进比瓶口略粗的长8~10厘米的海绵条，留出约2厘米长在瓶口外。将塑料瓶的上半部倒放在下半部里，一个简单的无土栽培装置就制作好了(上半部叫栽培盆，下半部叫贮液盆或套盆)，如图7-4所示。该装置的优点在于能根据植物生长的需要，自动地通过海绵条从贮液盆中吸收营养液。

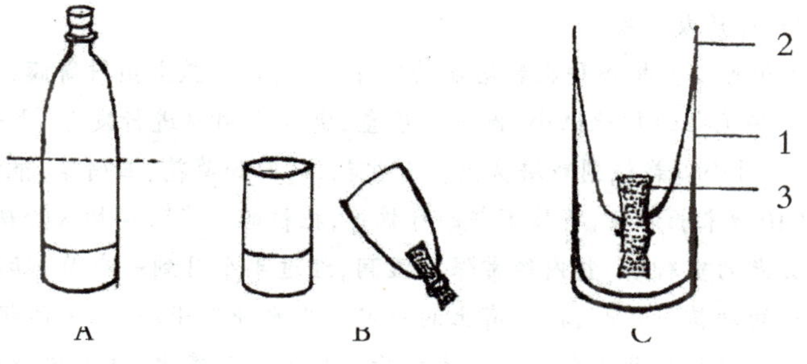

A:1.25升的可乐瓶

B:将可乐瓶从中间拦腰截断，瓶口塞上海绵条

C:无土栽培装置剖面图 1.栽培盆 2.贮液盆或套盆 3.海绵条

图7-4 无土栽培示意图

2. 珍珠岩的处理

先把无土栽培装置清洗干净，然后把珍珠岩放在淘米箩子中，用清水淘洗几遍，再放入上面装置的栽培盆中。

3. 营养液的配制

营养液的配制可以有以下三种方法：①根据教参上荷格伦特的配方，自己配制营养液。此种方法成本高，比较麻烦。②利用土壤浸出液。在塑料水桶内装入半桶比较肥沃的土壤，然后加水充分搅拌，等沉淀完全后取上层清液。③直接购买营养素来配制营养液。笔者这次活动所用的营养液就是用美国产速溶全营养素来配制的。以上三种方法配制好的营养液要放在塑料瓶内，瓶上贴上标签，并避光保存。

四、活动内容

1. 无土栽培的原理和优点

植物生长需要土壤，是因为土壤颗粒能固定植物的根系，从而固定地上部分。根从土壤溶液中吸取水分和所需的无机盐，还从土壤空隙中获得氧气进行呼吸。如果我们采用其他方法来固定植物，同样供给植物生长所需要的水分、无机盐和氧气，就可以不用土壤。无土栽培就是根据这一原理，不使用土壤，直接用营养液及其他设施栽培植物的方法。

近几十年的无土栽培研究和实践证明，无土栽培可使产量提高几倍到十多倍，生产的果实、花卉品质好。例如西红柿外观好、味道甜、维生素C的含量约高30%。无土栽培的花卉花大色艳而且不易凋谢；无土栽培不受地点限制，不占用土地，在城市的水泥地和屋顶都可以进行无土栽培；无土栽培的植物病虫害少，节省肥料和水，清洁卫生，可生产无污染的蔬菜水果，室内花卉用无土栽培也可以避免用土栽培造成室内污染的缺点。总之，无土栽培是先进科学的栽培方式，为花卉、蔬菜以至粮食作物生产的工厂化、自动化开辟了广阔的前景。

2. 播种、扦插或移栽

一般种子可以直接播种在栽培盆的珍珠岩里，盆口盖上塑料薄膜，经常保持湿润。但有些花卉的种子很小，例如三色堇，需要先用盘进行发芽，当幼苗长出几片真叶后，再小心栽植到栽培盆内。有些花卉，例如菊花、玉树等，很容易扦插生根，可取10厘米长的枝，将枝下部的叶摘掉，把枝的一半长度插入珍珠岩中，栽培盆上套透光的塑料袋，盆内经常保持湿润，经过半个月到一个月，插枝就可以生根。有根的幼苗移栽时，根上有土的一定要用水冲洗干净，但不能损坏根尖，而且幼苗的根在栽培盆中要舒展。定植后一周内每天喷水，并且要避免强烈的阳光照射。

3. 栽培管理

(1)营养液的使用。幼苗定植在栽培盆内后，经过一周长出新根后再浇营养液。在植物生长缓慢时期，一般每周浇营养液50毫升(可乐塑料瓶盖7次的容量)；在植物生长旺盛时期，一般每周浇营养液100毫升。如果气温高蒸发快，平时还要浇水，满足植物的需要。

(2)定时清洗贮液盆。在气温较低的季节，每两个月要把贮液盆冲洗干净；在气温较高的季节，每一个月就要冲洗一次。因为营养液营养丰富，低等的藻类植物很容易在营养液中繁殖，夺去营养液的养分。

4. 观察记录

从活动一开始就要观察记录，并把观察到的现象填入自己设计的表内，以后每隔一个月观察记录一次。观察记录的内容有日期，生长情况(指花苗植株的高度、叶片数、分枝数)、发育情况(指花苗出现花蕾的日期、开花的日期)等，观察记录表是参加“无土栽培”活动评比的文字材料。

5. 评比

在无土栽培植物生长发育旺盛时期或开花期，组织评比，选出优胜者，由学校发给证书，并适当奖励。

第四节　生物实验教学

生物学是一门以实验为基础的自然学科。实验教学可以帮助学生形成概念，理解和巩固生物学知识，培养学生观察现象、提出问题、分析问题和解决问题的能力，帮助学生掌握一些常用的生物学实验的基本技能，培养学生实事求是、严谨细致的科学态度和科学方法。因此，在中学生物教学中必须重视实验教学。

一、生物实验在中学生物教学中的重要作用

生物实验是中学生物教学过程的重要部分，其主要作用如下。

(一)有利于学生加深理解和巩固掌握所学的基础理论知识

在生物实验中通过对实物的观察研究，可以获取生物学感性知识，能帮助学生巩固概念，深化对原理、规律的理解，并且有利于学生掌握探究生物学知识的方法。

(二)有利于培养学生的生物学实验操作技能

重视对学生进行生物学基本技能的训练，是中学生物课程标准规定的教学要求之一。课标要求学生学会：使用显微镜、放大镜等仪器；制作临时装片、徒手切片；解剖小动物、采集和制作生物标本；做简单的生理实验；绘制生物图等技能。这些技能只有在生物实验过程中反复练习，才能学会和熟练掌握。

(三)有利于培养学生的观察、思维及分析问题和解决问题的能力

实验是学生手脑双挥的实践活动，是培养学生观察能力最直接、最有效的途径，可透过现象抓住事物的本质，分析问题的因果关系，找出解决问题的一些方法和措施。如果教师引导得当，将会使学生分析问题和解决问题的能力得到提高。

验证性实验在一定程度上是模仿科学研究的过程，是一种基本的科学研究方

法。探究性实验以及学生开展实验设计的活动对培养学生提出问题、作出假设、设计实验、观察记录、分析推理等多方面的科学研究能力是十分有利的。

(四)有利于帮助学生确立辩证唯物主义世界观

在生物实验过程中,学生能客观地认识到一切生命活动都是有物质基础的,通过实验还可使学生深刻地体会到生物和环境、结构和功能的辩证统一,认识到事物是变化发展的,这为他们形成辩证唯物主义世界观打下了良好的基础。

(五)有利于培养学生严谨的科学态度、实事求是的工作作风

在生物实验教学中,教师要严格要求学生按操作规程认真做实验,仔细观察实验现象,客观记录实验结果,认真完成实验作业,不怕困难和失败。只有这样,才能使学生逐步树立严谨的科学态度,养成实事求是的工作作风和认真细致的学习习惯。

(六)有利于培养学生学习生物学的兴趣及调动学生学习的积极性

多数生物实验是形象和直观的,学生通过实验看到了自己平时看不到的生物微观世界,理解了平时不能理解的生理过程和生理现象,实验提高了学生的学习兴趣,调动了学生学习生物学的积极性。

(七)有利于培养学生的团结协作精神

由于现代科学的发展特点和各学科之间互相渗透,在科学研究等领域要求科学家、科研人员之间必须有团结协作的精神。学生在实验过程中往往是以小组为单位,同学们只有分工合作,才能达到预期的实验目标。因此,生物实验有助于培养学生之间的团结协作精神。

二、中学生物实验的基本类型

从实验的性质看,中学生物实验可分为以下五类。

(一)验证性实验

验证前人的科学研究过程和结论,而这种结论在理论课中已讲过。例如,生物组织中还原糖、脂肪和蛋白质的鉴定;观察植物细胞的有丝分裂;观察植物细胞的质壁分离和复原;叶绿体中色素的提取和分离等。这类实验重点是理解实验原理,掌握实验步骤,解释实验结果产生的原因。

(二)探究性实验

实验目的和实验结果带有不确定性,要经过实验或研究得出结论。例如,比较过氧化氢酶和Fe^{3+}的催化效率;探索淀粉酶对淀粉和蔗糖的水解作用;探索温度对淀粉酶活性的影响等。在这类实验中要注意实验变量的控制、实验步骤的正确与否,这样才能得到正确的结论。

(三)模拟性实验

所用的实验材料全是非生物材料和替代材料,通过与实际研究过程相似的情景,模拟实际研究过程。例如,性状分离比的模拟实验,制作DNA双螺旋结构模型等。通过此类实验，同学们能理解掌握科学研究的一般方法，加深对教材中相关知识点内容的理解。

（四）调查性实验

研究的对象是客观存在的事实、现象，通过对客观事实和现象之间联系的了解，得出结论，提出自己的观点。例如，种群密度的取样调查，环境污染对生物的影响调查等。

（五）设计性实验

根据学过的生物学原理设计完整的研究过程，包括实验仪器、实验材料用具、实验方法和实验步骤等。例如，植物向性运动的实验设计和观察；设计实验观察生长素和生长素类似物对植物生长的影响；设计并制作小生态瓶；观察生态系统的稳定性等。

另外，从实验的学科特点看，中学生物实验可分为：形态学实验、解剖学实验、生理学实验及分类学实验等；根据实验的组织形式不同，中学生物学实验课分为：学生独立实验和教师演示实验等。

三、中学生物实验教学的准备

中学生物实验教学的准备包括确定实验教学目标、制定实验教学计划、采集和培养实验材料、准备仪器药品和用具等工作。

（一）确定实验教学目标

中学生物实验教学目标包括认知目标、情感目标和动作技能目标三部分。

1. 认知目标

实验中，学生除接受动作技能训练外，还需运用已学到的生物学知识，进行验证、巩固、探究相结合的智力活动。例如，观察形态结构、解释分析实验结果，完成实验报告等。可以把认知目标分成了解、理解和应用三级。认知目标是通过各种渠道的教学来达到的（如表7-2所示）。

表7-2 生物实验中认知领域的水平分类

水平分类	水平分类说明	行为动词		实验报告
		观察	思维	
了解	看清、记忆、再认	看见、认识	知道、记忆、了解、说出	指出、注字、填写、列表
理解	知道操作、处理的原理、说明实验的结论	比较观察、系列观察	比较、分析、综合、推导、设计	简单、辩解、说明、解释
运用	运用有关知识、技能分析实验现象，解决实验问题	比较观察、系列观察	比较、分析、综合、推导、设计	剖析、解决、使用

2. 情感目标

由于学生在实验过程中直接观察生命现象,因而在情感培养上有其独特的作用。情感目标由低到高可分为注意、接受、兴趣、满意等几个层次。情感领域的因素复杂,容易反复,且因人而异。因此,情感培养要有耐心,并注意潜移默化的作用。

3. 动作技能目标

在生物实验教学中,动作技能是指学生学习过程中,在神经系统支配下,有关肌肉骨骼按合理的方式协调而顺利完成某项工作的动作方式。而动作技能目标是实验教学的主要目标,制定时应从课程标准对实验教学的要求从及学生学习技能的心理特点等方面入手。

动作技能目标可以分为以下四类。

(1)使用实验仪器、器具和药品的动作技能。包括:①使用放大镜和光学显微镜的技能;②使用解剖器的技能;③使用各种器材器皿和配制试剂的技能。

(2)采集、培养和处理观察实验材料的动作技能。包括:①制作装片、徒手切片和涂片的技能,染色及在盖玻片下换液的技能;②采集植物与昆虫并制成标本的技能;③培养常见植物与小动物的技能。

(3)实验的动作技能。如进行光合作用的有关实验及森林植物群落考察的相关技能等。

(4)绘图和记录的动作技能。如绘显微图、实验图、观察记录和统计等技能。

(二)制定实验教学计划

1. 学年实验教学计划的编制

首先要按生物课程标准的总体要求、教科书中的实验安排以及本校实际情况,安排好教学进度,然后根据具体要求及教师的实验教学意图,在有关的教学进度中列出学生实验、演示实验及课外实验作业的内容。最后根据每周实验需要,提出什么时候应做哪些准备工作,即实验材料的准备工作与实验活动的组织工作。实验计划的具体写法(如表7-3所示)。

表7-3 ×××中学 – 学年第 学期生物实验教学计划

周次	日期	教学内容	需进行的实验准备	备注

2. 实验课时计划的编制

在学年实验计划的统筹安排下深入分析教材,明确实验目标,确定重点难点,认真备课,写好课时计划。

(1)确定重点和难点。重点是指教材中最本质、最重要的基础知识和基本技能，是教材的核心。难点是指大多数学生对某些基础知识和基本技能学习有困难的知识点。重点常是难点，难点不一定都是重点。一般来说，实验技能往往包括一连串操作程序，每一步的失误都会影响实验结果，甚至使实验失败。因而一般都把某一完整的实验技能列为教学重点，尤其是新学习的技能。当一节课有两个新的技能时，则应以一个技能为重点。分析难点首先要了解学生前期实验的情况与技能基础，才能比较准确地预计出这次实验将会发生的困难，从而确定如何帮助学生克服困难，如加强演示、增加学生操作时间、变集中实验为分段实验、培养学生开展互帮互学等。只有明确了重点、难点，才能选择适当的教学方法，合理安排时间，以突出重点，解决难点，达到实验目标。

（2）写好课时计划。实验教案的书写形式很多，但都应包括：教学目标、实验材料、设备用具、药品、课型、重点、难点、课前准备、课堂教学、小结与评价等。课堂教学是教学的主体，要写出组织教学的方法、实验操作前的讲解内容及实验要求，实验后的讨论题，巡视辅导中应主动关心的问题等。总之教案要充分体现学生的主体地位和教师主导作用，并要根据学生操作中反馈的信息，围绕实验要求及时调整教学。

（三）准备好实验材料

实验材料的优劣直接关系到实验效果，在准备中要特别注意以下两点。

1. 尽可能选择与教材要求一致的材料

中学生物教材中选用的实验内容和材料，一般能反映课程标准的要求，若选取这些材料有困难，教师可以因地制宜，选用与课本要求一致的、相对典型的代用材料，否则学生会感到缺少知识上的依据，甚至不能完整地巩固知识。

2. 最好选用活的、新鲜的材料

这是因为只有活体才能表现出生命活动，只有新鲜的材料才能真实而清晰地显示形态结构。另外，实验材料的大小、材料对反应的灵敏程度等均直接影响实验效果，也是选取材料时应注意的问题。

（四）准备好实验设备、用具和药剂

1. 实验设备、用具的准备

对实验来说，良好的设备、用具很重要，不能忽视。良好的设备和用具是实验及效果的保证之一。实验前必须认真地检查实验设备、用具，最好多准备一点，以便实验中发生故障或损坏时及时调换，有些器材一时配不上，可寻找代用品。

2. 化学药剂的配制、保管和使用

配制药剂要严格掌握一定的浓度和纯度，若药剂浓度不当、纯度不够，都会影响实验效果和实验速度。配制药品的数量要控制，数量太少不够用，太多又用不完，放久了有的浓度会改变，有的药品容易氧化，有的药品易潮解，因此配制药品不宜过早，最好现用现配，并注意保存。每种配好的试剂都要有标签，标明试剂名称、浓度和配制日期。

(五)准备好实验教学辅助教具

辅助教具有利于学生获得形象的操作技能与实验步骤。操作技能必须通过演示让每一个学生看得清楚,才能形象地指导学生掌握。但实验器材与材料常不能满足这一要求,这就需要制作辅助教具或运用电化教具(尤其是电影、录像)形象、真实地让学生看得清、记得牢,这不仅有助于学生掌握正确的要领,还有利于引起学生对重点、难点内容的有意注意。

(六)进行预备实验

在实验前,教师必须做预备实验,这样才能根据材料与药品的实际情况,预测实验结果及实验时间,以便确定整节课的安排。同时,预备实验过程中常会发现某些以前注意不到的细小问题,可使指导更为细微、周到,进一步提高教师的实验指导能力和动手能力,有利于实验方法的不断改进。如有必要,预备实验最好能做两次,教师可根据教材内容的安排,提前几周把实验做一遍。对于一个实验可用几种方法、多种材料来做,研究用哪种材料、哪种方法费时少、效果好,以便改进实验材料的准备工作,估计教学时间,更好地备课。

(七)培养小助手

实验课上,学生动手能力差异很大,影响实验的因素又多,学生各自活动时很难同步地进行教学,因而教师要同时指导五十多位学生是非常困难的。为了提高教学质量,对于较为复杂、有新技能要求的实验,可在实验前培养实验小助手,通常每个实验小组最好有一名小助手来帮助教师辅导学生实验。生物课外小组成员都是生物学爱好者,在安排课外小组活动计划时,可适当让小组成员提前做某些实验及实验教学准备工作,提前培养他们的操作技能。上课时,要注意发挥小助手的积极性,要求他们参与指导实验,帮助解难,让他们带好自己小组及周围同学达到实验的目的和要求。

四、中学生物实验教学过程

学生实验是在教师指导下,学生利用一定的仪器设备和材料亲自动手,独立操作的实践教学形式,可以在单纯的实验课中进行,也可以结合理论讲授内容进行,边讲边实验。

(一)实验教学方法

实验教学方法很多,主要有以下四种基本类型。

1. 模仿式实验教学法

它是指教师一边讲解实验的原理和操作要领,一边示范操作过程,学生边听边看,并模仿教师的示范进行实验。这类教法适宜在初中低年级刚开始做生物实验时采用。其教学的一般步骤和方法是:①教师要把实验步骤设计好,对每一步骤都要提出要求;②教师要使示范演示跟谈话内容或讲解内容相结合,不仅使学生动脑,明白为什么要这样做,还要让学生动手;③在完成教师指定实验的过程中,还要加强对学生实验操作的检查和讲评,但只能是对学生实验操作技能训练要求规范、准确,而不要求熟练、快速。模仿式实验教学使学生处于被动地位,主动思维较少,所以学生实验不能总停留在这种手把手的训练方式上,要适时放手让学生逐步学会独立进行实验操作。

2. 分段式实验教学法

在这种实验教学中将整个实验过程分成几段,教师讲授和演示一段,学生跟着操作和观察一段。这种实验教学法常在学生已具备一定的实验技能、实验内容较多、实验过程又较长的情况下采用,例如,观察草履虫实验就要分三段进行:观察草履虫体形和运动;观察草履虫的结构;观察草履虫的应激性。这种类型的实验教学也可以运用引导学生边实验、边观察、边思考、边记录的形式进行。

分段式实验教学的一般步骤和方法是:①教师在课前要设计好全课程的教学程序,研究如何分段,每段的操作要求、观察内容、思考题目、大致的时间分配等;②上课时,教师先要说明并演示每段实验的操作方法,提出注意事项,然后让学生独立完成每段实验内容;③在学生实验过程中,教师要加强巡视检查,特别要帮助有困难的学生完成实验内容,并指导学生做好观察记录,分析实验结果,完成实验作业。分段式实验教学中,各段实验时间的分配和各段实验的衔接过渡应以大多数学生的实验进度为依据,安排好每段实验的时间,注意把握好总体要求,处理好各段实验间的关系。

3. 边讲边实验教学法

这是目前最常用和研究较多的一种实验教学方法。实验过程中教师一边讲述教材内容,一边指导学生进行实验操作或引导学生观察教师的演示过程,教师讲述的内容要跟实验紧密配合起来,一定要周密、合理的引导学生动脑。例如,实验分几段,每段结合哪些知识内容;教什么、学生做什么、观察什么;是先讲后做,还是先做后讲等。都要仔细考虑,合理安排,精心设计,做好教学的组织工作。总之,课堂设计中应注意把学习的主动权交给学生,同时还要注意既有利于概念的掌握、知识的落实,又有利于实验技能的培养。

4. 学生独立实验教学法

它是指学生在教师指导下,按实验提纲独立地进行实验操作、观察和记录。这种实验教学方式一般是在学生初步具备独立工作能力和较好实验习惯后采用。其教学的一般步骤和方法是:①实验前教师把编写的实验提纲或讲义发给学生预习,使学生明确实验目的,了解实验用具、实验方法和步骤;②实验时,教师要求学生按实验提纲独立进行操作并且要按要求完成提纲中的实验作业,教师的主要任务是从旁边观察检查,指导学生实验;③实验完毕,老师进行实验小结和讲评,指出实验中的优缺点及改进方法。这种实验教学要注意防止学生盲目地按照教师讲的或实验提纲上的步骤，机械地进行操作。

实验教学中采用哪种方法，主要依据内容和目的而定，还要依据学生生物实验基础知识和实验操作能力情况而定。一般应从模仿实验逐渐过渡到分段实验，再过渡到学生独立实验。

（二）实验教学的主要环节

不论采用哪种实验教学方法，实验教学一般都具有组织教学、复习提问、指导性谈话、学生实验操作观察、检查实验效果、实验小结及结束清理等几个环节。

1. 组织教学

科学地组织实验教学是保证实验教学工作正常而有秩序地进行的基本条件。组织教学不仅在实验课开始时要稳定学生情绪，安定课堂纪律，而且应贯穿在全部教学过程中：①教师要教育学生认真、安静地操作和观察，应允许学生围绕实验讨论问题、小声交换意见；②教师应努力创设实验条件，合理进行实验分工，使每位学生都有事做；③教师应注意选择合适、新鲜、足量的实验材料，以保证实验操作和观察的需要，提高学生实验的积极性，维持良好的课堂秩序；④教师要进行认真的指导和必要的当堂实验检查，以督促学生认真实验、自觉遵守课堂纪律。

2. 指导性谈话

指导性谈话是实验开始前教师要向学生讲清楚实验目的、内容和要求，使学生明白实验的方法和步骤，提出实验时应注意的事项及关键性的问题，这是保证实验顺利进行的重要环节。指导性谈话要注意突出重点，讲清关键，语言简练，表达清楚，要能解决主要矛盾。在讲解实验原理和示范操作时，注意运用电影、电视、幻灯、多媒体等直观手段或设计一个好的辅助教具，以提高演示效果。指导性谈话一般掌握在10分钟左右，不宜时间过长，影响实验操作。

3. 学生实验操作

学生实验操作是实验教学的主要环节，是实验课的重中之重，教师在这一教学环节上应该注意几个问题：①在时间的安排上要保证这一环节有尽可能多的时间，学生动手的时间不应少于30分钟，以确保教学目标的实现；②教师要在这一环节中注意学生操作的安全问题，确保学生的活动符合实验室的规范，如遇个别学生有危险行为，教师应及时制止，并提醒全班同学注意；③教师要指导各小组顺利开展实验工作，及时发现有困难的小组，并给予启发或点拨。

4. 检查实验效果

绝大多数的实验课应包括检查实验效果这一环节。个别实验可能会因为时间等因素将检查效果这一环节放到课后或下一次实验中。检查实验效果应依据教学目标来进行，看学生是否掌握了目标规定的操作技能或完成了探究任务。

5. 实验小结及结束清理

实验小结通常由教师来完成，小结通常包括两部分内容：①教师根据教学目标再次强调本次课中学生应掌握的技能或知识方面的要点；②教师可在学生态度、表现、纪律等方面进行小结，表扬表现突出的同学，指出应注意的问题。小结的时间一般不超过5分钟。

实验教学结束，教师应严格要求学生整理实验器具，打扫卫生，此举有两方面的作用：①使学生养成良好的实验室工作习惯，形成自觉遵守实验室要求的良好风气；②能保证课间10分钟后，实验教师能顺利地为下一个班级的实验教学做好准备。

思考与练习

1. 你是如何理解生物新课程教学过程的本质的？
2. 生物新课程教学过程有哪些特点？
3. 尝试编写一节生物课上课教案。
4. 利用所学的理论知识，撰写一节生物课说课稿。
5. 利用网络开展生物课外活动有哪些利弊？
6. 试述中学生物实验教学的主要环节及要求。

第八章　生物教学方法与教学技能

教学方法与教学技能两者相互联系而又有所区别。教学方法是师生双方为了完成教学任务，所采用的手段、方式，包括教法和学法两个方面。掌握教学方法是形成教学技能的前提，教学技能首先表现为教师在掌握大量的教学方法的前提下，在具体的教学实践中对这些教学方法的灵活运用。熟练掌握教学技能又为教学方法的娴熟运用提供了支持。二者相互促进，相得益彰。

第一节　教学方法概述

教学方法是构成教学活动的重要因素之一，在教育过程中具有重要的意义。采取适宜的教学方法是完成教学任务、实现教育目的的重要手段，是提高教学质量和教学效率的重要保证。

一、教学方法的含义及特点

（一）教学方法的含义

方法是指为了实现一定的目的，按一定程序所采取的行为方式的总和，是认识世界和改造世界的各种具体方式、手段的通称。教学方法的实质就是把教师的教学、学生的学习和教材的内容有效地连接起来，使这些基本要素能够在教学过程中充分地发挥它们各自的功能和作用，实现预期的教学目标，达到预期的教学效果。教学方法是教育者很熟悉的一种教学行为，但对这一行为作出明确的概念界定并不容易。

一般来说，教学方法是指为了达成一定的教学目标，在教学过程中师生共同活动时所采取的一系列的办法和措施，它包括教师组织教授的方法和教师指导学生学习的方法。这个界定具有以下几方面的含义。

第一，教学方法是以教学目标为指向的。教学方法自始至终是围绕教学目标展开的，目标不同，方法可能也就大相径庭，即使目标相同，也可选择不同的方法来达到目标。

第二，教学方法是在教学过程中展开的，与实际教学进程紧密结合在一起的，离开了教学进程，方法也就称其为教学方法。也可以说，教学方法是教学过程的一个组成部分，但它不能涵盖教学过程的全部内容，它只有存在于教学过程才有意义。

第三，教学方法是教师和学生之间相互联系的活动方式，是教师发出信息和学生接受信息的途径，它是师生双边活动的过程。在这里，教法与学法是统一的，教师无论是对教法的选择和运用，还是对学法的指导与实践，无不贯穿着这种统一。两者相辅相成，相得益彰。叶圣陶先生曾说过：教是为了不需要教。这里"教"是前提，"不教"是目的；要想达到"不需要教"，就须先"教"。教的过程既传授知识又教给方法。欲以"不教"之手段达到"不需要教"之目的，是无法做到的。

（二）教学方法的特点

1. 相对性

任何一种教学方法，既有优点，也有缺点，不存在绝对好的方法或绝对不好的方法。正如苏联教育家巴班斯基所说的：每种教学方法就其本质来说，都是相对辩证的，它们都既有优点又有缺点。每种教学方法都可能有效地解决某些问题，而对解决另一些问题则无效；每种方法都可能会有助于达到某种目的，而妨碍达到另一些目的。

2. 针对性

教师在进行教学时，要针对不同的对象和特点、不同的目的和要求，采取不同的态度，选择不同的教学方法。一般来说，教师往往使用那些掌握得比较好的教学方法。教师对教学方法掌握得越多，就越能找出适合特定情况的教学方法。同时，教学设备的多样化、现代化也为教学方法的选择提供了可能。

3. 综合性

教学方法是教师教的方法和学生学的方法的综合体。教师教的方法，在于示范、启发、训练和辅导；学生学的方法，在于观察、仿效、运用和创造。并且，各种方法在运用中，需与其他方法相互配合，取长补短，这样才能达到预期的教学目标。

4. 多样性

教学内容、目的是多样的，教学方法也是多样的。从今天来看，教学方法多样化的趋势正在进一步扩展，一些新的教学方法正在随着教育教学改革的推进而涌现出来，原有的一些教学方法也正被赋予新的含义和光彩。

二、教学方法选择的基本依据

在生物课堂教学中，我们不能每堂课都使用同一种教学方法，而应当不断探讨、创设新方法，并从众多的教学方法中结合教学的具体实际情况，合理地选择和综合地运用教学方法，以获得最优化的教学效果。各种各样的教学方法既有其优点与长处，也存在着缺陷和不足，不可能找到一种"放之四海而皆准"的所谓万能的教学方法,能够普适各种不同的教学情况。一方面,应当对各种生物教学方法的特点、适用范围和适用条件有明确的认识;另一方面,选择教学方法,会受多方面因素的影响,如教学目的任务、教材内容、学生特征、教师素质、教学环境以及教学组织形式之间的内在联系。这些因素也就构成我们选择生物教学方法的基本依据。

(一)依据教学目标选择教学方法

教学目标是教师和学生从事教学活动的指南和出发点,同时也是评价教与学的依据,可以说,教学目标是影响教学方法选择的重要因素之一。在确定目标时,教师首先应注意的是教学中目标不同,目标的层次水平不同,所选择的方法也应不同。其次,从学生的主体出发,不但教师应该有教学目标,学生也应该有学习目标。教学目标和学习目标作用于两个完全不同的过程,服务于两个不同的主体。再次,在制定目标时,应该全面考虑认知、能力和情感态度价值观领域的目标。例如,如果教学目标强调知识的接受,则可相应注重采取以语言传递信息为主的讲解的方法;如果以学生掌握动作技能为主要教学目标,可以采用以实际操作训练为主的教学方法。所以,对教学方法选择的指导性因素应是具体的教学目标。这就要求教师能够掌握相应的教学目标分类知识和方法,能够把教学中总的抽象的目标分解转化为具体的可操作性目标,并依此来选择和确定具体的教学方法。

(二)依据教材内容特点选择教学方法

教材内容的分析是选择教学方法的一个重要环节。它影响教师对教材的把握,直接影响对学习水平的确定和教学目标、学习目标的陈述,以及教学媒体的选择等后面的各个环节。生物教材的不同阶段、不同单元、不同的课时内容不同,对学生的知识掌握、技能训练、能力要求也不相同,同样要求教学方法的选择要具有多样性和灵活性的特点。这就要求教师应该把握各自教学方法的适用范围,能够根据不同的教材内容特点的教学需要,选择所需要的教学方法。

(三)依据学生实际特点选择教学方法

教学中学生的实际特点,主要是指学生现有的知识水平、智力发展水平、学生动机状态、年龄发展阶段的心理特征、认知方式与学习习惯等因素。心理学研究和教学实践都表明,学生的实际特点与教学处理之间存在着相互作用。所以,教学过程中教学方法的选择要受到学生的个性心理特征和他们所具有的基础知识水平条件的制约。同一年级或同一班级的学生对某种教学方法的适应性可能会有很明显的差异;同样,不同年龄段的不同年级的学生,对同样一种教学方法的适应程度也不相同。这就要求教师能够科学而准确地分析研究学生的上述特点,有针对性地选择和运用相应的教学方法,使学生在学习掌握知识、形成技能的同时,能够促进学生的身心向更高的水平和阶段发展。例如,初中学生的心理特点是直接经验少,理解能力差,习惯于机械记忆,思维形式正处在由具体形象思维逐步向抽象逻辑思维过渡的阶段。因此,教师在考虑教学方法时,必须从初中生的心理特点出发,多用生动形象的直观方法,发展他们的形象思维能力。对高中学生而言,由于其心理特点和思维形式发生了变化,逐渐以抽象思维为主,并向创造性思维方向发展。他们对具体形象的事物,已不如初中生那样感兴趣了,而对抽象的概念和原理发生兴趣。记忆方式由机械记忆为主变为理解记忆为主。这时教师在运用教学方法时,宜选择逻辑推理较强的教法。

(四)依据教学环境选择教学方法

这里所说的教学环境,主要是指学校教学设备条件(实验仪器、实验设备、图书资料等)、教学空间条件(教室、场地、实验室、活动室等)和教学时间条件等。教学环境状况对教学方法功能的全面发挥有着一定的制约作用,特别是现代化教学手段的充分运用,会进一步开拓教学方法的功能和适用范围。教师选择教学方法时,要在时间条件允许的情况下,最大限度地运用和发挥学校教学设备和教学空间条件的功能与作用。例如,教学媒体的选择是选择教学方法需要认真考虑的一个重要问题,新的教学媒体层出不穷,功能也越来越丰富,媒体选择的成功与否直接影响教学效果的高低。此时,应重视多种媒体的组合教学,根据教学内容和教学目标的需要以及各种媒体的特性,扬长避短、互为补充、有机结合地选择教学媒体,充分发挥整体功能大于各个部分之和的作用,达到教学过程的优化。

(五)依据教师自身素质选择教学方法

教师素质是选择教学方法的主观条件,在教学过程中主要表现在他的表达能力、思维品质、教学技能、个性特长、教学风格特征、组织能力以及教学控制能力等方面。任何一种教学方法,只有适应了教师的素养条件,并能为教师充分理解和把握,才能够在实际教学过程中充分地发挥出它的功能和作用。教学方法本身虽然好,但并不一定适合于每一位教师。因此,教师在选择教学方法时,应当根据自己的实际优势,扬长避短,选择与自己最相适应的教学方法。同时,教师应当在自己的发展过程中,不断提高自身素质和水平,并能根据自己的素养条件,逐步形成具有明显个性特征的高水平的教学风格。例如,现代化教学媒体运用技能有助于丰富自己的教学方法。

(六)依据教学组织形式选择教学方法

教学活动是通过一定的组织形式实现的。为了实现教学目标,怎样把一定的教学内容教给学生,怎样组织好教师和学生,怎样有效地安排教学时间、利用空间,怎样发挥教学媒体的作用等,这些都是教学组织形式要解决的问题。任何教学方法最终都将集结、具体落实到一定的组织形式之中。例如,在课堂教学中,可以分为三种基本形式:集体教学、小组教学和个别指导,根据不同教学组织形式选择合适且有效的教学方法是教师重要的技巧之一。各种教学方法互有长短,有时要将它们有机组合起来加以使用来系统地达到教学目标。

上面所阐述的教学方法的选择，是依据教学活动的基本因素确定的基本准则。但这并不是一种僵化或教条的规定，也不是确定的、孤立的、一成不变的教学方法使用规则。选择教学方法的主要目的，是为了在运用这些方法的过程中，实现教学目标和教学任务的要求。另一方面，现代教学活动不可能寻找到一种普适性的“万能”或“最佳”的方法，也不可能确定出一个选择教学方法的唯一“最佳”程序。在教学实施过程中要重视教学方法的优化组合与综合运用。

三、教学方法的主要类型

（一）教学方法的分类

美国心理学家、教育学家桑代克曾把教学方法分为：读书教学法、讨论教学法、讲演教学法、练习教学法、实物教学法、实验教学法、设计教学法、表演教学法和自动教学法。对这种分类，桑代克并未指明分类的基础，但总体上是按照各种教学法所使用的手段和动作来分的。

苏联教育学家巴班斯基对教学方法分类作了专门研究，认为教学方法可分为三类：组织认识活动的方法（知觉、逻辑认识、实习），刺激和形成学习动机的方法（兴趣、责任），检查方法（口头的、直观的、实际操作的）。这个分类试图综合各家分类法，它根据马克思关于劳动活动分析的理论进行划分，认为教学活动中可以划分出引起、调整和控制三种因素。

我国学者对教学方法的分类，大体是从三个角度来进行的。一是按照教学信息来源的渠道及其发展，将教学方法分为语言、直观、操作三种；二是按照师生相互作用的关系及其发展，将教学方法分为教师为主、学生半独立教师半放手、学生独立自主三种；三是按照学生掌握知识过程的阶段及其水平，将教学方法分为接受知识、形成技能技巧、综合运用知识技能技巧三种。

（二）几种常见的教学方法

按照教学方法中主体因素的构成来进行区分，可以分为以教为主的教学方法、以学为主的教学方法和教与学并重的教学方法。

无论以学为主还是以教为主，或者是教与学并重，教学方法间都是相互渗透、相互融合的，没有单一的学法或教法。在教学中究竟如何运用，要视具体情况而定，但其出发点和落脚点，都是为了培养学生分析问题和解决问题的能力，发掘其潜在的能力。一般来说，以教为主的教学方法要向以学生示范为主的方向发展，把这些方法最终变为学生的学习方法。以学为主的教学方法，要注意发挥这些方法的引导功能，使学生掌握得纯熟而有效。教、学并重的教学方法，要注意使教与学有机结合，使培养学生的科学素养真正在课堂上得到落实。

本章介绍以下几种常见传统的生物教学方法。

1. 讲授法

讲授法是教师通过言语对教材进行分析和讲解，向学生系统传授科学知识、培养能力、开发智力、陶冶情操的方法。它包括讲述、讲解、讲读、讲演等具体形式。讲授法具有传递知识信息和引导学生认识活动两方面的作用。教师在讲授中既可通过分析和比较、归纳和演绎、综合和概括，又可通过讲重点、讲关键、讲难点、讲思路、讲规律、讲方法等多种形式来促进学生掌握知识，了解知识的价值，并将其转化为进一步学习的动力。

(1)讲授法的特点。讲授法是历史最为悠久的教学方法，由于自身的一些优点，至今仍广为运用。尽管当今现代教育技术非常发达，但仍无法取代讲授法教学。

优点：①该教学方法操作简单、方便，易发挥教师的主导作用。教师可以根据教学的需要和自己的认识来确定讲授的内容，而且在教学中，教师只要对生物学知识的有较多的了解并事先准备充分的教学材料，随时就可以加以运用。②该教学方法经济、省时，学生较短时间内可获得大量系统的生物学知识。讲授法面对的学生可多可少，且教师在较短时间内用语言把教学内容系统而连贯的传授给学生，为最多的人提供完整的知识体系，是最为经济的教学方法。③该教学方法容易奠定学生的学习基础。对学生来说，生物学科的入门知识是学习较深的、抽象的生物学概念、原理等知识的基础，讲授法教学可以让学生掌握最基本的生物学基础知识。④该教学方法可以与其他教学方法互为补充。其他教学方法的运用，经常要与讲授法配合。例如，探究式教学法教学前的要点讲述、演示过程中的有关讲解、活动结束后的总结概括等，都需要教师用讲授法加以辅助。这些教学法与讲授法教学互相配合，可以收到相得益彰的效果。

缺点：讲授法具有一定的局限性，教师了解其中种种局限，才能有意识地对这些局限加以克服，切实提升教学效果。①容易形成被动的学习习惯。由于学生只是一味地聆听教师讲授的内容，缺乏变化，久而久之，学生就会形成只会聆听，不会发问，也不会思考的习惯。②学习气氛单调乏味，不易调动学生学习积极性。由于教师在教学中一直处于主导地位，学生参与相对较少，再加上教师长时间的讲解缺乏必要的变化，势必会导致学生学习兴趣相对减弱，不易调动学生学习的积极性。③对教师的生物学科知识素养要求较高。讲授法的长处在于能深入浅出，有层次有步骤地呈现学科内容，因此，教师必须对生物学知识有较为系统的了解，对要讲授的内容有较为精深的掌握，只有这样才能对知识作适当讲解，否则就会错漏百出。④不适用于引发学生深层次思考和激发创造性思维。讲授法的表现形式和特点是教师讲、学生听，重在让学生掌握知识，难以引发学生对知识作较为深入的思考，难以真正激发学生的创造性思维，培养学生创造性思维品质。

生物教学中讲授形式主要是讲述和讲解。在实际教学过程中，讲述与讲解经常结合使用。讲述是指教师用语言向学生叙述事实材料或描绘所讲对象、现象的讲授方法，如向学生生动形象地描绘生命现象，叙述生命发生发展的过程，以及生物的形态结构、生理功能和实验方法、实验步骤等。讲述一般有利于学生形象思维的培养。讲解是指教师向学生说明、解释或论证概念、原理、规律的讲授方法，如通过讲解揭示生物内部的联系，归纳出生命活动的共同规律。讲解有利于学生逻辑思维的培养。

(2)讲授法的要求。讲授法一般有如下几点要求。

第一，讲授的科学性和思想性。讲授的科学性和思想性是生物学教学的最基本要求。科学性是指教师所讲授的内容和方法，即对概念的表达、论证以及语言的表达应该是正确无误的。教师无论是叙述生物科学的事实，还是生物学概念、生物学原理及论证生物学实验等都应该注意用科学的语言来表达，运用正确的生物学术语。讲授的思想性是指教师用辩证唯物主义观点来解释生命现象以及生命活动规律，并结合教学内容进行爱国主义教育及培养学生正确的世界观和价值观。教师要用富有激情的语言和情感讲授现代生物科学的成就和发展方向，鼓励学生学好生物学；要用严肃的神情介绍破坏生态平衡给人类带来危害的情境，让学生在学习生物学知识的过程中接受思想教育。

科学性和思想性是统一的，科学性是思想性的前提和基础，思想性是科学性的重要保证。

第二，讲授的系统性和逻辑性。教学中，应按教学内容的逻辑系统和学生认知发展的顺序进行，这样学生才能获得比较系统的生物学知识和技能。所以，讲授时要注意知识内在系统性和逻辑性，同时教师讲授必须条理清楚、结构严谨、层次分明并具较强的逻辑性。不仅要注意教学内容的前后联系，而且要注意教学内容本身的内在联系，使学生一方面能学到系统而完整的知识，另一方面也能从教师的讲授中学会逻辑的思维方法。

第三，讲授的启发性和思考性。讲授要善于启发学生，孔子说过："不愤不启，不悱不发。"这就要求教师善于启发、引导、分析、综合，使学生进行积极的思维活动，主动地进行学习。因此，讲授的语言必须富有启发性和思考性，善于引导学生开展思维、分析、判断和概括，促使学生通过积极思维主动地进行学习。例如，讲授高中生物《分子与细胞》模块中"生物膜的流动镶嵌模型"时，应先从生物膜的化学组成开始展开，引导学生通过对细胞膜的电镜照片观察了解其结构，再通过"荧光标记的小鼠细胞和人细胞融合实验"的讲述和演示，启发学生得出细胞膜具有流动性。

第四，讲授的趣味性和形象性。讲授的趣味性是指讲授的语言生动形象、语音语调通俗流畅，使人愉悦有吸引力的特性。生物学本身就是一门丰富多彩、趣味性很强的学科，教师要通过讲授的语言来增加趣味性，尽可能的加强语言的幽默感。例如，导入新课时使用一些谚语、故事、比喻等，激发学生探究生物界的兴趣,提高课堂教学效果。但教师语言的趣味性和形象性必须以语言的科学性和思想性为基础,从内容的实际出发,防止为了单纯追求趣味性而离题千里。

第五,讲授的准确性和接受性。教师讲授的语言必须准确并且为学生所接受,否则就会影响教学效果。语言是人类表达思想、交换意见的工具,因此教师讲授的语言要符合学生最佳接受力。同时,教师除具有渊博丰富的生物学基础知识外,还应有一定的文学修养,才能准确生动描述绚丽多彩的生物界。语言的可接受性包括两个方面:首先,教师要用普通话进行口齿清晰的讲授;其次,讲授的速度要适当,有节奏感和感染力。

第六,讲授与其他形式的配合性。在教学中使用单一的讲授法进行教学时,不易调动起学生的学习积极性,容易使学生产生厌学情绪。为了达到更好的教学效果,不能单用一种教学方法,往往要和其他教学手段配合使用。例如,讲授与板书运用结合,通过板书系统反映讲授的主要内容;讲授与挂图、模型、幻灯、电影等直观手段运用相结合,使学生获得具体的印象,理解讲授的内容;讲授与学生的自学相结合,与课堂练习相结合,与提问讨论相结合,使学生有独立活动时间,并开展积极思维,有利于学生能力培养。因而,讲授法要与其他教学形式相结合,才能使学生获得牢固的生物学知识。

2. 讨论法

讨论法是教师指导学生以小组或班级的形式,围绕某一中心议题发表自己的看法,相互交流,相互学习,从而获得知识的教学方法。讨论可以使学生们集思广益,取长补短,加深对所学知识的理解,增长新知识,有利于活跃课堂气氛,发挥学生的主动性、积极性,发展学生的思维能力和口头表达能力,同时也有利于培养学生民主协商及合作解决问题的能力。

(1)讨论法的特点。优点:①有助于牢固掌握知识。由于在讨论过程中,学生通过自身思考和与他人的交流、辩驳增进对知识的理解,这种经过自己探索得来的知识,比教师一味讲授的知识,掌握起来更为牢固。②有助于调动学生积极性。讨论教学是在学生之间的合作或师生之间的合作中进行的,通过对问题的相互争论,可以活跃思想,激发学习热情和兴趣,调动学习的主动性积极性。③有助于掌握讨论技巧。学生能在讨论的过程中逐渐懂得如何聆听他人的观点,如何在分析他人观点基础上作出回应,并懂得如何使用恰当的言语和非言语行为,如眼神、手势、面部表情等来表达相关信息,既提高学生的语言表达能力,又能让学生逐渐学会如何以理性的态度对待不同人的不同观点。④有助于形成开放的胸襟和民主的态度。学生通过讨论的实施,学习、了解他人的看法,针对问题提出自己的质疑,清楚地表达自己的意见,并且从别人的回应中察觉自己所存在的偏见。在不断的分享、争论、合作中培养自己接纳和尊重别人的态度。

缺点:①教学环境的影响。在我国中学特定教室环境里,通常是教师和学生在较为狭小的空间里实施教学活动，每个教室少则四五十人，多则六七十人甚至更多，并且座位和摆设不利于学生自由走动，即使调整座位，也会对正常的教学造成一系列影响。在这样的场景中，讨论难以有效地进行。②教学时间的局限。讨论花费的时间较多，不利于在单位时间内完成预期的教学任务。因此，在教学课时有限的条件下，许多教师反复权衡后常会放弃讨论教学法的运用。③教学管理的局限。讨论教学法需要教师具有多方面的教学能力和管理技能，如讨论过程的调控、讨论实施中突发事件的处理、讨论后的提炼与汇总等。教师常由于各种顾虑，而放弃讨论教学法的应用。④评价方法的限制。讨论组织得当，对激发学生学习积极性，调动学生课堂教学的参与热情无疑是有益的，但学生讨论缺乏系统性，如何评估讨论的效果是教师面临的问题。

(2)讨论法的要求。讨论教学法在初中不宜讨论整堂课，适于在上课中讨论一两个问题。若分组讨论，最好按前后两桌4人为小组，以免课堂混乱，同时小组中应有学习好、中、差的学生，既可相互启发，又能保证讨论顺利进行。

第一，讨论的题目明确，内容充实。围绕什么内容组织课堂讨论，是能够使讨论取得预期效果的关键。内容选择充实、题目选择得当，就可以把学习步步引向深入，推向高潮，取得满意的学习效果，否则就会流于形式。教师应根据学生的实际水平选择适当的教学内容，同时注意课前预习，为进行讨论时教学准备好条件。

第二，讨论应充分准备，认真组织。教师指导学生通过讨论内容获得一定的感性知识，以学生自学为主，教师也应当指出讨论的大体框架和思路。教师还应准备好教学中需要的教具、资料等。讨论前，教师应提出讨论的主题和具体要求，指导学生通过各种学习活动认真做好发言准备，严格禁止无准备的讨论。在组织讨论时，要合理安排，巧妙分组。分组时，每组学生一般不超过6人，要有意识根据学习成绩和语言表达能力平均分组，以便相互启发，相得益彰，既可以提高学习好的学生积极性，又可以带动学习成绩差的学生，从而提高讨论的水平和整体教学效果。

第三，讨论时要创造问题情境，注意及时引导。讨论中，教师应努力营造让每一位同学参与到讨论中来的情境。可以通过问题的不断提出，引导学生连续思考并讨论。为了调动学生的积极性，教师必须对提问进行适当地分配和指导，细心观察每一位学生的参与积极性，顾虑不善于表达的学生并给予锻炼的机会。启发引导是为了帮助学生回答问题而给出的一系列暗示性语言表述，教师提示解决问题的方向，引起学生进一步思考，更好的回答问题。当学生应答不完全或有错误时，为了使应答完整，教师要提示并引导学生回忆学过的知识或生活经验，产生新的想法，使其进行判断和评价。

第四，注意与其他直观教学手段相结合。直观教学在生物学教学中具有特别重要的地位，这是生物学的特点所决定的。在讨论中采用直观教具进行教学，能有效地培养学生的观察能力、发展学生的抽象思维能力。因此，在讨论中要充分运用各种直观手段组织学生展开讨论，进一步培养学生的观察能力和抽象思维能力。例如，教师通过演示DNA的结构模型，讲解它的空间结构，来讨论DNA的基本功能。

第五，讨论结束应有总结。讨论结束后，教师要进行总结，总结要承前启后。分析讨论过程中出现问题并给予解答，同时讨论应有结论。

3.谈话法

谈话法又称问答法，是教师根据一定的教育目的和学生已有的知识经验，通过师生间的问答对话而使学生获得新知识或巩固知识、发展智力的教学方法。谈话法分为复习谈话和启发谈话两种。谈话法不仅有利于促使学生独立思考，培养学生的表达能力，还可使教师直接了解学生的学习状况。

(1)谈话法特点。优点：①充分激发学生的思维活动。学生在回答教师提问的过程中，学生每回答对一个问题，就会产生“自我成功”的心理活动，促进学生去积极回答下一个问题。如果回答错误，学生为努力回答好问题，会认真思考教师提出的问题。②有利于教师因材施教。谈话是对全班绝大多数学生进行的一种教学方法，但是对“接受不顺利”的后进生以及“吃不饱”的尖子生，在谈话过程中能够得到照顾。对于尖子生，可以让他们解决一些比较难的问题，这样既可以培养他们解决问题的能力，又可以为其他学生树立榜样。对于后进生，可让他们回答一些比较简单的问题，使他们能够得到教师的表扬和同学的认可，树立学习的自信心。例如，让学生阅读“植物的矿质营养”的有关内容后思考这样的问题：a.植物吸收矿质元素的主要器官是什么？部位在哪里？b.矿质元素在植物体内是以什么形式存在的？c.土壤中的矿质元素是如何进入植物体内的？d.矿质元素在植物体内参与哪些活动？在这四个小问题中，a和b两题简单，c和d稍难。这些问题串中的问题难度由小到大使不同层次的学生能顺着问题的方向去思考。③能够培养学生解决问题的能力。谈话教学是围绕问题的提出、分析、解决展开的，在这种教学过程中，学生会逐渐地增强自己的问题意识，把握问题解决的基本步骤，逐渐提升自己解决问题的能力，形成良好的生物学科学素养。④有助于学生养成问题探究的学习习惯。连续不断的提出问题，会使学生逐渐形成善于捕捉问题、分析问题、解决问题的思维习惯和学习方式，这种品质对其以后独立学习和工作都会有较大的帮助。

缺点：①问题设计较为困难。谈话法的关键是要能提出调动学生学习的热情，使学生真正投入到问题探究状态的问题，而这样的问题常会因学生学习准备情况不同、认知水平有差异等而难以符合每个学生的实际。②教师所需的教学技巧较高。与讲授法相比，谈话法对教师的要求更高一些，他既要能够条理分明地教授相关知识，同时还要对学生问题解决成效进行评判，对学生问题解决中提出的不同观点进行概括等。③问题序列型较难保证。按理说来，谈话法中提出的问题应该是先易后难、层层递进的，比如先提出记忆性问题，再提出理解性问题，后再提出创造性、批判性问题，但实际教学中，对教学内容作这样的分解不太容易。

(2)谈话法要求。教师在系统讲授新知识时，通常会插入谈话法教学，也可以全课堂自始至终进行谈话，谈话法一般适用于从已知到未知，要求学生有一定的知识基础。采用谈话法进行生物学教学时，应注意以下几个问题。

第一，应注重学生的知识基础。谈话法教学首先要尊重学生原有的知识结构，即学生已有的感性经验和知识基础，这些知识是进行谈话的基础，有待于在生物学教学中进一步提高和系统化。教师在备课时，应充分分析影响学生了解当前教材的各种因素，了解学生已有的感性经验和理论知识，并以此为基础进行谈话法教学。

第二，应围绕教学的重点和难点。这是对谈话内容的要求。因为谈话能更好地启发学生思维，所以，教师在选择谈话的内容时，应注意围绕教材的重点和难点进行。不能为谈话而谈话，只是提出一些枝节问题而忽视教材的本质。

第三，应加强问题的思考性和推理性。谈话是在师生对话过程中促进学生更加主动使思维更加活跃的好方法。因此，教师所提出的每一个问题或"问题串"都应当有较高的思考性和推理性。例如，用问题使学生进行观察，通过观察找寻答案；提出对比问题，要学生发现它们的异同。总之，问题都要有启发思维的作用，使学生产生任务感，且思考后感到很有必要。所以，谈话的内容不能流于形式。例如，"根是不是有吸水的功能?"这类"是不是"的问题毫无思考的意义。谈话的内容也不要有暗示，如"鸭嘴兽有什么样的嘴?"等。

第四，应注意谈话内容的简短性和机动性。教师在教学过程中，为谈话而提出的问题不宜过长，问题和答案都应当是既令人思考又是简短的。这样，才能引导学生逐步思考问题，使问题的讨论逐步深入。由于问题简短，教师还可以使谈话面向全体学生，了解不同水平的学生对知识的理解。谈话的内容和问题的形式及其连贯次序是教师在备课时计划好的，学生可能产生的不同答案也做了估计。但在课堂教学过程中，教师仍然不要机械地去执行，要结合学生的实际情况，即谈话的机动性或应变性，它要求教师不要去"强迫"学生按照"既定程序"去回答，而是启发诱导。

第五，谈话结束后应有总结。每一问题结束时，教师应结合学生回答问题的实际进行简要、明确的总结，把谈话的内容系统化，概括出问题的准确答案，并指出谈话的优缺点。这样，一方面有利于学生通过谈话获得系统、完整的知识；另一方面，有利于指导学生的正确思维和准确的表达，不断提高谈话的质量。

总之，除上述传统的教学方法外，还有多种方法，如读书指导法、演示法、参观法、练习法、实习作业法等。教学有法，但无定法，贵在得法。要完成各种教学任务，适应各种复杂多变的教学场合，教师应根据教学内容与学生的实际，在深入了解各种教学方法的特点和基本要求的基础上，恰当选择和运用教学方法。

第二节 课程改革对生物教学方法的影响

一、传统教学方法的反思

教学方法是组成教学过程的因素之一,是完成教学和教育目的的手段,是师生双方共同体现的教的方法和学的方法的统一。随着现代科学技术的飞速发展,人类积累的知识量越来越大,特别是伴随信息产业的兴起,知识更新速度越来越快,使得"教"与"学"之间矛盾突出。传统的教学方法已不能满足现代教育的发展,必须改革传统的教学方法,利用现代教育理念指导并建立现代教学方法体系。

(一)面向全体学生,因人施教

班级授课是面向全体学生的、能照顾到绝大多数同学的因"班"施教,课后还要因人施教,对学习能力强的同学要提优,对学习有困难的学生,加强课后辅导。记得有人曾经说过这样的一句话"教师对好学生的感情是不需要培养的"。在教学过程中,教师会有意无意地将太多的精力和荣誉给予成绩好的学生,教学的重心向成绩好的学生倾斜,将学习有困难的学生视为差生,对他们关注的太少,教师缺乏对他们的鼓励和帮助,导致整体成绩两极分化,所以教师要特别注意不要让所谓的差生成为被"遗忘的角落"。

(二)体现学生主体地位,注重学法指导

传统教学方法忽视学生在教育过程中的主观能动性,导致教学上注入式、填鸭式的出现。现代教育理念要求教师的主导作用和学生的主体地位有机地统一起来,充分体现学生的主体地位。教师要根据不同教学目的和教学内容,运用正确的方法和手段,积极引导学生主动参与教学过程,充分发挥学生的积极性和主动性。例如,生物学概念的形成过程,首先是在大量的生物自然现象的基础上归纳、总结出来的;其次是在已有的概念、规律的基础上通过演绎推理得到的。只有让学生积极参与教学活动,给他们充分的动手、动口、动脑的时间,让他们充分经历观察、分析、推理、综合等过程,才能完整地理解概念的内涵及其外延,全面地掌握规律的实质,才能使学生的思维得到真正的锻炼,体现其学习的主体地位。所以,在课堂教学中教师应该改变以往那种讲解知识为主的传授者的角色,应努力成为一个善于倾听学生想法的聆听者。而在教学过程中,要想改变以往那种以教师为中心的传统观念就必须加强学生在教学这一师生双边活动中的主体参与。

(三)教学形式多样,恰当运用现代化的教学手段,提高教学效率

科技的发展,为新时代的教育提供了现代化的教学平台,为"一支粉笔,一张嘴,一块黑板加墨水"的传统教学模式注入了新鲜的血液。老师除了采用对学生提问,分组讨论,要求学生查资料,写小论文等传统的教学方式之外,还可以适当地运

用电化教学手段，如网络、实物、展台、录音录像、制作多媒体课件，增强对学生的吸引力，增加课堂的趣味性和视觉上的冲击力。更重要的是电化教学手段可以表现客观事物和各种生物现象，能在短时间内展示事物的运动和发展的全过程，为学生提供大量而丰富的感性材料，突破传统教学手段在时间、空间上的限制，能将传统教学手段不能表现的许多现象和过程进行形象而生动的模拟表现，它是传统教学手段的补充和延伸，两者协调配合，就能取得更好的教学效果。在新形势下，教师也要对自身提出更高的要求，提高教师的科学素养和教学技能是十分必要的。

（四）注重学生的情感态度价值观的培养

学生学习活动伴随着情感、兴趣等非智力因素，这些因素直接影响学习效率。传统教学方法通常只重视知识的传授，忽视学生的情绪、意志等因素。在教学过程中，恰当的教学方法，能够激起学生的情绪，激发学生的学习兴趣，锻炼学生的学习意志，使学生产生积极的情感体验，形成正确的学习观，从而达到较好的学习效果。

（五）在教学过程中应有意向学生渗透生物学的常用研究方法

提高学生的生命科学素养是生物课程的基本理念之一，其中，科学的研究方法是科学素养的重要组成部分。传统教学方法只研究教师如何教，很少在教学过程中对学生进行科学研究方法的指导，这已不适应基础教育课程改革的要求。例如，领悟假说演绎、建立模型等科学方法及其在科学研究中的应用等已经渗透到中学生物课程中。从近代科学到现代科学，以观察（实验）—归纳为主的方法逐渐让位给以假说—演绎为主的方法。现代科学从总体上来说，已经不是处在经验材料的收集阶段，而是处于高度的理论概括和演绎的阶段。由于数学、计算机科学等工具学科的发展，人们能够凭借这些工具提出假说，然后演绎出理论体系或具体推论，再通过观察和实验来检验。模型方法也是现代生物科学研究的重要方法，高中生物学教材“分子与细胞”模块侧重物理模型和概念模型的构建，如真核细胞三维结构模型和细胞膜的流动镶嵌模型；“遗传与进化”模块侧重物理模型和数学模型的构建，如DNA分子的双螺旋结构模型、减数分裂中染色体数目和行为变化的模型及种群基因频率变化的数学模型；“稳态与环境”模块则进一步练习各类模型的构建。学生如果对生物问题的研究方法有了一定的了解，将对生物知识领会的更加深刻，同时也会学到一些研究生物问题的思维方法，提高了生物科学素养。

二、转变学习方式

课程改革的重点之一是如何促进学生学习方式的变革，学生学习方式的转变关系到教育教学质量，关系到师生的校园生活质量。基础教育课程标准倡导的新的学习方式，通常是指自主学习、合作学习、探究学习的学习方式。这也是实施新课程最为核心和最为关键的环节。之所以特别强调倡导自主学习、合作学习和探究学习，其理由就在于：教育必须着眼于学生潜能的唤醒、开掘与提升，促进学生的自主发展；教育必须着眼于学生的全面成长，促进学生认知、情感、态度与技能等方面的和谐发展；教育必须关注学生的生活世界和学生的独特需要，促进学生有特色的发展；教育必须关注学生终身学习的愿望和能力的形成，促进学生的可持续发展。自主学习（意义学习）是相对于被动学习（机械学习、他主学习）而言的，是指教学条件下学生的高质量的学习。而合作学习是指教学条件下学习的组织形式而言的，相对的是"个体学习"与"竞争学习"。探究学习（发现学习）则是相对于接受学习而言的。

（一）自主学习

1. 自主学习的含义

自主学习是指通过教师的科学指导，围绕确定的学习目标，由学生自主选择学习方法，自我监控学习过程，通过能动的、创造性的学习活动，实现学生自主性发展的教学实践活动。根据国内外学者的研究成果，自主学习概括地说就是"自我导向、自我激励、自我监控"的学习。具体地说，它具有以下几个方面的特征：学习者参与确定对自己有意义的学习目标，自己制定学习进度，参与设计评价指标；学习者积极发展各种思考策略和学习策略，在解决问题中学习；学习者在学习过程中有情感的投入，学习过程有内在动力的支持，能从学习中获得积极的情感体验；学习者在学习过程中对认知活动能够进行自我监控，并作出相应的调适。

2. 自主学习应注意的几个问题

自主学习是以学生自主、主动、独立为特征的，因而不见得有单一的操作方式与步骤。但教师应用自主学习进行教学的过程中，应注意以下几点。

（1）创设良好的课堂环境。创设良好的课堂环境，是促进课堂教学情境下学生自主学习的第一步，也是关键的一步。大量的研究表明，积极的课堂环境能激发并促进学生的自主学习。教师作为学生自主学习的指导者和帮助者，理应承担起创设积极课堂教学环境的责任。当然，好的外在环境应该让学生感受到身心舒适，能很快调整到最佳的学习状态。

（2）提供合适的学习材料。自主学习的材料主要包括：教材、学习辅助材料等。其中，教材是学生学习的重要根据，在学习中占有重要的地位，在自主学习中，它更处于重中之重的地位，是学生最主要的学习资源之一。可以说，教材合适与否，将会在很大程度上影响学生自主学习的进程和效果。

（3）营造良好的课堂心理氛围。可以从三方面入手，一是培养学生的情绪安全感，即要求教师采取鼓励和赞赏的态度，逐步建立起使人在心理上感到"安全"的课堂氛围；二是建立融洽、平等的课堂人际关系；三是让学生体验成功，能够更多地体验成功，可以有效提高学生的自我效能感，从而推进其进行自主学习。

（4）采取多种指导方式。在课堂中不仅指导学生进行个别学习，还要指导他们进行集体学习。

3. 自主学习的优缺点

优点:①学生有较多的独立学习的机会;②体现了以学生发展为本的教育理念;③师生间易建立起平等协作的关系;④有助于学生非智力因素的培养。

缺点:①增大教师的工作量;②结构松散,不便于教师在实际教学中大规模使用;③需要具备一系列前提条件;④教师的指导地位难以保证。

总之,自主学习是教学条件下学生高品质的学习,所有的能有效地促进学生发展的学习,都一定是自主学习。要促进学生的自主发展,就必须最大可能地创设让学生参与到自主学习中来的情境与氛围。自主学习不仅能开发出学生潜在的能力,而且能激活、诱导出学生学习的积极性,使其养成良好的学习态度和学习习惯。

(二)合作学习

1. 合作学习的含义

合作学习是指学生在小组或团队中为了完成共同的任务,有明确责任分工的互助性学习,它有以下几个方面的要素:积极承担在完成共同任务中个人的责任;积极地相互支持、配合,特别是面对面的促进性的互动;期望所有学生能进行有效的沟通,建立并维护小组成员之间的相互信任,有效地解决组内冲突;对于各人完成的任务进行小组加工;对共同活动的成效进行评估,寻求提高其有效性的途径。

合作学习的基本含义包括:①学生以小组的形式一起学习;②教师的角色由传播者转变为服务者或帮助者;③学习的责任由教师转移到学生;④学生不仅要自己学会,还有责任帮助小组中的其他成员学会。

2. 合作学习应注意的几个问题

教师应用合作学习进行教学的过程中,应注意以下几点。

(1)引导学生认识合作学习的意义。首先要让学生理解什么是合作学习,为什么要合作学习。同时,要让学生认识到,合作学习将个人之间的竞争转化为小组之间的竞争,既有助于培养学生合作的精神、团队的意识和集体的观念,又有助于培养学生的竞争意识与竞争能力。合作学习可以帮助学生通过共同工作来实践其社会技能。在合作式的小组学习活动中可以培养学生的领导意识、社会技能和民主价值观。在合作学习中由于有学习者的积极参与,高密度的交互作用和积极的自我概念,使教学过程远远不只是一个认知的过程,同时还是一个交往与审美的过程。

(2)选择使用的学习任务。合作学习方式适宜于较为复杂或较高层次的认知学习任务,适宜于绝大多数关于情感、态度、价值观的学习任务。

(3)对学生进行合理分工。合作学习的前提是分工,而且是所有的学生都要参与进来,每个人都需要有独立的思考,不是每个人都做同样的事情,而是为解决共同的问题,每个学生做不同的事情。

(4)确定合适的合作方法。合作学习要富有成效,关键在于教师要教给学生合作学习的方法。把小组中的不同思想精心优化整合,把个人独立思考的成果转化为全组或全班共有的成果,以群体智慧来解决问题。

(5)强化教师的指导角色。小组讨论的时候,教师应该做什么？不是等待、观望,而是深入到小组当中。同时,教师在评价时,要重视学生在合作过程中的情感、态度、价值观,以鼓励和肯定学生合作学习的成效。

3. 合作学习的优缺点

优点:①能够培养学生的合作意识;②能够培养学生的集体观念;③能够培养学生多渠道获取信息的能力;④有助于形成新型的师生关系;⑤有助于提升学生的竞争意识;⑥有助于学生良好心理素质的养成。

缺点:①指导合作学习的知识和技能难以掌握;②难以保证合作学习的效果;③难以对合作学习作出准确的评价;④学生难以掌握合作学习的技能和技巧;⑤难以保证学生均衡地参与合作学习。

(三)探究学习

1. 探究学习的含义

所谓探究学习即从生物学科领域或现实社会生活中选择和确定研究主题,在教学中创设一种类似于学术(或科学)研究的情境,通过学生自主、独立地发现问题、实验、操作、调查、信息搜集与处理、表达与交流等探索活动,获得知识、技能,发展情感与态度,特别是探索精神和创新能力的学习方式和学习过程。

探究学习的特征可以归纳为:①学生对自然事物与现象主动地去研究,经过探究自然的过程获得科学上的知识;②为了研究自然而培养所需的探究能力;③有效地形成认识自然基础的科学概念;④培养探究未知自然的积极态度;⑤通过探究活动学得的知识是科学概念而不是文字知识。

与探究学习相对的是接受学习。接受学习将学习内容直接呈现给学习者,而探究学习中学习内容是以问题的形式来呈现的。和接受学习相比,探究学习具有更强的问题性、实践性、参与性和开放性。经历探究过程以获得理智和情感体验、建构知识、掌握解决问题的方法,这是探究学习要达到的三个目标。

2. 探究学习应注意的几个问题

教师应用探究学习进行教学的过程中,应注意以下几点。

(1)面向全体学生,并关注个别差异。并非只有好学生才有能力开展探究,应该给每个学生参与探究的机会。尤其是那些在班级或小组中较少发言的学生,应给予他们特别的关照和积极的鼓励,使他们有机会、有信心参与到探究中来。

(2)注重为学生提供相关的支持条件。探究学习需要较多的时间,需要充足的材料和一定的经费保证等。

(3)探究问题的设计应联系社会实际生活。要联系学生生活和社会实际,注意了解学生关注和感兴趣的问题，且这些问题是真正来自学生和属于学生的问题。

(4)注重发挥教师自身的指导作用。探究学习强调学生的自主性，但并不忽视教师的指导。应该特别强调教师适时的、必要的、谨慎的、有效的指导，以追求真正从探究中有所收获，包括增进学生对世界的认识和学生探究素质的提升，从而使学生的探究实践不断提高和完善。

(5)要强调学生之间的合作与交流。探究过程中需要学生们合作、解释和各种协调一致的尝试，这些合作与交流的实践和经验，可以帮助他们提高合作的能力与技巧。

(6)要注重分析探究中学生独特的感受、体验和理解。探究活动中，学生会有不同的感受和体验，对问题也会出现不同的理解和看法。这些都是学生亲历探究实践之后获得的，应该珍视。

3. 探究学习的优缺点

优点：①促进相关知识的记忆；②促进知识技能的迁移；③提升直觉思维能力；④提升学生的内在动力。

缺点：①花费时间较多；②难以选择能激发学生好奇心和探究热情的学习材料；③对教师课堂管理能力要求较高；④教师难以恰当评价学生的探究行为。

总之，所有能有效地促进学生发展的学习，都一定是自主学习。但并不是所有的学习领域和学习主题都需要用合作学习的组织形式，也不是所有的学习领域和学习主题都需要用探究学习的方式来进行，其实接受学习对一些学习内容来说也是必要的。过去，由于种种原因，特别是由于教学大纲规定了过多的知识点，使得教师只能用简单的“授—受”的教学方式来进行。现在，从教学大纲到课程标准的重要变化之一就是减少了知识点，给教师的教和学生的学留出了更多的空间，我们有必要也有可能更多地强调合作学习与探究学习的方式。

第三节　生物教学技能

熟练掌握一定的教学技能是合格教师必备的业务素养。拥有娴熟的教学技能，既可以获得高质量的教学效果，又能促进教师个人的专业发展。但任何技能都不是与生俱来的，要熟练掌握教学技能，必须进行相关的培训。

生物教学技能是生物教师的职业专长，是生物教师组织和实施教学工作必备的专业技能，研究生物教学技能首先要了解教学技能。

一、教学技能的界定

教学技能是指教师运用已有的教学理论知识，通过练习而形成的稳固的复杂的教学行为系统。它既包括在教学理论基础上，按照一定方式进行反复练习或通过模仿而形成的初级教学技能，也包括在教学理论基础上因多次练习而逐渐上升形成的，达到自动化水平的高级教学技能，即教学技巧。

教学技能对外表现为成功地、创造性地完成既定的教学任务，卓有成效地达到教学目的和获得有效的教学方法。具体的外部标志是高水平、高质量地履行教师的职责：创设具有明显的目的性和适应性的教学情境；应用能有效促进学生学习的教学行为；安排有利于发展学生自主学习的能力，有利于引导他们进行独立的科学探究的教学活动。

教学技能对内表现为保证完成教学任务的知识、技巧、心理特征和个性特征的功能体系。从这个意义上讲，教学技能是教师的个性、创造性与教学要求的内在统一，具体体现为教师的职业品质：对待教学工作的态度，组织教学的才干，适合教师职业要求的性格、气质特征、心理特征和进行教学活动的心理准备等。

从表面上看，教学技能是教师在教学活动中有效促进学生学习的活动方式。从深层剖析，它是教师这一职业的个性品格和专业修养外化的表征，是教学能力的重要标志。每一位教师要想形成自己的教学风格，达到艺术化教学的水平，就必须遵循教学技能发展的规律，在熟练掌握教学技能的基础上，不断探索，不断创新。

教学技能与教学理论知识、教学能力是相互联系的。教学理论知识是人脑中形成的教学经验系统，教学能力则是个体顺利完成教学活动任务的直接有效的心理特征，这两者是掌握教学技能的前提，并制约着掌握教学技能的速度和深度。例如，教师对学习动机理论的掌握，是形成“激发和维持学生学习动机”教学的先决条件。该技能就是在教学实践过程中反复运用学习动机理论，逐渐固定下来的。教师掌握的学习动机理论知识越多，对其理解越深，获得和改进该技能的可能性就越大，形成的技能水平就越高。反过来，教学技能的形成和发展亦有助于教学理论知识的掌握和教学能力的发展。例如，已形成的“激发和维持学生学习动机”技能使个体不仅能从感性和理性两方面领悟新的学习动机理论知识，而且能使个体顺利地将新学到的学习动机理论运用到实际的教学工作中去，并且在运用过程中，教学能力也能得到丰富和发展。

二、生物教学技能的主要类型

教学活动的复杂性决定了教学技能的多样性，一个教学环节可能采用多种教学技能，一种教学技能也可用于多个教学环节，而且各种教学技能之间往往又相互渗透，因此可以从不同的层次，依据不同的标准对教学技能进行分类。

（一）教学技能分类的意义

1. 有利于提高教学技能的培训效率

过去对师范生或在职教师教学技能的培训常常是含糊的，这使得受培训者不明确在哪些教学阶段或针对哪些教学内容及学生的特点使用何种教学技能，或者不清楚在培训课堂上应掌握哪些教学技能。将教师的教学行为分解成具体的教学技能以后,再分别学习和逐个训练,被培训者对每一技能所要达到的目标及要求就会有明确的认识,这样他们就能有针对性地进行练习。例如,对某个给定的课题培训导入技能的时候,他们就会有意识地回忆所学过的课题导入的方法和要求,如用以旧拓新的方法,就要找出新旧知识的联结点;用立疑激趣的方法,就要考虑悬念和新知识的关系;用实验引路的方法,就要根据新的教学内容巧妙地设计实验等。因此,把教学技能加以分类,并分别指出对某一种具体的技能而言,可以采用哪些方法,能达到什么样的效果时,会使受训者的目标明确,学习内容主次分明,从而增强受训者的信心,有利于提高教学技能的培训效率。

2. 便于提供具体典型的示范

在课堂教学中,授课教师可能运用多种教学技能。如果只是让师范生听一节课或看一整节课的教学录像,他们很难分清示范教师在何时使用了何种教学技能。而对教学技能进行准确分类,就可以根据不同的技能向受训者提供典型的教学片段。教学技能微格训练就是利用录像和角色扮演的方法,针对某一具体技能来提供典型的单项技能示范,从而使受训者对某一教学技能的应用产生一种具体的感性认识,加深对这一技能的实际行为方式的理解。在要求他们对某个技能进行练习时,示范就成了学习的样板,成为暂时应达到的目标。由于示范的内容少、时间短、所用技能较为单一,因而便于学习和研究。同时,用录像的方法提供示范,受训者不仅可以对示范进行精心选择,反复观看,做深入细致的学习研究,而且还可以通过提供不同风格的优秀示范或反面案例,使其从多方面汲取经验、教训,用来建构自己的风格和特点。这种训练方法有时会比深入到实际课堂中观摩某个教师的一两节课的方法效果更好,并且节省时间和经费。

3. 使教学技能的培训走向科学化

“一带一”的师徒式培训方法,是教师培训的有效方法之一。但是,这种方法无法满足批量式的在职教师教学技能培训。20世纪兴起的微格教学培训,被国内外教学实践证明是一种较好的教学技能训练方法。它的特点是把复杂的课堂教学技能分为不同的单项教学技能,分别进行训练,并在训练中采用现代教育技术手段,使学习者能很快地掌握某些教学技能。分类培训能帮助师范生或新手型教师改进教学技能和方法,减少失误,并使师范生或新手型教师尽快建立信心。尽管分类培训不能在短期内改变受培训者的个人素质和习惯,也不能帮助教师解决教学中的所有问题,但它无疑是教师快速进步的阶梯。

当然,我们并非否认教学中艺术成分的存在,正如戏剧、舞蹈、绘画等艺术形式,只有经过扎实的基本功训练,才有可能达到真正艺术的境地。教学也不例外,技能训练的科学化,是实现教学艺术性必不可少的阶段。

4. 便于对教学进行评价

教学过程是一个复杂的过程，要对整个教学过程做出精确的评价比较困难。过去对教学过程的分析评价基本上都是经验型的，评价一节课的好坏，往往仅凭评价者的感觉和印象，存在着较大的主观性和局限性，并且各评价者之间也往往存在着较大的差异。对教学技能分类以后，每次培训只训练一两项技能，教学内容少，便于观察和分析，而且每一项技能都有具体的要求和评价标准，评价项目少，便于评价者掌握，并且容易取得较为一致的意见。即使有不同的看法，还可重放录像进行分析和讨论，最后用计算机对各评价者的评价数据进行处理，它的结果是以教育统计学等数理分析的方法作为科学依据的，科学准确，是一种定性与定量相结合的分析方法。例如，一个教师的提问是否恰当，传统的方法只能事后回忆他的教学过程及学生的反应，可能会有较大的出入。但如果重放录像，就可以重现当时的情景，如果利用相互作用分析的方法，在课堂上随时把有关教师的教学行为和学生的学习行为的信息输入计算机，最后就能给出一个用曲线图表示的量化的直观结果和具体的分析数据。

总之，对教学技能进行分类训练具有针对性强、省时高效的特点。它可以将教学技能分解为诸多相对独立的部分，然后分别训练，直至熟练。当各个技能都达到熟练后再将它们统合为一个有机的整体，形成有效的教学技能体系。相对于传统技能教学而言，系统的教学技能训练是一种创新。分类本身并不是目的，更快更好的掌握教学技能，提高教师的教学能力才是我们的目的。所以，对于教学技能及其训练的研究，应当分析与综合并举，宏观与微观兼顾。宏观研究可以为我们提供训练的总体目标，微观研究可以为我们进行教学技能训练提供具体而周全的训练程序与要点。只有把两者结合起来，才能在较短的时间里使师范生和在职教师的教学技能水平得到大幅度的提高。

（二）教学技能的分类

教学技能种类繁多，确定教学技能分类的标准有很多，依据不同的标准可得出不同的教学技能分类体系。根据现代教育教学理念，结合我国当前基础教育新课程改革的实际情况，及其对教师进行课前准备、课堂教学、教师的教育科研方面的要求，拟从四个层面来考虑这一问题。

首先是课堂教学基本技能。课堂教学是一个有序的过程，其中任何一个环节都有具体的技能。课堂教学是学校教学工作的主要阵地，是学生获取知识与技能的重要来源，因此，教师需要掌握课堂教学中的各种技能，以保证教学高效地进行。结合已有的课堂教学技能研究成果，我们将课堂教学技能分为：导入技能、讲授技能、提问技能、板书技能、课堂观察技能、课堂倾听技能、演示技能、讨论技能、诊断与补救技能、结课技能以及作业技能等。这些技能有机地构成了反映课堂教学行为的各种技能间的纵向关系。

其次是教学综合技能。在课堂教学中,很多教学技能是以综合的形式出现在教学的各个环节。这些综合技能贯穿于教学过程的始终,并同课堂教学基本技能有机的融合在一起。教师教学综合技能包括教学口语技能、教学体态语技能、教学节奏技能、教学过渡技能、教学管理技能、教学交往技能、教学评价技能、学法指导技能以及合作技能。这些技能既是教学过程中不可或缺的教学技能,也是对课堂教学进行宏观调控的重要技能,构成了体现教师课堂教学行为的单项教学技能的横向关系。具有纵向关系的课堂教学基本技能和具有横向关系的教学综合技能构成了立体化的教学技能体系,它们之间的优化组合才能展示教师教学技能的风采。

再次是教学准备技能。教师的教学工作在走进教室之前就已经开始了。为了上好每一节课,教师的教学准备工作是必须的,这要求教师有较高的教学设计技能。教学设计是教师对即将进行的教学活动进行周密的思考和精心的安排,教学设计技能包括目标编订技能、教学媒体选择技能、教学策略制定技能以及教案编制技能。

最后是教师教学研究技能。贯彻新理念,实施新课程,不仅迫切需要教师教学观念的更新和教学方式的改变,更需要学校教研活动方式的改革和教学研究制度的创新。另外,随着教师专业化的发展,教师职业强调教师同医生、律师一样,必须经过严格的、持续不断的专业训练。教师的反思技能、说课技能、听课技能、评课技能在新形势下呈现出新的面貌和态势。

为了准确地反映教师所应具备的基本技能体系,我们参照了国内外许多研究成果,确定上述这些教学技能为教师在教学的准备与实施的各个阶段中必备的教学技能。一名教师在具备相应知识和能力的基础上,掌握了以上四类教学技能,也就练就了教学的基本功。但每一个教师都有自己特定的学科领域,作为一名生物教师要真正搞好教学工作,还必须掌握本专业或本学科的特殊教学技能。

三、生物教学技能的正确运用

正确的运用教学技能是提高课堂的教学效率重要因素之一,也是促进教师个人专业发展的重要途径。

(一)结合实际正确理解各种教学技能的概念

“技能”一词在心理学上指进行一种工作所具有运用技术的能力,并表现为娴熟作用。教学技能是能够有效地完成某一方面教学任务的一类教学行为。同一类的教学行为在其行为方式和教学功能上有某种共性。联系实际是理解教学技能理论的捷径。例如,提问技能“是教师运用提出问题以及对学生回答的反应方式,促进学生参与学习,了解他们的学习状态,启发思维,使学生理解和掌握知识、发展能力的一类教学行为,是教师在课堂教学中进行师生互动的重要教学技能”。

明确此定义，就能明确弄懂提问目的，在课堂上提出的问题就会有的放矢并富有启发性。

（二）掌握教学技能基本结构和类型以及技能使用策略

只有掌握了教学技能的结构（要素）和类型及使用策略，才是掌握了教学技能的精髓，并能正确运用。例如，教学语言技能，教学语言的基本构成要素包括语音、语调、速度、节奏、词汇和语法等。针对不同教学内容和教学目标，根据学生特点研究语言使用的有效性，通过反馈进行调控，还要研究怎样使语言更生动、形象以及各种教学语言类型的变化。

（三）注重自身思维训练，是灵活使用教学技能，提高教学水平的关键

教师的教学工作是创造劳动，掌握教学技能，形成教学能力，得益于教师自己的努力，教师尤其应注重自身的思维训练。教师自身思维训练的深刻，对教学技能才能做到深刻理解，而不是一知半解。对于教学技能的理论及教学技能的形成过程都要有一个深刻的认识，如果对一项教学技能，只知其定义和功能，不了解其结构、类型和使用策略，等于失去了运用该技能的基础，只能使训练事倍功半，达不到预期效果。

教师的创造性思维对于形成本人独特教学风格十分重要的。例如，导入技能学习之后，可以通过创新思考，设置多种形式，如激情导入、谚语导入等创新形式，激发学生有意注意，诱发探求新知的兴趣，使课堂教学充满生命活力。

总之，只有在掌握基本教学知识和技能的基础上，才有可能实现教学过程最优化。

第四节　生物教学基本技能

生物课堂教学是学生获得生物学知识、技能等的重要来源，因此，生物教师需要掌握教学过程中的各种教学技能。结合生物课程改革的要求及生物学学科的特点，本节重点介绍教学语言技能、板书技能、演示技能以及课件设计与制作技能四个方面的基本教学技能。

一、教学语言技能

教学语言是教师教学的基本功和必要素养，巧妙地铺设语言的阶梯，可以让学生学得深刻，记得牢固，进而达到举一反三、触类旁通的效果。苏联教育家苏霍姆林斯基说过："教师的语言是什么东西也不可取代的感化学生心灵的一种手段。教育的艺术首先应包括说话的艺术——跟人的心灵打交道的艺术。"

（一）教学语言技能的涵义与功能

广义的教学语言包括教学过程中教师使用的教学口语、书面语言（如板书、作业批语等）、体态语言（如示范性或示意性动作等）。狭义的教学语言是指教学口语,它是教学语言的主要形式。本节仅讨论狭义的教学语言,这里的教学语言技能也即教学口语技能。教学离不开教学语言,基于教学语言的重要性,本节将从微观的层面剖析支撑整个课堂教学的教学语言技能。

教学语言技能作为教师必备的教学技能之一,在教学中具有特定的功能。

1. 教学语言是教学的主要工具

在教师的各种教学行为中,语言是核心,表情和动作多配合语言出现,演示实验操作也需要伴有语言讲解,课堂提问,作业布置等都是通过教学语言来实现的。据统计,在传统的课堂教学中,平均70%的时间是教师在讲话。虽然现代化的课堂提倡学生的自主学习、意义建构,采用的教学手段多种多样,师生间言语交流的时间比例和对话结构已经逐渐改变,但整个教学活动仍是融汇在教师营造的语言环境之中。

2. 教学语言影响教学效率

苏联著名教育家马卡连柯说过“同样的教学方法,因为语言的不同,结果就可能相差20倍”。教学语言的清晰度、严密度、动听度影响教学效率,教学语言流畅、条理清晰,学生的思维就灵活敏捷,更易于理解教学内容。教学实践表明,一个注重教学语言的教师易于赢得学生的喜爱和尊敬,易于吸引学生注意力,增强学生的学习热情。

3. 教学语言影响学生的思维能力

学生的思维能力可以通过教师的语言艺术得以提高。研究表明,在优美语言熏陶下的孩子更容易接受外来的新鲜事物,思维敏捷,表现能力强。为了能够使语言具有逻辑牵引力,让学生听得明白,记得清楚,从而推动学生的思维不断发展。教师必须精心策划每一节课的教学语言。

4. 教学语言影响师生的情感交流

在学校的教学工作中,师生关系的融洽程度同教师的言语水平有很大的关系。善于讲话的教师往往更容易取得学生的信任,并建立和谐的师生关系,营造良好的学习氛围。相反,不懂得语言艺术的教师,难于和学生沟通,若是表达不好或表达时机不对还会伤害学生,导致师生关系紧张。

(二)教学语言的特征

教学语言是专业语言,除了具备一般语言简洁、准确等特点外,还具有以下特点。

1. 规范性

教师为人师表,语言势必需要规范。关于教学语言最基本的要求有两条:其一是教学语言必须使用标准的普通话;其二是教学语言要符合社会道德规范以及国家政策法规。

2. 科学性

运用学科的专业术语是教学语言科学性的基本特点。教师的语言必须符合不同学科特定的思维形式和逻辑方法，用语准确，合乎逻辑。例如，在生物学教学中，必须使用生物学科的专业术语，便于学生沿着本学科的脉络体系来学习。

3. 针对性

针对性就是针对不同的教育对象、教学环境运用不同的教学语言，即因材施教。学生是以原有的认知结构为基点，来同化或顺应新知识的，教师的语言要因人而异，有针对性地进行变化。根据学生的基础和个性的不同，语言表现的形式不同。

4. 启发性

新课程提倡教学应该最大限度调动学生的积极性，引导学生进行自主学习、意义学习。启发式教学就是要从学生想弄懂却难以弄懂，想说清却难以说清的时候开始，有步骤地引导学生去弄懂、去说清。教学不应直接告诉学生答案，而应抓住学生思维过程中的矛盾，启发诱导，步步深入，将对话引向正轨，得出正确的结论。

5. 审美性

"言之无文，行而不远"，教师的语言还要具有美学价值，内容美，形式美，体现出教师的人格魅力。例如，在课堂教学的导语中，如果教师用优美的语言，很快就会使学生进入教学的情景中。作为教师，若想让自己的语言具有审美性、艺术性，就要在教学和学习中，不断地丰富自己，提高自身修为。

6. 民族性

教学语言应具有民族性，能够反映民族的思想情感和丰富义理。教师必须深刻理解自己职业的特殊性，使用教学语言表情达意不仅要理趣俱生，同时还应该兼顾民族文明的传承，潜移默化地培养学生的民族自信心、自豪感，正确对待外来的生活习俗、文化价值观等。在表达上，教学语言应能体现汉语言文字的优美神韵。

（三）教学语言的构成要素

教学语言是由相互联系相互制约的几个要素所构成的。若想把教学信息以便于学习者接受和理解的方式生动、准确地传递出去，必须先了解教学语言的基本构成要素及其作用。

教学语言的构成要素包括语音清晰、语调自然、速度适中、节奏流畅、词汇准确和语法规范等。

（四）教学语言的类型

教学语言有多种分类方法，根据教学语言的信息流向可以分为：单向传输语言、双向对话语言、多向交流语言；根据教学语言的功能作用可分为：系统讲授语言、个别辅导语言、组织协调语言；根据教学语言的内容性质可以分为以下几种。

1. 说明性语言

说明性语言是指教师在教学中向学生说明事物、解释道理的语言。它要对事物的形态、性质、构造、成因、种类、功能或事物的概念、特点、来源、关系、演变等做清晰准确、通俗易懂的解说剖析，以帮助学生加深理解、形成概念。说明性语言所采用的具体方法有定义说明、诠释说明、比较说明、分类说明、比喻说明、举例说明等。

2. 叙述性语言

叙述性语言是指教师在课堂中客观地向学生陈述学科知识的语言，常用来对某种事件、生物学史等陈述。这种语言通俗、简练，没有过多的感情润色，也不太重视语言修饰，具有条理清楚、脉络分明、系统完整的特点，在教学中有较高的使用频率。

3. 描述性语言

描述性语言是指借助一定的修饰语，生动、形象地表现事物形状或再现某种场景的语言形式。为取得良好的教学效果，教师常用摹态传神的手法，通过逼真的描绘，将教学内容生动地描述出来，使学生从中领悟到真正的内涵，获得美的享受。例如，对实物、标本、实验现象等观察描述，对学习过的生物学知识的回忆描述，对实验结果、得出的结论等总结性描述等。描述要求形象鲜明、真实准确、生动具体。

4. 论证式语言

论证式语言是指在教学中用事实、数据、论断、定理和定义等论据来证明论题或论点的真实性与正确性时所运用的语言。教师在教学中运用论证式语言是为讲解、说理服务的。它侧重于发展学生的理性思维能力，运用时，要做到论题鲜明，论据充分，论证层次分明和富于逻辑性。特别是在讲解概念时，更要抓住其基本特征和根本属性进行推导和判断，注重用事实说话，以理服人。

5. 抒情式语言

抒情式语言是指教师在教学中用以抒发感情的语言。教师的情感通过语言抒发出来，常能收到“动之以情、以情感人”的效果。

抒情式语言有以下具体表现方式。

（1）直接抒情：也称直露倾诉式抒情，就是教师将自己的感情在教学中直接表露、倾诉给学生，不加任何掩饰。它往往借助感叹、呼吁等手段，直接表达教师的感情体验，以其坦诚的胸怀、真挚的情愫等产生强烈的感染力；

（2）间接抒情：又称潜蕴事理式抒情，是指教师并不直抒胸臆，而是依托于一定的事理，借助叙述、议论或描述的方式进行的抒情。

教师应该根据不同的教学状况采用相应的教学语言。例如比喻、变调、含蓄、节奏、幽默、引用、悬念、应变等技巧的使用。

（五）教学语言技能的提高途径

教学语言技能作为一种重要的教学技能，经过有目的的训练、培养是可以提高的。师范生和在职教师要想不断地提高自己的教学语言技能，应从以下几方面入手。

1. 提高内在修养水平

教师的教学语言技能水平是教师本人的学识、思想和个人修养的综合表现。

古人云“言为心声”、“慧于心而秀于言”，西谚有“舌头是心灵的翻译家”之说。要从根本上提高教学语言技能，就必须切实加强自身的思想道德、时代精神、法制观念、心理知识、逻辑知识、专业知识、哲学意识、审美情趣和教学理论等多方面的修养，这可称之为“蓄源”工作。古人所谓“资之深，则取之左右逢其源”、“腹有诗书气自华”以及今天人们所深信不疑的“课上一分钟，课下十年功”，都说明丰厚的内在修养是教师教学语言技能的基础和源泉，没有这一厚重的根基，无论进行怎样的技能训练，也不能避免教学语言浮泛、苍白的缺憾。

教师的内在修养在量上要求广泛，在质上要求精深。所以有人提出教师既应是个“杂家”，又应是个“专家”。在增强自身内在修养的蓄源过程中要注意两个方面的问题：一是要除旧布新，注意吸收和储存最新的信息；二是要注意对获得的信息进行加工处理，使其及时得到内化，以便在教学中能迅速地由内部语言变为外部语言，由无声语言变为有声语言。良好的内在修养，深刻的思想认识是语言技能得以形成和不断发展的源泉。

2. 锤炼语言外化技巧

教学语言是一种外显的有声语言，高超的表达不是简单地复述课前准备的讲稿，而是把自己的思维成果用准确的有声语言迅速地表述出来。这一过程的关键是教师要将内部言语迅速、准确地转化为口头语言，也只有实现了这种转化，才能为学生所感知和接受。这一转化过程的最高标准是自己头脑中所“想到的”和口头上已“说出的”有很高的一致性。

在内部语言转化为外部语言的过程中，我们既可以看出教师已有的语言表达能力，又可以锻炼和提高教师教学语言的表达水平。因此，师范生和在职教师除了要学习前文所述的教学语言的特征与表达技巧外，还必须坚持训练和掌握这种语言外化的表达技巧。

3. 在实践中不断追求

要学好讲话就得多开口。作为教师，只要是语言学习的有心人，他所教的每堂课都会成为锻炼和提高教学语言技能的有利机会，从这个意义上说，课堂教学实践就是教师教学语言艺术的实验室。

训练和提高语言技能主要是通过微格教学技能训练来实现。教学模拟试讲、教学见习实习、说课、评课等都是检验与提高教学语言技能的重要途径。教师要高度重视这些训练和提高教学语言技能的机会，杜绝那种只注重书本知识的学习，轻视教学语言等技能训练的思想，要精心准备，认真进行相关的训练。

要想全面提高自己的教学语言技能，仅仅靠课堂教学和专业技能训练是远远不够的，必须充分利用一切说话机会来进行锤炼。只有长期坚持，不断追求，才有可能使自己的口语表达，表现出一种自然天成的理想状态，达到“脱口秀”的高超境界。

二、板书技能

板书在课堂教学中与讲授相辅相成,是教师向学生传递教学信息的重要手段。板书技能也是教师必须掌握的一项基本教学技能。教师在精心钻研教材的基础上,根据教学目的、要求和学生的实际情况,经过一番精心设计而组合排列在黑板上的文字、数字以及线条、箭头和图形等适宜符号称之为正板书,通常写在黑板中部突出位置。一般把在教学过程中随讲、随写、随擦,写在黑板两端的一些辅助性文字、数字等符号称之为副板书。这里主要介绍正板书技能。

(一)板书的基本概念

板书是教师上课时为帮助学生理解、掌握知识在黑板上书写的凝结简练的文字、图形、符号等,它是用来传递教学信息的一种言语活动方式,又称为教学书面语言。板书以其简洁、形象、便于记忆等特点深受教师和学生的喜爱。

板画是板书的一种特殊形式,板画也叫黑板画,是教师在传递教学信息的过程中,以简练的笔法,将生物个体、事物现象及其过程描绘而成的生动形象的特殊板书。板画能突出事物或现象等的本质特征,示意过程。板画是以线条、一笔画、简笔画、漫画、素描等方法绘制的形象画、模式图或示意图等图画形式来代替抽象的文字符号。为真正发挥板画的教学功效,教师需要掌握板画的基本技巧和方法。

板书、板画是课堂教学的重要手段,与教学语言有效结合,可以使学生的视觉跟听觉配合,更好地感知教师讲授的内容。

(二)板书的作用

精心设计的板书浓缩着教师备课的精华。直观的板书,可以补充教师语言讲解的不足,展示教与学的思路,帮助学生理清教学内容的层次,理解教学内容,把握重点,突破难点。它能够启发学生的智慧,在课内有利于学生听课、记笔记,在课后有利于学生复习巩固、进一步理解和记忆,并能给学生美的享受,对学生产生潜移默化的影响。板书还便于教师熟记教学的内容和程序。一般说来,板书具有以下作用。

1. 突出教学重点与难点

教师要根据教学内容和生物学科的特点设计板书,板书的内容通常为教学的重点、难点,并且在关键的地方可以标识,比如用不同颜色的笔书写和绘画。围绕教学重点和难点设计的板书,以书面语言的形式简明扼要地再现事物的本质特征,深化教学内容的主要思想,有助于学生理解和把握学习的主要内容。

2. 有助于集中学生的注意力,激发学习兴趣

板书、板画在文字、符号、线条、图表、图形的组合和呈现时间、颜色差异等方面的独特吸引力,能够吸引学生的注意力,激发学习兴趣,并且使学生受到艺术的熏陶和思维的训练。同时,板书、板画使学生的听觉刺激和视觉刺激巧妙结合,避免由于单调的听觉刺激导致的疲倦和分心,兼顾学生的有意注意和无意注意,从

而引导和控制学生的思路。

3. 有助于启发思维，突破难点

中学生的思维以具体形象思维为主要形式，因而教学必须遵循直观性原则。富有直观性的板书，能代替或再现教师的演示，启发学生思维。好的板书，能用静态的文字，引发学生积极而有效的思考活动。

4. 概括要点，便于记忆

教师的板书反映的是一节课的内容，它往往将所教授的材料浓缩成纲要的形式，并将难点、重点、要点、线索等有条理地呈现给学生，有利于学生理解基本概念、定义、定理，当堂巩固知识。教师板书的内容往往就是学生课堂笔记的主要内容，这无疑对学生的课后复习起引导、提示作用。

5. 有助于学生明确教学内容的发展线索

一则好的板书，常常以精炼的文字辅以线条、箭头等符号，将教材的重要内容及作者的思路，清晰地展现出来。

6. 规范、正确的板书能为学生做出示范

教师工整、优美的板书经常是学生书写（包括字体风格、列解题步骤等书写内容、运笔姿势等）的模仿典范。心理学认为，使学生获得每个动作在空间上的正确视觉形象（包括其方向位置、幅度、速度、停顿和持续变化等），对许多动作技能的形成是十分重要的。在学生看来，教师的板书就是典范，因此，教师写黑板字，画图及解题时都应规范、正确。

（三）板书的类型

板书的形式随教学目标、教学内容、学生年龄特征及学习特点的不同而不同。选择适当的板书类型是增强教学效果的重要一环。常用的板书类型主要有以下几种。

1. 提纲式

提纲式板书，运用简洁的重点词句，分层次、按部分地列出教材的知识结构提纲或者内容提要。这类板书适用于内容比较多，结构和层次比较清楚的教学内容。提纲式板书的特点是：条理清楚、从属关系分明，给人以清晰完整的印象，便于学生对教材内容和知识体系的理解和记忆。

板书示例：第二节　植物的光合作用

三、光合作用的实质

1. 公式

$$\text{二氧化碳} \xrightarrow[\text{叶绿体}]{\text{光}} \text{淀粉}+\text{氧气}$$

（原料）　（条件）　（产物）

2. 实质

物质转化过程：无机物 ⟶ 有机物

能量转化过程:光能 ⟶ 储存在有机物中

四、光合作用的意义

五、外界条件对光合作用的影响

六、光合作用的原理在农业生产上的应用

2. 词语式

词语式板书通过摘录、排列教学内容中含有内在联系的关键性词语,将教学的主要内容、结构集中地展现出来。它的特点是简明扼要,富有启发性,能够引起学生连贯性的思考和对教学内容的整体把握与理解,有利于学生思维能力培养。

板书示例:第三节　免疫

- 免疫
  - 概念
  - 类型
    - 非特异性免疫
      - 概念
      - 特点
      - 第一、第二道防线
    - 特异性免疫
      - 概念
      - 特点

3. 表格式

表格式板书是将教学内容的要点与彼此间的联系以表格的形式呈现的一种板书。它根据教学内容可以明显分项的特点设计表格,由教师提出相应的问题,让学生思考后提炼出简要的词语填入表格,也可由教师边讲解边把关键词语填入表格,或者先把内容有目的地按一定位置书写,归纳、总结时再形成表格。这类板书能将教材多变的内容梳理成简明的框架结构,增强教学内容的整体感与透明度,同时还可以加深对事物的特征及其本质的认识。

板书示例:物质出入细胞的方式

方式	运输方向	有无载体	是否需能
扩散作用	顺浓度梯度	无	否
被动运输	顺浓度梯度	通道蛋白协助	否
主动运输	逆浓度梯度 顺浓度梯度	载体蛋白运转	ATP供能
吞吐作用	与浓度无关	细胞膜与囊泡	ATP供能

4. 线索式

线索式板书是围绕某一教学主线,抓住重点,运用线条和箭头等符号,把教学内容的结构、脉络清晰地展现出来的板书。一般应用于游记、参观记这类记叙文,以及高年级的情节比较复杂的课文。这种板书指导性强,能把复杂的过程化繁为简，有助于学生理清文章的结构，了解作者的思路，便于理解、记忆和回忆。

板书示例：蛔虫生活史

蛔虫成虫（人体肠内）→ 受精卵（随粪便排出）⟶ 阴湿多氧21～30℃ → 感染性卵

感染性卵 —人吞食→ 幼虫（人体肠内）

幼虫（人体肠内）—随血液循环→ 幼虫（肺）

幼虫（肺）→ 上行到口腔再下行到肠 → 蛔虫成虫（人体肠内）

5. 关系图式

关系图式板书是借助具有一定意义的线条、箭头、符号和文字组成某种文字图形的板书方法。它的特点是形象直观地展示教学内容，能将分散的相关知识系统化，便于学生发现事物之间的联系，有助于逻辑思维能力的培养。

板书示例：血液循环

左心室→主动脉→全身各级动脉↘

毛细血管：体循环（动脉血→静脉血）

右心室←上、下静脉←各级静脉 ↙

↓

右心室→肺动脉 ↘

肺部毛细血管：肺循环（动脉血→静脉血）

左心房→肺动脉↙（返回左心室）

6. 图文式

教师边讲边把教学内容所涉及的事物形态、结构等用单线图画出来（包括模式图、示意图、图解和图画等），形象直观地展现在学生面前。这种板书图文并茂，容易引起学生的注意，激发学习兴趣，能够较好地培养学生的观察能力以及思维能力。

板书示例：教师在讲解循环系统时的淋巴形成示意图

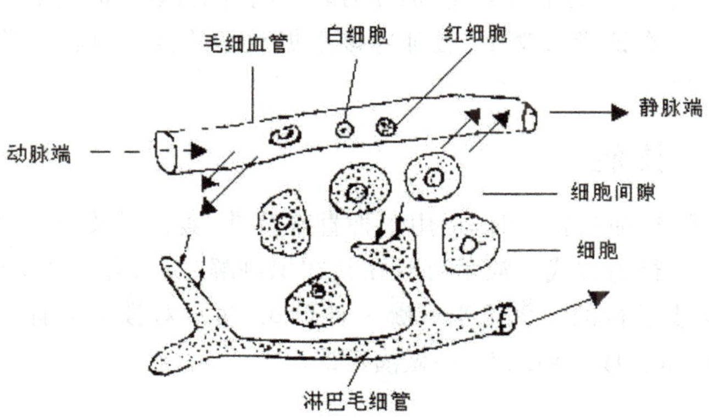

(四)板书的原则

1. 目标明确,针对性强

板书是为一定的教学目标服务的,偏离了教学目标的板书是毫无意义的。设计板书之前,必须认真钻研教材,明确教学目标,只有这样,设计出来的板书,才能准确地展现教材内容,真正做到有的放矢。另外,针对性还要求板书从教材特点、课型特点和学生特点出发,做到因课制宜、因人制宜。

2. 语言正确,科学性强

这是从内容上对教师的板书提出的要求。板书的用词要恰当,语言要准确,图表要规范、线条要整齐美观。板书要让学生看得懂,引发学生思考,避免由于疏忽而造成意思混乱或错误。

3. 书写规范,示范性强

板书是一项直观性很强的活动,教师的板书除了传授知识外,还会潜移默化地影响学生书写习惯。因此,教师的板书应该规范、准确、整齐、美观,切忌龙飞凤舞、信手涂抹,不倒插笔,不写自造简化字,一字一句,甚至标点符号都要有所推敲。板书还应保证全体学生都看清楚,字的大小以后排学生能看清为宜。此外,在保证书写规范的同时,还应有适当的书写速度,尽量节省时间。

4. 重点突出,条理性强

板书要引导学生把握教学重点,全面系统地理解教学内容。因此,教师的板书要依据教学进程、教学内容的顺序与逻辑关系做到重点突出,详略得当,条理清楚,层次分明,力争在有限的课堂时间内,使学生能够纵观全课、了解全貌、抓住要领。为此,教师应根据教学要求进行周密计划和精心设计,确定好板书的内容格式,这样在教学时才能有条不紊地按计划进行。

5. 形式多样,趣味性强

好的板书设计会给学生留下鲜明深刻的印象,提供理解、回忆知识的线索。充满情趣的板书设计,好像一幅生动美丽的图画,给学生以美的享受,拨动着他们的心弦,激起他们浓厚的学习兴趣,加深对教学内容的理解和记忆,增强思维的积极性和持续性。在课堂教学中,教师应该根据教学的具体内容和学生思维的特点,运用好板书。

三、演示技能

演示是生物教师在教学时,运用各种直观教具、实验以及现代教学媒体传递信息的一种教学行为方式。演示有时在新知识讲解之前,有时在讲解之后,但多数是与讲解同步进行的。无论采取哪一种形式,演示对教学都有直观强化的作用。当然,有时也自成一种课型,叫做演示课。

(一)演示技能概述

教学演示技能,简称演示技能,是指教师在课堂教学过程中向学生展示实物或实物的模型、标本、挂图,或通过幻灯、投影、电视等媒体展示或实验演示,说明有关事物的特点和发展变化过程,使学生获得感性认识的一种教学活动方式。当教师能够根据教学内容和学生的认知特点,准确地选择演示类型、并能按照有关要求熟练地进行演示操作、讲解时,表明该教师形成或掌握了教学演示技能。教师掌握演示技能的必要性在于它能使教师准确、迅速、高效地进行演示教学。

1. 演示的意义

教学中运用直观演示手段,能够丰富学生的感性经验,减少掌握新知识尤其是抽象知识的困难。感性认识(或直接经验)是学生掌握书本知识的重要基础,教师传授的书本知识,主要是以抽象的语言文字为载体,而学生的直接经验是相对有限的,对于很多新知识的理解是有困难的。为了保证教学的效率与系统性,不可能让学生事必躬亲。在教学中运用直观演示的手段,可以避免教学内容抽象、空洞、难于理解的缺点。人的思维发展是从形象到抽象的,初中学生的思维具有具体形象的特点,需要具体、直观的感性经验来支持。因此,演示在初中课堂教学中广泛采用。随着科学技术的发展,大量的新技术和新媒体进入教学领域,为教学演示提供了丰富的手段和材料,对改革教学方法起了极大的推动作用。

2. 演示的作用

(1)教学演示能使学生获得生动而直观的感性知识,加深对教学内容的认识,把书本知识和实际事物联系起来,形成正确而深刻的概念;

(2)教学演示能使学生获得理解抽象知识必需的感性材料,减少学习抽象知识的困难;

(3)教学演示能够提高学生实验操作的能力;

(4)教学演示有助于培养学生观察和思维能力,开发学生潜能,减轻学习的疲劳程度,提高教学效率,有助于提高学生学习的兴趣、积极性。

(二)演示的类型

1. 实物、标本和模型演示

在教学过程中,演示实物、标本和模型的目的是使学生充分感知教学内容所反映的主要事物,了解生物形态和结构的基本特征,获得对生物个体的直接感性认识。为了使学生的观察更有效,教师在恰当地使用演示技能的同时,还要用简洁的语言适时地引导和启发学生思维,使其更好地掌握所观察的内容。具体来说,这类演示要注意以下问题。

(1)材料的演示要与语言讲解恰当结合。教师把实物、标本、模型等展示给学生之后,不做讲解只让学生自己观察的做法是不正确的;同样,在学生观察时,教师滔滔不绝地进行详尽的讲解,不给学生留下思考的余地,也是不可取的。讲解与演示有机地结合，讲解与学生的思维有机地结合，体现了教师演示的教学艺术。

(2)实物的演示与其他演示手段恰当结合。实物和标本所表现出来的现象，有时在结构上界线不清，影响学生清晰而准确地感知。为了深化学生的直观感觉，加深对所学知识的理解，凡是外部结构界线不清的，内部结构和生理过程难于观察的，都应配合挂图、黑板画、幻灯、投影、电视录像等演示手段，从而引导学生的观察向深入发展。

(3)模型的演示要做必要的说明，一般可按标本的演示方法进行。但是有时它的大小比例以及表示颜色等与实物有所不同，必须向学生交待清楚。

(4)必要时进行重复演示和观察。在教授新的教学内容后，学生已经获得了一定的知识，必要时可再次演示，以便起到验证、巩固、检查、加深已获得的知识的作用。

2. 挂图演示

挂图是教学中最早使用的一种教学辅助手段。它不但制作方法简单，而且使用灵活方便，不受地点条件的限制。挂图一般包括两类：一类是正规的印刷挂图，一类是教师自制的简略图、设计图、结构图、分类图、表格图和象形图等。挂图是教学中最常用的直观教具，在演示时注意以下问题。

(1)注意演示的及时性，把握好演示时间。挂图不能在课前就展示给学生，以免分散注意力。上课前应把挂图背面朝外挂在挂图架上或黑板上，需要时再挂在明显的位置上让学生观察，使用完毕再把它反过去或取下来放回原处。这样，学生就不至于被挂图分散注意力，观察时也会有一种新鲜感。

(2)挂图、语言、文字有机结合。教师在演示过程中，一方面要进行必要的讲解；另一方面还要板书，使语言、图像、文字密切结合，以发挥多种符号的作用，帮助学生理解。为使这三者配合得既恰当又自然，教师应注意采用缩短挂图与板书间距离的办法，在图的旁边对应图中各部分的位置写板书。演示挂图时并不板书，总结时再进行板书，使板书起到归纳总结的作用，做到讲解、演示、板书有主有从，同时也充分发挥语言和挂图有机结合的作用。

(3)画略图或使用辅助图配合主图。挂图的大小是有限的，尤其是在图形比较复杂的时候，不管多大的挂图都难免有个别细小的部分，不易被学生看清楚。例如，细胞结构模式图中，某些细胞结构学生是不容易看清楚的。如果在挂图上没有局部放大内容时，教师就应当在讲解中再在黑板上画一些略图，或使用辅助挂图，把局部放大，帮助学生配合主图看清一些重要而细小的部分。

3. 幻灯、投影演示

幻灯、投影演示即使用幻灯机、投影仪进行的演示，能够化抽象为具体、化虚为实、化大为小，向学生提供相关事物丰富的感性材料。幻灯片、投影片的制作简单，成本低廉，容易掌握，因此，幻灯机和投影仪在现代教学中运用十分广泛。使用幻灯、投影演示时应该注意以下问题。

(1)要保证画面的质量。幻灯、投影放映出来的画面质量直接影响教学效果。清晰的、色彩鲜明、色调调合的画面,能够引人入胜;反之,模糊的、色调暗淡的画面,会使人产生厌烦情绪。因此,演示前对幻灯、投影片要精心设计,仔细挑选;放映时焦点调节准确,画面大小适当。

(2)演示时间不宜过长。幻灯、投影的演示虽然容易吸引学生的注意,激发学习的兴趣,但长时间演示会使学生产生视觉疲劳,因此,每次演示的时间不宜过长。同时,演示的次数要适量,不能过于频繁。

(3)室内局部遮光。幻灯机、投影仪虽然亮度较高,但在演示时仍需有一定的遮光条件。教室内长时间遮光会影响学生的视力,亮暗变化过大不但教师操作不方便,还会影响学生的情绪。因此,一般采用局部遮光的办法,把靠近银幕的窗户遮挡起来。这样,既不影响学生看书或做笔记,又不会太影响放映效果。

4. 电影、电视、计算机演示

这类演示是利用电影机、电视机、计算机等现代化教学媒体进行的。电影、电视具有图像鲜明生动、直观形象的特点,并且图像、声音同步。计算机演示是运用电子投影仪放映演示文稿或教学课件的形式进行的。这类演示能使教学内容得到充分表达,有助于激发学生的学习动机和集中学生的注意力,加深学生对知识的理解。

应用电影、电视、计算机配合课堂教学,是目前国内外普遍重视的一种教学方法。这种演示方法给学生提供了感性材料,在加深对抽象知识的理解,拓宽学生的知识面和发展他们的思维能力等方面都有重要作用。使用电影、电视、计算机等媒体演示,必须注意做好以下几方面的工作。

(1)做好课前准备。主要包括选择媒体软件,了解媒体软件的详细内容;计划课程进度,把媒体软件内容和课堂教学活动有机地结合起来;准备演示前必要的说明,对媒体软件内容的提示,在观看中应思考的问题,和有关部门进行联系等。

(2)辅助课堂教学。在用电影、电视、计算机辅助课堂教学时,可在概念、原理的讲解之前演示,也可以在之后演示,为概念或原理的理解提供感性材料。其程序是:教师讲解概念或原理;放映媒体软件提供感性材料;结合讲过的概念、原理对媒体软件内容作系统分析,促进学生认识的深化;继续新的教学内容。

5. 实验演示

在课堂教学中,为了使学生对教学内容获得直观的感性认识,有时也采用演示实验的方法。实验演示有三个突出的特点,即科学性、直观性和启发性。实验演示具体可分为获取新知识的实验演示和验证、巩固知识的实验演示两种。

获取新知识的实验演示,是教师向学生讲解,传授新知识之前所进行的与之有关的实验演示。在演示时,教师要先详细说明实验条件,在学生看到实验现象后，启发、引导学生对实验现象进行分析、解释，从而得到正确的结论。而验证、巩固知识的实验演示，是在教师先向学生教授知识，学生掌握以后，再进行的实验演示。演示之前教师要向学生说明要做什么实验，引导学生运用刚学过的知识预测将产生什么结果，再开始实验。实验完毕后让学生说明为什么会产生这样的结果，用所学的知识来解释实验现象。

（三）演示的基本要求

为了发挥教学演示的作用，提高演示效果，教师在演示时需要遵守和注意以下几点。

1. 演示与语言讲解紧密结合

教师在演示的同时需要进行必要的讲解，学生以视听结合的方式理解并接受知识，对于提高他们的理解力和巩固知识有重要的作用。演示与讲解相结合的形式有以下几种。

(1)用直观手段辅助讲解。教师通过对教学内容进行语言描述并附有直观的教学演示，让学生在观察的过程中获取知识。

(2)将直观教学手段作为讲解的出发点。这种方式是教师先提出问题，然后让学生根据问题对直观事物进行观察，最后教师对学生观察结果进行概括并将其上升到理论的高度。这时，直观教学手段的应用只是作为教师讲解的出发点，为学生的学习提供感性基础。

(3)利用语言指导学生的观察。这种形式是让学生通过自己观察，获得直观教学手段能呈现出来的知识，此时，教师并不直接传授知识，而是通过指示学生有重点地观察，启发他们思考问题。

(4)引导学生自己得出观察的结论。这种方式由教师先提出问题，然后由学生自己观察，在观察的基础上，引导学生自己思考，得出概括性的结论，最后由教师进行总结。

2. 演示要适时适度

所谓演示适时是指演示要在恰当的时候进行。教师的演示总有其特殊的目的，特定的时机。教师应根据具体情况在适当时机演示，不能提前也不能延后，否则，就达不到演示效果。通常，根据学生的心理特点，演示时机有离散时机、渴求时机、疑难时机、升华时机、欲试时机和懈怠时机等类型。所谓演示适度是指演示时，需要学生观察时则展示媒体材料，不需要时则收起媒体材料，以免学生产生疲劳感，不能注意听讲。

3. 选取能给学生适宜刺激的素材

在选择演示素材时，应该注意选取能给学生适当刺激效果的内容素材。太强烈的刺激会对学习产生不利影响，最好是选取既能激发学生的情感活动，又能引起学习兴趣的那些刺激强度的内容素材。

4. 活用演示材料

充分发挥演示教学的艺术性，需要运用各种演示材料来调动学生的积极性，促使学生对所学知识产生浓厚的兴趣。

5. 设置悬念，引导探索

教学演示前要造成学生渴望演示出现的心理，以便演示出现后能吸引学生认真观察和积极思考。因此，演示前应有简短的引言，努力激发学生想看、想弄清楚某些问题的欲望，创设探究学习的情境。

四、课件设计与制作技能

随着信息技术向教育领域的不断渗透，特别是多媒体计算机已成为教学过程中不可缺少的组成部分，并已成为融图、文、声于一体的崭新认知工具，改善了人们的认知环境，从根本上改变了教学信息的传播方式，也促使教学手段、教学方法、教学模式甚至教学理论、教学体制和教学内容的变革。

计算机辅助教学(Computer Assisted Instruction，CAI)是利用计算机执行教师的教学功能，向学生传授知识和进行技能训练，或者是辅助教师的讲解等教学活动，为学生的学习提高良好的环境条件。而课件是指在CAI活动中，呈现教学内容，接受学生的要求和回答，指导和控制教学活动的程序及有关的教学资料。它包括用于控制和进行教学活动的程序，以及帮助开发、维护和使用这些程序的有关文档资料，帮助教师、学生使用课件的课本、练习册等。

(一)课件设计与制作的原则

在CAI课件设计与制作的过程中，除了应遵循的一般教学原则外，还应注意以下原则。

1. 反馈性原则

设计制作课件时，重视及时对学生的学习情况进行反馈了解，调节学习的进度，为学生自我反馈、自我检测学习结果、调控学习过程创造条件，同时也为教师随时掌握反馈信息提供有利条件。

2. 主体性原则

设计制作课件过程中既要突出教师的主导地位，又要体现学生的主体地位。一方面，在传授知识、发展智力、培养能力上，对学生的不同个性应有广泛的适应性；另一方面，通过多媒体的人机交互，使学生自己操作练习，自己掌握学习进度，体现主体性教学。

3. 师生互动原则

设计制作课件时应显示师生互动作用，即教师通过课件进行教学，引起学生知识结构、能力、品格等方面的变化，而学生又将自己的理解程度、情感体验等信息反馈给教师，形成师生间的相互作用、相互影响的过程。

4. 合作性原则

设计制作课件时，应重视强调学生间的合作关系。学生在学习过程中，在教师组织和指导下，一起讨论和交流，共同对学习内容考察、协商、辩论。这样，学习者群体的思维和智慧就可以被群体中的个体所共享，从而提高学习效果，并培养了合作精神。

（二）CAI课件的制作

1. 制作CAI课件需要的技术支持

硬件配置：计算机起码是PⅡ级以上，带声卡、光盘刻录机、32M以上的内存、2G以上的硬盘。操作系统：windows98中文版以上、windowsXP等。

2. 开发平台

目前市面上有很多制作CAI课件的平台。国内的有方正奥思、课件大师等，国外的有flash、powerpoint、authorware、director等。各种平台的特点各不相同—，有些是幻灯片，有些是主页式。

3. 其他软件

图片处理软件：如photoshop，paint shopper，coreldraw等，主要用来处理一些图片，如图片大小的改变、美化图片等润色处理。

音像处理软件：如cool edit、mp3、total recorder录音软件等，用来加工声音、音乐，视频图像等。

动画制作软件：如flash、animator、3Ds等，用来做一些模拟画，能化静为动，生动有趣。

4. 素材收集

要制作CAI课件必须做好各种素材的收集，如图片、音像、动画、音乐等素材。收集的途径有：平时注意从报刊杂志上收集、到音像店去购买、或者在因特网上收集。

5. 课件结构的设计

有关课件的整体策略及用何种方式把各个局部的教学单元联系起来，呈现在计算机屏幕上，就是课件结构的设计。它是制作过程中很重要的一个环节。教育信息的组织结构形式有线索性结构、分支结构和网状结构等。传统的文字、录音、录像等教材的信息组织结构都是线性和有顺序的。CAI课件是一种超媒体结构，由类似人类联想记忆结构的非线性网状结构来组织教育信息，没有固定的顺序，也不要求人们按照一定的顺序来提取信息。节点、链、网络是超媒体结构三个基本要素。依据超媒体结构的特点，制作课件时应避传统教学观念中线性和有顺序性之短，扬超媒体依人思维联想记忆非线性结构之长，使制成的CAI课件在教学过程中有独特的风格。

设计课件的系统结构，可按以下步骤进行：①要充分备好课，把教学分为几个步骤，思路明确；②设计课件的封面要形象生动，标题要简练，能引起学生兴趣，导言要阐明教学目标与要求，介绍使用方法，呈现课件基本结构；③根据课件的主要框架及教学功能，确定课件的主菜单和各级子菜单及按钮，实现所表达内容转换的顺利跳转，课件运行过程中应做到随时能结束退出；④将教学内容划分成若干个知识单元，并确定每个知识单元的知识点构成及所达到的教学目标；⑤根据不同的知识单元，设计相应的屏幕类型，使相同的知识单元具有相对稳定的屏幕风格，并考虑每类屏幕的基本组成要素。

6. 课件脚本的设计

课件的脚本设计与课件的结构设计，既有相同之处又有不同之处。总体上看，都是对课件的宏观控制，体现课件制作前的策略过程。但脚本包含课件结构设计，且是通过文字、图像把课件的系统结构、教学功能和制作方案具体地表现在脚本卡片上。对无能力独立完成课件制作的教师，写脚本是不可缺少的环节。脚本既是制作的依据和出发点，又是它的归宿，脚本的质量将决定课件的质量。

功能与界面，然后以屏为单位确定系统的逻辑结构，选择媒体形式和确定每种媒体的信息量，最后形成详细而完整的制作脚本；具体步骤可按目标设计—表现方式的选择—课件结构设计—形成脚本—脚本卡片设计这样的顺序进行，设计脚本就是把将选定的教学内容编写成思路清晰、内容精炼、重点难点突出、易于计算机表达的脚本。就像一个编剧一样，教师要根据开发环境把课上的内容一步一步地写出来，如图形、文字布局、闪烁、滚动、旋转、切换等技巧的运用等，都要预先设计好。

7. CAI课件的系统调试

调试是课件制作的最后环节，关系到这个课件有没有实用价值，一般检查以下几点：①制作好的课件，能否顺利地从制作电脑中移到多媒体教室的电脑上；②制作好的课件，要在不同环境的多台电脑上试运行，观察是否都正常，特别注意计算机分辨率和支持的运行平台是否符合要求；③参加评比的课件，尽量“减肥”、“低标准”，打包时特别要注意有链接设置的文件，是否带过去了；④在多媒体教室教学时，课件通过视频液晶投影仪投在屏幕上，颜色、线条和图像易失真，文字大小也要变化，应注意调整。

（三）课件设计制作的注意事项

1. 要符合科学原则

图形要清晰易辨，文字用语要符合教学的要求，不要与教材相背离。同时，做课件不要做得太华丽、花哨。

2. 应该简洁明了

制作出来的课件要有容易使用、操作方便的特点。同时，做课件时不要一下子把目标定得太大，范围可以小一点。应该多做一些小课件（或者可以叫做小插件），小课件做多了，我们就可以把它们组合成大课件，所以要有积件思想，积少成多，积小成大。

3. 资源共享

应该提倡资源共享，开放源程序，让其他人可以从中学习，从中改进，实现资源的共享。利用因特网的优势，实现CAI课件的资源共享。这一点就需要成立一个专门的网站（或网页），把教师所制作的课件收集起来，并在网上发布，以便于大家一起学习，共同进步。

4. 因时、因地而用

CAI是计算机辅助教学软件，有帮助就用，没帮助或者帮助不大就没必要使用。同时，也要同传统的教学媒体结合优化使用。

5. 资料库的建立

想要在短时间内做出一个好的CAI课件，必须有充分的准备，正所谓“工欲善其事，必先利其器”。平时要多注意多种资料的收集，并做好分类工作，当要用到时就可以随手拈来，缩短制作课件的时间。

总之，教学方法与教学技能是相互联系而又有所区别的。教学方法是师生双方为了完成教学任务，所采用的手段、方式，包括教法和学法两个方面。教学方法是一门艺术，它的创造性、个性和灵活性十分突出，而且形式多样。教学方法的主导者是教师，落脚点是学生。实践证明，在很多场合，特别是课堂教学中，教师的教法制约着学生的学法，对学生的学法起主导作用。一般来说，教师采用什么样的教法，学生必然会产生相应的学法。如果教师的教遵从学生学的规律和特点，使用科学的方法，学生就学得积极主动，学法也科学合理。因此，就课堂教学而言，教法决定着学法。什么样的教法，什么样的学法，在很大程度上决定了培养出来的人具有什么样的能力和水平。方法问题不解决，学生学习的效果就不会好，教学质量也难以提高。

掌握教学方法是形成教学技能的前提，教学技能首先表现为教师在掌握大量的教学方法的前提下，在具体的教学实践中对这些教学方法的灵活运用。熟练掌握教学技能又为教学方法的娴熟运用提供了支持。二者相互促进，相得益彰。学习教学法的最好办法是在学习教学法理论、原则的同时，加强教学技能的训练，将教学技能训练贯穿到整个教学法课程中。

教学技能的形成和培养是以多种知识修养、多种智力开发、多种经验积累为基础的。对于师范生来说，有一个从学习到实践、从知识到能力逐步转化、逐步提高的过程。这就要求师范生一方面应加强专业基础理论、教学法学习，明确生物学教学能力构成的诸种因素；另一方面要加强教学实践环节、强化训练，初步具备胜任教学工作的基本能力。

案例一:“血液循环”的教学设计及点评

一、教学设计的指导思路

本节课通过多媒体辅助教学,以重视启发诱导为前提,深入挖掘和充分利用知识间的联系,引导学生利用动物学中血液循环及本章第一、二节的相关内容,快速掌握新知识,进一步培养学生的创新思维能力。在教与学的双边活动中充分发挥教师为主导,学生为主体的作用,通过创设循序渐进的问题情境,步步深入来化解难点,突破重点。从而使学生由理解记忆代替死记硬背,进行愉快的课堂教学。

二、教材分析

1. 教材的地位及知识的前后联系

本节课的内容是九年义务教育初中生物教材七年级下册第四章“人体内物质的运输”的第三节。通过本节内容的学习,学生能够在掌握第一节“血液”和第二节“血管”的相关内容的基础上,进一步理解血液循环对人体内物质运输的重要作用,也是对前两节中重点内容的运用。血液循环途径这部分内容与后面的知识点(第六章中的气体交换)也有着密切的联系,因此本节课的内容在整个章节处于承上启下的中心位置,是本章知识结构中重要的环节。

2. 教学重点

体循环和肺循环的途径及血液成分的变化。

3. 教学难点

血液在循环途径中成分的变化。

三、学情分析与学法指导

初中学生好奇、好动,思维活跃,在初一生物学的学习中已经学习了有关脊椎动物循环系统的知识,在本章第一、二节,有关血液、血管和心脏的知识刚刚学完,从学习反馈中看出有少部分学生对心脏四个腔的左右不分,对动脉、动脉血和静脉、静脉血等概念混淆不清。

学生要针对教师的提问,在回答的过程中领悟知识要点,教师要指导学生理解记忆,不要死记硬背。

四、教学目标设计

1. 知识目标

(1)使学生理解血液循环的概念;

(2)掌握体循环和肺循环的基本途径和关系。

2. 能力目标

通过启发引导学生利用旧知识学习新知识,培养学生学会联系、比较、综合和逻辑推理的思维能力和学习方法。

3. 思想情感方面

通过对血液循环途径及循环意义的掌握,对学生进行生物体是统一整体的生物学观点的教育。

五、教学方法

教师设计一系列的问题，运用谈话法启发引导学生寻找答案。教师通过边问、边讲、边绘图的形式完成教学内容。体循环、肺循环的途径采用与课件结合形式讲解。

六、教学媒体的选择

血液循环课件包括心脏结构及其与之相通的血管、体循环与肺循环路线，两人一张作业纸。

七、教学过程设计

1. 教学过程流程

开始
↓
CAI 复习引导 ——→ 复习心脏、血管的相关知识
↓
CAI 体循环的途径 ——→ 学生观察、阅读、回答问题、口头总结
↓
体循环血液成分的变化 ——→ 探讨释疑获取结论

2. 教学过程(如表8-1所示)

表8-1 “血液循环”的教学过程

教学过程		教师的主导作用	学生主体活动	设计意图
复习提问		CAI展示心脏血管结构图(未标注结构名称)，提出问题： 1. 请一位同学描述一下心脏的结构 2. 与心脏四腔连通的血管名称分别是什么 3. 怎样区分动脉、静脉、动脉血、静脉血	学生观察、回忆、讨论、思考、回答	第一、二节的内容是基础，起到承上启下的作用
引入新课		设问：血液是怎样在心脏和血管组成的封闭管道中流动的呢 引出新课——血液循环	进入课题，激发学生的求知欲望	激起学生的兴趣，带着问题听讲、思考、培养创新思维的能力
新课	体循环途径	提问：请同学们回忆一下心室的形态与结构，哪个腔的肌肉壁最厚？与这部分功能有什么关系 引出体循环 CAI展示血液循环动态图(未标注各部分名称) 点拨问题 1. 从左心室流出的血液不可能与之相通的一条血管	学生观察、思考 同学们阅读课本P33并观察图Ⅵ-28两人讨论体循环要经过哪些结构 找1~2名同学口头说出他们所观察的体循环途径(个别同	学生通过观察图，根据第二节已有的知识比较容易对照图说出血液流经各部分结构的名称 这里避免教师的面面俱到

续表 8-2

教学过程		教师的主导作用	学生主体活动	设计意图
		就能到达全身各器官的，因此我们用各级动脉表示。最小动脉后应是什么血管？ 2. 根据毛细血管的概念，毛细血管两端分别连通什么血管 3. 连通毛细血管的静脉是最小的，它们不断汇集，我们以各级静脉表示，那么汇集到最后最大的静脉应是哪条	学对各级静脉把握的不是很准确）	
	体循环血液成分的变化	提问： 1. 体循环中血液在心脏和全身各器官间不断流动，目的是什么 2. 血液与组织细胞在何处进行物质和气体交换？为什么？怎样交换 3. 经过体循环血液发生了怎样的变化	在教师的点拨下，同学们勇于思考根据第二节内容比较容易回答出毛细血管的特点，揭示了结构与功能相适应的特点。（个别同学对动脉、动脉血、静脉、静脉血混淆不清）	初二学生具有比较理性的思考，通过问题循序渐进的深入，揭示了体循环的意义。加深了学生理解记忆
	巩固复习	作业纸上有人体循环模式图（未标名称） CAI展示选出具有代表性的作业讲评，优秀者给予中肯的表扬	请同桌两人合作，在作业纸上完成体循环的路线，并表明血液成分的变化（流动脉血的用红笔，流静脉血的用蓝笔标注）	给学生创造自由的学习氛围，及时发现问题，针对学习中暴露的问题，加以强调巩固重点
	肺循环	总结体循环引入肺循环 点拨提问： 在肺部毛细血管处血液与肺泡发生了怎样的气体交换？经过肺部循环，血液成分发生了怎样的变化	教师让学生按照体循环的推理方式在作业纸上画出肺循环的途径，标明血液成分的变化情况 学生完成后，由学生来讲肺循环的途径及血液成分的变化。（如有不准确处，可以引起讨论）	在体循环的基础上，学生很容易推理出肺循环的路线及血液成分的变化，培养学生思考、推理、独立探求问题和答案，使其个性得以发展
	血液循环意义	血液循环的意义。教师给予补充	让学生发表意见，由他们自己归纳出血液循环的意义	学生有能力自己做出归纳，提高教学的针对性
	知识反馈讨论	学生问答后，教师给予指正 讨论提纲： 1. 体循环和肺循环是同时进行的还是有先有后 2. 动脉里流动脉血，静脉里流静脉血，这样观点对不对	前后桌四人一组讨论	教师考察： 学生对本节内容是否真正理解把学生对知识点理解，推向深入

续表 8-2

教学过程	教师的主导作用	学生主体活动	设计意图
知识反馈讨论	3. 动脉与动脉血、静脉与静脉血怎么区分 4. 在什么地方血液成分才发生变化？为什么	前后桌四人一组讨论	教师考察： 学生对本节内容是否真正理解把学生对知识点理解，推向深入
巩固复习		组间连答竞赛，教师从血液循环的任何一部位说出其名称，小组的学生依次接着回答出血液流动的下一个结构名称，以时间最短、准确率最高为得分最高	加强重点内容的巩固，这种反馈形式紧张有趣，有效地调动了学生参与的积极性，并促进了学生的理解记忆
小结	CAI归纳总结	师生共同总结	是学生从本节课学习的内容上归纳，促进学生对知识的掌握，培养学生的总结概括能力

八、教学评价设计

为了测评学生对本节课的达标情况，使学生系统掌握本节课的内容，本节课的教学评价设计为：

1. 设置情境

设置一系列的问题情境，多媒体投影出讨论提纲，让学生思考、讨论，如循环途径的讨论提纲为：①体循环与肺循环是同时进行的还是有先有后？②动脉里流动脉血，静脉里流静脉血，这样观点对不对？③动脉与动脉血、静脉与静脉血怎么区分？④在什么地方血液成分才发生变化？

让学生按照体循环的推理方式在作业纸上画出肺循环的途径，并用红、蓝笔分别标注动脉血和静脉血。如果出现问题可展开讨论，最后教师纠正，并进行鼓励性评价。

2. 随堂练习

(1)课件出示血液循环的示意图，让学生标明名称和血液流动方向。

(2)通过组与组间连答竞赛，反馈学生对循环路径的记忆的准确性和牢固性。可从血液循环的任一部位开始，说出其名称如肺静脉，小组的第一个学生就依据血流方向答出左心房，第二个同学接着答出左心室……依次类推。以时间快，准确率高者得分为高，错一个扣5分，来调动学生的积极性，同时也促进了学生的理解记忆。

九、板书设计

→左心室→主动脉→全身各级动脉↘

毛细血管：体循环（动脉血→静脉血）

右心室←上、下静脉←各级静脉↙

↓

右心室→肺动脉↘

肺部毛细血管：肺循环（动脉血→静脉血）

—左心房→肺动脉↙

十、点评

本节课依据教材、课程标准及学生实际，运用启发、诱导式教学模式，通过一个个循序渐进的设问，一步步将学生思维引入知识要点，基本知识和基本技能的教学，不是仅仅局限在教师对知识、技能的分析、总结和归纳上，而是引导学生通过观察、思考、探索知识技能发生发展的过程，使整个教学过程贯穿置疑和探究活动。教学过程中，注意对每个问题引入和启发，对每个环节的点拨和释疑，充分发挥了学生的主体性、创造性，营造了一个平等、和谐的学习氛围。在传授知识的同时，注重了学生分析问题、解决问题能力的培养；通过竞赛性的问题方式、鼓励性的教学评价等，树立了学生分析问题、发现问题、解决问题的信心，很好的实现预定的教学目标。

案例二："细胞的增殖"（第一课时）教学设计及点评

一、教材分析

"细胞的增殖"是普通高中课程标准教科书《生物1（必修）——分子与细胞》（人教版）第六章的重点内容之一。本节主要内容包括细胞增殖及其意义、细胞周期、有丝分裂、无丝分裂等。细胞增殖作为生物体的重要生命特征，与绪论中生物的基本特征有关。有丝分裂的内容还是学习减数分裂、配子生成和融合、合子发育的重要基础，也是学习DNA复制及遗传信息传递的重要基础。

二、学情分析

高一学生的特点是抽象思维能力和综合思维能力较强，同时，对生物课程的学习也有着浓厚的兴趣。他们在初中曾学过"细胞通过分裂产生新细胞"的内容，但是对此了解得很浅，没有深入到细胞分裂过程的水平。因此，教学中可以利用学生的知识基础并遵循学生的认知规律，通过适当的教学策略，使新知识有效地整合进学生原有的知识网络中，使学生的知识体系得到丰富和发展。

三、教学目标

（1）模拟探究细胞大小与物质运输的关系，探讨细胞不能无限长大的原因；

（2）举例说明细胞分裂是生物体生长、发育、繁殖和遗传的基础；

（3）简述细胞生长和增殖的周期性，图解一个细胞周期的大体分期；

（4）概述细胞的有丝分裂的过程；

（5）养成学生批判性思考的能力；

（6）形成学生实事求是的科学态度和一丝不苟的科学精神。

四、教学重点和难点

1. 教学重点：细胞生长和增殖的周期性；真核细胞有丝分裂的过程；

2. 教学难点：真核细胞有丝分裂过程中，各个时期染色体的变化特点。

五、教学方法

探究、讲述和讨论的方法。

六、教学准备

3 cm×3 cm×6 cm的含酚酞的琼脂块、质量分数为0.1%的NaOH溶液、塑料餐刀、胶皮手套、毫米直尺、塑料勺、吸水纸、烧杯。

七、教学过程(如表8-2所示)

表8-2 “细胞的增殖”的教学过程

程序	教师活动	学生活动	设计意图
联系、思考,明确学习目标	提问:从细胞变化的角度分析,生物体为什么能由小长大 评价学生回答,引导学生思考:为什么生物体大都是由许多体积很小的细胞组成的,而且细胞生长到一定程度会发生细胞分裂或者不再继续生长呢	学生思考并回答:是细胞分裂和细胞生长的结果	联系学生已有的知识。创设问题情景,激发学生的探究欲望,主动地参与学习过程
问题导学,主动探究,获取知识	针对问题,引导学生制定解决方案,设计探究物质扩散速率与细胞大小关系的模拟实验 组织学生进行模拟实验 根据实验结果,引导学生通过思考与讨论,主动获得知识	提出设想,倾听、参与交流各种方案的可行性 按确定方案,学生两人一组进行实验操作,并观察、记录、分析实验结果	给学生充分的机会发挥想象力和创造性。使学生亲身参与探究过程,因此极大地激发了学生的求知欲,有利于学生知识的建构和科学研究方法的领悟
	倾听、总结学生的讨论结果,继续引发学生思考,既然细胞越小,细胞的物质运输的效率就越高,细胞体积是不是越小越好	通过模拟实验和讨论,学生充分理解到细胞体积越大,其相对表面积越小,细胞的物质运输的效率就越低,细胞表面积和体积的关系限制了细胞的长大,细胞分裂是其发展的必然	通过讨论使学生深入思考,并用联想的方法将模拟实验的结果迁移到细胞。有利于培养学生批判性思维的能力
加工信息,构建知识体系	组织学生阅读教材并讨论: 1.什么是细胞周期 2.不同种类细胞的细胞周期持续时间是否相同 3.细胞周期包括哪两个阶段?它们在时间分配上有什么特点?关于细胞周期的概念,教师还要让同学们准确理解,只有“连续分裂的细胞”才具有细胞周期,如皮肤的生发层细胞、根的分生区细胞等;而高度分化,失去分裂增殖能力的细胞,如神经细胞等不具有细胞周期	学生在理解细胞周期的概念和特点后,回答问题	学生自主学习,主动建构新知识
	用课件模拟展示间期的动态过程 播放显微镜下连续摄影的细胞分裂过程的录像。然后分别利用课件模拟展示四个时期的动	学生观察、思考并描述 学生观察并概述各个时期的特点,如将期末的特点概括	观察现象,引起思考,加深理解 使学生理解有丝分裂的各时期是为了研究方便人为划分的,实际上是

续表 8-3

程序	教师活动	学生活动	设计意图
加工信息，构建知识体系	态过程	为“丝生核现板变壁”、“两消两现重开始”等	一个动态的连续过程
	在前期，教师要启发学生思考、讨论，染色质转变成染色体的生物学意义	学生讨论、交流回答：即可以使DNA分子在分离的过程中不损坏，保证了遗传信息的完整性	
	关于赤道板，要让学生领会它是垂直与纺锤体的纵轴，并将其平分的一个平面，实际上并无板状结构存在		
	结合屏幕显示的有丝分裂各时期的静态图片，引导学生进行总结	学生回答各图片所代表的时期以及各时期的特点	
	教师同学生一起分析、归纳有丝分裂的实质		使学生理解有丝分裂的意义
	介绍我国科学家在“细胞增殖”领域中的研究进展及成果	倾听，参与交流	使学生了解中国科学研究的前沿工作，激发兴趣，发展相关情感
反馈与矫正	提问： 1.DNA复制和染色体数目加倍分别发生在哪个时期 2.与高等植物细胞有丝分裂有关的细胞器有哪些	学生思考回答： 1.分别发生在间期和后期 2.核糖体、高尔基体、线粒体等	了解学生对知识的理解情况，及时调整教学，为继续学习奠定基础
	讨论： 正常骨髓细胞的细胞周期约为40小时，急性淋巴性白血病白细胞的细胞周期为2～10天。医院采用化疗的方法最大限度地杀伤肿瘤细胞，保存骨髓细胞。推断给药的时间间隔并简述理由	学生在充分讨论后得出结论，给药时间间隔应控制在40～48小时	联系实际，将知识拓展、延伸
	评价学生学习情况。 推荐相关网站，以解决课后遇到的问题： www.pep.com.cn/gzsw/index.htm	学生记录网址	拓展了教育资源，为学生提供了一个自主学习的空间

八、教学点评

本节课教师注重课程资源的选择、整合和优化。既要让学生感受细胞分裂过程的动态性和连续性，又要克服多媒体手段转瞬即逝的弊端。此外，本节课将模拟实验引入课堂，通过探究学习、自主学习和合作学习，发挥了学生的主体作用，使学生感知知识的形成，领悟科学的研究方法——模拟的方法，更有助于知识的建构，取得了很好的教学效果。这种亲身探究、生生互动的教学场景和开放式的教学模式、学习方式正是新一轮课程改革所倡导的。在探究学习和自主学习中，如何调动每一位同学的积极性，还有待于进一步探讨。

思考与练习

1. 讲授法、讨论法和谈话法各有什么优缺点？在生物教学过程中应如何应用这几种常用的教学方法？

2. 在生物教学过程中，演示教学技能有哪几种类型？使用时应注意哪些问题？举例说明。

3. 试比较自主学习、合作学习和探究学习的异同。

4. 参考教学语言技能的不同类型进行试讲活动。

第九章　生物课程教学发展性评价

“评价”一词，源于英文Evaluate，这个词在词源学上的含义是引出和阐发价值。《辞海》对评价一词的解释是：“指衡量人物或事物的价值。”从本质上来说，评价是一种价值判断活动，是对客体满足主体需要程度的判断。因此，评价一词的内涵可以解释为：依据一定标准对客观事物进行观察，并作出价值判断的过程。

教学评价是现代教育研究的重要课题之一，目前仍没有一个被认同的界定。国内外学者在教学评价的研究实施过程中有许多颇有见地的主张，由于着眼点不同，从而决定对概念的理解存在较大差异，教学评价在总体上是一个活动的过程。所以，对教学评价的理解可以大致概括为：教学评价是依据一定社会的教育性质、教育方针和政策，对所确立的目标，运用有效的手段和方法，对照各种教学活动的过程与效果和满足个体学习与发展需要的程度作出价值判断的过程。

第一节　生物教学评价概述

教育评价是生物教学工作的重要环节，在生物教学活动中发挥着极其重要的作用。通过评价，不但可以促进教师和学生的双边行为，激发学习的积极性，增强工作的热情；而且能够从整体上调控教学活动的进行，保证教学活动向着预定目标前进。

当前，随着新课程理念的倡导及新课程的实施，生物教育评价业已成为广大教育工作者关注的焦点，因此建立和完善生物教育评价制度已是当务之急，这也是当前生物教育改革的重要方面。为此，生物教师应掌握和研究生物教育评价相关技术，并能结合实际加以应用和改进，以更好地发挥教学评价对教学质量及师生发展的促进作用。

一、教学评价的类型

教学评价类型繁多，在不同的教学情况下采取不同类型的评价方式，对教育教学活动的意义重大。依据不同标准可划分为不同的教学评价类型。

（一）按实施评价时所使用的工具和形式来划分

1. 纸笔测验

这是指以书面形式的测验工具，主要侧重于评定学生在学科知识方面学习成就高低或在认知能力方面发展强弱的一种评价方式。主要包括：传统的考试、教师自编成就测验以及标准化成就测验或其他作为教学评价辅助工具用的各种心理测验等。这种评价方式在目前教学评价中仍然居于主导地位。

2. 表现性评价

这是指使用多种工具或形式，评定学生在实际情景下应用知识的能力，以及在情感态度和动作技能领域学习成就的一种评价方式。这类评价工具或形式主要包括：观察与轶事记录、表演、作品、评定量表、核检表、档案袋等。由于这类评价方式需要实际观察和记录学生在真实或仿真的施测情境中的实际表现，或根据学生实际表现行为的过程或最后的成果作品来进行评定，因而被称为表现性评价。目前，表现性评价已逐渐受到教育界的重视，并用它来弥补传统纸笔测验的不足。

（二）按教学评价的直接目的来划分

1. 配置性评价

这类评价的目的旨在了解学生的背景、性格和学习兴趣，以便根据学生的个别差异，安排适当的学习过程，施予适当的教学和辅导，如性向测验、综合入学测验等。

2. 诊断性评价

这类评价也称教学前评价或前置评价，一般是在某项活动开始之前，为使计划更有效地实施而进行的评价。旨在发掘、鉴定学生的学习困难或教学缺失，以便为调整教学方案提供参考，如在教学过程中的课堂提问、平时测验等。

3. 形成性评价

形成性评价是在教学进行过程中，为引导教学前进或使教学更为完善而进行的对学生学习结果的鉴定。旨在了解阶段教学的效果和学生学习的进展情况以及教学的可能缺失，以便及时反馈，及时调整和改进教学工作，如各级学校目前举行的年段考试、期中考试等。形成性评价一般又是绝对评价，即它着重于判断前期工作达到目标的情况。对于提高教学质量来说，重视形成性评价比重视总结性评价更有实际意义。

4. 总结性评价

这类评价又称事后评价，一般是在教学活动告一段落时为把握最终的活动成果而进行的评价。旨在检测学生的学习是否达到了各科教学目标的要求。总结性评价注重的是教与学的结果，借此对被评价者所取得的成绩做出全面鉴定，区分等级，对整个教学方案的有效性做出评定，如学期末或学年末各门学科的考核、考试。

（三）按教学评价的参照标准来分

1. 相对评价

相对评价又称常模参照评价，是指在某一集团中（班级、学校、地区或国家），以这个集团的平均状况为基准，来评价被评对象在这个集团中所处的相对位置的一种评价。其评价的重心在于学生之间的比较，而与教育目标没有直接的关系。这类评价多适用于竞争性的选拔考试。

2. 绝对评价

绝对评价又称效标参照评价，是指以预先设定的、期待的教育目标为评价标准，来衡量评价对象所达到程度的一种评价。其评价重心在于学生能做些什么，不能做些什么，是否达到了教育目标。学校内的教学评价多属此类评价。

3. 个体内差异评价

这类评价是以评价对象群体中各对象自身的发展变化为参照点的一种评价，以客观评定各对象的进步与否。

（四）按教学评价的表达来划分

1. 定性评价

这类评价是对评价资料作“质”的分析，是运用分析与综合、比较与分类、归纳与演绎等逻辑分析的方法，对评价所获得的数据、资料进行思维加工。分析的结果有两种：一是描述性材料，数量化水平较低甚至毫无数量概念；另一种是与定量分析相结合而产生的，包含数量化但以描述性为主的材料。一般情况下定性评价不仅用于对成果或产品的检验分析，更重视对过程和要素相互关系的动态分析。

2. 定量评价

这类评价则是从“量”的角度，运用统计分析、多元分析等数学方法，在复杂纷乱的评价数据中总结出规律性的结论。由于教学涉及人的因素，各种变量及其相互作用关系是比较复杂的，因此为了揭示数据的特征和规律性，定量评价的方向、范围必须由定性评价来规定。

可以说，定性评价和定量评价是密不可分的，两者互为补充，相得益彰，不可片面强调一方面而忽视另一方面。

二、教学评价的基本原则

教学评价是一种价值判断过程，要使教学评价公正客观，确实发挥其评判功能，教师必须切实遵守以下几项评价的基本原则。

（一）目标性原则

教学评价可以针对不同的学科特性和评价目的，采用各种不同的技术和方法，但无论使用什么技术和方法，都必须根据教学目标来进行。教学目标可以分为认知、技能和情感态度三个维度。因此，在实施教学评价时，应当兼顾这三个维度的目标，不能只看中认知目标而忽略情感态度和技能目标。此外，每一教学目标都有不同的层次，每一层次的目标均应有机会被抽样出来加以评价。例如，认知目标可以分为识记、理解、应用、分析、综合和评价六个层次，所以在评价认知教学结果时，决不可只偏重识记层次的评价，而应当兼顾其他层次目标的评价。

(二)全面性原则

在实施教学评价时，必须对教学的各个环节加以考虑，务求做到全面公正。既要重视教师业务水平和学生学业水平的提高，也要重视教师、学生的道德修养；既要评估教师的工作绩效和学生的学业成绩，又要重视教师的工作过程和学生的学习过程；既要体现教师、学生的群体协作、共性发展，又要关注他们的个体差异以及对发展的不同需求。

(三)多元性原则

没有一种评价方法既可以用来评价学生所有的学习结果，也可以用来评价教师的教学效果，任何一种评价方法都有其特殊的功能和限制。因此，在评价内容、评价主体、评价方法上必须多元化，注重教师、学生的自评作用，做到自评与他评相结合，形成性评价与终结性评价相结合，定性评价与定量评价相结合，使教学评价更具真实性、有效性和公正性。

(四)过程性原则

过于关注结果的教学评价，是一种面向“过去”的评价，如经常采用的考试，其评价结果常以分数来代表。这种评价不关心学生获得答案的过程，不关心学生学习生物的思维过程，评价只注重结论。实际上分数相同的两位学生，其反应组型(代表思维品质)未必完全一样。因此，在实施评价时，应重视学生获得答案的反应过程，以便了解学生的思维品质，诊断学习的困难所在，并有利于采取补救措施。此外，在生物实验教学中，评价更应注重实验程序和方法，而非只注重实验的结果。

(五)改进性原则

教学评价并非随着教学和学习活动的结束而结束，而应被视为一个过程，不但是在评定学生的学习成果，而且也在评定教师的教学成效，以作为改进教学和学习的参考。因此，教师应懂得利用教学评价结果来改进自己的教学缺失和诊断学生的学习困难，以便决定学习辅导的策略。

三、目前生物教学评价的一般特征

(一)评价过分强调甄别与选拔

传统生物教学评价，以学生考试得分为主要标准，把学生区别为好、中、差，划分生物学习的优劣高低或等级，把评价的目光落在区分、甄别与选拔上，忽视生物教学评价的改进、激励和发展的功能。

(二)评价内容过分倚重生物科学知识

传统生物教学评价在内容和方法方面的最大问题是过分倚重生物科学知识,特别是教科书上的知识,因而评价过分注重学生的学业成绩,忽视对学生的探究能力、实践能力、创新精神以及情感、态度、价值观等综合素质的考察和全面发展的评价,忽视对知识内化、整合能力的评价。

(三)评价指标单一

传统生物教学评价更多强调共性与一般趋势,忽视学生在学习生物科学方面的个体之间的差异,忽略学生个性化发展,不利于学生生物科学素养的培养和发展。

(四)评价主体单一

传统的生物教学评价主体多为单一源,即学校对教师教学的评价、教师对学生学习成绩的评价,忽略同级评价、不同源的评价,比如学校管理者、教师、家长、学生等多主体共同参与的多源评价。虽然有一些学生自我评价,但总的来说,学生还是处于消极的、被评价的地位,缺乏沟通、交流和互动的评价活动。

(五)评价方法单一

在评价方法、手段上多采用传统的纸笔方式,忽视生物学科的特点,缺少体现最新评价思想的技术与方法。过多地强调“量化”,忽略“质性”评价,只关注教师对生物学知识的传授和学生对生物学知识的识记,而将学生的生物科学素养、情感态度等排除在外,致使生物教学评价简单化、表面化、僵化和肤浅。

(六)评价重心失衡

传统生物教学评价过于关注最后的结果,注重横向比较,强调终结性评价结论,而忽略各个时期的进步状况,忽略结果反馈的科学过程。因此,这样的评价不能很好地促进学生养成科学探究的习惯和冲动,形成严谨的科学态度和科学精神。

四、生物课程教学发展性评价

针对我国现行课程评价体系中的不足与局限,新一轮基础教育课程改革明确提出要树立“立足过程,促进发展”的评价理念,建立发展性课程评价体系,即建立促进学生全面发展的评价体系;建立促进教师不断提高的评价体系;建立促进课程不断发展的评价体系。

(一)发展性教学评价的内涵

发展性教学评价是依据一定的教学目标和标准,对教学活动进行侧重评价过程,强调评价对象主体参与、重视评价方法多样,以促进评价对象的发展为根本目的的一种价值判断活动,是为教学决策服务的教学评价。其内容主要包括发展性学生评价、发展性教师评价、发展性课堂教学评价、发展性学校评价等。

发展性教学评价是在批判传统评价理论和借鉴国外评价理论的基础上发展起来的现代评价理论,是形成性教学评价的深化和发展,由形成性教学评价发展而来，但比原始意义上的形成性评价更加强调以人的发展为本的思想。原始意义上的形成性评价强调对工作的改进，而发展性教学评价强调对评价对象人格的尊重，强调人的发展。

发展性教学评价以尊重评价对象为前提，突出师生在评价中的主体地位，以促进师生共同发展为主要目的，不断满足师生自我实现的需要。通过这一评价方式的实施，一方面能够有效地发掘教师的潜能，提高教师的职业道德、业务能力和创新素质；另一方面，通过建立发展性学生评价的科学运行机制，能够有效地发现和发展学生的潜能，促进全体学生的全面主动发展，并对学生创新素质和实践能力的提高产生积极的效果。同时，发展性教学评价需要重新审视师生的地位和作用，体现了时代对师生的要求，适应了教师与学生、教与学角色的根本转变。

（二）发展性教学评价的价值取向

1. 实现评价功能的转变

由过去的甄别、选拔向重视发展转变。关注学生、教师、课堂教学发展中的需要，突出评价的激励与调控功能，以促进评价对象的发展为根本目的，体现满足社会发展的需要与个体发展需要的辩证统一，使评价过程成为促进发展和提高质量的过程。

2. 实现评价内容的综合化

评价内容要多样，以适应人才发展多样化的要求，尤其是创新、探究、合作与实践能力的发展。评价内容标准既要有统一要求，也要关注个体差异和对发展的不同需求，为学生、教师有个性、有特色的发展提供空间和可能性，促进其在原有水平上提高和发展其独特性。

3. 实现评价方法多样化

重视质性评价，强调量化、质性评价相结合，以质性评价整合量化评价。丰富评价与考试的方法，如成长记录袋、学习日记、情景测验、行为观察和开放性考试等，以适应综合评价的需要，力求达到评价的科学性、实效性和可操作性。

4. 实现评价主体的多元化

强调从单向转为多向，增强评价主体间的互动，强调被评价者成为评价主体中的一员，建立学生、教师、家长、管理者、社区和专家等共同参与、交互作用的评价制度，以多渠道的反馈信息促进被评价者的发展。

5. 实现评价重心的转移

将形成性评价与终结性评价有机地相结合，使学生、教师和课堂教学的发展过程成为评价的组成部分。而终结性的评价结果随着改进计划的重新确定亦成为一次评价的起点，促进被评价者的发展。

6. 实现评价结果的反馈促进功能

强调评价对象对评价结果的认同，强调评价的民主化和人性化的发展。重视被评价者的主体性与评价对个体发展的建构作用,重视评价的反馈,及时发现教学缺失,诊断学习困难,使教师、学生在评价活动中通过反思,不断认识自我、发展自我、完善自我、从而达到促进发展的目的。

第二节 生物课堂教学发展性评价

生物课堂教学评价是生物学教育评价的一个组成部分,是以教师的课堂教学为研究对象,以现代教育教学理念、现代课堂教学观为依据,运用可操作的科学手段,按照一定的价值标准,对生物课堂教学的各个要素及其发展变化做出客观的衡量和价值判断的过程。课堂教学评价的实施可以为被评价者设计教学、改进教学、进行创造性的教学提供依据,并为教育部门的决策提供参考和借鉴。

当前,生物的课堂教学评价仍普遍沿袭着以教师为中心、以知识为本位的陈规旧习。这种评价不仅已经丧失了对课堂教学改革的导向与激励功能,甚者还异化为改革的障碍与阻力。因此,在新课程实施背景下,重构课堂教学评价体系,将新课程改革的要求具体化,从而指导教师的课堂教学行为,把课堂教学引上新课程改革发展的正确轨道,是当前新课程实施面临的重要任务。

一、树立发展性课堂教学评价观

教育部《基础教育课程改革纲要》(试行)明确提出“建立促进教师不断提高的评价体系。强调教师对自己教学行为的分析和反思,建立以教师自评为主,校长、教师、学生、家长共同参与的评价制度,使教师多渠道获得信息,不断提高教学水平。”可见,突出评价的发展性功能是新课程课堂教学评价的核心理念。

(一)促进学生发展

基础教育课程改革的核心理念是“以学生的发展为本”。这一理念在课堂教学评价中应首先体现在教学目标上,即不仅要按照课程标准、教学内容的科学体系进行有序的教学,完成知识、技能等基础性目标,同时要从学生全面发展的需要出发,注重学生发展性目标(以学习能力为重点的学习素质和以情感为重点的社会素质)的形成。其次,体现在教学过程中,教师要认真地研究并有效实施课堂教学策略,激发学生学习热情,体现学生主体,尊重学生人格和个性,鼓励学生发现、探究与质疑,高效地实现目标。再次,在教学效果评价上,要以评学为重点,“以学论教”,将观察课堂的目光由教师转向学生,并以此来促进教师转变观念,改进教学。

(二)促进教师成长

新课程课堂教学评价主要目的之一是要促进教师不断提高教学水平,评价方向是面向未来的。其重点不在于评价教师的讲授水平,也不在于鉴定某一节课的课堂教学结果,而是诊断教师在课堂教学中存在的问题和不足,以此来制定教师个人发展目标，满足教师个人发展需求。因此，它是一种建立在自评和他评相结合的基础上，以促进教师专业发展为目的的评价方式。

（三）以学论教

“以学论教”即以学生的“学”评价教师的“教”。它强调以学生在课堂学习中呈现的情绪状态、交往状态、思维状态、目标达成状态为参考，来评价教师教学质量的高低。因为，一切教学设计、一切标准以及教师的一切劳动，都是为学生的学习和发展服务的。只有树立“以学论教”这一新的课堂教学评价观，新的课堂教学才能真正体现“以学生为主体，以学生发展为本”的教育思想。

二、发展性课堂教学评价的特点

课堂教学评价本质上是对教师的评价，发展性教师评价是以促进教师的专业发展为目的的一种教师评价方式。这种评价方式是建立在评价者与评价对象双方相互信任的基础之上，以和谐的气氛贯穿评价过程的始终，它是在批判传统的以奖惩为最终目的的教师评价制度的过程中应运而生的。可见，发展性教师评价已呈现出独特的优势，这也正体现了发展性课堂教学评价的特点，其主要表现如下。

（一）注重评价对象的未来发展

发展性课堂教学评价的着眼点主要在于发现评价对象即教师的优势和可能的发展领域，注重他们的未来发展，把提高每一位教师的课堂教学能力、开发教师的潜能、促进教师的长远发展作为评价的主要目的。同时，要发现评价对象的不足之处，找出其根源所在，以利今后避免和改进。

（二）评价体现民主协商精神

对评价目标、评价计划的确定，评价对象与评价者的配对，评价报告的撰写等方面，都通过协商来确定，而不可由评价者强加于评价对象。其中，评价对象与评价者的配对应由当事人与学校协商确定，配对时可以实行双向选择，对学校安排的配对可以私下提出调整意见。在评价过程中，由评价双方共同承担实现发展目标的职责。

（三）评价以对话和定性分析为主，强调真实准确

为了对评价对象高度负责，实现评价的改进和发展目标，发展性课堂教学评价以系统、准确、全面收集信息为前提，确保评价的真实性和准确性。同时，采用评价双方之间的对话和定性分析为主要方法，通过双方之间充分的交流和沟通，共同找出问题及其根源，优势及其潜能，一般不需要给出确切的评价分数。

（四）评价结果与奖惩完全脱钩

发展性课堂教学评价的立足点是促进所有教师的未来发展，是提高教师专业技能和专业知识的一种手段，是促进学校未来发展的一种措施，已不再是奖励和惩罚广大教师的一种机制。因此,它要求将评价结构与奖惩完全脱钩,以消除教师的疑虑,确保所有教师在整个评价过程中积极参与,做到襟怀坦荡,严格剖析自己,以期获得预期的结果。

(五)评价过程具有周期性

发展性课堂教学评价过程具有明显的周期性,每一评价周期的主要环节包括:评价双方初次见面,商定评价的范围和性质,制定评价方案;根据商定的原则和方案进行课前准备、说课、教案评改、课堂听课和收集信息;举行正式的评价面谈,确定未来的发展目标,撰写简要的评价报告,由评价双方商定并签名;定期检查实现发展目标的进展情况,直到一个周期结束。

当一个周期完成以后,第二个周期将立即继续启动,环节同上。这样,评价过程环环相扣,周期与周期相连,但在不同周期评价对象的发展目标和需要改进的方面会有所不同,而非机械重复,教师的教学能力和水平将螺旋上升,不断提高。

(六)评价材料完全保密

有关评价对象的评价报告和评价材料应被视为教师个人的保密材料,要依据国家制定的保密规章制度,存放在学校档案室,严格限制他人接触这些材料,只有评价者、评价对象、评价对象委托的代表、明文规定的负责人(如校长)有权接触这些材料。这一保密举措也是提高教师积极参与评价过程的关键措施。因此,必须要求每一位评价者认真履行保密职责,非经评价对象本人同意不可对外泄露,否则,将会影响评价的实效性。

三、发展性课堂教学评价的实施方法和步骤

(一)确定评价者

担任发展性课堂教学评价的施评者应符合以下要求:①已接受专门培训;②一般由同学科(或相关学科)的同事或管理人员担任;③人数一般为2~3人,并由1人任组长,负责相关事宜;⑤得到评价对象的认可。

(二)商定评价方案

评价方案由评价者同评价对象通过举行专门面谈共同商定。评价方案一般应包括:评价目的、评价重点、评价步骤、收集信息的范围、方法及步骤、课堂听课及评价面谈的时间和地点等。

(三)收集评价信息

收集信息的范围和方法应依据评价方案来确定,并获得评价对象的认可。收集信息的渠道和方式是多种多样的,主要有说课、听课、自我评价、意见调查及查阅文献资料等几种途径。通过这些途径收集的信息,要及时进行整理,作为评价的依据,同时写出初步的评语。

(四)评价面谈

评价面谈是整个评价过程的重要一步。评价者依据系统收集的信息,充分肯定评价对象的优点和积极方面,鼓励评价对象不断进取,发扬优点,再上台阶。同时诚恳地指出教学中的不足之处,与评价对象一起客观分析其原因,提出改进和提高的建议和措施。

(五)撰写评价报告

通过评价面谈达成初步共识后,评价者要及时撰写评价报告。评价报告要言之有物,防止空洞抽象,应避免文字的判决性,以防挫伤评价对象的积极性,评价报告要得到评价对象的认可。评价报告一般包括面谈讨论记录和讨论后制定的课堂教学发展目标两个部分,一式三份,评价者、评价对象和校长各持一份,注意评价的保密性。

(六)复查面谈

复查面谈的目的是反省实现发展目标的过程、程度及存在的问题,分析问题的症结,提出进一步改进办法,必要时调整发展目标实现的时间。检查面谈后,应撰写一份双方认可的、扼要的补充材料,反映出实现目标的过程,由评价双方签名,并附在评价报告中。

(七)制定提高方案

通过对教师课堂教学周期性的评价,学校要为教师确定实现发展目标的途径,如指定帮带老师,进行对口进修或培训,指定学习书刊,创造外出对口听课的机会等。

对教师的课堂教学进行发展性的、科学的评价,其实就是对教师劳动的尊重,对教师生命活动的尊重。这种尊重必将对教师产生巨大动力,这种尊重也必然有利于全面实施素质教育。

四、发展性课堂教学评价标准的构建

科学的评价体系应该全面准确地反映生物学课堂教学质量,既要重视教师教的质量,也要重视学生学的质量和效果。依据新课程改革的基本精神和新颁布的生物课程标准的要求,生物课堂发展性教学评价应当注重有利于实施素质教育;有利于学习者的主动发展;有利于学习者创造性思维和探究、创新能力的培养;有利于学习者终身学习能力的养成;有利于教师对教学过程及教学效能进行及时反馈。此外,在评价过程中,教师还要特别重视对学习者有关生命科学探究的基本能力和情感态度与价值观方面进行导向性的评价。

由于评价对象的复杂性和评价所依据的价值的多元性,所以课堂评价标准也是仁者见仁,智者见智,呈现出纷繁多样的特征。衡量和评价生物学课堂教学质量的重要指标主要有:教学目标、教学内容、教学策略、教师素质、教学效果等五个方面。

(一)教学目标

教学目标的制定是否能准确反映生物新课标的要求,是否符合学生的实际水平,是否明确、具体、易于操作,教学过程中能否体现教学目标并达到目标要求,是教学目标评价时所关注的重点。但是能否将基础性目标与发展性目标相协调、统一,也是教学目标评价的重要内容。

基础性目标是按照新课程标准、教学内容的科学体系,进行有序的教学所完成的知识性和技能性目标。发展性目标包括以培养学生学习能力为重点的学习素质和以情感为重点的良好社会素质。课堂教学目标就是把知识、技能教学与能力、情感教学有机地结合起来。

(二)教学内容

教学内容科学合理的安排是良好的课堂教学质量的保证,好的课堂教学内容应具有如下特征:

(1)教师正确理解教材所表达的意图,并在此基础上根据本班学生的特点创造性地使用教材;

(2)教学内容具有挑战性,能激发学生的求知欲;

(3)内容衔接科学合理,具有严密的逻辑性和系统性;

(4)注重教学内容的综合性,体现科学性、人文性和社会性的融合;

(5)关注教学内容的实践性,密切联系社会实际和学生生活实际,培养学生的动手能力和解决问题的能力。

(三)教学策略

生物新课程教学策略研究的主要目的是为了激发学生学习的能动性、自主性以及学习的创造性。因而生物新课程课堂教学策略体系应包括激励性教学策略、自主性教学策略及探究性教学策略三个方面,可以遵循这些内容来对生物课堂教学策略进行评价,具体内容如下。

1. 激励性教学策略体系

主要包括:让学生明确学习生物科学的价值;适当补充与学生生活相关联的教学材料,激发学生的学习兴趣;正确运用肯定、奖励及竞争的评价方法,激发学生的学习热情;建立互尊互爱、民主平等的师生关系,促使学生形成主动学习的强烈愿望。

2. 自主性教学策略体系

主要包括:设计最优化的问题,为学生自主的发展提供时间和空间;设计多样化学习方式,实现学生的自主学习;注重学法指导,培养自学能力,形成自学习惯;引导学生学会自由学习、自我评价。

3. 探究性教学策略体系

主要包括:指导学生大胆质疑,给学生发现问题、解决问题的机会;引导学生对教学内容进行评议;鼓励学生发表不同意见和独创性的见解;组织学生进行研究性学习。

(四)教师素质

教师素质主要指教师基本功和教学基本技能。评价时主要考查教师教态是否亲切自然,仪表是否大方得体,语言是否科学、精练、流畅,讲解是否具有启发性、感染力,板书是否规范、合理,教学媒体使用是否熟练,能否灵活运用现代化教学设备,实验操作是否规范,能否驾驭课堂、表现出较强的应变能力等。

(五)教学效果

"以学论教"是现代课堂教学评价的指导思想。这里的"论教",主要是从课堂教学的"四大状态",即情绪状态、交往状态、思维状态及目标达成状态来评论生物教师课堂教学的质量。按照这一理念的要求,现代生物课堂只有做到"四大状态"的和谐统一,才可能产生理想的课堂教学效果。因此,具体可以从以下三个方面对课堂教学效果进行评价。

1. 师生是否保持良好的情绪状态和交往状态

教师和学生的心理体验、学生的注意力、课堂气氛、学生的学习兴趣和求知欲,都直接影响课堂教学效果。

2. 学生的思维状态是否被激活,教师有没有对学生形成积极的认知干预

"积极的认知干预"要求教师理解和关注学生的学习过程和学习结果,也就是说,要理解和关注学生是如何学习的,以及学到了什么。很多成功教师的精彩之处正是在于他们善于在课堂教学中不断创设思维情境,激活学生思维状态,对学生认知形成积极正面的干预。

3. 课堂教学目标的达成状态如何

一切教学设计、一切标准和教师的一切劳动都是为学生学有所得、有所发展服务的,如果违背这一点,再完美的课也是无价值的。

新的课程评价理念要求我们,在进行课堂教学评价时,一定要本着为师生发展服务的原则,既要关注教师对课堂教学目标的确立和对教学过程的优化情况,更要关注学生学习的质量和效果,这样才可能对课堂教学作出较为准确的评价,同时,才可能不断提高教学水平,使课堂教学沿着正确的方向发展。

五、生物课堂教学评价表

对生物课堂教学评价一般都是遵循上述标准来进行的,但是为了使评价方便易行,方便施评者在课堂听课时的实际操作,一般都是设计成评价表的形式。内容主要包括一级指标、二级指标及评分等级、权重等,其中二级指标是对一级指标的详细分解。例如,表9-1为现行高中生物课堂教学评价表。表中有关权重和评分等级可由评价者和评价对象在听课前共同商定。

表9-1 高中生物课堂教学评价表

课题________任课教师________评课人________日期________

评价项目	评价标准		评分等级				权重	得分
	一级指标	二级指标	A	B	C	D		
教学目标	制定依据	1. 依据课标要求、教材内容、生物学科特性和学生实际制定教学目标						
	可操作性	2. 制定的教学目标全面,包括知识目标、能力目标、情感目标,具体明确,达到各个水平要求						
教学内容	教材处理	3. 要把握教材中各个栏目设置的宗旨、内容及课标中的教学建议,并内化为自己的心理品质						
		4. 联系生产、生活实际设计练习题目,有典型性、探究性、层次性和开放性						
	课程资源	5. 适当补充相关情景材料支持学生学习,注意学科与其他领域的适当联系						
		6. 充分利用学校课程资源,善于利用社区课程资源,适当利用学生家庭课程资源,广泛利用多媒体资源,为教学服务						
教学策略	教学方式	7. 教师要注意典型问题的分析解决,组织好各种形式的探究活动,为学生自主发展提供时间和空间						
	学法指导	8. 引导学生运用正确的方法观察、调查、收集和整理资料、合作与交流						
		9. 给学生自学的机会,最大限度地调动学生学习的内驱力,教会学生学会学习						
	实验教学	10. 充分利用现有条件,提倡创造条件开设教材所规定的实验课,培养学生的动手操作能力						
	教学技术	11.合理地组合教具,运用现代化教学手段和传统教学手段进行教学,让学生全感官参与学习						
	教学环境	12. 以学生为中心,营造一个民主平等的教学环境						
学生状态	学习状态	13. 学生注意力集中,学习兴趣浓厚,求知欲强						
		14.学生参与教学的面广,参与的形式多,程度深						
	学习结果	15. 学生善于交流、合作						
		16. 学生敢于提出建设性意见,有质疑精神						
		17. 达到预期教学目标,全体学生各个方面都得到发展						

续表 9-1

评价项目	评价标准		评分等级				权重	得分
	一级指标	二级指标	A	B	C	D		
教学评价	作用主体	18. 注重激励、反馈与调整，注重教师、学生、小组等多元化评价						
	内容技术	19. 注重知识、能力情感态度与价值观的整体评价，关注质的评价						
教师素质	基本素质	20. 教态亲切自然，仪表端庄大方						
		21. 语言表达精练、流畅、具感染力；板书设计合理、美观						
	教育机智	22. 驾驭课堂自如，应变能力强						
教师评语							合计	
							等级	

第三节　发展性学生学业评价

有计划有目的地对学生的学业进行测量与评价是生物新课程教学工作的重要环节，也是生物教师的重要职责之一。通过对学生学业成绩的发展性评价，一方面教师可以了解学生的学习情况和自身的教学效果，以总结经验，改进教学；另一方面可以让学生了解自己的学业进展和存在问题，从而明确努力发展的方向。当然，也可以为学校领导和教育行政部门的决策提供参考依据。

一、学业评价的内容

发展性学业评价的内容应根据课程标准设定，生物课程标准系统地提出了生物学科的学习目标包括知识与技能、过程与方法、情感态度与价值观三个领域。因此生物新课程发展性学生学业评价的内容应注意将这三个方面统一起来，注重学习结果与学习过程的有机结合，注重对学生各个方面的全面评价。既要对学生在生物基础知识和基本技能的理解和掌握的现实状况进行评价，更要对学生在生物学学习过程中的参与状态、学习方式、思维方式，以及学生在学习过程中表现出来的学习的主动性、积极性、创造性及情感态度价值观等进行评价。

（一）利用纸笔测验，检测学生认知目标的达成

学生诸多能力的培养和形成必须以熟练掌握生物学基本事实、概念、原理、规律和模型等内容为基础，因此“双基”知识的考察仍然是生物新课程评价的重要方面。但是，随着建构主义理论的倡导，生物新课程对学生认知目标评价的侧重点已发生变化，要求更多地注重对生物学概念、原理的理解和应用以及对分析、综合等思维能力的考查，减少对单纯的生物学事实和内容记忆情况的考查。

（二）根据实际操作情况，评价学生的实验操作技能

生物科学是一门以实验为主的学科，因此实验操作技能应成为生物新课程学生评价的一个重要内容。具体可以从能否正确使用一般的实验器具，能否掌握、收集和处理实验材料，能否独立进行生物学实验操作以及生物绘图等方面来评价学生的实验操作技能。

（三）从多个侧面评价学生的探究能力

倡导探究性学习是生物课程标准的重要理念之一。学生的探究能力表现主要包括生物探究的方法、技能掌握的熟练程度和学生创新能力和实践能力的发展情况。具体内容如下。

1. 提出生物问题的能力

学生的生物探究性学习同科学研究类似，是以学生发现问题、提出问题为重要前提的。对学生提出问题的能力进行评价时，应侧重如下内容：学生的问题意识，即是否善于发现问题、积极提出可能通过探究解决的问题，是否领会提出问题的途径和方法；对信息的利用，即能否有效地利用已知信息提出问题；问题的质量，即提出的问题是否合理、完整、新颖及有价值等。

2. 制定实验计划的能力

该能力评价的内容主要包括能否针对所提问题利用信息资源收集资料，设计合理的实验计划；实验目的是否明确，与所提问题是否相符；能否明确实验变量间的关系，清楚观察和测量的方法；材料器具是否齐全，操作步骤是否安全合理等。

3. 实施实验计划的能力

该能力评价的内容主要包括是否严格按照计划中所规定的操作步骤执行，能否如实记录实验现象和实验数据，能否利用数学方法对实验所得数据进行统计、分析等。

4. 阐释和交流实验结果与结论的能力

该能力评价的内容主要包括能否通过分析实验数据，得出实验结果；能否用准确的术语、图表介绍研究方法和结果，阐明自己的观点；能否听取他人意见，利用证据对自己的结论进行辩护，并作出必要的反思和修改。

5. 讨论问题过程中合作交际的能力

新课程改革强调教师应注重学生合作学习能力的培养。通过合作学习可以懂得学习他人的优点，包容他人的缺点，形成完美的人格；可以增进同学间的感情，加强人际关系；有助于发挥个人专长，提高工作效率。因此，合作交际能力的考查也是评价学生探究能力的重要方面。

（四）通过多种途径进行情感态度与价值观方面的评价

促进学生的心理发展是生物新课程教学的基本目的。学生的情感态度与价值观是学生心理发展的基本内容，对情感态度与价值观的强调，突出了以学生发展为本的思想，更有利于学生的全面发展。其评价内容主要包括学生学习生物情

感的体现，科学的世界观和正确的人生观，爱国感、集体感、正义感、责任感的体现以及对生物审美情操的体现等三个方面。

二、生物课程的考试

（一）生物教学目标分类

教学目标是教学的出发点，也是评价的依据。为使学生的学业评价更加科学化、合理化，必须将生物教学目标分类体系明确化、系统化。关于教学目标分类研究，不同的学者提出了不同的阶层分明的教学目标体系，当前最著名、最有影响的是美国心理学家、教育学家布卢姆的教育目标分类法。布卢姆的教育目标分类法将教育中应当达到的全部目标分成三个领域：由知识的掌握、理解及智力发展诸目标组成的认知领域；由各种技能和运动技能诸目标组成的精神运动领域；由兴趣、态度、价值观与正确的判断力、适应性的发展诸目标组成的情感领域。每一个领域又分成若干层次，以认知领域来说，可以分为六个层次，由低级到高级依次为知识或识记、理解、应用、分析、综合、评价。

（1）识记。指对学过的知识和有关材料的识别和再现，是最低等级的认知目标。该层次目标要求学生做到：确认、定义、默写、背诵、描述、列举、说明等。

（2）理解。指对知识的掌握，能抓住事物的实质、把握材料的意义和中心思想，它包括三个心理过程：转译、解释和推断。该层次目标要求学生做到：了解事实与原理、解释文字资料和图表、转译文字资料为另一种资料形式、验证方法与过程、对所学的内容进行概述、举例说明所学过的问题等。

（3）应用。指将所学过的知识应用于新情境。该层次目标要求学生做到：表现、计算、设计、示范、运用、操作、解答实际问题等。

（4）分析。指将知识分解成各种组成要素或组成成分，弄清各要素之间的相互关系及组成原理。该层次目标要求学生做到：对事物进行具体分析、图示、叙述理由、区别真正事实、判断事实材料的相关性等。

（5）综合。与分析相反，指将各种组成要素或成分加工，形成新的结构整体或模式。该层次目标要求学生做到：联合、组成、创造、归纳、重建、总结等。

（6）评价。指根据一定的标准对材料和方法的价值作出定量和定性判断，是认知领域教育目标的最高层次。该层次目标要求学生做到：比较分析、评价效果、分辨好坏、指出价值等。

布卢姆教育目标分类法对我国生物教育产生了极其重要的影响。我国生物学科的测验命题都是采用布卢姆认知领域教育目标的分类方法或其改良分类方法来进行的。

（二）生物考试的命题

1. 命题双向细目表

命题双项细目表是根据考试目的及教学目标的要求，以教学目标为横轴，以教材内容为纵轴，所设计出的一个二维度分类表，表中平均分配好试题比重或题数等细目。命题双项细目表是命题计划的体现，是进行科学化命题的依据。典型的命题双项细目表（如表9-2所示）。

表9-2 高中生物上学期期末考试命题双项细目表

		知识	理解	应用	分析	综合	评价	总计	百分比
细胞	选择	8	4					26	26
	简答		4	2	4	2	2		
新陈代谢	选择	4	8					24	24
	简答			4	2	3	3		
生殖发育	选择	2	4	3	3			28	28
	简答		4	4		5	3		
生命活动调节	选择	2	4	6	4			22	22
	简答		3		3				
总计		16	31	19	16	10	8	100	100
百分比		16	31	19	16	10	8		

2. 考试题型

试题是考试的主角，不同的试题类型有不同的特点、作用和命题要求，其性能的优劣自然会影响到整个考试的品质。因此，生物教师在试题编制中必须选择恰当的题型以期在最合适的时间内测出想要测定的东西，从而使编制的试题发挥应有的功能。

试题的类型有很多种，依据分类方法而不同，在生物学考试中常见的题型分类，如图9-1所示。

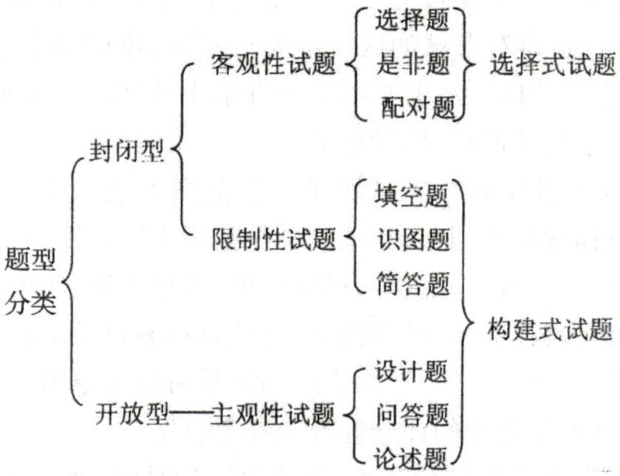

图9-1 生物学考试中常见题目类型

客观性试题答案的范围已被明确给出，答题者只需从中做出选择，不同的评分者可以得出完全相同的评分结果，评分极具客观性；主观性试题则相反，答案完全由答题者给出，命题者几乎不作限制，几乎没有标准答案(仅答案要点)，评分者的主观因素对评分结果影响较大；限制性试题答案的确定性、评分的一致性介于前两者之间，答案虽未给出，但题目有较明确的限定，评分客观性依具体试题编制方法而定。构建式试题和选择式试题是依据答题者的答题方式来分的，构建式试题要求答题者自己组织语言回答问题；选择式试题则要求学生从题目中已给出的几个选择答案中选择正确的答案。

客观性试题的优点明显地多于主观性试题和限制性试题。客观性试题便于在较短的时间内测出较多的教学目标，试题覆盖面较广，内容较具代表性，诊断功能强，评分方便、客观、公正。但这类题型难以测量学生的表达能力和较复杂的认知能力，区分度较差，学生的创造力也得不到充分发展。为了弥补这些不足，限制性试题相对受到重视，它既能确保评分的客观性，又能在一定程度上测量学生的综合、创新能力。所以，在强调评分客观性的生物学考试中，选择题、填空题和简答题是最常用的几种题型。

然而，随着素质教育的不断深入，考查学生高层次的认知能力已是必然的要求，一直备受推崇的标准化考试受到挑战，论文式的主观性试题，由于对学生的综合能力和创新能力有着非常高的鉴别力，对生物教学起着非常好的目标导向作用而越来越受到重视。所以，为了更好地实施素质教育，生物教师在平时的作业和不太强调评分客观性的考试中，应多采用主观性试题，即使一些选拔性考试，也可以适当设置。

3. 命题一般原则

(1)明确考试目的要求。不同类型的考试，目的不尽相同，命题的方式和要求也有所不同。如诊断性考试主要目的是为了鉴定学生的学习困难或教师教学缺失，以便调整教学方案，因而对考试的区分度要求不高，难度要求也较低，常设置单一题型；若为毕业考试，如高考，主要侧重考查学生的知识和能力，既要有一定的难度和区分度，又要求覆盖面广，题型也多样。

(2)依据课程标准和教学目标。试题难度和范围不能超出大纲或课标的要求，并且命题时应充分体现出不同年级、不同学校甚至不同班级的教学目标要求。

(3)试题内容取材均匀，具有代表性；难度适中、题量适当、题型多样。

(4)试题科学、准确，表述清楚、简明扼要，避免直抄教材及暗示答案的线索。

(5)试题编排科学、合理，每一题型均应遵循先易后难的原则。

(6)认真审核，编制科学合理的评分标准和参考答案。

试题拟订后，教师必须亲自进行试答，对考生答卷时间、速度及答卷中可能出现的问题进行估计，并作出必要的调整，在此基础上再编制评分标准和参考答案。

若要测量学生高层次认知能力，则试题不一定要有固定答案。

（三）标准化考试

标准化考试是近几十年来国际上广为流行的考试方法，我国自1985年以来开始进行标准化考试的研究，并逐步在招生考试中实行这一方式。标准化考试的实行，使我国的考试制度更加科学化，考试结果能客观、真实地反映考生的认识特征和水平，并为评估国家的教育成就、掌握教育发展动向提供有效的信息。

1. 标准化考试的含义

标准化考试在国际上虽然已有相当长的历史，但至今还没有一个严格的科学定义。目前，有关标准化考试有着种种解释，大都存在某些片面之处，但他们对于标准化考试的理解和质量的要求基本都是一致的。一般认为标准化考试是按照系统的科学程序组织，具有统一的标准，并对误差做了严格控制的考试。只有按照一套严格的科学程序来组织考试，才能有统一的比较标准，才能尽可能地减少误差，确保测量结果的准确性。由于考试是一个系统过程，其每个环节都有可能带来误差，因此标准化考试的内容具体包括试题编制标准化、考试实施标准化、评分记分标准化以及分数解释标准化几个方面。

2. 标准化考试的重要性

考试好似一把尺子，其最终目的是测量学生的知识和能力。然而传统的测验、考试存在诸多弊端，如主要靠主观经验命题，试题取样带有主观随意性，很难科学准确地把握教材的全部内容、突出教育培养目标；考试评分没有一个准确、客观、统一的标准；考试实施过程要求不统一，人为因素影响较大等。因此，要正确评定学生的学业成绩，客观准确地测量学生的知识和能力水平，必须实行测验和考试的标准化。

标准化考试试题取样范围广，组题、成卷都有严格的程序，试题难度适中，区分度好，评分客观准确，从命题到考试、评分，都努力排除无关因素的影响，并能将考生的学习情况客观真实地反映出来。故实行测验、考试的标准化，无论是对于学生的学习还是教师的教学都具有极其重要的意义。

标准化只是手段，不是目的，它是相对的，没有一种考试能够做到完全标准化，也没有一种考试没有一点标准化，标准化程度应随考试目的不同而发生变化。一般而言，考试越重要，规模越大，对标准化的要求也越高，我们只能尽量达到标准化的要求，最大限度地减少误差，不断提高考试的效度和信度。

然而，在倡导素质教育的现时代，标准化考试似乎并非唯一的选择，高效度的论文式试题已越来越受到重视，注重考试的科学化才是永远不变的要求。因此，只有将考试分数与其他方面的信息结合起来，才能对一个学生、一位教师、一所学校或地区的教育情况作出较为全面、正确的评价。

(四)评价考试质量的指标

考试是评定学生学业成绩的工具和手段,良好的测验考试应当像一种精确的测量工具那样,需要一些相应的指标来说明自身的质量。教育测量质量的高低有一系列评价指标,如难度、区分度、信度、效度等,现逐一加以简介。

1. 难度

试卷的难易程度指标,即试卷对学生知识水平适合程度的指标,它是评价考试质量的重要指标。通常难度用答对(或通过)该试题的人数与答题总人数的比例来表示。其计算公式为:

$$p(\text{通过率})=\frac{R(\text{答对的人数})}{N(\text{总人数})} \quad \text{或} \quad p(\text{得分率})=\frac{R(\text{实得平均分数})}{N(\text{满分})}$$

p值愈大,表示答对的人数愈多,亦即是试题愈容易;反之,p值愈小,表示答对的人数愈少,亦即是试题愈困难。

但是,有时也以不通过率或失分率来表示难度,其计算公式为:

$$q(\text{失分率})=1-p=1-\frac{R(\text{答对的人数})}{N(\text{总人数})}$$

q值愈小,表示答对的人数愈多,亦即是试题愈容易;反之,q值愈大,表示答对的人数愈少,亦即是试题愈困难。

以上两种表示方法都有应用,但是值得强调的是,在实际应用时,须注明其实际意义,避免将p和q相混淆。

难度大小的界定与考试目的密切相关,一般标准化考试要求试题的难度(p)以0.3 ~ 0.7为宜;用于教学检查性的考试试题,难度不宜过大,以0.6 ~ 0.8为宜;用于选拔性考试的试题,难度以0.4 ~ 0.6为宜。难度与区分度关系密切,调整难度是提高区分度的重要方法。难度一般以0.5左右为最好,即高分组的学生都答对,而低分组的学生都答错,这说明试题的区分度较好。

2. 区分度

指试卷对学生学业水平的鉴别能力,也称为鉴别力。理想的试卷应当可以把学生之间的成绩差异反映出来,使成绩好的学生得高分,成绩差的学生得低分,此时,该试卷具有较高的区分度。

影响区分度的主要因素是试题的难度,题目过难或过易都会使区分度降低或无法区分。完美的区分度为1,但是通常很不容易得到,因此,在学业成绩评价上,常如表9-3所示的区分度标准来进行。

表9-3 试题区分度(D)的评价标准

D 值	评 价
0.40以上	极佳的试题
0.30–0.39	尚可的试题,可能需要稍加改进
0.20–0.29	不佳的试题,必须加以改进或废弃
0.19以下	极差的试题,应废弃

区分度的计算方法:首先将学生成绩由高分到低分依次排列,以中间一个为界,分出高分组和低分组;然后分别求出高分组和低分组的通过率$P_{高}$和$P_{底}$,套入公式:

$$D = P_{高} - P_{底}$$

若$D>0$,说明高分组学生通过率高,题目具有区分度;D值愈大,区分度愈高,不同水平的学生拉开了档次;若$D<0$,说明题目过于容易,对学生水平没有鉴别力。

3. 信度

考试的可靠性指标。指考试分数的一致性与稳定性,即考试的可信程度。信度越高,表明考试的可信程度越大。例如,对同一群学生,在大体相同的条件下,进行多次测量都可得出大体相同的测值,说明该考试信度高,反之信度低。

影响信度的因素较多,如考前漏题或提示,某些考生做过类似的题目;试题指导语不明确;教师评阅的偏见等都会影响考试的信度。可见,信度主要反映偶然因素的影响程度,故要提高信度,就应严格考试管理,尽量减少考试中偶然因素的影响。

信度大小以信度系数来表示,最高为1,表示考试完全反映了考生的稳定水平;最低为0,信度偏低表示考生得分的随机成分较大,与考生的知识水平相关性较小。大规模考试要求信度在0.9以上。提高信度的途径一般有:严格考试手续,时间一致;评分计分统一客观,消除偏见;试题覆盖面广,题量多;难度适中;指导语清楚;尽可能消除考生紧张心理等。

计算信度最为简便、常用的方法是分半法。具体做法是:将考试所用的一套试题分成难易度和分数大致相等的两个部分,比如将偶数题和奇数题均匀分开,实施考试,然后计算出每位考生在这两部分考试中得分之间的相关系数,以R_{hh}表示,再依照斯皮尔曼—布朗校对公式计算分半信度系数R_{xx}即信度值。计算公式为:$R_{xx}=2R_{hh}/(1+R_{hh})$。

4. 效度

考试的正确性和有效性指标。指评价工具——试卷能否真正测量到想要测量的学习结果或学习特质,能否测出学生的实际水平。效度可分为内容效度、效标关联效度和结构效度。一般而言,考试目的不同,关注的效度类型也不相同,效度估计的方法也就不同,所以通常的效度是很难以具体的数值来定量的,也没有一套计算效度的通用公式。

效度大小以效度系数来表示，最高为1，表示考试内容完全反映了考生的实际水平；最低为-1，表示考试结果与考生的实际水平完全相反；0则表示考试内容与所要测的完全无关。考试的效度一般应在0.4～0.7。如果平时成绩优秀的学生在考试中得分较高，而程度差的学生得分较低，则说明此次考试有较高的效度，测出了学生的真实水平。

影响效度的因素很多，如试题编制不当、试题指导语不清楚、题意不明、试题偏怪、题量过大、难度不当、印刷错误、考试作弊、评分标准不统一、教师提示、考前针对性辅导、漏题、教学偏离大纲等都会影响效度的准确性。因此，教师应明确测试目标，尽量排除以上诸多因素的干扰，以增进考试的效度。

效度与信度是密切联系的，信度是效度的必要条件，影响信度的因素对效度都有影响，但两者又有一定的区别，效度是一种正确性，而信度是一种稳定性，信度高，效度不一定高，但若信度低，则效度一定低。可见，要想确保某种评价具有较高的效度，其前提是信度必须要够。

5. 教学敏感度

一般而言，常模参照评价中，希望将考试者的得分尽量分散开来，以便比较学习成就的优劣。但是效标参照评价关注的重点则是学生是否达到了教学目标的要求，因而区分度不受重视，而改用另一种新的指标——教学敏感度作为评判试题鉴别功能好坏的参考指标。

在正常的教学中，常以学生考试的结果来反映教师教学的成果。因此教学后和教学前的表现差异，可以作为衡量教学效能的一项指标，该指标即为教学敏感度。可见，教学敏感度即教学效能指标，是指不同难度的试题具有代表教学效能的倾向，用以判定教学是否有错误或试题本身是否有瑕疵及不适当之处。

教学敏感度的表示方法有多种，最为常用的是前后差异指数（pre-to-post difference index，简称PPDI），其定义如下：

PPDI =（后测的难度）-（前测的难度）

PPDI的值域介于-1和1之间，在正常的教学情境里，PPDI应在0.1和0.6之间。PPDI指标用来帮助教师检查每个试题与教学之间的品质关系，以便对试题作出适当处理。

三、生物课程表现性评价

学生的学习成就是多领域多方面的，有许多学习成绩是无法用传统的纸笔测验来正确评价的，如实验操作技能、合作探究技能、情感态度特质等都是强调实际的表现行为，需要教师根据学生的表现过程和最后完成的作品，来评判学生在这方面的学习成就。这种强调实际表现行为的评价方式，即称为表现性评价。

教育测量学家早在19世纪50年代就对表现性评价产生过兴趣并拟文研究，它最初只是一个与传统的以多项选择测验为代表的标准化测验相对立的术语，发展至今，已有许多称谓，如"另类评价"、"真实评价"及"新评价"等，台湾学者大多将其译作"实作评量"。表现性评价的权威性定义为：为测量学习者运用先前所获得的知识解决新异问题或完成特定任务能力的一系列尝试，具体而言即运用真实的生活或模拟的评价练习来引发最初的反应，由高水平评定者按照一定标准进行直接的观察、评判，其形式主要包括建构式反应题、书面报告、作文、演说、操作、实验、资料收集、作品展示等。它是针对学习者在学习过程中的表现而进行的质性评价方法，与传统的纸笔测验或标准化测验相比，它更为系统、全面、真实，更加注重多元整合取向。

总的来说，表现性评价具有如下特点。

(1)表现性评价与真实情境相关联，需要学生在真实的问题情境中解决问题，即对日常生活情境的模拟或在真实情境中进行实际操作，而不是脱离现实情境的抽象问题。

(2)表现性评价的任务比较复杂，需要学生运用高级思维能力，综合多学科知识与技能，并借助于非智力因素来加以解决。

(3)表现性评价以学生完成任务的过程和作品为评价重点。重过程是表现性评价与传统学生评价的一个重要区别，过程的重要性在于学生解决问题的综合能力，如高层思维能力、反思能力、合作能力、信息搜索能力和创造力等都必然在评价过程中展现出来，而作品则是各种能力综合作用的结果。

(4)表现性评价有多重评价标准，不能只用一个标准来评价学生。例如，对学生探究性学习能力的表现性测试，应从问题的发现、资料的搜集、假设的提出、实验设计、操作过程、成果作品等多个方面来评价。

(一)表现性评价任务的类型

表现性评价与真实情境相关联，是在真实情境或模拟的生活情境中进行的评价，因此，根据施测情境的真实性程度来分，可将生物教学中常用的表现性评价分为下列五种类型。

1. 纸笔表现性任务

与传统的纸笔测验相比，纸笔表现性任务是一种比较强调在仿真情境中应用知识和技能的评价方式。例如，设计某一个实验方案，写一份野外考察报告，拟订实验报告等。

2. 结构性表现任务

结构性表现任务指评价者事先精心设计，并在标准且有控制的情境下进行的相对比较简单的表现性评价，这种情境是非常有结构性的，要求每位学生都能表现出相同的反应动作。例如，要求学生按照规范调整一部显微镜，找到所要观察的物像。

3. 辨认性任务

辨认性任务指由各种不同真实程度的测试情境所组合的一种评价方式。例如，在某些情境下，要求学生辨认一套器具，并指明它们的功能；呈现一些植物标本，让学生说明它们的特征，并分别辨认科属。

4. 模拟表现性任务

模拟表现性任务是以配合或替代真实情境中的表现，局部或全部仿照真实情境而设立的一种评价方式。例如，生物教学中要求学生掌握杂交实验的人工去雄和受粉技能，提供塑料花和其他工具及试剂进行操作就是一种模拟表现。在许多情况下，学生在模拟情境中的表现是其在真实情境中表现的准备。

5. 样品模板

样品模板是在控制良好的情境下进行的一种表现性评价方式，包括全部表现中最重要的元素，需要学生在实际作业中表现出所要测量的全部真实技能。在表现性评价的各种类型中，样品模板的真实性程度最高。例如，要求学生制作一个DNA结构模型，则该模型的质量全面学生对DNA结构的理解情况，模型的质量应体现在碱基配对、双螺旋结构等的表现上。

以上五种表现性评价任务的类型彼此之间并非完全独立的，而是存在局部程度的重叠。因此，在进行实际教学评价时，教师应根据所要评价的技能特质，合理选择其中的一种或多种，以提高评价的有效性。

（二）表现性评价的实施方法

在实施表现性评价时，经常采用以下几种方法来收集和记录学生的表现行为。

1. 系统的观察和轶事记录

在自然情境下观察学生的表现，是一种最常用的表现性评价方法。例如，正确的观察显微镜的姿势或正确的图名标示法等，就可通过非正式的、不具结构化的观察，及时矫正学生的操作。这种非结构化的观察通常以轶事记录或个人记录卡来详细记载。

轶事记录是一种针对有意义的偶发重要事件进行扼要的事实说明和描述的记录，其内容主要包括被观察到的行为、发生的情境以及针对此事件的个别诠释。为了方便省时，一般可将轶事记录的内容局限在某一方面或某个需要帮助的个人。个人记录卡则是专门供教师记录学生个人信息，以便了解个别学生行为、辅导学生改进学习及偏差行为的一种辅助工具，通常不会让学校、家长或其他教师看，并于学期结束时予以销毁。

2. 检核表和评定量表

当考察的对象是一些较复杂的表现行为和情境时，通常要依据检核表或评定量表来进行系统的观察，并进行详细的记录。

检核表是一组列出表现或成果的测量维度，并且提供简单记录（如：是或否判断）的资料表，它可以将观察者的注意力集中到所要观察的维度上，并提供一种方便做出判断的记录工具。例如，评价一组行为过程，首先要依序列出评核维度，然后逐一核对每个被观察的表现是否发生或出现即可。若该表现已发生或出现，则在相应处打[√]；若该表现未曾发生或出现，则可直接跳至下一个评价项目。表9-4为"观察植物细胞质壁分离与复原"实验评价检核表。

评定量表类似检核表，都是用来作为判断过程和成果的一种评价工具。两者的主要区别在于，检核表仅提供是或否等简单的二分法判断，而评定量表是评定某个表现出现的频度大小，它所评价的表现行为特质通常都是属于连续性变量资料，但该资料可被人为地分成少数几个等分，就如同美国现代行为科学家伦西斯·李克特的五点评定量表一样。表9-5即为"学生生物课态度调查量表"的部分内容。

表9-4 "观察植物细胞质壁分离与复原"实验操作检核表

学生姓名：__________ 班级：__________ 检核人：__________

检核项目	检核表现	通过	不通过
1. 检查材料器具	检查材料器具是否完好齐备(紫色洋葱鳞茎、尖头镊子、载玻片、盖玻片、显微镜、滴管、吸水纸、浓蔗糖溶液、清水等)		
2. 制作洋葱表皮临时装片	(1)用纱布清洁载玻片和盖玻片		
	(2)用滴管在载玻片中央滴一滴清水		
	(3) 撕取一小片颜色较深的洋葱上表皮		
	(4)用镊子将撕下的表皮放在水滴中		
	(5)用镊子夹起盖玻片		
	(6)将盖玻片的一边先接触载玻片上的水滴，然后轻轻盖在水滴上		
3. 观察洋葱表皮	(1)将低倍物镜对准通光孔，根据光线选择适当的反光镜和光圈，获得明亮适宜的视野		
	(2)把做好的装片放在显微镜的载物台上，用压片夹夹好，并从侧面观察，将物镜镜筒下降到适当的位置		
	(3)通过目镜观察，旋转粗准焦螺旋使镜筒缓慢上升，直至看到物像。再旋转细准焦螺旋，进行微调，直至获得清晰的物像		
4. 观察质壁分离与复原	(1)取下临时装片，水平放在桌上，用滴管在盖玻片的一边滴加适量的浓蔗糖溶液，同时用吸水纸在盖玻片的另一端吸水。重复上述操作，使洋葱表皮细胞浸润在浓蔗糖溶液中		
	(2) 静置片刻，将装片放在显微镜下观察		
	(3)取下临时装片，水平放在桌上。用滴管在盖玻片的一边滴加适量的清水，同时用吸水纸在盖玻片的另一端吸水。重复操作，使洋葱表皮细胞重新浸润在清水中		
	(4) 静置片刻，将装片放在显微镜下观察		
5. 整理	清除废物，清洁器具并放回原位，摆放整齐，桌面保持整洁		

当然，评定量表不一定只限制使用五个固定的评定选项，使用其他数目的评定选项也可以。通常，使用最多的评定选项数目在3～7个。如果评价表中的内容是一系列品质程度不同（从优秀到低劣的连续量度）的成果作品，则该评价工具又被称为作品量表。

3. 档案袋评价

系统的观察和轶事记录、检核表及评定量表等方法，所搜集的表现性评价资料，基本都是每次仅针对一件表现行为来进行的，不足以代表学生的典型行为表现，因此，可以通过建立学生档案袋，搜集更多样本资料，全面反应学生的行为表现情况。

表9-5　学生生物课态度调查量表之一：学习方法

题号	内　容	1	2	3	4	5
1	我喜欢实践性工作	极赞同	赞同	中立	不赞同	极不赞同
2	我愿意一个人独自做而不是小组做实验					
3	我应当就自己的实验提出建议					
4	我不喜欢操作实验仪器					
5	在小组中学习比自己独自学习效果好					
6	我在做实验中学到了很多东西					
7	熟记学习的东西可以使动手做得更好					
8	如果我回答错了，老师通常会和我耐心讨论					
9	老师通常很忙，我不喜欢在课后提问题					
10	如果老师不知道答案，老师应该如实说					
11	自己做实验有利于我理解书本知识					
12	如果为考试而学习，我只要学习书本就可以					

学生档案袋又称为“学生成长记录袋”，是以个人的方式经过长期的、有目的、有计划地对学生学习过程和成果的信息、资料累积起来的积聚物，它不只是收集学生作品的档案袋，更具意义的是收集学生迈向重要课程目标的成长与发展方面的相关作品样本。通过档案袋可以清楚地看到每个学生学习过程、发展及目标达成度的强与弱，从而为今后制定学习计划提供指导依据。

有关档案代评价的类型，美国南卡罗来纳大学教育学院教育心理学教授莱德勒以档案袋的不同功能为标准，将档案袋评价分为展示型、文件型、理想型、评价型及课堂型五种，其中理想型档案袋是最具有代表性和教育意义的。它主要由作品产生过程的说明、系列作品以及学生的反省三个部分组成。作品产生过程的说明主要指学习计划编制的文件记录，它可以将学生选择目标和制定计划时的理想展现出来，形式多样，可以是伴有说明的一系列草图，也可以是在计划中录下的录音带。系列作品是指学生在完成某一学习计划的过程中创作的各种类型的作品集，如论文、研究或读书报告、有关实验操作、课堂发言等录像带。学生的反省记录主要包括学生在学习的不同时段里作品的特征、自己在成长中的进步、已经实现的目标等内容，它对于学生在学习上的成长尤为重要。通过反省，不但为学生的成长提供重要契机，同时也培养了学生自我反省和自我教育的习惯。理想型档案袋可以帮助学习者成为对自己的学习具有思考和进行非正式评价能力的人，可以为师生双方提供不断发展的信息，及时准确地掌握学习进展的实际情况，以便调整下一步的学习计划，因而，它常被作为提高学习质量的重要工具。

然而，在使用过程中，档案袋评价存在效度难以保证、教师工作量太大等局限性。因此，教师应根据教学内容、教学阶段目标及学生状况有选择地制作学生档案袋或制作不同类型的档案袋。另外，教师若能将档案袋评价与教学过程进行整合，作好内容与时间的分配，这无疑也会减少工作量，提高工作效率。

随着新课程改革的步伐逐渐地深入，生物教师应该积极主动地研究、领会和运用现代教育评价的理论与技术，建立与发展学生的生物科学素养目标相适应的新型学业评价观。评价内容不仅要重视对知识和技能的评价，更要重视对能力、情感态度与价值观的评价；评价功能不应过于关注评价的甄别和选拔的功能，而要重视评价的发展性和激励性功能；评价的主体不再是单一的教师，而应该注重主体的多元化。

思考与练习

1. 结合自身的学习体会，分析某一次教学评价活动的目的和意义，并进行相应的评论。

2. 根据生物新课程课堂教学评价表，以小组的形式就某一次观摩课进行分析和评价。

3. 以中学生物教材某一章为内容，设计命题双项细目表，编制一份测试卷，并对其质量作一分析。

4. 以中学生物某一实验为题材，设计一份表现性评价检核表，并详细列出每一检核项目。

第十章　生物课程对中学教师的专业素养要求

教师的工作是世界上最复杂的工作之一，这就要求教师要以自己的热情、智慧和创造力去完成这一项工作。一名合格的生物教师不仅要学会利用丰富的课程资源，还要有自觉的教育科研意识。只有这样才能不断地提升专业素养，促进自我成长。

第一节　生物教学资源的立体构成

课程资源是决定课程目标达成的重要因素。新课程提倡利用多种资源为教学服务，充分利用现有的课程资源，积极开发新的课程资源，这是深化课程改革、提高教学效率的重要途径。

一、纵向构成：对于科学史的探究和未来发展的关注

科学是一个发展的过程，学习生物科学史能使学生沿着科学家探索生物世界的道路，理解科学的本质和科学研究的方法，学习科学家献身科学的精神。因此，生物科学史对培养学生的生物科学素养有着重要意义。

（一）生物科学史本身蕴涵着丰富的课程资源

科学，作为人类的发明和思想方法，是人类文化的一个重要组成部分，理应在人类的历史中占有显著的地位。在自然科学领域，生物学的内容极其丰富、复杂而又充满活力，在其发生和发展的各个特定时期内，都有许多科学家倾注了大量的精力，对某个重大问题进行一系列研究，他们曾经遇到各种障碍和坎坷，经历过无数的挫折和失败，但是，凭借科学家的顽强毅力、聪明智慧、不断探索和通力协作，终于取得了令人振奋的成果和成功经验，在生命科学的历史长卷中写下辉煌的一页。

生命科学史以生物科学产生和发展的过程为轮廓，以科学发展历程中带有重大转折作用的课题及事件为主线，用翔实的资料论述科学家的创造性劳动，生动地描述他们进行科学探索的思维过程和方法，同时也对生物学发展的逻辑和社会

历史背景等重大问题作出评论。对生物科学史的研究，如同生物科学研究本身一样，既充满兴趣和困难，又显示其必要性，因此说，生物科学史也是一门充满生命力的科学，是培养学生科学素养的生动教材。那么，生物科学史蕴含着哪些教育功能呢？

通过回顾科学家探索遗传奥秘的100多年的历史，我们会受到启迪的。

众所周知，在生命科学历史的长河中，"生命是什么"、"遗传的奥秘是什么"，始终是人类永恒不懈探究的主题。1865年，遗传学奠基人孟德尔通过豌豆等植物的杂交试验，提出生物性状的遗传受遗传因子控制的假说，并发现著名的孟德尔定律。但是，由于孟德尔的科学思想、研究方法及成果的超前性，使其被埋没了35年。直至1900年，孟德尔的《植物杂交试验》论文，才被德佛里斯、科伦斯、切尔马克3位科学家几乎同时发现，并在世界科学界引起轰动和争论。这场争论的开始，几乎使孟德尔理论又面临被扼杀的危险，其间，贝特森成为孟德尔学说的坚定捍卫者，从1900—1904年他利用各种机会宣传孟德尔理论，利用一系列试验数据证明孟德尔理论的普遍意义。1906年，他建议把"我们所致力研究的新学科"叫做Genetics，从此"遗传学"宣告诞生。在遗传学的创立过程中，他和约翰逊一起提出许多新概念，如基因、等位基因、纯合子、杂合子、基因型、表现型等，1909年贝特森出版《孟德尔遗传原理》一书，完成了他对孟德尔著作的重新诠释，书中还提出遗传病是由于缺少某种关键物质引起的，并把遗传与酵素（酶）联系起来。

那么，基因在哪里？基因是什么呢？早在1900年前，科学家已经认识到减数分裂和受精过程中染色体行为。1902年，萨顿等发现，染色体动态与贝特森提出的等位别型（后来称为等位基因）的行为完全平行，因此，提出"遗传因子一定是位于染色体上"的假说。但是，贝特森表示"染色质颗粒无论如何复杂，能够具有我们的遗传因子所具有的那种能力是不可思议的"。摩尔根也宣称绝不接受"没有实验基础的结论"。1911年，摩尔根等人通过果蝇的杂交实验证实，黑腹果蝇的白眼基因和残翅基因，位于细胞的X染色体上，发现基因的连锁遗传规律。1913年，他的学生斯特蒂文特推出果蝇X染色体上6个基因的连锁图；1916年，他的学生布里吉斯用实验证明，性连锁基因的行为与性染色体行为完全平行，从而提出染色体遗传学说；1921年他的学生缪勒发现，用X射线照射X染色体能够诱发基因突变。1922年初贝特森参观了哥伦比亚大学内摩尔根领导的果蝇实验室及布里吉斯等人的工作，使其改变了对染色体遗传学说的认识，随后在多伦多国际遗传学会议上宣告："对于从未见过细胞学奇异景象的人，怀疑染色体是可以原谅的；但是对于果蝇研究者们的主要论点再不能有所怀疑了……我为升起的这颗西方的星，恭谨地奉献我的敬意……"一位毕生为遗传学的诞生和发展做出卓越贡献的著名学者，在其61岁（去世前4年）时放弃坚持了20年的错误，展现出一代伟人的高尚品格，堪称后辈学习的楷模。

那么,基因究竟是什么呢?1885年,魏斯曼曾经提出,生物世代之间的联系在于遗传性状的传递,这种传递应是通过一个化学实体进行的。这预示着,一种遗传物质的发现是历史的必然。米歇尔首先发现核酸,但至今他是个被忘却的学者。早在1868年,他研究脓细胞、酵母和其他细胞化学时,在细胞核中分离出一种含磷高而含硫低的有机物,这种物质"可能在细胞发育中发挥着极为重要的作用",被称为核素。他用鲑鱼精子研究核素时,发现一种化学组成不同于鱼精蛋白的酸性物质。由于米歇尔对核素研究的某些不足,曾受到一些人的批评和攻击。1885年,赫特维希提出,核素可能负责受精和传递遗传性状。1895年,威尔逊指出,遗传也许受到从亲代传递到子代的一类特定化学物质的影响。19世纪末和20世纪初,科塞尔研究胸腺和酵母的核素时,发现了核糖核酸(RNA)和脱氧核糖核酸(DNA)。早在1900年,莱文开始研究核酸化学的基本原理,先后发表700多篇论文。他提出,来源不同的各种脱氧核糖核酸,4种碱基的克分子数相等,即"四核苷酸假说"。然而,正当人们刚刚认识到核酸的化学组成时,却误认为如此"简单化"的物质不能行使遗传因子的复杂功能,从而转向探索复杂的蛋白质与遗传因子的关系,使基因本质的研究偏离了正确思路。1910年,德佛里斯力劝遗传学家将精力集中在基因上,他认为"必须通过物理和化学相结合的方法,一直深入到分子或原子这样的单位上,才能正确解释生命世界的种种现象"。

核酸果真是与生物遗传无关的一种"简单化"物质吗?20世纪30年代,哈马斯顿等人的研究证明,DNA是一种高分子量的长链结构,分子量约为500 000~1 000 000。1936年斯坦利发现,烟草花叶病毒结晶后仍保持其物理、化学和生物学特性不变。1941年,比德尔和塔特姆提出"一个基因一个酶"的假设,明确地表述出基因的作用;1944年,艾维里等人继续格里菲斯于1928年进行的肺炎双球菌转化的研究,通过肺炎双球菌的体外转化实验证明DNA具有转化作用。1951—1952年,赫尔希和蔡斯的噬菌体浸染细菌进行复制繁殖的实验,证明DNA能够进行自我复制并指导蛋白质的生物合成,1950年,查格夫用纸层析、离子交换层析和紫外线分光光度计测量等,证实各种不同的DNA分子中4种碱基的数量不等,同种生物体不同器官的DNA分子组成是恒定的,而且腺嘌呤与胸腺嘧啶的数目相等,鸟嘌呤与胞嘧啶的数目相等,这就是所谓的"查格夫法则"。

DNA是遗传物质的观念终于被人们接受了,但由于它的结构仍然是个谜,尚无法解释基因的本质及其遗传功能。早在1947年,剑桥大学的卡文迪许实验室在英国医学委员会的赞助下,建立"生物系统的分子结构单元"(分子生物学实验室的前身),最初成员为佩鲁兹和他的学生肯德鲁,克里克、赫胥黎、沃森陆续加入(克里克是佩鲁兹的研究生,沃森是肯德鲁的博士后)。沃森和克里克都是在阅读过薛定谔的《生命是什么》一书后,对基因产生浓厚兴趣的。1947年沃森在印第安纳大学当研究生时曾参加噬菌体研究小组,其博士论文中论述了噬菌体复制中X

射线的效应。1949年，克里克在佩鲁兹指导下用X射线技术研究蛋白质分子的结构。1951年，25岁的沃森与大他12岁的克里克相遇，两位性格截然相反的学者在科学研究上建立起相互鼓励、密切合作的关系。

沃森和克里克是怎样建构DNA分子双螺旋结构模型的呢？显然，"查格夫法则"对他们构思DNA分子的4种碱基之间的结构联系有着重大启示，另一个重要启示则来源于X射线衍射晶体学提供的资料。1950年，鲍林发表的有关蛋白质结构的a螺旋模型，对他们有很大的启发，使其意识到：先从理论上推测出一种物质分子的各种结构模型，再运用X射线衍射提供的实验数据对模型进行校正，是研究和揭示生物大分子空间结构的极其合理的方法。于是，建议佩鲁兹将楼梯下的一间斗室供他们讨论DNA使用。他们经常与威尔金斯和富兰克林沟通研究信息，利用威尔金斯提供的X射线数据，富兰克林提供的当时最好的X射线衍射B型DNA图像，经过一系列数据分析、推测和多次建立模型，终于在1953年3月18日提出DNA双螺旋结构模型。DNA双螺旋结构模型的关键特征，在于内部的特异性碱基遵循互补配对原则，而且互补碱基对的排列顺序可以改变。这样，DNA不仅能够自我复制，而且具有特异性及其多样性，从而使科学家信服基因的化学本质是DNA。

在提出DNA双螺旋结构模型之前，受其他科学家研究工作的启发，沃森曾经作出一个预测："DNA→RNA→蛋白质"，并把这个公式贴在办公室的墙壁上。提出DNA双螺旋结构模型之后，沃森和克里克先后发表论文阐述DNA"半保留复制"的设想。此后，科恩伯格、梅塞尔森和斯塔尔等科学家揭示出DNA半保留复制的机制。1958年克里克发表《论蛋白质的合成》的论文，提出了著名的"连接物假说"，讨论了核酸中碱基序列与蛋白质中氨基酸序列之间的对应关系，并详尽地阐述了"中心法则"。此后，梯明、德尔贝克和巴尔蒂莫等发现逆转录酶和RNA病毒复制，为此，克里克于1970年提出了更为完善的中心法则图解。至此，遗传物质及其作用原理告一段落。

总之，遗传学诞生至今有100年的历史。如果以10年为一个历史阶段，第1个10年科学家主要是探索基因与性状之间的关系；第2个10年则揭示了基因与染色体的关系；但是，从1910—1930年对基因本质的研究曾经偏离了正确思路。此后的20年，科学家逐渐认识到基因与DNA的关系，为揭开遗传奥秘奠定了基础。50年前，沃森和克里克提出DNA分子双螺旋结构模型，是人类探索生命奥秘历史的必然，它宣告人类对遗传物质及其作用原理的研究迈出了具有里程碑意义的一步，这个发现的重要意义在于扣开了遗传奥秘的大门，改变了整个生物学研究的模式，加速了生命科学发展历史的进程。50年后，人类基因组DNA序列测定的完成，则是生命科学跨人类基因组学或后基因组时代的新里程碑。这半个世纪中基因科学的迅速发展，足以使人们欣赏和感悟到DNA双螺旋结构是生命科学中的一朵奇葩，是20世纪生物学的最伟大的成就之一。

综观遗传物质及其作用原理的发现史，使我们认识到科学发现是不能计划或凭空设想的，而是在良好的研究环境和氛围中，通过许多科学家的创造性思维和脚踏实地的努力取得的。在生物科学史中，不仅记载着生命科学知识的形成过程，而且蕴含着科学家的创造性思维方式和灵活多样的科学方法，体现着科学家尊重事实、服从真理和实事求是的科学态度，以及勇于创新、善于合作和无私奉献的科学精神。因此，在高中生物学教学中注重科学史的学习，必将对培养学生的生物科学素养产生深远的影响。

（二）科学史融入生物课程的原则

当前，随着新课程改革的推进，人们越加认识到科学史教育的重要意义，并在教材编写方面得到体现，逐步把科学史的内容合理地融入到科学教科书中。只有把科学史融入到科学课程和教学过程中，而不是一个附加的额外任务，才能真正发挥科学史的教育功能。否则，科学史教育就不会有生命力，也就起不到其应有的作用。

1. 少而精原则

教材的选编应通过有限的篇幅和精选的科学史事例，通过学生的参与，折射出科学的全景。以高中生物教材为例，在介绍发现DNA是遗传物质的科学史实时，教材采用资料分析的方法，呈现这一发现的科学背景和大致历程，然后再引导学生从科学哲学、科学方法、科学精神、科学态度及实验技术等角度思考问题。重要的不是使所有学生都能得出标准答案，而是使学生能够从一个科学史实出发，通过不同角度的分析，从科学前辈那里汲取营养，用以提高自己的科学素养与人文素养。

2. 循序渐进原则

科学史内容的选编，应采用循序渐进原则，从初中到高中，应有不同的要求，做到逐步深入、循序渐进。一般来说，初中生物教材可能更偏重于让学生了解史实，诸如科学家的故事，旨在激发学习兴趣；而高中生物教材，则应引导学生对科学史作出理性的评价与分析。

以发现DNA是遗传物质的历史为例，初中生物学教材中主要以故事形式介绍了沃森、克里克与DNA双螺旋结构的发现，以激发学生的学习兴趣。但在现行高中生物教材中，则详细地描述了肺炎双球菌转化实验与噬菌体侵染细菌的实验的历史，学生通过分析这一史实，可以获得以下方法论方面的启示：①可以利用模型进行科学研究的方法。艾弗里的工作是以肺炎双球菌作为研究人类传染病的模型来研究致病现象的；而赫尔希和蔡斯则是把噬菌体作为研究生命遗传现象的模型。②具有实验的严密性和逻辑的严谨性。艾弗里改进提纯转化因子的实验，将杂质氨基酸的含量减少到万分之二，赫尔希和蔡斯的实验中进入细菌的蛋白质的含量约百分之一，都是试图排除蛋白质对实验的干扰作用。③实验方法与技术的多样性。这两个实验都采用了多种方法与技术，如同位素标记、酶学方法等。

3. 价值优先原则

科学史内容的选取应遵循价值优先原则，选取那些具有较高教育价值，能给学生多方面启迪的内容，避免为写历史而写历史。《生物学》（人教版）八年级下册中有一个案例可供借鉴，教材以转基因鼠的史实展示了生物科学技术发展的前沿动态，具有强烈的时代感，而采用经典的孟德尔豌豆杂交实验的史料，则能使学生从科学方法、科学精神以及科学态度等多方面获得启迪。

（三）科学史融入生物课程的方式

1. 用故事形式引入科学史，以激发学生对科学的兴趣

通过科学故事的形式介绍科学史上一些重大发现、发明过程，以激发学生对科学的兴趣，这是科学史融入科学课程的最常用的形式。例如，用林奈与生物分类的故事，引出植物分类方法；用巴甫洛夫做的关于狗的食物性反射的经典实验，引出条件反射；用胡克利用自制的显微镜观察木栓切片时，发现了细胞的故事，引出细胞内容的教学。

2. 用探究课题形式引入科学史，以展示科学探究的过程与方法

把科学家的经典实验设计成学生课堂上能够完成的探究型的课题，让学生沿着科学家的探索思路，领悟科学家的思维过程，让这些知识成为学生再发现和再创造的过程，让学生了解科学家怎样发现问题、分析问题和解决问题，领会科学研究的一般方法，培养学生的探究能力。

例如，在“生长素的发现”一节的教学设计中，首先提问：达尔文所做的实验得出的结论可靠吗？学生回答：不可靠，只是推测。这种推测应如何通过实验来验证呢？有的学生提出可以用仪器来测，有的学生提出可以用化学显色反应的方法，这时提醒学生：在当时的条件下，这些方法可操作吗？如果尖端产生了某种物质，是否有什么材料可以收集它呢？这时再引入温特实验。在温特实验中，琼脂的作用是什么？如何知道琼脂是否吸附了尖端产生的物质？在达尔文实验的基础上，学生经过讨论，认为应该设计一个对照实验：分别把接触过尖端的琼脂小块和未接触过尖端的琼脂小块放在切去尖端的胚芽鞘上，并观察实验现象，得出结论。教师把温特实验转变为学生的探究性实验，使学生领会了生物科学研究的一般方法，即发现问题、提出问题、做出假设、实验验证；并且培养了学生发现问题、分析问题和解决问题的能力。

3. 用专栏或科学史专题形式引入科学史，以促进学生对所学新知识的理解

科学史引入科学课程的另一种形式是，在新课教学中和新课教学后，以科学史作为素材编写例题与习题，或用科学史提供重要的科学事实、概念、原理、方法以及技术发明的历史背景、现实来源和应用。这些内容有助于启发学生的思维，加深学生对所学科学知识的理解。另外，插入科学史专栏，可作为拓展性阅读材料。科学史使学生了解科学发现背后的社会文化背景和人性故事，从而建立完整的科学形象，使学生进一步体会到科学的丰富的人文内涵。

(四)科学史融入生物课程的教学策略

1. 科学对话模式

科学史的教学可以采取科学对话模式,即师生围绕有关科学史和科学本质问题开展对话与讨论。Lochhead和Dufresne应用建构主义教学策略,根据科学史上相对的理论编写对话教材,上课前一天将学生分成两组,学生选择自己代表的组别,先阅读对话稿,第二天教师引导两组学生引用证据,进行辩论。马修斯认为,我们不可能教育所有的孩子成为科学历史学家、社会学家或哲学家,因此教学目标不宜太大,应把科学本质的问题限制在学生可以理解的适度范围内。在马修斯看来,在任何一个科学课堂上,哲学问题都是无处不在的。因为任何科学课堂上都会涉及这样一些基本的科学名词如定律、理论、模型、解释、原因、真理、知识、假设、确认、观察、证据、理念、时间、空间、物种等,学生还会问一些认识论和科学本质问题,如学生会问:"既然没有人真正看过原子,为何我们要画原子图?"同样,科学教学中也应该提到历史上著名科学家如牛顿、达尔文、孟德尔、爱因斯坦等的故事与贡献。在提到上述各种科学名词和科学家时,就要涉及科学哲学和科学史问题,如"我们知道什么?"、"我们为什么知道?"、"世界上真正存在的是什么? 其中又有何关系?"、"孟德尔是如何发现遗传定律的?"马修斯建议教师应鼓励学生提出哲学上基本的问题,如"对于这个概念,你是怎么想的?"、"你是怎么知道的?"这些问题可以引起学生思考概念和实证的议题,同时刺激学生进行批判性与反省性思维。

2. 多元化教学模式

科学史融入科学课程的多元化教学,所强调的是针对某一个科学理论或科学概念,利用讨论、辩论、教师演示实验或学生动手做实验等多种方式,模拟当年该科学理论形成的过程,并说明当时的文化背景。通过呈现科学史中科学家们所产生过的争论、质疑、错误概念,除了可以避免学生犯以前科学家的错误之外,也可以帮助学生转变其错误概念。因为融入的科学史材料完整地呈现了以前的争论及质疑,这有利于充分说服学生放弃错误概念,进而自主建构科学概念。

让学生通过科学史去了解科学理论(theory)、科学假设(hypothesis)、科学实验(experiment)之间的关系,有利于学生理解科学的本质。运用这种融入科学史的多元化教学模式,一方面,因为内容充实且学生本身的积极参与而能提高学生学习科学的兴趣;另一方面,通过课堂讨论或辩论,还能促使学生认识到科学家也会犯错误,从而促进学生纠正自己的错误概念。总之,这种融入科学史的多元化科学教学过程,有利于促进学生建构新的科学概念。

3. HPS教学模式

传统的科学课程中,往往是把科学史作为一种知识附加在科学教学内容上,教师以讲故事的方式进行教学。实践证明,这种将科学史与科学教学内容分离的教学模式是低效的。近年来,西方一些科学教育专家以建构主义为指导思想,倡导一种新的科学教育的教学模式。这种模式要求把科学史、科学哲学和科学社会学(history, philosophy and sociology of science,缩写为HPS)的有关内容融入中小学科学课程,以期促进学生对科学本质的理解,培养他们的科学精神和创造力,这就是所谓的HPS教育。

如何实施HPS教育?英国科学教育学者孟克和奥斯本在总结科学教育的历史经验的基础上,借鉴建构主义理论,提出了把科学史内容融入科学课程与教学的策略,即HPS教学模式。这一模式的一个基本前提是,所学的课题必须是科学史上某一科学家曾经研究的自然现象,如落体速度的变化、植物的向光性、食物的消化等。这一模式的教学程序包括以下6个环节。

(1)提出问题。教师上课伊始,就给学生演示某一自然现象。学生通过观察现象,由此产生一个需要解决的问题。例如,为什么植物的茎具有向光性?必须指出的是,一开始向学生揭示的某一自然现象必须是以往科学家在历史上进行理论研究的一个现象,这既能引起学生的好奇心,又能促使学生利用科学史资源进行进一步的探究。

(2)引出观念。教师启发学生就这一自然现象提出自己的观点(解释)。为了促使学生提出各种不同的观点,可采用“头脑风暴法”(即由发散性思想产生的各种方法),促使学生各抒己见,标新立异。

(3)学习历史。在这一环节,教师的做法是:①介绍早期科学家关于这一现象的思想与实例,作为学生研究的参照系;②举例说明当时其他科学家的不同观念;③引导学生讨论或探索这些观念产生的背景、条件,使学生认识到科学认识的历史(时代)制约性。总之,学习历史不仅可激发学生的想象力,还可以使学生以一种移情的方式,设身处地地体验以往科学家的探究与思考。

(4)设计实验。教师将学生分组,要求学生从多种观点(或观念)中选择某种观点,设计实验进行检验。这一环节也能激发学生的想象力和创造力。这一环节应使学生认识到:对同一自然现象可能有不同的解释;可以用实验检验这些观点(假设)。

(5)呈示科学观念和实验检验。由教师讲解当代的科学观念,即介绍教科书上对这一自然现象的解释,从而为学生实现观念转变提供契机和可能。这一环节还需要学生对自己的观念和解释进行实验检验,由实验现象的观察、资料的收集与整理,最终得出结论,形成科学观念,即实现由原有的错误观念向科学观念的转变。

(6)总结与评价。通过总结与评价,帮助学生更深刻地理解科学的探究本质、历史上科学家的探究过程和科学观念。

从上述的教学过程可以看出,这一模式有以下五个显著特点。

(1)将科学史与科学哲学的学习与当前的科学概念和理论的学习有机地融合在一起;

(2)整个教学过程是一个问题解决的探究过程,因而有利于培养学生的解决问题能力和创新能力;

(3)充分发挥了学生的主体性,促使他们主动学习和建构知识;

(4)使学生认识到科学家和常人一样也会犯错误;

(5)通过探究活动实现观念转变,形成正确的科学观念。

综上所述,基于学生的经验、认知与推理能力的限制,对于小学生来说,科学史融入科学课程的教学宜选择科学对话模式,到了初中或高中阶段,再逐渐延伸到采用多元化教学模式,以至HPS教学模式。

二、横向构成:生物科学在日常生活中的广泛应用

生物科学是一门以介绍大千世界万物生灵为基础的科学,与人们的日常生活、医疗保健、环境保护、经济活动等方面密切相关,按理说是与学生生理和生活密切相关、具有无穷探索奥秘、为学生所喜爱的一门学科,但实际教学过程中却并非如此。究其原因可能是长期以来,我们众多的生物教学工作者将中学生物课程的重点放在生物学理论上,强调中学生物课程在学科体系上的完整性和系统性,教学中也局限于对生物学事实和概念的记忆,学生几乎不能将他们所学的知识运用于实际生活中。因而学生虽然掌握了许多理论知识,但面对现实生活中的许多实际问题仍然常常束手无策。知识与智慧、知识与能力之间并没有出现应有的关联,这在很大程度上挫伤了学生学习生物学的积极性。

因此,生物课程标准注重使学生在现实生活的背景中学习生物学,倡导学生在解决实际问题的过程中深入理解生物学的核心概念,并运用生物学的原理和方法参与公众事务的讨论或做出相应的个人决策。在课程标准下的实际教学中,生物学教师应如何就理论结合实际进行课堂教学呢?

(一)课堂导入联系实际

课堂教学的每一个环节都应该是精心设计的,导入是课堂教学的重要环节。开设生物课首先有一个学科的导入,每一节里又有一堂课的导入,每一部分教学内容之间的衔接自然也存在着导入。若是把导入环节设计成与学生实际生活息息相关的具体内容,必然会引发学生浓厚的兴趣和求知欲,使学生主动地探索新知。

课堂导入可以多用实例、实验引入学习新内容,如讲述"构成细胞的化合物——无机物"一节时,通过一起发生在某儿童医院的输液事故引入新课,这种联系人类自身生活、生理实际的做法,让学生体会到学习生物知识是有用的。在物质跨膜运输的实例的学习中,可通过巧妙的设计课堂演示实验导入新课,选用我们平时常见的白萝卜,用刀从中间切开得到直径相等的两部分,一部分放在盐水中,一部分放在清水中,一段时间后,发现本来直径相等的两部分不再相等了。为什么会出现这种现象呢?这些与现实生活紧密相连的课堂引入不仅可充分引起学生的好奇和疑问,还可以激发学生的学习欲望。学生想知道问题的答案,就会主动参与课堂教学的全过程。

(二)探究性学习联系实际

倡导探究性学习是新课程改革的基本理念,而探究性学习本身也是将生物学的理论知识与现实生活实践相结合的一种重要的教学方式。它更注重教师的引导,有效的探究性学习是以教师的有效指导为前提的,这就要求教师首先要注重理论与现实生活的联系,只有教师先做好理论与现实生活的联系才能更好地引导学生进行联系。例如,在“酶的特性”一节中,教师可展示一袋加酶洗衣粉,首先让学生注意洗衣粉上的使用说明,强调为什么这种洗衣粉要在60 ℃以下的温水中使用,那么我们平时使用此洗衣粉时,使用多少度的温水其去污效果最好?这样就会引导学生联系实际,以解决实际问题为目的对影响酶活性的因素进行一系列探究。像这样让学生探究现实生活中的问题,将探究的问题与现实相结合,不仅有助于提高探究兴趣,而且有助于体会生物学与社会的关系,提高他们参与社会的能力,也体现新课程“注重与现实生活联系”的理念。

(三)课外科技活动联系实际

活动课程是素质教育的一个重要组成部分,课程标准更加突出了活动课的作用和地位。在生物学教学中,为实现理论联系实际的教学目的,多开展课外科技活动是一种非常有效的手段。当然这需要我们生物教师在开展科技活动课时,选题切合实际,不能好高骛远,脱离学生实际的知识能力水平。要注意研究的内容应贴近当地、当时的生产、生活实际,根据学生的年龄特点、教材上需要延伸的知识点,结合当地的自然景观特点进行选题。例如,结合“非典”过后,人们保健意识不断增强的实际,调查研究学生使用公用电脑时,有哪些不良的使用习惯,由此容易导致哪些疾病的产生;又如,近几年由于工业的快速发展和人们环保意识的淡漠导致环境污染现象比较严重,组织学生研究环境污染对生物生存的影响,以及怎样对生态系统进行恢复,这样就将生物学的相关知识与现实生活有机地结合起来,既培养了学生的科学素养,又提高了学生解决实际问题的能力和环保意识。

(四)考试评价中注重考查学生解决实际问题的能力

“提高生物科学素养”是生物课程的重要理念之一。一个有生物科学素养的公民,应该能够自觉地运用生物学的基本观点、原理、方法去解释、探究、解决生活生产中的实际问题。除了在教学过程中努力创设学生感兴趣和联系实际的情境,内容上加强与社会实际和学生生活实际经验的联系,在对学生的考查中也要体现出评价促进学生发展的服务功能和激励功能,注重考查学生解决实际问题的能力。在平时对学生的考查中,应尽量减少以知识记忆为主、简单重复的考题,多出一些开放性思考题,培养学生的发散性思维和解决实际问题的能力。如考查光合作用时,让学生分析森林对环境的影响;考查环境保护时,让学生回答:对于生活垃圾,你认为应当如何处理?这样的试题可以让学生明白生物学知识并不是枯燥和抽象的,而是与生产生活紧密联系的,学习生物学的重要意义之一是可以解决生产生活中的实际问题,从而提高学生学习生物学的兴趣。另外以“应用”为考查目的和手段,有利于改变教学过程中过分强调接受性学习、死记硬背、机械训练的状况,能够引导学生灵活主动地学习。

综上所述,教学活动必须立足于学生的现实生活,尊重他们的自然天性,加强与现实生活和社会实际的密切联系,不断改善他们的生存状态和生活质量。同时,教学活动还要注重发挥其对学生现实生活的价值引导作用,引导学生对自己的现实生活进行反思、批判和超越,帮助他们积极建构一种更有价值、更有意义、更为完满的可能生活,在此基础上把学生培养成为学习生活的主体、个人生活的主体和社会生活的主体。概而言之,在教学活动中只有将关注学生的现实生活与建构完满的可能生活有机地统一起来,才能真正实现唤醒人的生命意识、建构人的精神世界、提升人的生活意义和生命价值的理想目标和价值追求。

第二节 中学生物教师的专业素养要求

一、教师专业化

1966年,联合国教科文组织(UNESCO)和世界劳工组织(ILO)发表了一份划时代的文献《关于教师地位的建议》。这份文件写道:

“教育工作应被视为一种专业。这种专业要求教师经过严格且持续不断地研究,才能获得并维持专业知识和专门技能,从而提供公共服务;教育工作还要求教师对其教导之学生的教育和福祉具有个人和共同的责任感。”

从这段文字看,教师职业符合各国学者对专业提出的基本标准,教师工作的性质和要求也表现出起码的专业特征,明显不同于普通职业(如表10-1所示)。

表10-1 专业与职业的差异

专业	职业
工作实践以专业知识和专门技术为基础	工作实践以经验和技巧为基础
工作过程需要心智和判断力	工作过程以重复的操作为特征
工作需要自主权	工作需要服从指挥
专业工作者需要接受高等教育,学习高深学问和专门知识	一般从业人员通过学徒培训即可
从业资格不易获得	从业资格容易获得
服务社会	谋生手段

教师专业化作为教师教育的目标，既是提高教育素质、改善教育质量的一条重要途径，也是现代教育发展的一个必然趋势。关于教师专业化的内涵，主要从动态和静态两个角度来理解。从动态的角度来说，教师专业化主要是指教师在严格的专业训练和自身不断主动学习的基础上，逐渐成长为一名专业人员的发展过程；从静态的角度来讲，教师专业化是指教师职业真正成为一个专业，教师成为专业人员得到社会承认这一发展结果。教师自身素质与客观环境是教师专业化的两大方面标准；教师的专业成长主要可分为五个阶段：准备阶段、生存阶段、巩固阶段、更新阶段和成熟阶段，各阶段的发展内容和侧重点不同。教师专业化的范式是多种多样的，主要包括“能干型实践者”、“研究型实践者”和“反思型实践者”等，各范式间彼此联系、交互作用，共同构成一个多元化、多层次的教师专业化发展体系。

第八次的课程改革给教育研究注入了新鲜的血液，当前的教师专业化运动逐渐从片面追求教师群体的专业地位到关注教师专业发展和教师个人角色实践；从关注教师的认知能力和技术化教学转向对教师极富人文气息的文化层面的整体关怀；从机械的要求教师在学习培训中整体接受到鼓励教师进行个人反思；从短期的、集中的学习培训转向教师持续、终身、多样化模式和途径的学习与发展。

二、促进教师专业发展的新模式——教师专业学校

教师专业发展学校是以中小学为基地，由大学或教育科研机构和中小学合作建立的旨在促进教师专业发展的教学研究共同体。它一边连接着大学或教育科研机构，充分利用教育科研人员的理论知识；一边连接着中小学，深深地扎根于实践的土壤，是一种理论与实践相融合的教师培养方式。

(一)教师专业发展学校的特征

1. 教师专业发展学校是理论与实践融合的平台

理论与实践之间存在难以逾越的鸿沟是许多领域的弊病，教育领域也不例外，教育理论与教育实践之间的差距，虽日益为人们所认识，但并没有得到根本性的改变。

教师专业发展学校通过中小学教师与教育科研人员的合作，为教育科研人员提供了一个深入接触实践的场所，它使教育科研人员的研究能够有效结合学校教学的“实然”，极大地提高了理论研究的实用性及针对性。而广大中小学教师在科研人员的指导下，能够系统地学习先进的教育理念，运用理论指导自己的教学实践，增强了教学的科学性及有效性。教师专业发展学校的建立，实现着教育理论与实践的双向沟通，为理论与实践的融合提供了一个崭新的平台。

2. 教师专业发展学校是科研人员与中小学教师合作的平台

科研人员具有深厚的教育理论基础、广博的知识、洞察教学问题的敏锐性、思维的前瞻性、解决问题的创造性、研究方法的系统性等特点，他们与中小学教师合

作，能够为中小学教师提供各种教学模式的理论基础，帮助中小学教师深入理解国家的课程与教学改革的政策，为中小学教师提供各种解决教学问题的模式，引导中小学教师树立反思的意识，形成教学研究的习惯。

中小学教师长期扎根于教学第一线，有丰富的教学经验，对教学有着深刻的感性认识，充分体会到教学实践的复杂性与丰富性，具有处理教学问题的敏感性。这些都是教育科研人员所最缺乏的，因此，通过教师专业发展学校加强教育科研人员与中小学教师的合作可以互相补充，相得益彰。这种合作的基础是参与双方的相互理解，其实质是在理解基础上意义和精神的重新建构，其结果是参与双方在同一过程中同时获得发展。

3. 教师专业发展学校是教师发展的场所

教师专业发展学校以合作研究的实践实现教师的专业发展，由中小学教师以行动研究的方式来解决实践中的问题，改善自己的实践，形成研究与教学合一的教师专业生活方式。教师专业发展学校把教学与研究视为教师工作的整体构成，这种整体性的认识是对教育意义和价值的根本性理解。强调教师发展研究能力、成为研究者，绝不意味着对教学的忽视或削弱，而是在整体的理解中把它们视为同一过程。事实上，只有教师才最了解教学，最容易发现教学中的问题，最有资格担当教学研究的重任，他们在教学研究中的地位是任何人都无法取代的。在教师专业发展学校中，教师不断强化自己的研究者身份，以研究者的心态置身于教学情境中，以研究者的眼光审视、分析、解决教学实践中的问题。当教师全身心地投入于教学研究中的时候，教师捕捉教学问题的敏感性、反思问题的自觉性、解决问题的有效性、教学活动的创新性都将得到很大程度的提高。

（二）教师专业发展学校的组织形式

教师专业发展学校是在学校原有基础上的一种功能性建设。因此，教师专业发展学校的组织形式也只能是对学校原有一些形式进行延伸与扩展，而不是另起炉灶，重新建立一套新的框架。教师专业发展学校可以结合学校的实际情况，采取教师专业发展工作小组、教研组、备课组、学习小组等促进教师专业发展的组织形式。

1. 教师专业发展小组

在学校层面上，可以建立教师专业发展工作小组，由校长和一名教育科研人员任召集人，成员有教育科研人员、学校主要领导、教研组长、教师代表等。教师专业发展工作小组主要负责制定教师专业发展规划、完善教师专业发展制度、编制教师专业发展活动计划等，为教师发展提供人力、物力、财力上的保障。教师专业发展工作小组可采取召开教师发展会议的形式，每月召开一次工作会议，每学期，可由教师专业发展工作小组组织召开1～2次全校性教师会议，以提高教师对专业发展的认识，提升学校教师的凝聚力。

2. 教研组

在教师专业发展学校中，每个教研组都配备一位教育科研人员，负责指导教研组开展教学研究活动，如学习学科教学的理论、交流教学研究的方法、探讨课堂教学的技巧等。教育科研人员参与教研组的构成，能够提升教研组的整体学习能力、研究能力，为教师的专业发展提供有力的支撑。

3. 备课组

备课组是由同年级、同学科的教师组成的，它对于教师确立教学思想、研究教材、设计教法具有更加现实而直接的作用。相对于教研组，以年级为单位的备课组更加贴近教学，因为同年级教学出现的问题有很多相似的地方，在教学的设计中也有更多的相同或相似之处，可以相互借鉴与交流。集体备课是备课组的一种重要活动形式，集体备课活动不仅能够发挥每一位教师的专长，而且是教师队伍建设、全体教师业务素质培养、全面提高教学质量的重要途径和关键的因素。此外，在备课组中还可采用结对拜师、互相听课评课、上展示课、汇报课、评优课等活动，不断促进每一位教师的专业发展。

4. 学习小组

学习小组由教师自愿组合而成，通常3～5人为一个小组，组员既可以是同一年级、同一学科的教师，也可以是不同年级、不同学科的教师。这种学习小组由教师自愿组合，因此，同一小组的教师必然在兴趣、性格、特长等各方面存在着相同或互补之处，这有利于教师共同学习、共同研究、共同探讨、取长补短、不断进步。学习小组为教师创造了一种全新的学习环境，将以往的业务学习提升为互动的智能学习，让教师感受到专业成长的快乐。

（三）教师专业学校对于教师专业发展的意义

专业发展学校作为大学和中小学合作的一种新形式，不仅有利于教师的职前培养，而且对于中小学的教学质量也是一种很好的促进。在专业发展学校中，大学教师和中小学教师组成协作小组，共同承担师范生培养的职责。因此，这种培养模式不仅促成了教师职前培养和在职教师专业发展的一体化，而且在参与合作的大学和中小学之间架起了沟通的桥梁，进而促成了大学教师和中小学教师的相互理解。

对于中小学教师而言，他们在与大学教师的交流过程中获得了新的教育理念，在指导实习教师的过程中，其自身的教育理念、教学习惯又不断受到挑战和冲击，这促使他们不断进行自我反思、自我批判，从而使他们有可能成为真正的“反思实践者”。在大学与中小学的合作中，中小学教师获准到大学中选修课程，从而使自己处于持续不间断的专业发展过程中。在某些合作关系中，有的中小学教师还被聘为大学的兼职教师甚至兼职教授，他们将生动的教学实践经验带入大学的课堂，为大学教师教育的课程与教学注入了新鲜血液。与此同时，许多中小学教师有机会参与大学教师的科研课题，他们开始以研究者的眼光来审视教学，在研究中不断获得专业发展。在这里“教师作为研究者”已经不再是一种理念上的倡导，而成为一种现实，一种对教师角色的重新定位。

三、深入开展教育教学研究

（一）注重反思——在日常生活中寻找教育的意义

在以往对于教师知识的研究中过分强调了教师向外界获取的知识，事实上，工作多年的教师都积淀了一定的教学思想，基本上形成了自己的教学行为习惯。但如果他不重视内在理论的自我反思，那么课堂教学就只能是依据经验，凭借惯性运作之事。教师只有对自己的教育信念和日常教学行为具有更为强烈的自我意识，才能够使自己处于更多的理性自我控制之下。因此对于教师来讲，思索是一件快乐的事情。

教师反思的内容涉及教师专业生活的方方面面，教学过程、生活、学生的行为表现、对教育理论的理解、对课程及教材的把握等。

塔伽特和威尔逊的“反思金字塔”形象地表现了教师反思不同层面的递进（如图 10-1 所示）。

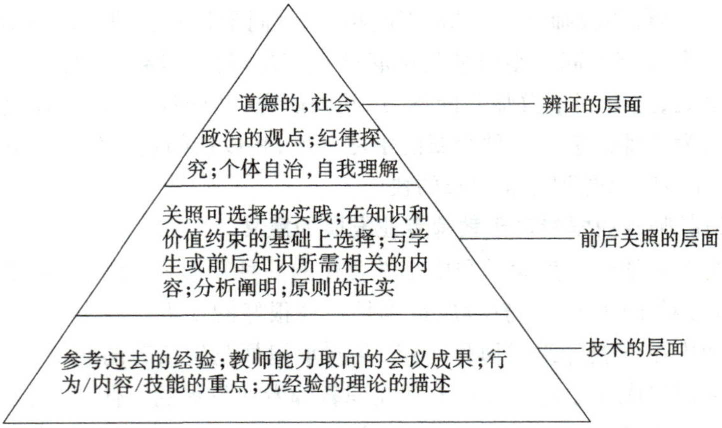

图 10-1　反思金字塔

从图中可以发现，教师反思内容的三个层面就像马斯洛将人的需要分为从下到上的五个层级一样。最低一层是技术层面，包括教师自身过去的经验、会议成果（应该是各种促进教师能力发展的研讨会等）、教师教学和管理能力的重要部分以及对理论的描述，这种理论描述是纯理论的，不能反映教师的经验，因而也属于技术层面；第二层面是上下文层面，在这一层面里教师反思的内容已经超出经验的范围，反思的目标有所选择，除了反思之外，还需要分析、澄清和加以原则证实；最高层面是辩证层面，就像人的最高需求是自我实现一样，教师的反思最高层面便是自我理解、个体自治这些精神的价值实现。

(二)参加校本教研——在实践中促进专业水平的发展

1. 校本教研

所谓“校本研究”,也就是教师为了改进自己的教学(for the teaching),在自己的教室中发现某个教学问题(of the teaching),并在自己的教学过程(by the teaching)中以追踪或汲取他人经验的方式解决问题。因此,同样可以从三方面理解校本教学研究:“为了教学”,“在教学中”,“通过教学(教师)”。

“为了教学”是指校本教学研究的主要目的不在于验证某个教学理论,而在于改进、解决教学中的实际问题,提升教学工作的效率,实现教学的内在价值。

“在教学中”是指校本教学研究主要是研究教学之内的问题;是研究自己教室里发生的教学问题而不是研究别人的问题;是研究现实的教学问题而不是研究某种教学理论假设。

“通过教学”是指校本教学研究就在日常教学的过程中由教师本人亲自解决问题;而不是让教师将自己的日常教学工作放到一边,到另外的地方专门去做研究;也不是让教师放弃解决问题的责任而完全由别人帮助解决问题。

校本教研改变的是教师的生活,它把教师从一个教书匠转变为一个研究者。教师日常的生活观,将直接影响教师的教育态度以及教育行为。教师个人若不接受一种积极的新的生活态度,形成自己新的生活哲学,教师成为研究者则成为一纸空谈。改变教师的日常生活也就意味着改变教师的思维习惯和行动、操作方式,使教师的日常实践或经验思维转换为一种非日常思维或反思型思维,使教师的日常实践、日常行动转换为非日常的实践和行动。

2. 校本教研的基本研究方法

当教师打算“追踪”或借鉴“他人的经验”来解决某个教学“问题”时,教师首先总是想方设法地“设计”出一个解决问题的方案,然后尝试性的将这个方案付诸“行动”;行动之后再“反思”原先设计的方案是否合理,是否真正能够解决问题。

实际上,真正的教学难题总是不可能一次性地得到解决,这就需要教师再次“设计”解决问题的方案,然后再次付诸“行动”,行动之后再次“反思”原先的方案是否需要重新调整或修改。

校本教学研究就是教师在“教学问题—教学设计—教学行动—教学反思”这一过程中不断地思考、实践。

这也构成了校本教学研究的基本过程。

(1)基于教学问题的课题研究。校本教研强调解决教师自己的问题、真实的问题、实际的问题。不过,并非任何教学问题都构成研究课题,只有当教师持续地关注某个有意义的教学问题(即追踪问题),只有当教师比较细心地设计解决问题的思路之后,日常的教学问题才可能转化为研究课题,教师的问题意识才上升为课题意识。有效的校本教学研究所研究的“课题”的产生过程是:教师在大量地、随意地解决问题的过程中发现了某个值得“追究”和“设计”的“关键的问题”。教师一旦打算在后续的教学中进一步“想方设法”(设计)去解决这个“关键的问题”,这个问题就可能转化为课题。

(2)基于有效教学理念的教学设计。在确认了日常的教学问题只有经过设计才能转化为研究课题这个观点之后,接下来需要澄清的是设计究竟意味着什么。教师日常的教学设计(即备课)所形成的方案即教师的教案。校本教研意义上的设计虽不完全等同于一节课或一个单元的教学设计,但它实际上离不开教师日常的、具体的、以一节课或一个单元教学为单位的教学设计。校本教研中的设计意味着教师在发现某个值得追究、追踪的教学问题之后,在接下来的一系列的课堂教学的设计(备课)中寻找和确定解决该问题的基本思路和方法。

(3)基于教学对话的教学行动。行动是指将已经设计好的方案付诸实践。如果校本教研所设计的方案是一节课或一个单元的教学过程,那么,接下来的行动既包括教师的上课,也包括相关合作者的听课(即一般所谓的集体听课,此时教师的上课被转化为公开课或称之为研讨课)。就教师的上课而言,行动不仅意味着观察事先所设计的方案是否能够解决问题,而且意味着在教学对话中创造性地执行事先设计的方案。教师一旦进入真实的课堂,面对具体的学生,教师就不得不保持某种教学对话的情境,在教学对话中根据学生的实际学习状况、根据教学过程中发生的意想不到的教学事件,去灵活地调整教材、调整教案。

(4)基于问题解决的教学反思。在整个校本教研的过程中,反思实际上是贯穿始终的。问题之所以能够被提出来,设计之所以可能,行动之所以能够创造性地执行方案的过程,都有反思的介入和参与。也有人因此将设计的过程称为行动前的反思,将行动的过程称为行动中的反思,将回头思考的过程称为行动后的反思。不过,所谓反思一般指回头思考,它指教师以及合作研究者在行动结束后回头思考解决问题的整个过程,查看所设计的方案是否能够有效地解决问题。如果问题没有很好地被解决,就需要进一步搞清究竟是由于所设计的方案本身不合理,还是因为方案的执行发生严重偏离等。

由于校本教研常常是一种基于教师个体自主思考的合作研究,因此这种反思也可以称之为集体讨论,它与此前的集体备课、集体听课相呼应。事实上,校本教研需要经常性地与中小学已经存在的集体备课、集体听课、集体讨论等教学研究制度相结合。这样看时,校本教研与其说是对传统的教学研究方式的改变,不如说是对传统教学研究方式的一种落实和恢复。在课后讨论的过程中,教师们一般能够提出问题,但对于如何解决问题却往往感到无计可施。教师们的困惑是不知道别人是怎么做的,或者不知道他人的经验是什么。

由此看来,无论是教学设计,还是教学反思,其关键都在于开放自己的眼界,汲取他人的经验,并将他人的经验转化为自己的设计和自己的行动。其实,由于对别人的经验缺乏了解,教师不仅无法解决问题,而且无法提出问题,导致教师对自己的教学问题因为习以为常反而视而不见。只有反思自己的经验并使自己的经验与他人的经验相互对照,教师才能真正发现和解决问题。

3. 叙事研究——表达校本教研的成果的一种方法

所谓"叙事研究",也就是由研究者本人("我")叙述自己在研究过程中所发生的一系列教育事件:包括所研究的问题是怎样提出来的;这个问题提出来后"我"是如何想方设法去解释问题的;设计好解决问题的方案后,"我"在具体的解决问题的过程中又遇到了什么障碍,问题真的被解决了吗?如果问题没有被解决或没有很好地被解决,"我"后来又采取了什么新的策略,或者"我"又遭遇了什么新的问题?

当"我"这样叙述在研究过程中发生的一系列教育事件时,已经在思考或反思,这也就使"我"的经验性教学转化为某种反思性教学。

更重要的是,当"我"这样叙述在研究过程中发生的一系列教育事件时,"我"已经在收集研究资料和解释研究资料。叙述的内容也就构成了"我"的可供公开发表的研究报告。这种研究报告使以往的"议论文"、"说明文"式的研究报告转换为某种"记叙文"式的、"散文"式的、"手记"式的、"口语"化的心得体会。它更亲近读者或听众,更容易使有类似经历的人通过认同而达到推广。

这样一来,校本教研的基本过程就转换为由中小学教师讲述自己("我")的教育故事:

第一,是我讲我自己的故事,而不是他人的故事。从这个意义上说,任何行动研究的报告都可以视为一种教师的"自传"。

第二,讲述的是一个过去的、已经完成的教育事件,而不是对未来的展望或发出的某种指令。它所报告的内容是"实然"的教育实践,而不是"应该"的教育规则或"或然"的教育想象。

第三,所报告的内容往往是我参与的研究过程中所发生的一系列真实的教育事件。

第四,所叙述的教育事件具有某种"情节性"。"情节性"显示为某种偶然性节外生枝,使人感觉既突然波折,又真实可靠。

第五,采用的是归纳法而不是演绎法。这种归纳的研究方式使校本教研在提升相关的教育理论时显示出某种"扎根理论"的道路。

教师在叙述自己的个人教育生活史的过程中,实际上是在研究、反思自己的教育生活经历,反思自己在教学中到底发生了哪些教育事件。这种叙述使教师开始进入"研究性教学"的境界。

思考与练习

1. 如何在生物教学中整合各种资源,丰富教学内容?

2. 教师做研究对于教师专业化有哪些意义?

3. 生物教师如何有效开展校本教研?

主要参考文献

[1] 陈皓兮.中学生物教学法[M].北京:北京师范大学出版社,1987.

[2] 陈继贞,张祥沛,曹道平.生物学教学论[M].北京:科学出版社,2003.

[3] 丁远毅,崔鸿.高中生物课程标准教师读本[M].武汉:华中师范大学出版社,2003.

[4] 高艳.现代教学基本技能[M].青岛:青岛海洋大学出版社,2000.

[5] 刘恩山.中学生物学教学论[M].北京:高等教育出版社,2003.

[6] 刘良华.校本行动研究[M].成都:四川教育出版社,2002.

[7] 陆建身.生物教育展望[M].上海:华东师范大学出版社,2001.

[8] 汪忠.刘恩山.生物课程标准解读[M].北京:北京师范大学出版社,2002.

[9] 汪忠.生物新课程教学论[M].北京:高等教育出版社,2003.

[10] 王永胜.生物新课程教学设计与案例[M].北京:高等教育出版社,2003.

[11] 徐作英,王玉瑶.生物教学实施指南[M].武汉:华中师范大学出版社,2003.

[12] 余文森,谌启标.高中新课程教师读本[M].福州:福建教育出版社,2004.

[13] 张海珠,毕润成.生物学教学设计论[M].北京:科学出版社,2004.

[14] 张华著.课程与教学论[M].上海:上海教育出版社,2000.

[15] 郑金州.教学方法应用指导[M].上海:华东师范大学出版社,2006.

[16] 郑晓慧.生物课程与教学论[M].杭州:浙江教育出版社,2003.

[17] 周美珍,郑鸿霖,张代芬.中学生物教学法[M].北京:高等教育出版社,1991.

[18] 周美珍.生物教育学[M].杭州:浙江教育出版社,1992.

[19] 周卫勇.走向发展性课程评价[M].北京:北京大学出版社,2002.

[20] 周小山.教师教学究竟靠什么[M].北京:北京大学出版社,2002.

[21] 朱慕菊.走进新课程——与课程实施者对话[M].北京:北京师范大学出版社,2002.

后记

课程改革关键在于实施，实施的关键在于教师。如何将新课程所倡导的理念转化为实施者自己的信念或行动哲学，是课程改革过程中的一项重要工作。因此，《基础教育课程改革纲要》明确指出："师范院校和其他承担基础教育师资培养和培训任务的高等学校和培训机构应根据基础教育课程改革的目标与内容，调整培养目标、专业设置、课程结构，改革教学方法。中小学教师继续教育应以基础教育课程改革为核心内容。"主动适应基础教育课程改革需要，加强学科教学论的课程与教学改革是摆在师范院校面前的一个十分紧迫的课题。

新课程的实施给全社会带来了一个崭新的话题，也给学科教学论的发展带来了春天。为适应新课程实施工作需要，符合社会发展与要求，提高师范生教育和教师继续教育(包括在职教师进修、教育硕士培养、骨干教师培训等)的质量，迫切需要一套反映时代精神和学科教育发展的系统的、实用的教材。鉴于此，在安徽师范大学校领导和教务处组织下，我们组织编写了这本《生物教学论》。

生物课程是中学阶段必修的基础课程，生物教育是科学教育的一个重要分支。作为生物教育专业的核心课程教材，《生物教学论》重点讨论了生物课程与生物教学的基本理论和实践问题。

本教材在编写的过程中，力求把生物教学改革研究的最新理念和进展与中学生物教学实践紧密联系起来，体现生物教学论理论性与实践性相结合的特点，突出学科的时代性和实用性。因此，本书对于师范生尽早地了解基础教育改革的动向、内容及实施，促进师范生做好充分的教育实践准备，缩短师范生将来从事基础教育教学工作的职业适应期，提高在职生物教师的教育理论修养，都将起到积极的作用。

编写组的老师们分别来自安徽师范大学、淮北师范学大学和阜阳师范学院。他们大多多年从事生物教学论教学和研究工作，具有深厚的理论功底和丰富的教学实践经验。在本书的编写过程中，我们不仅把自己的教学经验融入其中，同时也注意汲取最新的教育科学研究成果，力求做到能够反映第八次课程改革的最新成就，满足教师教育的实际需要。

本书由安徽师范大学鲁亚平教授主编，淮北师范大学陈忠副教授任副主编。其中第一章由鲁亚平执笔，第二章、第三章由鲁亚平和谢小曼执笔，第四章由鲁亚平和韩菲执笔，第五章由陈明林和涂传林执笔，第六章、第十章由韩菲执笔，第七章由晏鹏、涂传林和韩菲执笔，第八章由陈忠执笔，第九章由杜召凤（阜阳师范学院）执笔。全书由鲁亚平和陈忠统稿，韩菲也参与了统稿工作。

本书的编辑与出版是在安徽师范大学教务处的直接领导和支持下完成的。在本书的编写过程中，我们参阅了诸多专家、教授的著作和资料，在此一并表示衷心的感谢！

虽然在编写过程中，书稿几经修改，力求完美，但是限于我们的学术、编写水平，本书必有缺点和错误，恳请专家、同行和广大读者批评指正。

鲁亚平

2014年7月20日